WALL STREET TITAN - DIE SUCHT DES TITANEN

DER BÖRSENHAI: BUCH 2

ANNA ZAIRES

Übersetzt von

GRIT SCHELLENBERG

♠ MOZAIKA PUBLICATIONS ♠

Veröffentlicht von Mozaika Publications, einem Impressum von Mozaika LLC.

www.mozaikallc.com

Aus dem Amerikanischen von Grit Schellenberg

Lektorat: Fehler-Haft.de

Cover: Najla Qamber Designs

www.najlaqamberdesigns.com

Coverfoto: Wander Aguiar/Wander Book Club
www.wanderbookclub.com

e-ISBN: 978-1-63142-587-5

Druck ISBN-13: 978-1-63142-588-2

 mma

ICH WEINE DIE KOMPLETTE ERSTE STUNDE DES zweieinhalbstündigen Fluges nach Orlando. Ich kann nicht anders. Mein Herz ist nicht nur gebrochen; es fühlt sich an, als sei es mir aus der Brust gerissen worden.

Und ich habe mir das selbst eingebrockt.

Ich habe Marcus gesagt, dass ich nicht bei ihm einziehen kann.

Ich habe ihm gesagt, dass es vorbei ist.

Meine Sitznachbarn – ein glatzköpfiger Mann über fünfzig am Fenster und ein blondes Mädchen am Gang – versuchen wegzurutschen, als ich mir zum fünften Mal die Nase putze. Nur, dass man hier nirgendwo hingehen kann. Nun, das blonde Mädchen kann technisch gesehen aufstehen und auf die Toilette gehen, aber das hat es schon dreimal getan, um von mir wegzukommen, also bleibt es sitzen und wirft mir gelegentlich einen Blick von der Seite zu.

Ich kann es ihr nicht verübeln. Das Einzige, was im Flugzeug schlimmer als ein weinendes Baby ist, ist ein weinender Erwachsener.

»Geht, ähm … es Ihnen gut?«, traut sich der kahle Mann endlich zu fragen, und ich hebe meinen Kopf und zwinge ein leichtes Lächeln auf meine Lippen.

»Ja, tut mir leid. Nur eine …« Ich schlucke den Kloß in meinem Hals herunter. »Eine schlimme Trennung.«

»Oh, cool«, sagt der Teenager und sieht sichtlich erleichtert aus. »Ich dachte, Sie hätten gerade erfahren, dass Sie Krebs haben oder so etwas.«

Ich zucke zusammen und fühle mich wie ein Arschloch. Weil das Mädchen recht hat: Es könnte so viel schlimmer sein. Menschen erleben echte Tragödien, schlimme Dinge, für die sie nichts können, wohingegen der Schmerz, den ich fühle, komplett selbst verschuldet ist.

Ich bin mit Marcus Carelli ausgegangen, einem Hedgefonds-Milliardär, der so weit von meiner Liga entfernt ist, dass er auf einem anderen Planeten lebt.

Ich habe mich in ihn verliebt, obwohl ich weiß, dass wir keine Zukunft haben, und jetzt bezahle ich den Preis dafür.

»Ich hatte auch einmal eine schlimme Trennung«, erzählt der Teenager und kaut auf seinem grünen, glitzernden Daumennagel herum. »Das Arschloch hat mich in der Mittelschule mit meiner besten Freundin betrogen. Hat sie hinter der Tribüne geküsst, können Sie das glauben?«

»Oh, wow, das ist schrecklich. Das tut mir leid«, sage ich aufrichtig. Ob Mittelschule oder nicht, das muss wehgetan haben. Zumindest hat Marcus mich nie betrogen. Nach einem fantastischen gemeinsamen Wochenende verschwand er für drei Tage, aber soweit ich weiß, waren keine anderen Frauen daran beteiligt.

Nun, außer Emmeline.

Sie – oder ihr ebenso perfekter Klon – stand immer zwischen uns.

»Ja, das kommt vor«, sagt das Mädchen und zuckt philosophisch mit den Schultern. »Was ist mit Ihnen? Was hat der Idiot getan?«

»Er ...« Ich schlucke wieder. »Er hat mich am Flughafen verfolgt und mich gebeten, bei ihm einzuziehen.«

Sowohl das Mädchen als auch der Mann starren mich an, als sei gerade eine Qualle aus meinem Kopf gesprungen, also beeile ich mich, eine Erklärung hinterherzuschieben. »Er hat es nicht so gemeint. Nicht so, wie Menschen es normalerweise tun. Es ist nur eine Bequemlichkeitssache für ihn. Er wird eine andere heiraten. Er sagte mir das bei unserem ersten Treffen und ...«

»Er ist verlobt«, ruft das Mädchen entsetzt aus, und ich schüttele den Kopf.

»Nein, nein. Sie haben noch nicht angefangen, sich

zu verabreden. Möglicherweise ist es nicht einmal sie. Es ist nur, dass er ganz bestimmte Anforderungen hat, und ich passe nicht hinein. Überhaupt nicht. Die Chemie stimmt, aber für eine langfristige Beziehung reicht das nicht aus. Ich bin nicht der Typ Mädchen, den er seinen Freunden oder Kunden vorstellen möchte. Bestenfalls bin ich für ihn nur eine Ablenkung, und früher oder später wird er sich langweilen und weggehen. Und dann«, ich atme zittrig ein, »dann wird es so viel schlimmer werden.«

»Also haben Sie … diesen Kerl vorzeitig verlassen?« Der Mann sieht fasziniert aus, so als bekäme er einen besonderen Einblick in die weibliche Psyche. »So wie im Kampf als Erster zuzuschlagen, um die Verluste zu minimieren?«

Ich nicke und schnäuze mir wieder die Nase. »So etwas in der Art.«

Aber wenn es darum ging, diese Schlacht zu gewinnen, habe ich bereits verloren. Mein Herz gehört dem Mann, den ich verlassen habe, und es ist schwer vorstellbar, dass es mehr wehtun könnte als jetzt. Trotzdem bin ich mir sicher, dass ich die richtige Wahl getroffen habe, als ich mit ihm Schluss gemacht habe.

Wenn ich mich nach einem gemeinsamen Wochenende so fühle, um wie viel schlimmer wäre es dann, wenn ich tatsächlich einige Zeit mit Marcus zusammen gewesen wäre?

Nein, das ist der einzige Weg. Das Pflaster abreißen – in diesem Fall mit einem Stückchen meines Herzens – und weitermachen.

Die Wunde wird mit der Zeit heilen.
Oder nicht?

Emma

ALS WIR LANDEN, WEIß ICH VIEL ZU VIEL ÜBER MEINE Sitznachbarn, denn sie scheinen gemeinsam beschlossen zu haben, dass der beste Weg ist, wie ich nicht über meine Trennung weinen kann, dass sie mich mit detaillierten Geschichten über sich selbst unterhalten. Als Ergebnis davon habe ich erfahren, dass Donny, der über fünfzigjährige Mann, ursprünglich aus Pennsylvania stammt, aber in Florida lebt, zweimal geschieden ist, ein Autohaus in Winter Park besitzt und nichts Grünes essen kann, während Ayla, der Teenager, einer der wenigen Menschen ist, die in Florida geboren sind, eine Schwester hat, die dreimal geschieden ist, und im nächsten Jahr die

Highschool abschließen wird. Also Ayla, nicht die Schwester. Die Schwester hat die Highschool abgebrochen. Oh, und Ayla ist allergisch gegen Baumnüsse, hat aber keine Probleme mit Grünzeug.

»Bye! Schön, Sie kennengelernt zu haben!« Ich winke ihnen zu, als sie mit ihren Taschen an mir vorbeieilen, und sie winken zurück, offensichtlich erleichtert, dass sie den Flug und die verrückte Rothaarige, die über einen Mann weint, der sie gebeten hat, bei ihm einzuziehen, hinter sich haben.

Ich bin auch erleichtert. Nicht, weil ich ihre Geschichten nicht gern gehört habe – sie haben es geschafft, mich von meinem Herzschmerz abzulenken –, sondern weil ich mich darauf freue, meine Großeltern zu sehen und die warme Luft Floridas auf meiner Haut zu spüren.

Die Feuchtigkeit hier ist mörderisch für meine Locken, aber nach dem brutalen Schneesturm in New York wird es sich unglaublich anfühlen.

Gramps wartet im Terminal, direkt am Shuttleausgang, auf mich, und ich werde immer schneller, bis ich schließlich zu ihm renne und der Koffer hinter mir hüpft. Obwohl wir häufig skypen, habe ich ihn seit einem Jahr nicht mehr persönlich gesehen, und meine Brust fühlt sich an, als würde sie vor Freude platzen, als ich den Koffergriff loslasse, ihn in den Arm nehme und wie eine Verrückte grinse.

Obwohl er fast achtzig Jahre alt ist, ist mein Großvater immer noch kräftig, seine Schultern sind nicht gebeugt und seine Brust ist dick mit Muskeln überzogen. Er riecht auch genauso, wie ich es in Erinnerung habe – nach Großmutters Keksen und gestärkter Wäsche. Als ich mich zurückziehe, betrachte ich ihn, und es freut mich, zu sehen, dass er trotz einiger tieferer Falten ziemlich genauso aussieht wie im letzten Jahr.

Er betrachtet mich ebenfalls, und ich bemerke den exakten Moment, in dem er meine rot umrandeten Augen registriert.

»Was ist passiert?«, fragt er, und seine buschigen Augenbrauen ziehen sich in Windeseile zusammen. »Hast du geweint?«

»Nein, natürlich nicht. Ich habe nur etwas Zitronensaft in die Augen bekommen«, lüge ich und strecke mich nach dem Griff meines Koffers aus. »Ich habe im Flugzeug ein Stückchen in mein Wasser ausgepresst und mir dabei ins Gesicht gespritzt.«

»Zitrone, hm?« Opa nimmt mir den Koffer ab, als wir zum Ausgang gehen. »Ich dachte, es könnte etwas mit deinem Wall-Street-Freund zu tun haben.«

»Was, Marcus? Oh nein, es ist nichts dergleichen. Außerdem habe ich euch gesagt, dass er nicht mein Freund ist.«

Er ist nicht nichts mehr für mich, aber darauf werde ich jetzt nicht näher eingehen. Vielleicht finde ich später, wenn ich mich erst einmal eingelebt und ein paar von Omas Keksen gegessen habe, die Kraft, die Hoffnungen meiner Großeltern zu zerstören, aber im Moment bin ich zu erschöpft dafür.

Außerdem würde ich die schlechte Nachricht lieber beiden auf einmal mitteilen.

»Nun, was immer es auch sein mag, wir freuen uns für dich«, sagt Opa. »Es sei denn, er ist die fragliche Zitrone.« Er schaut mich an, als wir die Rolltreppe betreten, und ich zwinge mich zu einem Lachen.

»Sehr lustig, Gramps. Wie wäre es, wenn du mir sagst, wie es dir und Oma geht?«

»Oh, wie immer – und das schon seit Ewigkeiten.« Er zwinkert mir zu, und mein Lachen ist diesmal echt. »Was ist mit dir, Prinzessin? Wie war der Flug? Er sah aus, als würde er pünktlich sein, und dann war er plötzlich verspätet.«

»Oh nein. Warst du schon auf dem Weg zum Flughafen, als du von der Verspätung erfuhrst?«

»Das war ich, aber keine Sorge. Ich bin einfach ein bisschen umhergefahren und habe mir dabei Hörbücher angehört. Deine Großmutter war allerdings besorgt, deshalb solltest du sie vielleicht anrufen, sobald wir zum Auto kommen. Haben sie gesagt, was der Grund für die Verzögerung war? War es wegen des Schneesturms?«

Ich zucke mit den Schultern. »Sie haben nichts gesagt, aber sie mussten wahrscheinlich die Flügel enteisen oder so etwas. Ich hatte Glück, dass das Flugzeug überhaupt abhob.«

»Das stimmt. Deine Großmutter klebt seit Montag vor dem Wetterkanal und verfolgt den verdammten Sturm. Man könnte meinen, es sei eine ihrer Netflix-Serien.« Er schnaubt kopfschüttelnd, und ich verberge ein Grinsen. Opa schaut sich Netflix Seite an Seite mit Oma an, aber aus irgendeinem Grund besteht er darauf, dass es *ihre* Serien sind und dass er überhaupt nicht auf sie steht.

Während wir auf den Parkplatz hinausgehen, unterhalten wir uns weiter, und ich erfahre, dass Opa eine neue Angelrute bekommen hat und dass Oma das meiste Essen für morgen schon vorbereitet hat. »Schade, dass dein junger Mann es nicht schaffen konnte«, meint Opa, als wir ins Auto steigen, und mein Lächeln wird angestrengt, als ich die Ausrede, die ich ihnen über Skype gegeben habe, wiederhole – dass Marcus diese Woche auf der Arbeit verdammt viel zu tun hat.

Es stimmt eigentlich auch – eine fehlgeschlagene Investition ist das, was ihn am Sonntag von meiner Seite gerissen hat –, aber das wusste ich am Samstag nicht, als Marcus meine Großeltern über Skype kennenlernte und sie ihn zu Thanksgiving nach Florida einluden. Ich wusste einfach, dass es verrückt war, ihn so früh in unserer Beziehung schon zu ihnen mitzunehmen, also platzte diese Ausrede aus mir heraus – und das Gott sei Dank.

Hätten meine Großeltern erwartet, dass er mit mir kommt, wäre es unendlich viel schlimmer gewesen.

Als wir den Parkplatz verlassen haben, rufe ich meine Vermieterin, Frau Metz, an, um mich nach meinen Katzen zu erkundigen. »Alle gefüttert und kuschelig auf deinem Bett«, teilt sie mir fröhlich mit, und ich danke ihr nochmals dafür, dass sie sich während meiner Abwesenheit um meine haarigen Babys kümmert.

Als Nächstes rufe ich Oma an und versichere ihr, dass mein Flug gut verlaufen ist und dass ich mich darauf freue, sie gleich zu sehen. Sie beschreibt alle Gerichte, die sie für morgen zubereitet mit Details, bei denen mir das Wasser im Mund zusammenläuft, und als ich auflege, bin ich bereit, meinen eigenen Fuß zu essen.

»Sie hat eine Kleinigkeit für dich eingepackt«, sagt Opa, der anscheinend meine Gedanken liest. »Sie ist in der Kühlbox auf dem Rücksitz. Sie dachte sich, dass du nach dem Flug hungrig sein würdest.«

Ich war es nicht, bis Oma mich mit all diesen kochbuchartigen Beschreibungen hungrig gemacht hat, aber was soll's? Ich drehe mich um, schnappe mir die Kühlbox und fange an, geschnittenes Obst und Käsestäbchen zu mampfen, während Gramps eine Geschichte über ein neues Paar, das er und Oma kennengelernt haben, zusammen mit irgendwelchen Ereignissen aus ihrer Gemeinde erzählt.

Flagler Beach, die kleine Stadt an der Nordostküste Floridas, in der sie leben, ist etwa neunzig Minuten Fahrtzeit von Orlando entfernt, aber Gramps hasst die I-4, die direkteste Route, die durch Downtown Orlando führt, so dass wir am Ende den längeren Weg nehmen. Seiner Meinung nach lohnt es sich, denn die zusätzlichen zwanzig Minuten geben ihm Seelenfrieden.

»So bleiben wir nicht im Verkehr stecken«,

informiert er mich, und ich verkneife mir, ihn darauf hinzuweisen, dass er dadurch, dass er jedes Mal die längere Route nimmt – auch in den Sperrstunden, wenn die Wahrscheinlichkeit eines Staus gering ist –, insgesamt mehr Zeit auf der Straße verbringt als durch die ständige Fahrt auf der I-4 und das gelegentliche Steckenbleiben.

Auf jeden Fall ist es fast Mitternacht, als wir bei ihnen vorfahren. Zu meiner Überraschung ist Oma, die normalerweise gegen zehn Uhr schlafen geht, hellwach und hübsch gekleidet, als sie uns in der Einfahrt begrüßt, wo ein schnittiger weißer Mercedes neben Großmutters altem Käfer parkt – wahrscheinlich als Gefallen für irgendeinen Nachbarn.

»Du hättest ins Bett gehen sollen«, schimpfe ich mit ihr, während ich sie umarme, und sie lacht, wobei ihre grauen Augen vor kaum unterdrückter Aufregung glänzen, als sie sich zurückzieht und eine Wolke ihres Lieblingsjasminparfums hinterlässt.

»Ins Bett? Wenn meine Lieblingsenkelin nach Hause kommt? Ich bin nicht so alt, dass ich nicht auch mal ein paar Stunden nach meiner normalen Schlafenszeit noch wach sein kann. Außerdem konnte ich nicht einschlafen, wenn so eine große Überraschung auf dich wartet«, sagt sie strahlend, und mir wird klar, dass sie nicht nur Parfum und Ausgehkleidung trägt, sondern auch noch ihr Tages-Make-up.

»Welche Überraschung?« Gramps, der mit dem

Koffer von hinten kommt, klingt so verwirrt, wie ich mich fühle. »Und wessen Auto ist das?« Er schaut über seine Schulter auf den Mercedes.

Oma grinst. »Kommt rein und seht selbst.« Sie eilt voraus, und Opa und ich tauschen verwirrte Blicke aus, bevor wir ihr folgen.

Ich gehe zuerst hinein, während Opa hinter mir den Koffer zieht, aber ich mache nur zwei Schritte, bevor meine Füße Wurzeln schlagen, ich auf der Stelle versteinere und mit offenem Mund gaffe.

In der Mitte des Wohnzimmers meiner Großeltern steht neben ihrer leicht abgenutzten Couch ein großer, kräftig gebauter Mann mit harten, auffallend männlichen Zügen. Dicke, dunkle Augenbrauen, ein scharf geschnittener Kiefer und hohe Wangenknochen über schlanken Wangen, die von leichten Stoppeln verdunkelt sind – alles an den kühnen Linien seines Gesichts erwärmt mein Blut und lässt meinen Puls ansteigen. Statt seines üblichen perfekt geschnittenen Anzuges trägt er eine Designer-Jeans und ein lässiges weißes, geknöpftes Hemd – dasselbe Outfit, in dem ich ihn vor weniger als fünf Stunden am JFK-Flughafen in New York gesehen habe.

Als er mich geküsst hat.

Und mich gebeten hat, bei ihm einzuziehen.

Und mich angesehen hat, als hätte ich ihm ein Messer ins Herz gerammt, als ich mich weigerte und ins Flugzeug stieg.

Marcus Carelli, der Wall-Street-Milliardär, in den

ich mich trotz meines besseren Urteilsvermögens verliebt habe, ist hier, im Haus meiner Großeltern, und seine kühlen blauen Augen sind mit der Intensität eines Falken, der seine Lieblingsbeute verfolgt, auf mich gerichtet.

 arcus

EMMAS GRAUE AUGEN SIND SO GROSS, DASS ICH DARIN ertrinken könnte, und ihre Sommersprossen heben sich deutlich hervor, als alle Farbe ihr ohnehin schon blasses Gesicht verlässt. Ihre Locken sind wilder als sonst, sie schweben um ihren Kopf wie ein Feuerschein, und ihr kleiner, kurvenreicher Körper ist steif vor Schock, als sie mich von der anderen Seite des Raumes aus mit ihrem ebenso fassungslosen Großvater hinter sich anstarrt.

»Hallo, Kätzchen«, sage ich ruhig, auch wenn die dunkle Vorfreude in meinem Blut kocht und sich mit anhaltender Wut und Schmerz vermischt. »Weißt du was? Ich habe meine Arbeit frühzeitig beendet und beschlossen, dich zu überraschen.

»Er ist auf den Flughafen von Daytona Beach geflogen und vor einer halben Stunde angekommen, ist das zu glauben?«, ruft Mary Walsh aus, die vor Aufregung fast platzt. »Ich wollte dich anrufen, aber Marcus dachte, es würde mehr Spaß machen, dich hier zu begrüßen, wenn du ankommst. Wir haben Tee getrunken und Kekse gegessen und …«

»Entschuldigt mich«, sagt Emma angespannt, nachdem sie sich von ihrer Lähmung erholt hat, marschiert auf mich zu, ergreift meinen Arm und schaut ihre Großeltern an. »Marcus und ich müssen reden.«

Marys fröhliches Gesicht verschwindet, als sie merkt, dass ihre Freude nicht geteilt wird. »Natürlich, ich bin sicher, ihr beide müsst …« Ich höre den Rest von dem, was sie sagt, nicht, weil Emma mich aus dem Haus zerrt. Natürlich nicht im wörtlichen Sinne – sie ist winzig im Vergleich zu mir –, aber indem sie mich mit so viel Kraft am Arm zerrt, dass ich mich nicht widersetzen könnte, ohne dass ihre Großeltern merken, dass meine Anwesenheit nicht gerade willkommen ist.

Sie müssen das gerade sowieso schon vermuten.

Zarte Finger graben sich heftig in meinen Unterarm, als Emma mich die Straße hinunterschleppt, bis wir zwei Häuser weiter sind und durch die üppige Bepflanzung der Nachbarn vor den Augen ihrer Großeltern verborgen werden. Erst dann lässt sie meinen Arm los und tritt zurück, wobei sie mich mit so viel Wut anstarrt, dass jede Locke auf ihrem Kopf einen Freudentanz aufzuführen scheint.

»Was zum Teufel machst du hier?«, zischt sie und ballt ihre am Körper herabhängenden kleinen Fäuste zusammen. »Ich habe dir gesagt, dass es vorbei ist ...«

»Und ich habe mich geweigert, das zu akzeptieren«, informiere ich sie grimmig – obwohl ich sie eigentlich einfach nur packen und sie zur Vernunft küssen will. Oder noch besser: ficken. Aber aus Respekt vor unserem öffentlichen Standort sage ich: »Zumindest schuldest du mir eine Erklärung.«

»Du bist den ganzen Weg hierhergekommen, um eine Erklärung zu bekommen? Hast du noch nie von einer Erfindung namens *Telefon* gehört? Damit kann man anrufen und Nachrichten schreiben. Man kann sogar E-Mails damit verschicken.« Ihr Ton ist purer Sarkasmus, und das macht es mir umso schwerer, die Hände von ihrem köstlichen kleinen Körper zu lassen – der in eine enge Jeans und ein eingestecktes T-Shirt gehüllt ist, ein einfaches Outfit, das dennoch ihren vollen, herzförmigen Arsch und ihre schlanke Taille hervorhebt. Das gelbliche Licht der Straßenlampe, kombiniert mit der hohen Luftfeuchtigkeit, lässt ihre Porzellanhaut weich und taufrisch leuchten, und ich möchte sie nackt ausziehen und sie überall schmecken, wobei ich mich auf die glatten, zarten Falten zwischen ...

Verdammt. Jetzt ist nicht der richtige Zeitpunkt dafür.

»Willst du mir jetzt sagen, dass du darauf reagiert

hättest?«, frage ich ruhig und reiße meine Gedanken von den nicht jugendfreien Fantasien weg. Ich brauche keinen weiteren Treibstoff für mein Verlangen; mein Schwanz ist sowieso schon dabei, ein Loch in meine Jeans zu bohren. »Weil ich dich angerufen habe, als ich auf dem Weg zum Flughafen war. Wiederholt – aber ich habe nur die Mailbox drangekommen.«

Sie schiebt ihr Kinn heraus. »Vielleicht. Wie auch immer, du hattest kein Recht, im Haus meiner Großeltern aufzutauchen. Wie bist du überhaupt hierhergekommen? Alle Flüge nach Daytona sind seit Ewigkeiten ausverkauft.«

Ein humorloses Lächeln erscheint auf meinen Lippen. »Ich habe einen Privatjet, Kätzchen.« Und einen Piloten, der unseren Flugplan von Orlando nach Daytona Beach ändern konnte, sobald ich erkannte, dass der Flughafen Daytona näher an meinem geplanten Zielort liegt. »Was das Aufkreuzen bei deinen Großeltern angeht, sie haben mich zu Thanksgiving eingeladen, erinnerst du dich?«

Ihre Augen weiten sich bei der Erwähnung des Jets, aber dann zieht sie ihre Augenbrauen zusammen. »Das war *vor* unserer Trennung. Wenn sie wüssten …«

»Aber das tun sie nicht, oder? Und du scheinst es nicht sehr eilig zu haben, es ihnen zu sagen.« Ich neige meinen Kopf. »Wieso nicht? Könnte es sein, dass du dir nicht so sicher über deine Entscheidung bist, wie es aussieht?«

»Ich *bin* mir sicher.« Ihre kleinen Fäuste ballen sich fester zusammen, obwohl sie unbewusst einen Schritt zurücktritt. »Ich habe dir gesagt, dass ich dich nicht mehr sehen will.«

Da ist sie, die widersprüchliche Körpersprache, nach der ich gesucht habe. Als ich ihr nachgehe, frage ich in einem trügerisch sanften Ton: »Warum nicht?«

Sie blinzelt mich an. »Was meinst du mit ‚warum nicht'?«

»Das ist eine einfache Frage.« Ich hebe meine Hand und streiche eine hüpfende Locke hinter ihr Ohr. »Warum willst du mich nicht mehr sehen?«

»Nun, weil – weil ich es nicht will, okay?« Sie bewegt sich, um aus meiner Reichweite zu treten, aber ich nehme ihre Hände in meine.

»Warum nicht?«, wiederhole ich und reibe mit meinen Daumen über die Innenseiten ihrer Handgelenke. Ihr Puls rast unter der seidigen Haut. Ich bin ihr nicht gleichgültig, ganz im Gegenteil – und deshalb ergibt ihre Entscheidung keinen Sinn.

Ich würde nie einer Frau nachjagen, die mich nicht will, aber Emma will mich.

Ich habe ihre Sehnsucht nach mir geschmeckt, ich habe sie auf meinen Lippen und meiner Zunge gespürt.

»Warum nicht? Weil wir nicht kompatibel sind!« Sie reißt ihre Hände aus meinem Griff, tritt zurück, und ihre Brust hebt und senkt sich mit sichtbarer Erregung. »Das führt nirgendwohin, also hat es keinen Sinn …«

»Das führt nirgendwohin?« Zorn, heiß und stark, steigt in mir auf und vermischt sich mit der Lust, die durch meine Adern pumpt. Ich sehe die Umrisse ihres

BHs unter dem dünnen Stoff ihres T-Shirts, und mein Schwanz pocht in meiner Hose und verlangt, in ihrem engen, süßen Körper begraben zu werden. »Wovon zum Teufel redest du da? Ich habe dich gebeten, *einzuziehen.*«

»Weil du es nicht magst, wo ich wohne«, schreit sie und stellt sich auf ihre Zehenspitzen, um mit mir auf Augenhöhe zu kommen. Es ist ein lächerlicher Versuch – sie kommt kaum bis zu meinem Kinn, aber der Wind weht in ihre Locken, so dass sie mich im Nacken kitzeln, und anstatt Belustigung spüre ich ein heißes Aufwallen der Begierde, ein Bedürfnis, das so mächtig ist, dass es die Reste meiner Selbstbeherrschung auslöscht.

Ohne einen Gedanken an die Nachbarn zu verschwenden, nehme ich ihr Gesicht zwischen meine Handflächen und beuge mich nach unten, um sie zu küssen – oder genauer gesagt, um sie lebendig zu verschlingen. Ich esse ihren Mund, als wäre es ihre Muschi, lutsche und lecke jeden Zentimeter ihrer weichen rosa Lippen, schiebe meine Zunge über ihre Zähne, streichele den Gaumen, koste und erkunde jeden Winkel. In ihrem Atem ist nur noch ein Hauch von Kaugummi – sie muss ihn gekaut haben, kurz bevor ich sie am Flughafen geküsst habe –, aber darunter ist ihr eigener honigartiger Geschmack und Duft, der mich so süchtig macht, dass ich weiß, dass ich nie genug davon bekommen werde.

Und wenn ich sie davon überzeuge, bei mir einzuziehen, muss ich das auch nicht.

Dann kann ich sie verschlingen, wann immer ich will.

Zuerst ist sie steif und passiv – sie widersetzt sich zwar nicht, erwidert den Kuss aber auch nicht – doch schließlich gleiten ihre Hände in mein Haar, und ihre Nägel graben sich in meinen Schädel, während ihre Zunge wütend gegen die meine drückt. Sie küsst mich mit dem gleichen heftigen Hunger, der durch meine Adern pulsiert, wobei ihr Körper gegen meinen drückt und ihre kleinen Zähne in meine Unterlippe einsinken. Der leichte Schmerz steigert meine Erregung ins Unermessliche, und mit einem leisen Knurren lasse ich eine Hand auf ihrem Rücken hinuntergleiten, um sie auf ihren Po …

»Und was glaubt ihr beide, was ihr da macht?«

Die näselnde Stimme ist wie eine Schrotflinte, die neben uns losgeht. Erschrocken springen wir auseinander und stehen dem Störenfried gegenüber – einer kleinen Frau, die auf dem Rasen vor uns steht und alt genug aussieht, um während des Bürgerkriegs geboren worden zu sein. In ein blumiges Gewand gekleidet, das ihren zarten Körper vom Hals bis zu den Zehen bedeckt, stützt sie sich an eine Gehhilfe und starrt uns an, während die wenigen Strähnen, die von ihrem Haar übrig geblieben sind, in der Brise um ihr faltenzerfurchtes Gesicht wehen.

»Es tut mir so leid, Mrs. Potts«, sagt Emma atemlos und schiebt sich mit einer zittrigen Hand die Locken aus dem Gesicht. Es ist schwer zu sagen in diesem

Licht, aber ich bin ziemlich sicher, dass sie rot wird. »Wir wollten Sie nicht stören.«

Die alte Frau blinzelt sie an. Emma, Liebling, bist du das? Und wer ist das?« Sie dreht ihre Gehhilfe in meine Richtung und schaut zu mir auf. »Ist das der junge Mann, von dem deine Großmutter uns erzählt hat?«

»Oh, ähm … ja. Das ist Marcus. Marcus Carelli. Er ist ... er ist zu Besuch. Aus New York, wo er lebt.« Emma brabbelt, da sie eindeutig aus der Bahn geworfen ist, und trotz des schmerzhaften Drucks in meinen Eiern kann ich nicht anders, als ihr Unbehagen zu genießen.

Das ist das Mindeste, was sie dafür verdient, mich so durch die Mangel zu drehen.

Schließlich beschließe ich, Mitleid mit ihr zu haben. Ich gehe auf sie zu, lege einen Arm um ihre Taille und lächele die ältere Frau an. »Ich bin Emmas Freund und für Thanksgiving hier. Schön, Sie kennenzulernen, Mrs. Potts. Ich entschuldige mich, wenn wir Sie in irgendeiner Weise gestört haben.«

Sie schnaubt und winkt mit einer gichtigen Hand. »Oh, kein Problem. Ich dachte, es seien die Teenager von der Straße, die wie üblich nichts Gutes im Schilde führen. Ihr zwei macht jetzt weiter euer Ding. Aber benutzt Kondome, okay?«

Sie dreht sich um, schlurft zu ihrem Haus, und ich unterdrücke ein Lachen. Als ich jedoch auf Emma hinunterblicke, sieht sie mich mit frischer Wut und ohne auch nur einen Hauch von Belustigung auf ihrem Gesicht an.

»Freund?«, zischt sie und stößt mich weg, sobald Frau Potts außer Hörweite ist. »Du bist *nicht* mein Freund.«

Meine eigene Belustigung verschwindet. »Das ist nicht das, was deine Großeltern denken. Deine Großmutter war sogar ganz begeistert, als sie erfuhr, dass du bei mir einziehen wirst. Sie macht sich Sorgen, dass du allein in der Stadt lebst, wusstest du das? Fast so sehr, wie sie sich darüber Sorgen macht, dass du seit dem College mit niemandem mehr ausgegangen bist. Das heißt, vor mir. Sie ist *sehr* glücklich, dass wir zusammen sind.«

Für einen Moment bin ich mir fast sicher, dass Emma mich gegen die Wand schlagen oder auf der Stelle explodieren wird. »Du hast meiner Großmutter gesagt, dass wir *zusammenziehen?*«

»Das habe ich.« Ich lächele dunkel. »Wirst du ihr etwas anderes sagen? Ihr den Feiertag ruinieren?«

Ich bin ein manipulativer Bastard, ich weiß, aber ich kämpfe für uns – und ich habe nicht die Absicht, zu verlieren.

Für einen Moment scheint Emma sprachlos zu sein. Dann wird ihr Temperament zu einer Supernova. »Du … du Arschloch!« Ihre Locken vibrieren fast vor Empörung. »Wer glaubst du, wer du bist?«

Mein Lächeln verdunkelt sich weiter. »Dein Freund, Kätzchen. Der Freund, mit dem du bald zusammenlebst – zumindest, was deine Großeltern betrifft. Es sei denn, es macht dir nichts aus, ihnen – und mir – zu sagen, warum genau du willst, dass alles vorbei ist.«

»Das habe ich dir bereits gesagt. Weil wir nicht kompatibel sind«, sagt sie zähneknirschend. »Du willst deine perfekte Emmeline, und ich …«

»Emmeline?« Ein Puzzleteil – eines, das ich selbst nie gefunden hätte – fügt sich an seinen Platz. »Ist es das, worum es hier geht? *Emmeline?*«

Emmas ganzer Körper versteift sich, und dann sehe ich ihn – den Schmerz unter der Empörung und Wut. Ihre Augen sind viel zu hell, sie glitzern mit unvergossenen Tränen, und ihr Kinn zittert ganz leicht.

Sie ist verletzt – irgendwie habe ich ihr wehgetan –, und all das ist eine Reaktion darauf.

Nur, was hat Emmeline auf irgendeine Art damit zu tun? Ich habe nur einmal mit der Frau zu Abend gegessen – an dem Abend, an dem Emma und ich uns durch unsere Verwechslung von Emma-Emmeline und Mark-Marcus bei unseren Blind Dates kennengelernt haben. Die elegante Anwältin hätte auf dem Papier vielleicht gut gepasst, aber die Chemie zwischen uns war gleich null, und während des ganzen Abendessens konnte ich nur an die feurige kleine Rothaarige denken, die ich kurz mit Emmeline verwechselt hatte. Tatsächlich weiß Emma nur deshalb von Emmeline, weil sie bei unserer ersten richtigen Verabredung fragte, ob ich die Frau, mit der ich eigentlich verabredet war, jemals getroffen habe, und ich habe ihr die Wahrheit gesagt. Wir sprachen dann über die Heiratsvermittlerin und welche Qualitäten ich mir bei meiner zukünftigen Frau wünsche.

Oh fuck.

Ich kann nicht glauben, dass ich so blind gewesen bin.

Ich, der ich eine Karriere aus der Verbindung von Punkten und dem Erkennen dessen gemacht habe, was allen anderen nicht auffällt, habe eine Antwort, die in großen Buchstaben vor meinen Augen geschrieben war, nicht bemerkt.

»Emma, Kätzchen ...« Ich bewege mich langsam, um sie nicht zu erschrecken, und nehme ihre fest zusammengeballte Hand zwischen meine Handflächen. »Sag mir etwas. Warum hast du mich beim ersten Mal weggeschickt? An jenem Freitagabend, als ich deine Tür aufbrach?«

Sie blinzelt. »Was?«

»Warum hast du mich in jener Nacht weggeschickt?«, wiederhole ich. Nachdem sie mir gesagt hatte, ich solle gehen, war ich so sehr darauf konzentriert gewesen, mich davon zu überzeugen, dass es das Beste sei, dass ich nie wirklich darüber nachgedacht hatte, warum sie es tat. Ich ging wohl davon aus, dass sie die Zweifel, die ich damals an unserer Beziehung hatte, teilte, aber ich habe mir das nie richtig bewusst gemacht. »Wir hatten eine tolle Zeit, und plötzlich sagtest du, dass es nicht klappen wird und ich gehen solle«, fahre ich fort. »Warum?«

»Nun, weil ... weil es das Richtige war.« Jetzt, da

sich der Schild ihres Zornes auflöst, wirkt sie so jung und verletzlich, dass meine Brust vor Zärtlichkeit anschwillt. »Wir sind überhaupt nicht kompatibel und ...«

»Wie, nicht kompatibel?« Das hat sie bereits gesagt, und ich habe es als eine verwirrende Nicht-Antwort ignoriert – aber was, wenn sie es ernst gemeint hat?

Was wäre, wenn sie sich das, was ich bei unserer ersten Verabredung gesagt habe, zu Herzen genommen hätte und, während sich meine Gefühle in dieser Angelegenheit mit meiner wachsenden Besessenheit weiterentwickelt haben, ihre Zweifel an uns nie verflogen sind?

Ihre Hand zuckt in meinem Griff, und sie wendet sich ab. »Du weißt genau, wie. Du willst eine Frau, die ›ein Gewinn für gesellschaftliche Anlässe wäre‹. Wie Emmeline oder ... oder Claire – du weißt schon, die Frau des Politikers aus *House of Cards*?«

Und da ist er, der Kern der Sache.

Ich habe die Serie nie gesehen, aber ich weiß, wovon sie spricht, da ich einmal auf ein Interview der Schauspielerin gestoßen bin. Die Figur, die sie spielt – die perfekte Ehefrau eines skrupellosen Politikers –, ist in der Tat so, wie ich mir meine zukünftige Lebenspartnerin immer vorgestellt hatte. Aber wenn ich sie mir jetzt vorstelle, weigert sich das Bild, sich in meinem Kopf zu formen. Alles, was ich sehe, ist meine kleine Rothaarige, umgeben von ihren weißen, flauschigen Katzen.

Ich weiß noch nicht, was das bedeutet, aber ich

weiß, dass wenn ich Emma nicht überzeuge, uns eine Chance zu geben, ich es nie herausfinden werde.

Ich atme tief durch. »Emma, Kätzchen, hör mir zu …«

»Warum tust du das?«, bricht es aus ihr heraus, und sie blickt mich wieder an. Ihre Augen glitzern noch mehr, und die Tränen sind kurz davor, überzulaufen. »Warum bist du hier? Spielst du einfach gerne mit mir? An einem Wochenende bist du voll dabei, die nächsten drei Tage bist du weg …«

»Ja.«

Ihre Augen weiten sich bei meiner gefühllosen Antwort, und ich ergreife ihre andere Hand, bevor sie mich schlagen kann.

»Ja«, fahre ich fort und halte ihrem Blick stand. »Ich spiele gern mit dir, Kätzchen … Ich liebe es sogar. Ich liebe es auch, dich zu ficken. Und ich liebe es wirklich, mit dir zusammen zu sein. Ich liebe es, dich im Schlaf zu halten, und ich liebe es, dich beim Essen zu beobachten. Scheiße, selbst die Art und Weise, wie du atmest, macht mich an. Wenn ich könnte, würde ich Tag und Nacht mit dir spielen, dich ständig in meinem Bett und an meiner Seite haben. Denn *du* bist das, was ich brauche, Emma. Nicht Emmeline oder Claire oder irgendeinen ›Aktivposten‹.«

Sie starrt mich an, als würde sie ihren Ohren nicht trauen, und in gewisser Weise kann ich das auch nicht. Aber allein die Vorstellung, mit einer anderen Frau auszugehen, fühlt sich falsch an, regelrecht abstoßend. Vielleicht werde ich in Zukunft, wenn meine Besessenheit von Emma nachlässt, meine Suche nach der ultimativen Trophäenfrau wieder aufnehmen, aber im Moment will ich nur die Frau, die vor mir steht.

Eine Frau, die ich davon überzeugen muss, denn sie schüttelt bereits ungläubig den Kopf.

»Das ... das meinst du nicht so.« Sie befreit sich aus meinem Griff und weicht zurück. »Das ist die Chemie, die da spricht, das ist alles. Wir sind zu verschieden, zu ...«

»Sind wir das denn?« Gnadenlos gehe ich auf sie zu. »Weil es sich am letzten Wochenende nicht so anfühlte. Eigentlich ...«

»Warum bist du dann am Sonntag verschwunden?« Ihre Stimme zittert, als ich ihre Schultern ergreife und ihren Rückzug stoppe. »Du hast dich in mein Leben gedrängt, mir das Gefühl gegeben, dass es zwischen uns etwas Besonderes gibt, und dann warst du einfach ... weg. Keine Anrufe, keine Nachrichten, nichts.«

»Und das war mehr als dumm von mir. Das tut mir leid.« Ich werde jetzt keine Entschuldigungen vorbringen; sie hat recht damit, wütend zu sein. Die Art und Weise, wie ich mich zu ihr hingezogen fühle, ist so stark, so überwältigend, dass es sich wie eine Sucht anfühlt – und als ich am Sonntag merkte, dass ich mich dadurch von meiner Arbeit ablenken ließ, nutzte ich die Notlage des Fonds, um eine Art Entgiftung einzuleiten. Aber ich habe nicht darüber nachgedacht, wie das für Emma ist, habe ihre Gefühle nicht berücksichtigt, als ich mich entschied, mich für ein paar Tage von ihr zu distanzieren.

Sie gab mir eine Chance, und ich habe es versaut.

Jetzt brauche ich eine weitere.

»Es tut mir leid«, sage ich noch einmal, als sie schweigt, und ihre grauen Augen sind wie dunkle Pfützen im gedämpften Licht der Straßenlaterne. »Es wird nicht wieder vorkommen, das verspreche ich dir.« Und dann senke ich meinen Kopf und küsse sie noch einmal – diesmal ganz sanft und süß. So süß, wie es mit einem aufgebrachten Ständer möglich ist. Es ist ein Entschuldigungskuss, eine Bitte-vergib-mir-Geste. Zumindest hatte ich das vor. Aber in dem Moment, in dem unsere Lippen sich berühren, vergesse ich alle meine Absichten, die so sehr von ihrem Geschmack und ihren Gefühlen gefangen sind, dass mein Kopf leer wird und meine Lust dunkel und wild. Meine Hände bewegen sich von selbst, eine Hand gleitet in ihr Haar, während die andere ihre Hüfte ergreift, um sie zu mir zu ziehen, während ihr Kopf unter dem hungrigen Druck meiner Lippen zurückfällt.

»Kommt ihr beiden Turteltauben bald rein? Mary geht ins Bett und möchte sicherstellen, dass bei euch alles für die Nacht vorbereitet ist.«

Verdammt. Ich unterdrücke ein gereiztes Knurren, hebe den Kopf und blicke Emmas Großvater wütend an, der etwa sechs Meter entfernt steht und uns mit einem Gesichtsausdruck betrachtet, der nur als fröhliches Grinsen bezeichnet werden kann. Er muss nach uns gesucht haben und hat uns natürlich gerade dann gefunden, als ich dabei war, Emma daran zu erinnern, was sie verpasst.

Widerwillig lasse ich sie los, und sie dreht sich zu ihm um, wobei sie so rot wird, dass ich es selbst in diesem Licht sehen kann.

»Gramps, hi! Das tut mir so leid. Wir wollten gerade …Wir waren … Also, wir sind gleich da, okay? Gib uns nur noch eine Minute.«

Ted Walsh sieht aus, als ob er kurz davor ist, zu lachen. »Sicher. Ich sage Mary Bescheid.«

Er geht zurück zum Haus, und ich nehme Emmas Hand, drehe sie zu mir um.

»Kätzchen, hör mir zu …«

»Nein, *du* hörst mir zu«, zischt sie und sticht mir mit dem Zeigefinger auf die Brust. »Ich lasse nicht zu, dass du mit meinen Großeltern Spiele spielst. Das – was auch immer das ist – ist zwischen uns, und sie haben nichts damit zu tun, verstanden?«

»Ja«, sage ich und unterdrücke ein Lächeln. Dieser grimmige Blick auf ihrem Gesicht ist verdammt niedlich, das ist er wirklich. Und wenn das in die Richtung geht, von der ich glaube, dass es dort hingeht …

»Also schön.« Sie atmet hörbar aus, und ihre Wut lässt etwas nach. »In diesem Fall kannst du zu Thanksgiving bleiben. Da du schon mal hier bist und so. Aber«, sie hält wie ein Lehrer ihren Zeigefinger hoch, »das bedeutet *nicht*, dass wir wieder zusammen sind. Es ist nur für den Seelenfrieden meiner Großeltern. Und ich werde definitiv nicht bei dir einziehen. Du wirst heute Nacht hierbleiben, morgen mit uns Thanksgiving feiern, und dann hast du wieder einen Notfall in deinem Fonds und fährst. In der Zwischenzeit hältst du den Mund und lässt mich die Fragen meiner Großeltern über uns beantworten. Verstanden?«

Das werden wir noch sehen. »Ja, verstanden«, bestätige ich laut, und bevor sie ihre Meinung ändern kann, gehe ich mit ihrer Hand fest in der meinen zum Haus ihrer Großeltern, und dunkle Befriedigung summt in meinen Adern.

Mein wütendes kleines Kätzchen weiß es noch nicht, aber es hat gerade die größte Schlacht des Krieges verloren – und ich gehe nicht, bevor ich ihre vollständige Kapitulation habe.

 mma

DAS FRÖHLICHE LÄCHELN MEINER GROẞELTERN begrüßt uns, als wir händchenhaltend das Haus betreten, und ich weiß, dass ich das Richtige getan habe, indem ich Marcus bleiben ließ – auch wenn es für mich weitere Herzschmerzen bedeutet.

Denn ich meinte, was ich sagte.

Ich ziehe nicht bei ihm ein.

Ich werde ihn nach unserer Rückkehr aus Florida nicht einmal mehr sehen.

Im Moment habe ich jedoch keine andere Wahl, als so zu tun, als sei er mein Freund. Oder zumindest ein Mann, mit dem ich mich regelmäßig treffe. Denn ich will meinen Großeltern nicht um halb eins erklären müssen, warum ich einen Mann wegschicke, der den ganzen Weg von New York hierhergeflogen ist, um mit mir zusammen zu sein – einen gutaussehenden, erfolgreichen Mann, der zweifellos alles ist, was sie sich von meinem zukünftigen Partner wünschen.

Abgesehen von dem Teil, in dem *ich* nicht so bin, wie *er* es sich wünscht – und das Oma und Opa zu erklären, wäre viel zu schmerzhaft gewesen. Ich wäre in Tränen aufgelöst, und sie meinetwegen am Boden zerstört gewesen. Und sehr, sehr enttäuscht.

Sie haben sich offensichtlich Hoffnungen gemacht, so sehr, dass sie ihren Nachbarn von ihm erzählten.

Natürlich werde ich ihnen irgendwann die Wahrheit sagen müssen, aber es muss nicht heute Abend sein – oder zu irgendeinem Zeitpunkt während dieses Besuchs. Denn Marcus hatte recht: Es *würde* das Thanksgiving meiner Großeltern ruinieren. Es ist ihr Lieblingsfeiertag, weshalb ich immer versuche, einzufliegen, um ihn mit ihnen zu verbringen. Beide mögen Weihnachten nicht, weil es laut Oma zu kommerziell ist, aber sie lieben alle Traditionen des Thanksgiving.

Nein, es ist am besten, wenn ich ihnen von der Trennung erzähle, sobald ich wieder in New York bin. Sie werden immer noch verärgert sein, aber es wird über Skype einfacher sein, so zu tun, als ginge es mir gut. Im Moment sind meine Gefühle zu verwirrt, zu ungestüm, besonders wenn Marcus hier einfach so auftaucht. Ich verstehe nicht, warum er hier ist, warum er versucht, es so aussehen zu lassen, als könnten wir eine Zukunft haben, wenn es mehr als offensichtlich ist, dass …

»Habt ihr beiden Turteltauben alles geklärt?«, fragt Opa, steht von der Couch auf, als wir das Wohnzimmer betreten, und bevor ich antworten kann, nickt Marcus und lächelt breit.

»Das haben wir, danke. Emma war einfach nur verärgert, dass ich Mary bereits alles verraten hatte. Sie wollte diejenige sein, die euch beiden sagt, dass wir zusammenziehen werden.«

Ich sehe rot. Das tue ich buchstäblich.

Zuerst habe ich Angst, dass die Blutgefäße in meinen Augen durch die Wutexplosion in mir aufgeplatzt sind, aber dann stelle ich fest, dass mir ein Teil meiner Haare ins Gesicht gefallen ist. Ich streiche sie aus der Stirn und öffne den Mund, um Marcus zu zerreißen – auch meine gute Miene zum bösen Spiel hat ihre Grenzen –, als Oma mädchenhaft aufkreischt und nach vorne stürmt.

»Oh, das ist so aufregend«, freut sie sich und nimmt uns beide in eine parfümierte Umarmung. Sie tritt zurück und dreht sich um, um Opa anzustrahlen. »Sind das nicht die besten Nachrichten aller Zeiten, Ted?«

»In der Tat«, sagt Opa, während Marcus aus irgendeinem Grund niest. »Wir sind so froh, dass Emma endlich aus dieser Kellerwohnung herauskommt. Mary hat mir gesagt, dass sie bei dir einziehen wird, richtig?«

»Das ist richtig«, sagt Marcus, während ich

versuche, die richtigen Worte zu finden, um diesen Wahnsinn zu widerlegen. »Meine Wohnung hat viel Platz für Emma und ihre Katzen.«

»Was ist mit deiner Arbeit?«, fragt Opa mich. »Dein Buchladen ist in Brooklyn, wie willst du da hinkommen, wenn du in Manhattan wohnst?«

»Oh, das habe ich auch schon gefragt«, antwortet Oma, bevor ich zu Wort komme. »Marcus' Privatfahrer«, sie grinst bei diesen Worten, »wird sie jeden Tag in den Buchladen fahren und wieder zurückbringen. Und da das Apartment in Tribeca liegt, nur ein paar Blocks vom Tunnel entfernt, wird die Fahrt nicht viel länger dauern als ihre derzeitige Pendelei – du weißt schon, mit dem Gehen zur U-Bahn, dem Warten auf den Zug und alldem.«

Sie haben bereits die Logistik meines Arbeitsweges besprochen?

Ich bin sprachlos vor Wut. Buchstäblich sprachlos.

»In der Tat«, sagt Marcus, während ich gegen meine gelähmten Stimmbänder ankämpfe. »Es wird auch so viel sicherer für sie sein. Ihr kennt den Zustand dieser Züge heutzutage. Außerdem wird dieser Winter voraussichtlich kälter sein als sonst, und sie wird es im Auto gemütlich und warm haben.« Mit einem zärtlichen Blick zieht er mich an seine Seite und küsst mir auf den Kopf.

Oma sieht aus, als würde sie gleich vor Freude schmelzen, und selbst Opa schnieft, als wäre er den Freudentränen nahe.

Die vernichtende Erwiderung, die ich im Begriff

war zu entfesseln, erstirbt auf meinen Lippen. Denn was für ein Arschloch wäre ich, wenn ich ihnen das hier verderben würde? Solange ich mich erinnern kann, haben sich meine Großeltern um mich gesorgt, zuerst aus Angst, dass meine soziopathische Mutter ihre Tochter – mich – vernachlässigen würde, und dann, dass meine Kindheit mit ihr bleibende Narben in meiner Psyche hinterlassen hat. Mit dieser Sorge vermischen sich tiefsitzende Schuldgefühle, dass ihre Tochter so geworden ist, wie sie war, zusammen mit dem Bedauern, dass sie das Sorgerecht für mich nicht eingeklagt haben, als ich klein war.

»Ich dachte immer, sie würde zu sich kommen und ihr Verhalten ändern, weil sie erkennen würde, wie schädlich es für dich, ihr Kind, war«, vertraute sich Oma mir weinend an, nachdem meine Mutter gestorben war, und ich als dumme Elfjährige ihnen erzählte, wie es gewesen war, mit ihr zu leben. »Aber das hat sie nie getan, oder? Wir hätten dich ihr schon vor Jahren wegnehmen sollen, zur Hölle mit den Anwaltskosten und Gerichten, die die Mutter begünstigen.«

Opa denkt genauso – weshalb es nach meinem College-Abschluss jede Überredungstaktik in meinem Arsenal brauchte, um die beiden zu überzeugen, endlich in den Ruhestand zu gehen und nach Florida zu ziehen. Sie hatten mich in Brooklyn mehr als nur ungern allein gelassen, aber ich hatte gewusst, dass das ganze Jahr über Sonne und Leben am Strand ihr Lebenstraum war, weshalb ich standhaft geblieben war und behauptet hatte, ich sei erwachsen und bräuchte meine Unabhängigkeit.

Schließlich gaben sie nach – nur um sich weiterhin Sorgen um mich zu machen. Obwohl sie jahrzehntelang in New York gelebt haben, erschreckt sie jetzt alles an der Stadt, von den Menschenmassen über die Winter bis hin zu der Art und Weise, wie sie ein ständiges Ziel für Terroristen ist. Und die Tatsache, dass ich dort völlig allein lebe, macht es noch unendlich schlimmer, denn sie stellen sich immer wieder vor, dass ich krank werde oder mich verletze und niemand da ist, der sich um mich kümmert.

Deshalb ist das, was Marcus ihnen verspricht, für sie so reizvoll. Sicherheit, Wärme, Liebe und Unterstützung – er hat genau die Dinge angeboten, die meine Großeltern für mich wollen, und mich damit in eine Ecke gedrängt.

Ich kann ihnen diese Freude nicht verwehren, auch wenn sie nur kurz anhält.

Anstatt also Marcus mit der vollen Wucht meiner Empörung zu vernichten, trete ich unauffällig aus seiner Umarmung heraus und sage: »Es ist schon spät. Lasst uns morgen weiter darüber reden.« Nachdem ich die Gelegenheit hatte, den lügenden, manipulativen Scheißkerl unter vier Augen anzuschreien.

»Natürlich.« Oma strahlt. »Kommt, ich habe das Gästezimmer für euch beide vorbereitet.«

Moment mal. Gästezimmer. Meint sie *ein* Zimmer? Da es sich um Florida handelt, haben meine Großeltern zwei freie Schlafzimmer, von denen eines gleichzeitig das Wohnzimmer und auch Büro von Opa ist – und ich hatte angenommen, dass sie Marcus in das eine und mich in das andere Zimmer stecken würden, wie es sich gehört. Aber das scheint nicht zu geschehen.

Ein flaues Gefühl breitet sich in meinem Magen aus, und ich folge Oma mit Marcus auf den Fersen aus dem Wohnzimmer.

»Hier ist es«, sagt sie und öffnet eine Tür zu einem gemütlichen, sanft beleuchteten Zimmer mit einem ordentlich gemachten Queen-Size-Bett und einem angeschlossenen Bad. »Alles sauber und bereit für euch.«

Lieber Gott. Bitte erschieß mich jetzt.

Ich hatte noch nie einen Freund, der bei meinen Großeltern übernachtet hat, denn als ich das letzte Mal ernsthaft mit jemandem zusammen war – meinem College-Freund Jim – lebten sie noch in Brooklyn, in einem umgebauten Zwei-Schlafzimmer-Apartment, das ich mit ihnen teilte. Es war kaum größer als meine jetzige Wohnung, und die Wände waren superdünn, so dass Jim und ich unsere Zeit im Haus seiner Eltern in Long Island verbrachten.

Was bedeutet, dass ich keinen Präzedenzfall habe, mit dem ich dies vergleichen könnte. Dennoch würde die Logik diktieren, dass die meisten Großeltern – selbst so liberale wie meine – ihre Enkelin nicht dazu ermutigen würden, vorehelichen Sex unter ihrem eigenen Dach zu haben.

Natürlich waren meine Großeltern nie wie die meisten, aber ist ein bisschen Prüderie zu viel verlangt?

Ich möchte wirklich, wirklich nicht das Bett mit Marcus teilen.

Oder besser gesagt … nach diesen hirnschmelzenden Küssen draußen will ich es viel zu sehr.

»Danke, Mary. Das sieht toll aus. Wir wissen eure Gastfreundschaft wirklich zu schätzen«, sagt Marcus, der wieder die Führung übernimmt, bevor ich herausfinden kann, wie ich mit dieser Entwicklung umgehen kann. Und warum gehen meine Großmutter und er so vertraut miteinander um?

Sind sie Kumpels geworden, während sie auf Opa und mich gewartet haben?

Er geht um mich herum, als er mit meinem Koffer in der einen Hand und einem Seesack, der wohl sein Gepäck ist, in der anderen den Raum betritt. Wahrscheinlich hat er die Sachen aus dem Wohnzimmer geholt, als ich nicht hinsah – aber wie kann er überhaupt Gepäck haben? Um so schnell hierherzukommen, muss er gleich nach meiner Abreise in ein Flugzeug gesprungen sein.

Hat er eine Übernachtungstasche in seinem Privatjet, falls er auf die Schnelle einer Frau nachjagen will?

Moment, warum mache ich mir Sorgen um sein Gepäck, wenn wir gezwungen sind, uns ein Bett zu teilen? Das ist keine praktikable Schlafsituation. Überhaupt nicht. Angesichts von Marcus' intensivem Sexualtrieb und der Tatsache, dass ich in Flammen aufgehe, wenn er mich auch nur anhaucht, ist es ziemlich sicher, dass wir, sobald sich diese Tür schließt, in der Horizontalen landen werden – und das darf nicht passieren, weil ich sonst den Verstand verliere. Ich muss Oma auf jeden Fall um getrennte Zimmer bitten. Aber wie kann ich das tun, ohne die ganze Täuschung einzugestehen? Sie und Opa haben mich in einem Bademantel bei ihm zu Hause gesehen, also kann ich nicht gerade so tun, als ob unsere Beziehung nicht schon so weit fortgeschritten wäre.

Während ich mit diesem Dilemma kämpfe, stellt Marcus beide Taschen ab und beginnt, meinen Koffer auszupacken. Er nimmt meine Kleidung heraus und legt sie mit der ruhigen Selbstsicherheit eines Mannes, der jedes Recht hat, sich um meine Sachen zu kümmern, in ordentlichen Stapeln auf das Bett. Zu jeder anderen Zeit würde mein Kiefer auf dem Boden aufkommen, aber nach alldem, was heute Abend passiert ist, lässt mich seine Verwegenheit ziemlich kalt.

Was mich stört, ist, dass meine Großmutter bei dieser arroganten Zurschaustellung heller strahlt. Für sie muss es so aussehen, als ob wir schon vollkommen eingespielt sind, wie ein altes Ehepaar. Wahrscheinlich denkt sie, dass Marcus mir hilft, indem er für mich auspackt, anstatt seine Handlungen als das zu sehen, was sie sind: eine rücksichtslose Übernahme meines Lebens. Ich kann mir lebhaft vorstellen, wie sie Opa erzählt, was für ein netter Mann Marcus ist, so häuslich und fürsorglich und organisiert.

Jetzt hängt er gerade meine T-Shirts im Schrank des Gästezimmers auf. Nach Farben geordnet, von hell bis dunkel. Wie ein Serienmörder.

Er muss derjenige mit einer Zwangsstörung sein, nicht sein Butler.

»Gute Nacht, Liebling. Gute Nacht, Marcus«, sagt Oma, bevor ich eine Lösung für das Bettenproblem finden kann. »Schlaft schön.«

Nach einer schnellen Umarmung eilt sie davon, und dann bleibt mir keine Wahl mehr.

Während ich mich fühle, als müsste ich einen Drachenhort betreten, balle ich die Fäuste und gehe ins Gästezimmer.

 mma

MARCUS HÄNGT MEIN LETZTES T-SHIRT AUF – ICH HABE nur vier mitgebracht, eines für jeden Tag der Reise – und dreht sich um, um mich anzusehen. Sein Gesichtsausdruck ist leidenschaftslos, aber die Hitze in seinen blauen Augen, die von Kopf bis Fuß über mich gleiten, lässt sich nicht verbergen. Ich schlucke, während mein Körper sofort reagiert, mein Herzschlag schneller wird und meine Brustwarzen sich in meinem BH zusammenziehen. Mein Höschen ist immer noch feucht von den Küssen draußen, und dieser Blick genügt, um mich zu erregen und meinen Unterleib zu überfluten.

Das wird noch härter werden, als ich dachte. Im wahrsten Sinne des Wortes, denn ich kann die wachsende Wölbung in seiner Jeans sehen. Eine große, dicke Beule, die ...

Hör auf damit, Emma. Ich ziehe meine Gedanken aus der nicht jugendfreien Gosse, rufe jedes Gramm meiner Wut an die Oberfläche und gehe in den Raum. »Du hast dein Versprechen gebrochen. Du hast gesagt, du würdest den Mund halten und ...«

»Das habe ich nie gesagt.« Seine Augen sind verengt. »Ich sagte ›Ja, verstanden‹, wie in ›Ich habe verstanden, was du willst‹. Ich habe es aber nie versprochen.«

Meine Backenzähne drücken so stark aufeinander, dass ich morgen Zahnschmerzen haben werde. »Hör auf mit der Haarspalterei. Du wusstest ganz genau, was ich dachte, und hast mit mir gespielt. Ich habe dir gesagt, was du tun musst, um zu bleiben, und du hast das genaue Gegenteil getan. Du hast meine Großeltern angelogen ...«

»Habe ich das?« Er verschränkt die Arme vor seiner Brust, wodurch sein Hemd die beeindruckend definierten Muskeln darunter umreißt. »Was habe ich gesagt, das nicht der Wahrheit entspricht?«

»Du hast gesagt, dass ich bei dir einziehe!« Ich schreie die Worte fast, aber im letzten Moment erinnere ich mich, wo wir sind, und senke meine Stimme zu einem Flüstern. »Das ist eine komplette Lüge, und du ...«

»Oh, aber das wirst du. Du hast es dir nur noch nicht eingestanden.«

Ich starre ihn völlig erstaunt über die

unerschütterliche Gewissheit in seiner Stimme an. Hat er Wahnvorstellungen oder ist er einfach so sehr daran gewöhnt, alles so zu bekommen, wie er es möchte? Hat ihm keine Frau jemals Nein gesagt?

Moment mal.

Ist er deshalb hier?

Weil ich ihn abgewiesen habe und wieder zu einer Herausforderung wurde?

Ich habe mich das gefragt, als er Anfang der Woche verschwand – ob das die ganze Zeit der Punkt gewesen war, der ihn an mir gereizt hat. Ich bezweifele, dass viele Frauen ihn in den letzten Jahren abgewiesen haben, aber genau das habe ich in der Nacht getan, als er die Tür meiner Wohnung aufgebrochen hat. Natürlich habe ich weniger als zwei Wochen später nachgegeben und wir hatten dieses unglaubliche Wochenende zusammen.

Ein Wochenende, an dem ich aufhörte, eine Herausforderung zu sein.

Ist es das? Geht es bei alldem darum?

Dass ich ihn noch einmal zurückgewiesen habe?

Wenn ja, hat er nicht damit gelogen, dass er mich statt Emmeline will. Er will mich, und das wird er auch, bis ich nachgebe – was der Punkt sein wird, an dem er das Interesse verliert, so wie er es jenes Wochenende getan hat.

Und dieses Mal könnte er für immer verschwinden.

Meine Wut vergeht, da sie durch einen quetschenden Schmerz in meiner Brust ersetzt wird, und ich wende mich ab, da meine Augen erneut brennen.

Ich kann das nicht machen. Nicht einmal für meine Großeltern.

Ich muss dieser Scharade ein Ende setzen.

Ich stähle mich und gehe auf die Tür zu – nur um anzuhalten, als große, warme Hände auf meinen Schultern landen.

Sanft zieht er mich zu sich heran und drückt meinen Rücken an seinen harten Körper. »Komm ins Bett, Kätzchen«, murmelt er mir ins Ohr, und seine tiefe, samtige Stimme streichelt mich wie eine Berührung. »Es ist spät, und wir hatten beide einen langen Tag. Wir werden das alles morgen klären, versprochen.«

Ich kneife die Augen zusammen und versuche, die brennenden Tränen zurückzuhalten. Mein verräterisches Herz schlägt viel zu schnell in seiner Nähe, und mein Körper wird knochenlos und träge. Sein männlicher Duft umgibt mich, eine vertraute Mischung aus Kiefer und frischer Brise, und seine Erektion drückt dick und hart gegen meinen Rückenansatz.

Er will mich.

Er will mich definitiv.

Und Gott helfe mir, ich will ihn auch.

»Emma.« Seine Stimme sinkt eine weitere Oktave ab. »Sieh mich an.«

Er könnte mich leicht umdrehen, aber das tut er

nicht. Seine kräftigen Hände ruhen unbeweglich auf meinen Schultern, und ich weiß, dass er es mir überlässt.

Schauen oder nicht schauen.

Hierbleiben oder gehen.

Ich kann aus diesem Zimmer treten, meinen Großeltern die Wahrheit sagen und diesen Wahnsinn sofort beenden.

Ich kann retten, was von meinem Herzen übrig ist.

Aber … er ist den ganzen Weg hierhergekommen. Würde ein Mann das tun, nur weil eine Frau, an der er das Interesse verlor, beschloss, ihn nicht zu sehen? Privatflugzeug oder nicht, es ist ein Flug von mehr als zwei Stunden und Zeit, die er von seinem vollen Terminkalender abzweigt. Selbst mich bis zum Flughafen zu verfolgen scheint eine große Anstrengung zu sein, wenn ich nicht mehr als eine amüsante Herausforderung bin.

Ist das möglich?

Könnte er einige der Dinge, die er gesagt hat, wirklich so gemeint haben?

Möchte er, dass ich aus mehr als nur logistischen Erwägungen einziehe?

Meine Füße scheinen eine Entscheidung zu treffen, bevor es mein Gehirn tut, und ich drehe mich um und lege den Kopf zurück, um seinem Blick zu begegnen.

Eine Sekunde lang starren wir uns nur an, während unsere Körper sich so nah sind, dass wir uns fast berühren. Seine Hände liegen immer noch auf meinen

Schultern, und die Wärme seiner Handflächen sickert in mich hinein und erwärmt mich bis zu meinen Zehen. Ich kann den ursprünglichen Hunger in seinen Augen sehen, aber darunter ist etwas Weicheres, Sanfteres.

Etwas, was meine Brust auf eine ganz andere Art und Weise schmerzen lässt.

»Emma.« Er legt zärtlich eine Hand um mein Kinn. »Gib diesem – uns – eine weitere Chance.«

Ich atme unruhig, und mein Herz rast in meinem Brustkorb.

Eine Chance.

Er bittet um eine Chance.

Eine weitere Chance für ihn, mich zu verletzen.

Oder vielleicht, nur vielleicht, um herauszufinden, ob dies echt sein könnte.

»Ich bin immer noch nicht …« Ich lecke meine trockenen Lippen. »Das bedeutet nicht, dass ich bei dir einziehe.«

Etwas Heißes und Dunkles lodert in den kühlen Tiefen seiner Augen auf, bevor er den Ausdruck verschleiert. »Verstanden«, sagt er rau, und bevor ich klarstellen kann, was er meint, beugt er seinen Kopf nach unten und bedeckt meine Lippen mit seinen.

Mein Mund öffnet sich mit einem erschreckten Keuchen, und seine Zunge dringt mit unentschuldigter Heftigkeit ein, während er uns zum Bett manövriert und uns unterwegs die Kleider vom Leib reißt. Verschwunden ist der zärtliche Mann, der mich aus dem Raum hätte gehen lassen, und mir ist klar, dass er gar nicht erst da war. Es war immer dieser skrupellose Eroberer, ein Wilder, der entschlossen war, mich zu verzehren.

Der echte Marcus Carelli.

Als unsere Kleider auf dem Boden landen, fahren seine Hände mit besitzergreifender Gier über meine Kurven, seine Handflächen sind heiß und rau auf meiner nackten Haut, und ich reagiere mit derselben dunklen Inbrunst, da sich mein Schmerz und meine Wut in lodernde Lust verwandeln. In gefühlten Sekunden landen wir völlig nackt auf dem Bett, mit ihm auf mir und meinen Handgelenken, die neben meinen Schultern auf das Bett gedrückt werden, während er meinen Mund verschlingt und meine keuchenden Atemzüge verschluckt. Sein großer, stark muskulöser Körper ist warm und schwer über mir, und sein Schwanz ist glatt und fest an der Innenseite meiner Oberschenkel, als er seine Knie zwischen meine Beine schiebt und sie weit öffnet. Sein Mund bewegt sich, um an meinem Ohrläppchen zu knabbern, bevor er meinen Hals hinunterwandert, saugt und beißt, und ich mich fühle, als würde ich brennen, als könnte ich vor dem schwindelerregenden Verlangen verbrennen. Als er meine Brüste erreicht, ist mein ganzer Körper mit köstlicher Gänsehaut bedeckt, und ich bin so erregt, dass ich die Nässe auf meinen Oberschenkeln spüre.

»Bitte«, stöhne ich, als sein heißer, feuchter Mund meine harte Brustwarze umschließt und mit einem starken Zug an ihr saugt. »Bitte, oh bitte, Marcus, einfach … Oh Gott, ja, genau da.« Meine Augen schließen sich, und meine Hüften heben sich vom Bett ab, während er meine Handgelenke loslässt und eine Hand zu meiner schmerzenden Klitoris hinunterbewegt, die er mit unfehlbarem Geschick stimuliert. Meine befreiten Hände fallen herab und krallen sich krampfhaft in das Laken, während die Anspannung in mir unerträglich ansteigt und die Lust in einem dunklen Crescendo gipfelt.

Ich bin fast da, fast auf dem Höhepunkt, als sich die Finger zurückziehen und seine Lippen zu meinen zurückkehren, um mein Stöhnen zu ersticken. Er küsst mich tief, führt seinen Schwanz zu meinem Eingang und schiebt sich ganz langsam in mich.

Er ist groß – Gott, ich hatte fast vergessen, wie groß –, und trotz der reichlichen Nässe ist die Dehnung beinahe schmerzhaft, als er langsam in mich eindringt, und mit exquisiter Sanftheit in mich stößt. Meine Hände fliegen nach oben, um seine Seiten zu ergreifen, und meine Muskeln spannen sich an, während die Dehnung in ein Brennen überzugehen droht. Ich kann jeden dicken Zentimeter von ihm spüren, und mein Körper zittert vor der Anstrengung, ihn aufzunehmen. Gleichzeitig machen mich seine Küsse verrückt. Seine Zunge umschlingt meine mit einer sinnlichen Wildheit, die nur die Vorsicht betont, mit der er langsam in mich eindringt.

Schließlich ist er ganz drin, seine Eier drücken gegen meinen Hintern, und als er sich auf seine

Ellenbogen stützt, um mich anzuschauen, sehe ich, dass sein Gesicht mit Schweiß überzogen und sein harter Kiefer angespannt ist. »Geht es dir gut?«, fragt er abgehackt, und ich nicke, da ich nicht sprechen kann. Er ist so tief in mir, dass ich das Gefühl habe, dass wir eins sind, so als ob etwas mehr als unsere Körper miteinander verbunden sind. Mit seinem Gesicht, das nur wenige Zentimeter entfernt ist, und seinen blauen Augen, die auf meine gerichtet sind, ist die Intimität fast unerträglich.

Das ist mehr als toller Sex, und diese Erkenntnis erschreckt mich.

»Gut«, atmet er, und beginnt, sich in mir zu bewegen, während er mir weiterhin in die Augen schaut.

Zunächst sind seine Stöße sorgfältig kontrolliert, aber als sich mein Körper ihm anpasst, nimmt sein Tempo zu, und er wird mit jedem Stoß tiefer und härter. Seine kraftvollen Bauchmuskeln unter meinen Händen spannen sich an, und die erhitzte Anspannung in mir steigt erneut, da sich meine Erregung mit jedem Stoß verstärkt. Mit einem Schrei komme ich und zerbreche um ihn herum, aber er wird nicht langsamer, hält nicht inne, so dass sich der zweite Orgasmus aufbaut, bevor die Nachbeben des ersten abklingen. Jetzt hämmert er in mich, während sein Blick rücksichtslos auf mein Gesicht gerichtet ist, und ich habe das Gefühl, dass ich direkt in seine Seele blicken kann, direkt in seinen gnadenlosen Kern.

Der zweite Orgasmus überrollt mich ohne

Vorwarnung, und die Empfindungen schlagen wie eine Flutwelle ein. Jeder Muskel, innen und außen, zieht sich zusammen und löst sich, meine Zehen krümmen sich unkontrolliert, und meine Nägel graben sich in seine Seiten, als ich aufschreie. Mein Höhepunkt scheint ewig zu dauern, die Krämpfe sind so lang, dass es sich anfühlt, als würden sie nie aufhören. Ich spüre, wie ich mich immer wieder rhythmisch um ihn herum zusammenziehe, und erkenne den exakten Moment, in dem er sich nicht mehr zurückhalten kann.

Mit einem kehligen Stöhnen wirft er den Kopf zurück. Die Sehnen in seinem muskulösen Nacken spannen sich an, während er ganz in mich eindringt, mit geschlossenen Augen innehält und sein dicker Schwanz tief in mir pulsiert und mich mit flüssiger Wärme durchflutet. Das Gefühl ist seltsam faszinierend, und ich erschaudere, als meine inneren Muskeln sich erneut zusammenziehen und die verbleibenden Tropfen der Lust aus ihm herauswringen.

Schwer atmend öffnet Marcus die Augen und sieht mich mit von seinem Orgasmus immer noch geweiteten Pupillen an. Ein paar Herzschläge lang starren wir uns einfach an, fassungslos über die Kraft dessen, was wir erlebt haben. Dann weiten sich seine Augen, und er drückt mich weg, während er sich mit einer plötzlichen Bewegung herauszieht.

»Scheiße!« Er setzt ich zurück und starrt auf meine Oberschenkel. »Verfluchte Scheiße.«

Verletzt und verwirrt setze ich mich auf und folge

seinem Blick – nur um vor Entsetzen zu erstarren, als ich begreife, was dieses warme, nasse Gefühl bedeutet.

Marcus kam in mir.

Ohne Kondom.

Der Beweis klebt an meinen Oberschenkeln.

6

Marcus

»BITTE SAG MIR, DASS DU DIE PILLE NIMMST.« MEINE Stimme ist leise und angespannt, als ich Emmas entsetztem Blick begegne. Der Nebel nach dem Sex verschwindet schnell aus meinem Kopf. Was zum Teufel ist los mit mir? Ich habe noch nie ein Kondom vergessen. Niemals. Nicht als geiler Teenager und schon gar nicht als Erwachsener. Wie kann man so etwas überhaupt vergessen? Wenn man ein alleinstehender, sexuell aktiver Mann mit etwas Grips ist, ist Schutz zu benutzen eine so tiefsitzende Gewohnheit, dass man automatisch nach einem Kondom greift, während man den Reißverschluss seiner Hose öffnet. Aber heute ist es nicht einmal auf meinem Radar aufgeblitzt.

Das Bedürfnis, in sie einzudringen, war so stark, so überwältigend, dass Vorsicht und gesunder Menschenverstand nicht mehr existierten.

Emma, die aussieht, als müsste sie sich gleich übergeben, schüttelt den Kopf. »Nein, ich … Es gab keine Notwendigkeit nach Jim und mir – das heißt, ich habe nicht … Aber es gibt immer noch die Pille danach. Ich besorge sie sofort.« Sie bewegt sich, um vom Bett zu klettern, und ich fange instinktiv ihr Handgelenk ab.

»Warte. Es ist fast ein Uhr morgens. Sind die Apotheken in dieser Gegend überhaupt geöffnet?«

Sie blinzelt mich an und sieht ratlos aus. Ihre Locken sind ein wilder, krauser Heiligenschein um ihr gerötetes Gesicht, und ihre Lippen sind rosa und geschwollen von meinen Küssen. Mit ihren nackten Kurven und ihrer blassen Haut, die an einigen Stellen von meinen Stoppeln gekratzt wurde, sieht sie frisch gefickt und so lecker aus, dass sich mein Schwanz trotz meiner Besorgnis wegen meines Versagens wieder zu versteifen beginnt.

Verdammt. Das kann nicht gesund sein.

»Lass mich das nachschlagen, okay?«, sage ich schroff, lasse sie los und steige vom Bett, damit ich mich konzentrieren kann. Als ich unsere Kleidung auf dem Boden sehe, hebe ich sie auf und lege sie ordentlich auf eine Kommode, bevor ich mein Handy aus der Hosentasche ziehe. Dabei erwische ich Emma, wie sie mich wie einen Außerirdischen ansieht.

»Was?«, frage ich, aber sie schüttelt den Kopf und

greift nach einem Taschentuch, um die Nässe an ihrem Bein abzuwischen.

»Nichts. Ich merke gerade, was für ein Ordnungsfanatiker du bist.«

Ich runzele die Stirn, als sie das Tuch zusammenknüllt und es achtlos auf den Nachttisch fallen lässt. »Ich bin kein Ordnungsfanatiker.« Allerdings habe ich den starken Drang, dieses Tuch zu nehmen und es ordnungsgemäß zu entsorgen. Stattdessen schaue ich nach unten und gebe »24-Stunden-Apotheke in meiner Nähe« in die Suchleiste meines Telefons ein, und es erscheinen sofort mindestens drei, die alle nur wenige Kilometer entfernt sind.

Aus irgendeinem bizarren Grund ärgert mich dieses Ergebnis. Ich hatte wohl erwartet, dass diese Strandstadt weit weniger zivilisiert sein würde, ohne solchen städtischen Luxus wie 24-Stunden-Apotheken. Aber jetzt gibt es keine Entschuldigung mehr, nicht die Pille zu holen – nicht, dass ich nach einer gesucht hätte. Ich bin froh, dass wir das so schnell in Ordnung bringen können.

Das bin ich wirklich.

»Und?«, fragt Emma mich, als ich aufschaue. »Hat eine der Apotheken geöffnet?«

Ich nicke. »Ich hole uns die Pille.«

»Warte, ich komme mit. Ich mache mich nur schnell sauber.« Sie springt vom Bett und geht zum angeschlossenen Bad, wobei ihre Haare wie ein Feuersturm sind, als sie nackt durch den Raum läuft.

Mein Schwanz widmet ihr sofort wieder seine volle Aufmerksamkeit, und nach einer kurzen Überlegung folge ich ihr ins Badezimmer. Mein Blut fühlt sich wie erhitzte Melasse in meinen Adern an, und mein Herz schlägt schwer in meiner Brust. Sie greift bereits in die kleine Kabine, um das Wasser anzumachen, und ich lege meine Hände auf ihre üppigen Hüften, während ich sie hineintreibe und uns beide unter den sich schnell erwärmenden Strahl schiebe.

»Warte, Marcus.« Sie dreht sich um, um mich anzusehen, wobei ihr Gesicht von einer frischen Röte gezeichnet ist. »Sollten wir nicht …«

»Absolut«, murmele ich, schiebe meine Hände in ihr Haar und presse meine Lippen für einen tiefen, verspielten Kuss auf ihre.

EINE HALBE STUNDE SPÄTER IST SIE IMMER NOCH errötet, als wir durch das Wohnzimmer schleichen und versuchen, keinen Lärm zu machen. Ich weiß allerdings nicht, warum wir uns die Mühe machen. Wären Emmas Großeltern leichte Schläfer, hätten sie bei all dem Lärm, den wir unter der Dusche gemacht haben, kein Auge zubekommen. Mein Kätzchen war sehr laut, als es auf meinem Schwanz kam – und noch mehr, als ich einen Finger in ihren engen kleinen Arsch steckte und Seife als Gleitmittel benutzte.

Daran scheint sie auch zu denken, denn ihr Gesicht bleibt leuchtend rot, als wir auf Zehenspitzen aus dem

Haus schleichen und sie die Tür hinter uns mit einem Schlüssel abschließt, den sie aus einer Küchenschublade geholt hat. Sie ist köstlich, ihre Errötung, und sie bringt mich dazu, sie noch einmal ficken zu wollen. Und noch einmal. Und noch einmal.

Jepp. Definitiv nicht gesund – und ein weiterer Grund, warum sie bei mir einziehen muss. Wenn ich sie jede Nacht einmal ficke, wird sich dieses ständige brennende Bedürfnis zwangsläufig auf ein überschaubares Maß reduzieren.

Das hoffe ich zumindest.

Ich lege meine Hand auf ihren Rücken, führe sie zu meinem Mietwagen, und als ich die Tür für sie öffne, erwische ich sie dabei, wie sie herzhaft gähnt.

Das ist ansteckend, und ich muss sofort mein eigenes Gähnen unterdrücken.

»Weißt du, wir könnten auch morgen früh fahren, wenn du müde bist«, sage ich, während sie auf den Beifahrersitz rutscht. »Sie heißt ja schließlich *die Pille danach*. Wenn ich mich nicht irre, kann sie bei ungeschütztem Sex innerhalb von ein paar Tagen eingenommen werden.« Natürlich bin ich zweimal in ihr gekommen – das zweite Mal unter der Dusche. Ich frage mich, ob das die Chancen erhöht, dass die Pille nicht wirkt. Und da ich gerade dabei bin, wie effektiv ist sie überhaupt?

Ist es absolut sicher, dass sie wirkt, oder besteht noch eine Chance, dass ich Emma geschwängert habe?

Sie verdeckt mit ihrem Handrücken ein weiteres Gähnen und schüttelt den Kopf. »Nein, lass uns einfach fahren. Wir sind ja sowieso schon hier draußen. Da können wir es auch gleich erledigen.«

»Richtig.« Scheiße, was stimmt mit mir nicht? Warum habe ich überhaupt vorgeschlagen, bis zum Morgen zu warten? Ich sollte zur Apotheke eilen, als ob die Leistung meines Fonds davon abhängt, und nicht nach Gründen suchen, um nicht hinzufahren.

Ich schiebe mich hinter das Lenkrad, schließe die Tür hinter mir und starte den Wagen. Als wir aus der Einfahrt herausfahren, leuchtet das Licht im Wohnzimmer auf.

Emmas Großeltern sind wach und fragen sich zweifellos, was los ist.

Tatsächlich klingelt eine Sekunde später Emmas Telefon. »Mist. Oma hat mir gerade eine SMS geschrieben«, sagt sie mit einem Blick auf den Bildschirm. »Sie möchte wissen, ob alles in Ordnung ist.«

»Und, was wirst du ihr sagen?«

Sie stößt einen frustrierten Atemzug aus. »Was *kann* ich ihr sagen? Ich muss mir irgendeine schwachsinnige Ausrede einfallen lassen, wie etwa Kopfschmerzen, für die ich dringend Medikamente brauchte, oder ein Rezept, das ich in New York vergessen habe. Natürlich wird sich die Oma dann Sorgen machen und …«

»Wie wäre es, wenn du ihr sagst, dass ich *meine* Medizin in New York vergessen habe?«, schlage ich vor. »Sagen wir, die Antibiotika, die ich noch zu Ende nehmen muss. Dann ist alles erklärt, und sie wird sich keine Sorgen machen.« Alternativ könnten wir Mary Walsh die Wahrheit sagen – ich habe das Gefühl, dass sie sich über diese Situation mehr amüsieren als aufregen würde –, aber das schlage ich nicht vor.

Ich glaube, Emma würde nicht wollen, dass ihre Großeltern so viel über unser Sexualleben wissen.

»Das ist eine gute Idee«, sagt sie und tippt schnell eine Antwort ein. Wenige Sekunden später klingelt ihr Telefon wieder, und sie verkündet triumphierend: »Es hat funktioniert. Oma ist beruhigt und geht wieder schlafen.«

»Ausgezeichnet. Wir sind ein gutes Team.« Lächelnd schaue ich sie an und sehe ihre Grübchen aufblitzen, als sie mich als Erwiderung angrinst.

»Das sind wir definitiv«, sagt sie, und als ich meine Aufmerksamkeit wieder auf die Straße richte, spüre ich, wie sie ihre kleine Hand auf meine legt, die auf meinem Knie ruht, und ihre Finger sich in einem sanften Druck zwischen meine schieben.

7

Emma

DAS KÖSTLICHE AROMA VON BRATÄPFELN UND Kürbiskuchen locken mich aus dem Tiefschlaf – und das Geräusch meines laut knurrenden Magens. Ich bin versucht, ihn zu ignorieren und mich tiefer unter meine Decke zu wühlen, aber eine raue Männerstimme murmelt: »Bist du wach, Kätzchen?«, und weiche, warme Lippen knabbern an der empfindlichen Verbindungsstelle zwischen meinem Hals und meiner Schulter, während eine große, starke Hand an meiner Seite hinaufstreicht und besitzergreifend meine Brust umschließt.

Der schläfrige Dunst in meinem Gehirn löst sich augenblicklich auf.

Heilige Scheiße.

Ich liege mit Marcus im Bett.

In Florida.

Im Haus meiner Großeltern.

Ich öffne die Augen, setze mich auf und drehe mich um, um den Milliardär anzustarren, der mich so rücksichtslos hierher verfolgt hat. Er liegt auf einen Ellenbogen gestützt auf der Seite, sein dickes braunes Haar ist vom Schlaf zerzaust, und seine Augen sind schwer, als er meinen Blick erwidert. Mit seinem mit morgendlichen Bartstoppeln bedeckten harten Kiefer und seinem stark muskulösen, von der Decke unbedeckten Oberkörper ist er so potent und köstlich männlich, dass sich meine Haut erwärmt und meine Oberschenkel sich zusammendrücken, um instinktiv dem wachsende Begehren zwischen ihnen entgegenzuwirken.

»Morgen«, murmelt er, und sein Blick fällt auf meine Brüste – die, wie ich erst jetzt merke, unbedeckt sind und deren Nippel hart und aufrecht stehen, so als ob ich erregt wäre.

Was ich bin – aber ich hatte gehofft, er würde es nicht erfahren. Es ist schlimm genug, dass wir nach der Rückkehr aus der Apotheke *erneut* Sex hatten, zum dritten Mal. So überzeugt man einen Mann nicht davon, dass man nicht so sehr auf ihn steht – was die Strategie ist, die ich gestern Abend beschlossen habe, als wir den müden Apotheker nach Plan B fragten.

Ich beschloss, das Risiko einzugehen und zu sehen, wohin dies führt, aber ohne Marcus die Tiefe meiner Gefühle zu vermitteln. Er hat mich bereits dazu überredet, ihn für Thanksgiving hierbleiben zu lassen. Wenn er wüsste, dass ich in ihn verliebt bin, wäre er nicht aufzuhalten.

Er würde mich bis zum Abendessen in sein Penthouse einziehen lassen.

»Ähm … Morgen.« Ich versuche, nicht zu erröten, und ziehe die Decke über meine Brüste. »Wie spät ist es?«

Ein leichtes Lächeln erscheint auf seinen Lippen, als sein Blick zu meinem Gesicht zurückkehrt. »Fast zehn.«

»Oh Scheiße.« Ich wollte Oma beim Frühstück und bei den ganzen Thanksgiving-Vorbereitungen helfen, aber den köstlichen Gerüchen nach zu urteilen, die mich aufgeweckt haben, ist es zu spät.

Wie ich Oma kenne, ist sie seit dem Morgengrauen damit beschäftigt.

»Wir sind spät schlafen gegangen«, meint Marcus. Er setzt sich hin, wirft die Decke beiseite und zeigt eine lange, dicke, leckere Erektion. Morgenlatte, hoffe ich – wenn nicht, ist dieser Mann ernsthaft sexbesessen.

Bewundernswert unbekümmert über seine Nacktheit steht er auf und streckt sich, wobei sich jeder Muskel seines großen, harten Körpers mit der Bewegung anspannt, bevor er mit einem lässigen »Ich bin gleich wieder da« ins Bad geht.

Ich schlucke meinen Sabber herunter und springe auch aus dem Bett. Ich hole mir ein T-Shirt und eine Hose sowie Unterwäsche und ziehe mich schnell an.

Ich befürchte, dass wir, wenn ich bei seiner

Rückkehr noch nackt bin, nicht vor Mittag aus diesem Schlafzimmer herauskommen.

Während ich darauf warte, dass Marcus zurückkehrt, nehme ich mein Telefon in die Hand, um meine E-Mails zu überprüfen. Zu meiner Überraschung gibt es eine Sprachnachricht von meiner besten Freundin Kendall – und eine ganze Reihe SMS von ihr.

Besorgt öffne ich zuerst die Nachrichten.

Die erste ist ein Link zu einem Artikel im *New York Herald*, gefolgt von: *OMG, Ems, bist du das mit Mr. Wall Street auf Seite sieben???*

Dann: *Definitiv bist du das! Heilige Scheiße, ich bin mit einem Promi befreundet!*

Sie nennen dich einen »mysteriösen Rotschopf«, hast du das gesehen? Und, Scheiße, sieht dieser Kuss heiß aus. Er hält dich, als ob er dich auf der Stelle nehmen will. Kein Wunder, dass du so still warst, als es um die Orgasmen ging. Du bekommst viele bei ihm, nicht wahr? Das kann ich sehen.

Moment mal. Das war am JFK? Warum wart ihr zusammen auf dem Flughafen?

Ist er mit dir in Florida???

Du hinterhältiges kleines Biest! Er lernt bereits deine Großeltern kennen, stimmt's? Warum hast du mir das nicht gesagt?

Die nächsten beiden Nachrichten sind Bilder von Kleidern wie für den Abschlussball, gefolgt von: *Ich habe vor, eines von diesen als deine Trauzeugin zu tragen. Nur zur Information. Und auf keinen Fall Micky-Maus-Ohren. Ich weigere mich.*

Zu gleichen Teilen entsetzt und verwirrt, klicke ich auf den Link der ersten Nachricht. Es erscheint ein Zeitungsartikel mit einem Bild von Marcus, wie er mich gestern Abend vor dem Gate küsste. Die Überschrift lautet: *Kommt einer der begehrtesten New Yorker Junggesellen in Disney World unter die Haube?*

Was zum Teufel …?

Mit klopfendem Herzen überfliege ich den eigentlichen Artikel:

Der Hedgefonds-Milliardär Marcus Carelli wurde gestern Abend am JFK gesichtet, wie er eine mysteriöse Rothaarige geküsst hat. Der berüchtigte Besitzer des 92 Milliarden Dollar schweren Carelli Capital Management ist nicht für öffentliche Liebesbezeugungen bekannt, was die Umstehenden zu Spekulationen veranlasst, dass die Beziehung ernst sein könnte. Unseren Quellen zufolge stand die junge Frau in der Schlange der Economy-Class für einen Flug nach Orlando, der Heimat von Micky Maus, als Carelli sie für eine anscheinend hitzige Diskussion beiseitenahm, die in einem leidenschaftlichen Kuss gipfelte (siehe Foto oben). Die Frau ging dann an Bord ihres Fluges und ließ Carelli am Gate stehen. Doch damit ist die Geschichte noch nicht zu Ende, denn laut einem etwa fünfzehn Minuten später eingereichten Flugplan flog Carellis Privatjet noch am selben Abend ebenfalls nach Orlando.

Ist einer der reichsten Junggesellen New Yorks dabei, in Disney World eine Freundin zu heiraten, die Economy Class fliegt?

Eine echte Aschenputtel-Geschichte könnte sich dahinter verbergen.

Aschenputtel-Geschichte? Disney World? Unter die Haube kommen?

Was rauchen die denn?

Mein Blick kehrt auf den zweiten Satz zurück, und ich lese ihn erneut ungläubig.

Nein, das habe ich mir nicht eingebildet. Sie schreiben »92 Milliarden Dollar«. Kendall sagte mir, dass Marcus' Fonds eine wahnsinnige Menge an Geld verwaltet, aber das entspricht dem Bruttoinlandsprodukt eines kleinen Landes. Oder vielleicht eines mittelgroßen?

Scheiße, ich hätte in meinem einzigen Wirtschaftskurs im College aufpassen sollen.

Ich hyperventiliere immer noch, als Marcus aus dem Badezimmer kommt. Sein eindringlicher Blick landet auf mir, und er durchquert schnell den Raum, bis er vor mir steht. »Was ist los?«, will er wissen und umfasst meine Schultern. »Ist etwas passiert?«

Er ist immer noch nackt, was schlecht für mein ohnehin schon wackeliges Gleichgewicht ist, also gebe ich ihm wortlos das Telefon und stürze ins Badezimmer. Ich schließe die Tür hinter mir, lehne mich dagegen und versuche, meine Lungen davon zu überzeugen, dass es genug Luft gibt – und mein Gehirn, dass dieser Artikel nichts ist, worüber man ausflippen sollte.

Ach, wem mache ich etwas vor?

Sie haben ein Bild von mir, wie ich mit Marcus rummache.

Ein Bild und einen Artikel auf Seite sieben.

Als wäre ich eine Kardashian oder so etwas.

Oh, und Marcus verwaltet offenbar fast hundert Milliarden Dollar und gilt als einer der begehrtesten Junggesellen New Yorks.

Wenn das kein Grund zum Ausflippen ist, dann weiß ich es auch nicht.

Irgendwie schaffe ich es, mich zum Waschbecken zu begeben und meine übliche Morgentoilette durchzuziehen, die da wäre Zähne putzen, Gesicht waschen und so weiter. Das beruhigt mich gerade genug, um nicht am Rande einer Panikattacke zu stehen. Als letzten Schritt trage ich eine dicke Schicht Sonnencreme auf – die Sonne in Florida ist mörderisch für den Teint einer Rothaarigen – und entscheide, dass ich so bereit bin, mich der Welt zu stellen, wie ich es jemals sein werde.

Und mit *Welt* meine ich Marcus, der glücklicherweise mit einer Jeans und einem Polohemd bekleidet ist, als ich herauskomme. Er sitzt auf dem Bett – das jetzt ordentlich gemacht ist, wie ich mit dem Teil meines Gehirns feststelle, der begonnen hat, seine ordnungsfanatischen Tendenzen zu verfolgen – und tippt auf seinem Telefon. Als er mich hört, schaut er auf, steckt das Telefon in seine Tasche und steht auf.

»Das tut mir leid«, sagt er, bevor ich ein Wort herausbekommen kann. »Mein PR-Team hätte die Sache in den Griff bekommen müssen. Oder besser gesagt, *ich* hätte es tun sollen. Sie hätten das zerquetschen können, wenn ich ihnen gesagt hätte, dass ich gestern ein paar auf uns gerichtete Telefone gesehen habe.«

»Sie ... hast du?« All meine Ruhe verpufft. »Ist das etwas, was oft passiert? Ich meine, das Bild und der Artikel und ...«

»Nein, denn meine Mannschaft hat es im Griff. Normalerweise.«

»Hm, ja, okay. Und du brauchst ein PR-Team, weil ...?«

Er seufzt. »Weil sich die Medien leider nicht immer nur auf meinen Fonds und unsere Anlagen konzentrieren. Ich bin in der Geschäftswelt ziemlich bekannt, und ab und zu versucht irgendein verzweifelter Reporter, mich zu einer Figur zu machen, die für die Allgemeinheit interessant sein könnte.«

»Wie einer der begehrtesten Junggesellen New Yorks?«

»Ja, genau.« Er zieht eine Grimasse. »Dieser Artikel ist nichts als Spekulation, ein reiner Klickfang, und sie wissen es. Sie machten sich nicht einmal die Mühe, zu erwähnen, dass wir den Flugplan geändert haben, um nach Daytona Beach statt nach Orlando zu fliegen. Von wegen Disney World.« Er sieht so angewidert aus, dass meine Lippen vor Belustigung zucken, obwohl ich immer noch am Ausflippen bin.

»Also keine Micky-Maus-Ohren für unsere Hochzeit?«, frage ich mit einem so ernsten Gesicht, wie es mir möglich ist. »Weil Kendall *wirklich* gehofft hat, sie als meine Trauzeugin zu tragen.«

Er zögert keinen Augenblick. »In diesem Fall nehme ich es zurück. Disney und Micky werden es sein. Wirst du ihr die gute Nachricht überbringen, oder soll ich …?«

»Ich denke, wir sollten das dem *New York Herald* überlassen, der hat die Exklusivmeldungen mit dem Insiderwissen«, sage ich, und als er lacht und sich seine schlanken Wangen mit diesen sexy Rillen überziehen, kann ich nicht anders, als mitzumachen, und meine schlimmste Panik verfliegt.

Und das, obwohl mein Bild in der Zeitung ist und ich mit *einem der begehrtesten Junggesellen New Yorks* ausgehe.

Es ist nicht so, dass ich nicht wusste, dass Marcus nicht in meiner Liga spielt. Er ist, war und wird das immer tun, und dieser medienwirksame Artikel ändert nichts daran.

Außerdem weiß nur Kendall, wer der *mysteriöse Rotschopf* ist.

8

*E*mma

»Wie geht es unserem mysteriösen Rotschopf?«, fragt Opa, als er in die Küche kommt, und ich spucke fast den Kaffee aus, den ich im Mund habe. In letzter Sekunde schlucke ich ihn stattdessen herunter – und bekomme sofort einen Hustenanfall, weil die heiße Flüssigkeit in die falsche Röhre gelangt ist.

»Opa!«, zwinge ich erstickt heraus, als ich wieder sprechen kann. »Seit wann liest du den *New York Herald?*«

Ich war sicher, todsicher, dass meine Großeltern dieses Stück aufschlussreichen Journalismus nicht sehen würden. Denn warum sollten sie das tun? Der *Herald* ist im Grunde ein lokales Klatschblatt voller reißerischer Geschichten, die das ganze »unter die

Haube in Disney World« wie eine tief recherchierte Tatsache erscheinen lassen.

»Seit ich erfahren habe, dass der Mann, mit dem meine Lieblingsenkelin ausgeht, Schlagzeilen macht, habe ich Google-Alerts für seinen Namen aktiviert«, sagt Gramps, so unerschütterlich wie immer. »Was? Denkst du, das Internet ist nur etwas für die jungen Leute?«

»Er hat es mir heute Morgen vorgelesen«, sagt Oma von der Kücheninsel aus, wo sie das Gemüse mit der Präzision einer Küchenmaschine schneidet. »Ich sagte ihm, dass er dich nicht damit aufziehen soll, aber er konnte nicht widerstehen.«

»Konnte wem oder was nicht widerstehen?«, fragt Marcus, als er die Küche betritt. Er musste vor wenigen Minuten einen Arbeitsanruf entgegennehmen und hat dadurch den ganzen Spaß verpasst.

»Den Artikel zu erwähnen«, erklärt Oma, während sich Marcus auf einen Barhocker neben mir setzt. »Ich sagte Ted, er solle den Mund halten und Emma nicht damit aufziehen, aber er hat nicht auf mich gehört.«

Marcus grinst. »Ich kann es ihm nicht verdenken. Schaut doch, wie schön sie errötet. Wer könnte da widerstehen?« Er beugt sich vor, legt seinen Arm um meine Schultern und küsst mich auf die Schläfe.

Mein Gesicht erwärmt sich sofort. Ich war rot wegen meines Hustenanfalls, nicht wegen Großvaters Kommentar, aber jetzt, wo meine beiden Großeltern uns anstrahlen, werde ich wirklich rot.

Ich werde Marcus töten, bevor diese Reise vorbei ist. Das werde ich wirklich.

»Möchtest du einen Kaffee?«, fragt Oma Marcus und rettet mich netterweise damit. »Wir haben nichts Ausgefallenes, aber …«

»Was immer du hast wäre großartig, danke«, sagt er. »Ich brauche dringend einen Koffeinschub und bin nicht wählerisch.«

Oma wischt sich die Hände an einem Küchentuch ab und geht zur Kaffeemaschine, um eine Tasse des gleichen Kaffees einzuschenken, den ich gerade trinke – und der eigentlich ziemlich ausgefallen ist. Es ist eine spezielle Mischung, die Oma direkt in Kolumbien bestellt. Normalerweise ist sie sehr stolz darauf und erzählt allen und jedem, wie und wo die Bohnen angebaut werden, also warum hat sie gerade …?

Oh, natürlich.

Seit meine Großeltern den Artikel gelesen haben, wissen sie, dass Marcus ein Milliardär ist. Und nicht irgendein Milliardär, sondern ein Wall-Street-Titan, dessen Fonds fast hundert Milliarden verwaltet.

Eigentlich müssen sie das schon vor dem Artikel gewusst haben, da Gramps die Google-Alerts aktiviert hat. Wahrscheinlich hat er Marcus irgendwann nach unserer Skype-Sitzung gesucht, und das ist das Ergebnis.

Meine Großeltern zeigen es vielleicht nicht, aber sie sind zumindest etwas eingeschüchtert von dem Reichtum ihres Gastes. Warum sonst würde Oma herunterspielen, wie großartig ihr kolumbianisches Elixier ist?

»Bitte sehr«, sagt sie, gibt Marcus einen Becher, und er bedankt sich bei ihr, bevor er einen großen Schluck nimmt.

Sofort weiten sich seine Augen, und er schaut auf den Becher und dann auf meine Großmutter. »Mary, das ist ein unglaublicher Kaffee. Woher in aller Welt hast du den?«

Oma leuchtet wie ein Weihnachtsbaum. »Schmeckt er dir? Ich bestelle ihn von dieser einen kleinen Farm in Kolumbien, in der Nähe des Amazonas-Regenwaldes ...« Sie fängt mit ihrer üblichen Rede über die fairen Handelspraktiken der Farm an, und ich blende sie aus, um meinen neuen Freund zu betrachten – oder was immer Marcus jetzt für mich ist.

Natürlich ist mein Plan, meinen Großeltern zuliebe so zu tun, als wären wir zusammen, während ich ihn auf Abstand halte, kläglich gescheitert. Ich habe immer noch nicht die Absicht, mit ihm zusammenzuziehen, aber ich kann nicht leugnen, dass wir zumindest wieder zusammen sind.

Oder besser gesagt zusammen schlafen und Thanksgiving mit meiner Familie verbringen.

Wo wir gerade davon sprechen ... Marcus scheint sich bei meinen Großeltern überaus wohlzufühlen. Ich sollte wohl nicht überrascht sein, so wie er die Gelegenheit ergriffen hat, sie via Skype kennenzulernen, aber es ist trotzdem ziemlich beeindruckend für mich. Mein Ex vom College war in ihrer Nähe immer so steif gewesen, so ängstlich, das Falsche zu sagen oder zu tun. Für Jim waren meine Großeltern Dinosaurier gewesen, so alt und seltsam, dass er sich nie die Mühe gemacht hat, sie als Individuen kennenzulernen – oder ihnen viel Aufmerksamkeit zu schenken. Marcus hört meiner Großmutter jedoch nicht nur konzentriert zu, er stellt auch noch weitere Fragen und interagiert mit ihr wie mit mir.

Für ihn ist meine Familie kein unerwünschter Ballast, der dazugehört, weil wir zusammen sind, sondern Menschen. Und seinem Verhalten nach zu urteilen Menschen, die er mag und respektiert.

Oma und Opa haben bereits gefrühstückt – obwohl sie spät ins Bett gegangen sind, sind sie wie immer früh aufgewacht –, aber sie leisten uns Gesellschaft, während wir die Reste verschlingen: Zucchini-Kürbis-Pfannkuchen mit hausgemachtem Joghurt und Honig aus der Region. Während wir essen, erzählt Oma Marcus alles über die Tomaten, die sie in ihrem Garten züchtet, und Opa stellt Marcus eine Zillion Fragen über den Markt und die Aktien, in die er investieren soll.

»Opa, das kann er doch nicht einfach so sagen«, schimpfe ich, als mein Großvater das Thema zum ersten Mal anspricht. »Das ist wie Insiderhandel oder Frontrunning oder so etwas.«

»Nur wenn ich wesentliche, nicht-öffentliche Informationen preisgebe oder ihm von einem Handel erzähle, den mein Fonds vorhat«, sagt Marcus und lächelt mich liebevoll an. »Es ist kein Problem, dass dein Großvater mich nach meiner Meinung zu verschiedenen Investitionen fragt.«

»Oh, okay. Ich war mir nicht sicher«, murmele ich und schiebe mir ein Stück Pfannkuchen in den Mund. »In diesem Fall … macht weiter.«

Und das tun sie. Als das Frühstück vorbei ist, fühle ich mich, als hätte ich eine Stunde CNBC hinter mir, nur mit wesentlich klügeren Köpfen. Mein Großvater muss sich im vergangenen Jahr noch mehr mit Investitionen beschäftigt haben, denn er scheint die richtigen Fragen zu haben. Oder vielleicht kommt es mir nur so vor, weil Marcus alle seine Fragen ohne die geringste Spur von Herablassung beantwortet. So oder so, all das Gerede über Aktien gibt Opa so viele Ideen, dass er, sobald wir aufstehen und Oma für die köstlichen Pfannkuchen danken, direkt zu seinem Laptop rennt – vermutlich, um einige der Investitionen zu kaufen, die er und Marcus besprochen haben.

»Vielen Dank dafür«, sage ich Marcus, als wir zu unserem Zimmer zurückgehen. »Du hast ihn sehr glücklich gemacht.«

»Habe ich das?« Er wirft mir einen Blick von der Seite zu. »Was ist mit dir, Kätzchen?«

»Mir?«

»Habe ich dich mit dem ganzen Investitionskram gelangweilt?«

»Nein. Überhaupt nicht.« Und zu meiner

Überraschung ist es die Wahrheit. Obwohl mich das Thema nicht interessiert, war es faszinierend, Marcus in seinem Element zu beobachten. Er verfügt nicht nur über bodenloses Wissen über den Aktienmarkt und viele börsennotierte Unternehmen, er hat auch eine Weise, es zu vermitteln, die das normalerweise langweilige Thema lebendig werden lässt. Zum Teil liegt das daran, wie er spricht, mit einer ruhigen Autorität, die Aufmerksamkeit erregt. Hauptsächlich ist es aber, wie er das menschliche Element nahtlos in die Zahlen einfügt, indem er über die Psychologie der Anleger und die Persönlichkeiten der CEOs im selben Atemzug mit den Gewinnmargen und den Bewertungsmetriken spricht.

Während ich ihm zuhörte, verstand ich, warum mein Großvater und so viele andere als Hobby in Aktien investieren – und warum Marcus selbst so leidenschaftlich an dem interessiert ist, was er tut.

Er lächelt mich warmherzig an. »Das freut mich. Du sahst nicht gelangweilt aus, aber du warst sehr ruhig.«

»Nein, überhaupt nicht.« Ich betrete das Gästezimmer, bleibe stehen und drehe mich zu ihm um. »Also, was sind deine Pläne für heute? Ich meine, hast du eine Idee, was du vor unserem Thanksgiving-Dinner machen willst?« Marcus' Blick schweift augenblicklich zum Bett, und ich stelle klar: »Abgesehen *davon*.«

Er grinst mich an, und seine blauen Augen glänzen. »Nun, wir sind in Florida, also dachte ich, wir könnten an den Strand gehen. Es sei denn, du hast andere Vorschläge? Ich bin für alles offen.«

»Hast du keine anderen Arbeitsanrufe zu erledigen oder so?« Bevor er auftauchte, hatte ich vor, den größten Teil meines Urlaubs mit meinem Laptop auf der Terrasse meiner Großeltern zu verbringen, um mit den Korrekturen voranzukommen – und vielleicht sogar am ersten Kapitel meiner eigenen supergeheimen Geschichte zu arbeiten. Jetzt kann ich das jedoch vergessen … es sei denn, Marcus plant, auch einen Teil des Tages zu arbeiten.

Er zieht die Augenbrauen in die Höhe. »Du klingst enttäuscht. *Willst* du, dass ich arbeite?«

»Nein, natürlich nicht – es sei denn, du musst. Ich verstehe es vollkommen, wenn du musst.« Und ja, vielleicht möchte ein Teil von mir, dass er mit etwas anderem beschäftigt ist als mit mir, damit ich wieder zu Atem komme und versuchen kann, gelassen zu bleiben. Den größten Teil des vergangenen Wochenendes hatte er seine Aufmerksamkeit allein mir gewidmet, und es war mehr als berauschend, so sehr, dass es mich fast zerstört hat, als er ging und anschließend drei Tage lang verschwunden war. Wenn er bis Sonntag hier sein wird – und ich vermute, dass er es sein wird, da er trotz meines Ultimatums gestern Abend meinen Großeltern noch keinen Ton davon gesagt, dass er heute Abend nach New York zurückfliegt –, muss ich einen Weg finden, mich zu schützen, um zumindest einen Teil meines Herzens abzuschirmen, falls er wieder von heiß auf kalt umschaltet.

Seine Lippen formen ein schiefes Lächeln, während Verständnis in seinem Blick aufscheint. »Wie wäre es, wenn wir ein paar Klappstühle und unsere Laptops mit zum Strand nehmen? Wir können schwimmen, wenn das Wasser warm genug ist, und wenn nicht, können wir einfach die Meeresbrise genießen, während wir etwas Arbeit nachholen. Ich nehme an, du musst noch Bücher lektorieren?«

»Na ja, irgendwie«, gebe ich verlegen zu. »Es ist nichts Dringendes, aber …«

»Du musst nicht mehr sagen. Wenn ich etwas verstehe, dann ist es der Wunsch nach einem produktiven Urlaub.«

Ich lächele ihn an. »Okay, großartig. Lass mich nur meine Sachen holen und …«

»Warte.« Er hält mich am Arm fest. »Bevor du das tust, gibt es etwas, was ich schon den ganzen Morgen tun wollte.«

»Ach?«, sage ich atemlos, und mein Kopf kippt nach hinten, als er meine Hüften ergreift und mich an seinen großen, harten Körper zieht. »Und was?«

Seine Stimme wird heiser. »Das.« Und er beugt seinen Kopf nach unten, um mich zu küssen, während er uns zum Bett manövriert.

9

Marcus

Es ist amtlich.

Ich bin ein Tier, wenn es um Emma geht.

Wir hatten vor weniger als einer halben Stunde Sex, doch als meine Hand über die glatte Haut ihres Rückens gleitet und sie mit Sonnencreme bedeckt, bevor wir aus dem Auto aussteigen, kann ich nur daran denken, wie sehr ich mit meiner Zunge ihre Wirbelsäule entlangfahren möchte und wie sehr ich es liebe, die roten, knutschfleckartigen Male an der Verbindungsstelle zwischen ihrem Hals und ihrer Schulter zu sehen, wo ich letzte Nacht etwas zu hart an ihrem zarten Fleisch gesaugt und geknabbert habe.

Es ist falsch und völlig neandertalerisch von mir,

aber ich möchte, dass jeder, der sie heute am Strand ansieht, weiß, dass sie mir gehört.

»Bitte vergiss nicht, sie unter den Trägern und dem Bund der Shorts zu verteilen«, murmelt sie und schaut mich über ihre Schulter an. Ihre grauen Augen leuchten im Sonnenlicht, das durch die Autofenster eindringt, und ihre sommersprossigen Wangen unter der breiten Hutkrempe sind leicht gerötet. »Den schlimmsten Sonnenbrand bekomme ich immer direkt an den Rändern meines Bikinis.«

»Mach dir keine Sorgen.« Meine Stimme ist belegter, als ich beabsichtigt hatte. »Ich passe auf.«

Ich creme ihren Rücken und ihre Schultern mit einer dicken Schicht Sonnencreme ein, wobei ich darauf achte, dass ich unter die Träger ihres gelben Bikinioberteils und in die Jeansshorts gehe, die ihre Bikinihose bedecken. Dann gebe ich ihr die Tube. »Alles erledigt.«

»Was ist mit dir?«, fragt sie, als ich mich nach dem Türgriff ausstrecke. »Soll ich deinen Rücken machen?«

»Vielleicht später.« Dadurch, sie ohne Hemd zu sehen und die Creme auf ihre köstliche weiche Haut zu schmieren, kämpfe ich bereits mit einer stranduntauglichen Erektion. Wenn sie anfängt, mich zu berühren, werden wir das Auto vielleicht nicht mehr verlassen – und ich muss womöglich ihren Großeltern eine Anklage wegen Unsittlichkeit in der Öffentlichkeit erklären, wenn sie kommen, um uns aus dem Gefängnis zu holen.

Börsenberatung oder nicht, Ted Walsh wird mich danach vielleicht nicht mehr so gern mögen.

Beim Verlassen des Autos atme ich tief ein und ziehe die warme, feuchte Luft in meine Lungen. Sie riecht nach Salz, Sonne und Sand. Laut dem Armaturenbrett meines Autos sind es draußen achtundzwanzig Grad – ein ungewöhnlich heißer Tag für Ende November im Norden Floridas. Das erklärt wahrscheinlich, warum die Strandpromenade und der Strand vor uns von Menschen wimmelt, sowohl von Touristen als auch Einheimischen.

Zum Glück schaut niemand auf die Beule in meiner Hose, als ich zum Kofferraum gehe, um die Strandstühle herauszunehmen, die wir uns von Emmas Großeltern geliehen haben. Mit den Stühlen unter einem Arm greife ich auf dem Rücksitz nach meiner Laptoptasche, in der unsere beiden Rechner untergebracht sind.

»Ich nehme den Rest«, sagt Emma und öffnet die gegenüberliegende Tür, um die Tasche mit unseren Handtüchern und dem Wasser herauszunehmen. Als sie sich streckt, um sie von der Mitte des Rücksitzes zu nehmen, klappt das Oberteil ihres Bikini-BHs auf und lässt mich einen Blick auf einen rosa Nippel werfen.

Verdammt.

Das hilft der Beulen-Situation überhaupt nicht. Außerdem bin ich jetzt sauer, denn wenn ich diesen Blick erhascht habe, hätte das auch ein Passant tun können, und diese süßen Nippel sind nur für meine

Augen bestimmt. Genauso wie der knackige Arsch in diesen zu kurzen Shorts.

Ich beiße die Zähne zusammen, richte mich auf und atme tief ein, während ich das Auto abschließe.

Vielleicht war der Strand keine so gute Idee. Emma halb nackt in der Öffentlichkeit ist etwas, mit dem ich nicht gut klarkomme, wie es scheint.

»Hier entlang«, sagt sie, geht zu den Stufen, die zum Strand hinunterführen, und nach einem weiteren ruhigen Atemzug folge ich ihr, wobei ich darauf achte, die Tasche vor mich zu halten, während ich gehe.

Sie hält direkt auf den schattigen Bereich unter dem Pier zu, und ich stelle unsere Stühle etwa ein Dutzend Meter von der nassen Linie im Sand auf, um unsere Laptops vor den aggressiven Wellen am Ufer zu schützen. Hier unten am Wasser ist es viel kühler als an der Strandpromenade, und die Brise ist frisch und salzig, so belebend, wie nur die Meeresluft es sein kann.

»Entschuldigen Sie, Ma'am«, sagt Emma zu einer Frau mittleren Alters, die sich auf einem Handtuch in unserer Nähe niederlässt. »Würde es Ihnen etwas ausmachen, auf unsere Sachen aufzupassen, während wir schwimmen gehen?«

»Überhaupt nicht«, sagt sie mit einem Hauch von Südstaatenakzent. »Gehen Sie einfach, das ist kein Problem.«

»Danke«, sagt Emma, während sie ihren Hut abnimmt, und ihre Haare zu einem dicken, unordentlichen Dutt bindet. Als Nächstes öffnet sie den Reißverschluss und schiebt die Shorts an den Beinen hinunter, wodurch sie ein gelbes Bikiniunterteil freilegt, das ihren Po noch weniger bedeckt als diese winzigen Shorts. *Ihren runden, üppigen, perfekt zum Anfassen geformten Po.* Wären wir allein, hätte ich meine Hände überall auf ihm. Ich würde ihn massieren, lecken, beißen …

Verdammt, ich brauche ernsthaft Hilfe. Vielleicht sollte ich einen Psychiater aufsuchen, wenn wir wieder in New York sind – am besten einen, der auf Sexsucht bei kurvenreichen kleinen Rothaarigen spezialisiert ist. So etwas muss es doch geben, oder?

In der Zwischenzeit sehe ich nur eine Möglichkeit, mit dieser Folter umzugehen.

»Komm her«, knurre ich, gehe auf Emma zu und ignoriere ihr Quieken, als ich sie in meine Arme hebe und ins Wasser trage, wobei ich nicht stehen bleibe, bis wir brusttief drin sind.

Nun, *ich* bin brusttief drin, und sie klammert sich an meinen Hals, damit die Wellen ihr nicht ins Gesicht schlagen.

»Du Monster«, schreit sie und klettert wie ein Affe an meinem Körper hoch, als eine besonders große Welle sie trotzdem nass machen will. »Dieses Wasser ist verdammt kalt!«

Ich grinse in ihr empörtes Gesicht. »Ich weiß. Erfrischend, nicht wahr?« Und vor allem reduziert es die Erektion.

»Nein!« Sie wischt sich das Salzwasser aus dem Gesicht. »Du Arsch!«

»Du wolltest doch schwimmen gehen, oder?«

»Aber nicht so! Ich wollte langsam hineinwaten, mich auf dieses … dieses Eisbad einstellen.« Sie sieht wegen des dreiundzwanzig Grad warmen Wassers so beleidigt aus, dass ich nicht anders kann, als zu lachen.

»*So* kalt ist es nicht, Kätzchen. Außerdem ist es manchmal besser, einfach hineinzuspringen. Tauch ein und mach dir dann Gedanken über die Anpassung.«

Sie leckt sich über ihre Rosenknospenlippen. »Was, wenn … was, wenn man sich nicht anpasst?« Ihr grauer Blick wird düster. »Was ist, wenn man es einfach nicht kann?«

»Und wenn man es kann?«, widerspreche ich, da ich weiß, dass wir nicht mehr über die Wassertemperatur sprechen. Ich ziehe sie mit einem Arm an mich und lege meine freie Hand auf ihre hübsche Wange. »Was, wenn es der einzige Weg ist?«

Sie blinzelt mir zu, und ihre rotbraunen Wimpern bewegen sich schnell nach unten und oben. »Glaubst du wirklich?«

»Das tue ich«, sage ich entschieden. »Das tue ich wirklich.« Und als sich eine weitere Welle an meinem Rücken bricht, drücke ich meine Lippen auf ihre, schmecke das Salz der Gischt und ihre süchtig machende Süße.

10

UNSER FRÜHSTÜCK WAR EHER EIN BRUNCH, UND OMA isst gerne früh zu Abend, also lassen wir das Mittagessen aus und verbringen den ganzen Nachmittag am Strand, abwechselnd in den Stühlen sitzend und schwimmend. Getreu seinem Wort lässt mich Marcus zwischen dem Schwimmen an meinem Laptop arbeiten, und ich schaffe es, einen guten Teil eines Romans über einen Gestaltwandler zu bearbeiten, der am kommenden Freitag erscheinen soll. Danach rufe ich meine Vermieterin an, um herauszufinden, wie es meinen Katzen geht. Ich erfahre, dass sich Cottonball und Queen Elizabeth so gut benehmen wie immer, während Mr. Puffs beschlossen hat, dass mein Lieblingskissen ein toller Kratzbaum ist.

Ich muss wohl nicht extra dazusagen, dass mein Bett und der Boden voller zerfetztem Kaltschaum sind.

»Ich wollte es aufräumen, aber er fing an, mich anzufauchen«, sagt Frau Metz verärgert. »Sie müssen das selber machen. Ich schwöre, Ihr Kater ist ein kleiner Dämon.«

Ein kleiner Dämon? Sie ist großzügig. Er ist eher ein ausgewachsener.

»Das tut mir sehr leid. Er vermisst mich wahrscheinlich nur«, lüge ich. Kein Grund, die Frau zu erschrecken, indem ich zugebe, dass Mr. Puffs immer so ist. »Und bitte, machen Sie sich keine Sorgen über das Aufräumen. Ich werde mich darum kümmern, wenn ich am Sonntag zurückkomme. Nochmals vielen Dank, dass Sie für mich auf sie aufgepasst haben.«

»Oh, das ist kein Problem, meine Liebe. Ich bin jederzeit gerne bereit, Ihnen zu helfen. Oh, und ich hätte fast vergessen, Sie zu fragen … Hat Ihr Freund Sie erreichen können? Er kam hier vorbei, gleich nachdem Sie zum Flughafen gegangen waren, und suchte nach Ihnen.«

»Oh.« Mir war nicht klar gewesen, dass Marcus an meiner Wohnung vorbeigefahren war, bevor er zum Flughafen fuhr, um mich zu erwischen. Wusste er deshalb, wann mein Flug ging? Denn jetzt, wo ich darüber nachdenke, bin ich mir sicher, dass ich ihm nie meine Flugnummer mitgeteilt oder die Uhrzeit gesagt habe, zu der ich abfliegen sollte. Ich sagte nur, dass ich am Mittwoch nach Florida reise.

Während ich im Hinterkopf behalte, Marcus danach zu fragen, sage ich Frau Metz: »Ja, er hat mich eingeholt. Alles in Ordnung, danke.«

»Oh, okay, gut.« Sie räuspert sich. »Moment, haben Sie gesagt, ‚eingeholt‘? Ist er jetzt bei Ihnen?«

»Ähm … ja. Ja, das ist er.« Er starrt mich in diesem Moment sogar an, während ich mit meinem Telefon an der Wasserkante laufe, und sein Blick ist so heiß wie die Sonne, die mir die Schultern verbrennt. Ich bin weggegangen, um diesen Anruf zu tätigen, damit ich ihn nicht belästige, aber ich scheine ihn trotzdem von der Arbeit abzulenken.

Was nur fair ist, denn diese gemeißelten Brust- und Bauchmuskeln neben mir zu haben, während ich versucht habe, zu lektorieren, hat mich auch ziemlich abgelenkt. So sehr, dass ich mir *ihn* in jeder verrückten Szene anstelle des Werwolfhelden aus dem Roman vorstellte.

Ich hoffe nur, dass die Heldin deshalb jetzt nicht drei Arme oder ein zusätzliches Paar Schuhe hat.

»Also ist es mit Ihnen beiden ernst?«, hakt Frau Metz nach. »Ich wusste nicht einmal, dass Sie mit jemandem zusammen sind.«

»Nun, es ist …« Ich vergesse, was ich sagen will, als Marcus aufsteht und die Stühle weiter in den Schatten stellt, wobei sich die Muskeln in seinem kräftigen Körper durch die Bewegung anspannen. Ich wende mich von diesem köstlichen Anblick ab und sage: »Ich bin mir noch nicht sicher.«

»Okay, wenn Sie beide beschließen, zusammenzuziehen, lassen Sie es mich wissen. Ich denke darüber nach, das Stadthaus zu verkaufen, also wenn Sie vorzeitig aus dem Mietvertrag entlassen werden wollen ...« Sie verstummt, aber ich verstehe den Wink, und mein Magen verkrampft sich mit einem Anflug von Angst.

Sie will, dass ich das Kellerapartment räume, ist aber zu nett, um mich vor Ablauf meines derzeitigen Mietvertrags hinauszuwerfen.

Das ist in acht Monaten.

Ich habe darauf gezählt, dass sie ihn mich mit einer kleinen Mieterhöhung erneuern lässt, wie in den vergangenen Jahren, aber das wird wohl nicht geschehen. Außerdem wäre ich, da ich jetzt weiß, dass sie verkaufen will, ein Arschloch, wenn ich die vollen acht Monate bleiben würde.

Frau Metz ist immer entgegenkommend gewesen, so sehr, dass sie mich zu spät bezahlen ließ, wenn ich unerwartete Tierarztrechnungen oder andere Notfälle hatte.

»Ich werde mich nach einem neuen Apartment umsehen, sobald wir nach New York zurückkehren«, verspreche ich, auch wenn mein Verstand von meiner wachsenden Panik verwirrt ist. Wo finde ich eine andere Wohnung in meiner Preisklasse? Die Immobilienwerte und -mieten in Brooklyn sind in den letzten Jahren in die Höhe geschossen, und der einzige Grund, warum ich so wenig zahle, ist, dass meine Wohnung seit Ewigkeiten nicht mehr renoviert wurde. Und wie sieht es mit den Umzugskosten aus? Werden meine billigen Möbel den Umzug überhaupt überleben?

»Das ist wunderbar. Danke, meine Liebe.« Frau Metz klingt erleichtert; sie muss mich wirklich loswerden wollen. »Ich gebe Ihnen eine gute Referenz, und ich bin sicher, dass Ihr neuer Freund Ihnen dabei helfen kann. Er sieht aus, als hätte er ausgesorgt.«

»Oh, er – ja. Ja, das hat er.« Weiß sie, dass Marcus ein Milliardär ist, oder war sie nur von seiner Kleidung und seinem Auto beeindruckt? So oder so scheint der Glaube, dass ich einen wohlhabenden Freund zum Anlehnen habe, ein Balsam für ihr Gewissen zu sein, also unterlasse ich es, ihr zu sagen, dass ich nicht die Absicht habe, Marcus' Hilfe bei dem Umzug anzunehmen – vor allem nicht in finanzieller Hinsicht.

Wenn er ein paar Kartons für mich tragen will, komme ich vielleicht darauf zurück … schon allein deshalb, weil ich diese Bizepse in Aktion sehen will.

»Das ist gut. Ich freue mich so für Sie, Liebes. Jetzt muss ich los. Bis bald.« Frau Metz legt auf und ich lasse mein Telefon sinken, um mit leerem Blick auf den Bildschirm zu starren. Ich starre ihn immer noch an, als sich starke Arme um meine Taille schlingen und ein großer, sonnengewärmter Körper sich an meinen Rücken drückt.

»Stimmt etwas nicht?«, murmelt Marcus, und senkt

seinen Kopf, um an meinem Ohr zu knabbern. »Du stehst schon eine Weile hier.«

»Oh, nein, alles ist in Ordnung.« Obwohl ich wegen dieses Gesprächs mit Frau Metz ganz aus der Bahn geworfen bin, reagiert mein Körper wie immer auf seine Nähe. Mein Herz schlägt schneller und meine Haut errötet von einer Hitze, die nichts mit der Sonne zu tun hat. Ich trete aus seiner Umarmung heraus, drehe mich um und setze ein Lächeln auf. »Ich vermisse nur meine haarigen Babys, das ist alles.«

Ich werde Marcus auf keinen Fall sagen, dass ich bald obdachlos werde.

So wie ich ihn kenne, würde ich am Montag aufwachen, und all meine Sachen wären bereits in seinem Penthouse.

Ein Lächeln erscheint auf seinen Lippen. »Ich verstehe. Nun, du wirst bald zurück sein. Sonntagnachmittag geht dein Flug, oder?«

»Ja. Apropos …« Ich blinzele in das grelle Sonnenlicht. »Woher wusstest du gestern, wann mein Flug ging? Hat meine Vermieterin dir das gesagt?«

Ein seltsamer Ausdruck erscheint auf seinem Gesicht. Aber er ist so schnell wieder verschwunden, dass ich ihn mir vielleicht nur eingebildet habe. »Ja«, sagt er sofort. »Ich kam zu deiner Wohnung, um mit dir zu sprechen, und sie sagte mir, du seiest zum Flughafen gefahren.«

»Oh, okay. Das macht Sinn.« Ich grinse ihn an. »Bereit für ein weiteres Bad?«

11

Marcus

ICH GEBE EMMA EIN DUTZEND GELEGENHEITEN, UM MIR für den Rest unserer Zeit am Strand und auf der Rückfahrt zum Haus ihrer Großeltern die Wahrheit zu sagen, aber sie sagt nichts über die Nachricht, die sie erhalten hat. Es ist möglich, dass Clara Metz den Köder nicht geschluckt hat, obwohl die Maklerin, die ich heute Morgen zu ihr geschickt habe, sagte, dass Emmas Vermieterin definitiv interessiert zu sein schien.

Aber nein.

Mein kleiner Rotschopf sah verärgert aus, als er auflegte – weit mehr, als die kurze Trennung von seinen Katzen rechtfertigen würde.

Ich fühle mich schlecht, weil ich Emma in

Bedrängnis bringe, aber ich habe keine andere Wahl. Ich muss sie dazu bringen, bei mir einzuziehen, und was gibt es Besseres, als wenn sie sowieso ausziehen muss? Außerdem hätte Frau Metz, selbst wenn ich nicht die Maklerin geschickt hätte, um sie über die steigenden Immobilienwerte in ihrer Nachbarschaft aufzuklären, das irgendwann begriffen und Emma gesagt, sie solle ausziehen, damit sie das Haus auf Vordermann bringen und die Marktlage ausnutzen könne.

Ich beschleunige lediglich das Unvermeidliche.

Die Idee kam mir heute Morgen, als Emma schlief, und ich verlor keine Zeit, sie in die Tat umzusetzen. Als ich sie am JFK bat, mit mir zusammenzuziehen, sagte ich ihr, sie könne ihr Apartment behalten, wenn sie wolle, aber ich habe es mir inzwischen anders überlegt. Mein Kätzchen braucht nicht nur einen kräftigen Schubs, um seine Zweifel an uns zu überwinden, sondern ich möchte auch nicht, dass sie aus einer Laune heraus gehen kann, wenn ich sie erst einmal bei mir habe. Das ist also die Strategie, die ich mir überlegt habe: einen Makler dazu bringen, mit Clara Metz zu sprechen und sie zu ermutigen, das Stadthaus zum Verkauf anzubieten, damit Emma keine andere Wahl hat, als umzuziehen. Wenn es sein muss, kann ich noch weiter gehen und das Stadthaus auch selbst kaufen, aber das hier ist besser … subtiler. Ich möchte nicht, dass Emma meine Beteiligung daran herausfindet – genauso wenig wie ich möchte, dass sie von dem Privatdetektiv erfährt, den ich engagiert habe, um mir alle Informationen über sie zu beschaffen, einschließlich ihrer Flugnummer.

Es ist am besten, wenn ich sie darüber im Dunkeln lasse.

Es würde ihr Angst machen, wenn sie sich bewusst werden würde, wie weit ich gehe, um sie zu der meinen zu machen.

ALS WIR ZURÜCK INS HAUS KOMMEN, DUSCHEN WIR DEN Sand ab und ziehen uns um. Da wir noch eine halbe Stunde bis zum Abendessen haben, bin ich versucht, Emma für einen Quickie zu nehmen, aber sie schlüpft aus dem Zimmer, um ihrer Großmutter zu helfen, bevor ich die Chance dazu habe.

Ich beschließe, die Zeit zu nutzen, um noch ein paar weitere Arbeits-E-Mails abzuschicken – während meiner Dusche habe ich mir einige Gedanken gemacht, wie wir die zollbedingte Volatilität an den Aktienmärkten ausnutzen können – und als ich fertig bin, ist es fünf Uhr, und der Tisch im Esszimmer ist schon gedeckt. Es gibt einen dicken, goldhäutigen Truthahn auf einer silbernen Servierplatte, umgeben von etwa einer Million Beilagen, von denen eine köstlicher duftet als die andere.

Während ich den Duft genussvoll inhaliere, sage ich Mary, wie sehr ich mich darauf freue, alles zu probieren, und Emma strahlt mich an, als ihre Großmutter vor Freude errötet und ihr Großvater sich vor Stolz aufbläht – wahrscheinlich, weil er damals den gesunden Menschenverstand hatte, eine so tolle Frau zu wählen.

Wir setzen uns hin, und im Laufe des Essens wird mir klar, dass dieses Thanksgiving-Dinner so wie die ist, die ich im Fernsehen gesehen, aber noch nie selbst erlebt habe. Alles daran, vom selbstgemachten Essen bis zur echten Wärme zwischen Emma und ihren Großeltern, gibt mir das Gefühl, in einen Hallmark-Film versetzt zu sein. Hinter jedem der Rezepte, die Emmas Oma zum Großteil von ihrer eigenen Großmutter bekommen hat, scheint es eine Geschichte zu geben, und das Gespräch am Tisch dreht sich genauso um sie wie um die neuesten Ereignisse im Leben von Emma und ihren Großeltern.

Es ist nichts im Vergleich zu den angespannten, unangenehmen Festtagsessen während meiner Kindheit – die wenigen seltenen Gelegenheiten, bei denen meine Mutter nüchtern genug war, um sich an die Jahreszeit zu erinnern und genug Bargeld hatte, um chinesisches Essen zum Mitnehmen zu kaufen.

Als ob sie meine bitteren Erinnerungen spüren könnte, legt Mary ihre Gabel weg und wendet sich mir zu. »Marcus, du hast erwähnt, dass deine Eltern gestorben sind, als du noch jung warst«, sagt sie und schaut mir mit einem warmen, mitfühlenden Blick ins Gesicht. »Wie alt warst du, als das passiert ist?«

»Mein Vater starb, als ich zwei war, und meine Mutter starb, als ich achtzehn war«, sage ich mit geübter Leichtigkeit, auch wenn sich meine Brust unangenehm verkrampft. »Leberkrankheit.«

Ted hält mit dem Löffel Preiselbeersauce auf halbem Weg zu seinem Teller inne. »Beide?«

»Nein, nur meine Mutter. Mein Vater wurde bei einem Kampf getötet.« Einem Kampf im Gefängnis, um genau zu sein, aber das müssen sie nicht wissen. Das ist bereits mehr, als ich in den letzten Jahren jedem mitgeteilt habe – nun, jedem außer Emma. Ich hatte mich gezwungen gefühlt, die ganze hässliche Wahrheit mit ihr zu teilen, und jetzt scheint der gleiche Impuls auch bei ihren Großeltern im Spiel zu sein.

Irgendein irrationaler, unlogischer Teil von mir möchte, dass diese netten, echten Menschen all die dunklen, abgefuckten Teile von mir kennenlernen … mich kennenlernen und mögen. Dass ich trotz der Jauchegrube, aus der ich gekommen bin, Teil ihrer herzlichen, eng verbundenen Familie sein darf.

Angewidert von diesem erbärmlichen Drang öffne ich den Mund, um das Thema zu wechseln, aber Mary ist noch nicht fertig. »Und wie hast du das geschafft?«, fragt sie mich leise. »Wie hast du es geschafft, ganz allein durchs College zu kommen?«

Schulterzuckend spieße ich ein Stück Truthahn mit meiner Gabel auf. »So wie die meisten Studenten: mit Stipendien, Darlehen und Teilzeitarbeit.« Viel Teilzeitarbeit – so viel, dass meine Gesamtarbeitszeit in einigen Wochen zwei Vollzeitjobs überstieg. Ich sage das aber nicht, denn Emmas Großeltern schauen schon so besorgt um mein junges Ich im College-Alter aus.

»Die meisten Studenten haben eine Familie, auf die sie sich bei unerwarteten Ausgaben und dergleichen verlassen können«, sagt Ted und runzelt die Stirn. »Es muss unglaublich schwer gewesen sein, dieses Sicherheitsnetz nicht zu haben. Hast du deinen Abschluss mit einer Menge Schulden gemacht, wie unsere Emma? Nach der Highschool wollte sie auch keinen Cent mehr von uns nehmen.«

Als ich zu ihr hinüberschaue, blickt sie weg und errötet, so als würde sie sich schämen. Sind diese Schulden ein Teil ihrer Geldprobleme?

Will sie nicht, dass die Leute von ihren Studienkrediten erfahren?

»Ich hatte Schulden, ja«, sage ich zu Ted. Sehr wenig und nichts, was ich nicht innerhalb eines Monats nach meinem Abschluss dank des Erfolgs meiner frühen Investitionen zurückzahlen konnte, aber auch darüber halte ich den Mund.

Ich möchte nicht, dass mein Kätzchen das Gefühl hat, dass seine angespannten Finanzen etwas sind, das es verstecken muss.

Mary muss das Unbehagen ihrer Enkelin spüren, denn sie lächelt und sagt: »Nun, du hast diese Tage eindeutig hinter dir gelassen, also ist alles gut.« Sie greift über den Tisch, hebt eine der Schüsseln an und schaut sich um. »Mehr Füllung?«

Ich greife gerne zu, und das Gespräch kehrt zu leichteren Themen zurück. Ted fängt an, mir alles über Emma als Baby zu erzählen, was sie zum Lachen und heftigen Erröten bringt, und Mary drängt alle, dieses und jenes Gericht zu probieren, eine Extraportion hier und einen weiteren Bissen dort zu nehmen.

Meine Hose wird morgen nicht zugehen, aber das ist es absolut wert, um das Lächeln auf dem Gesicht der älteren Frau zu sehen, wenn ich das Angebot annehme und sie mit Lob überschütte.

Wir sind fast fertig mit dem Dessert – einem selbstgemachten Kürbiskuchen – als Ted ungewollt auf eine Landmine tritt.

Er fragt, wann genau wir planen, dass Emma bei mir einzieht.

Sie versteift sich sofort und wirft mir einen tödlichen Blick zu, wobei ihre Hand mein Knie als stille Warnung drückt. Ich weiß, was sie will – dass ich still bleibe, während sie irgendeinen Blödsinn darüber ausplaudert, dass wir noch nicht sicher sind, bla, bla, bla – aber ich werde diese Gelegenheit nicht ungenutzt verstreichen lassen.

»Ende nächster Woche«, sage ich, bevor sie zu Wort kommen kann. »Wir fangen an, Emmas Wohnung zusammenzupacken, sobald wir wieder in New York sind.«

»Oh, das ist so wunderbar!« Marys Lächeln ist strahlender als eine Sonneneruption. »Je früher, desto besser, habe ich recht?«

»Das stimmt.« Ich grinse und ignoriere Emmas Finger, die sich unter dem Tisch in mein Bein graben. »Ich kann es kaum erwarten, sie die ganze Zeit bei mir zu haben.«

Ihre Großeltern sehen aus wie Katzen, die Sahne

von einer Untertasse lecken, während Emmas Hand auf meinem Bein sich in eine bösartige Kralle verwandelt und ihr verengter Blick mir sagt, dass sie mich ermorden möchte. Ganz langsam. Nachdem ich zuerst wie ein Marshmallow über dem Lagerfeuer gegrillt wurde.

»Es gibt noch eine Reihe von logistischen Problemen, die wir lösen müssen«, sagt sie mit zusammengebissenen Zähnen. »Deshalb glaube ich nicht, dass es nächste Woche klappen wird.«

Ich schaue sie ganz unschuldig an. »Sprichst du vom Umzugsunternehmen? Weil ich dir gesagt habe, dass ich mich darum kümmern werde. Außerdem brauchst du keine Möbel mitzubringen; meine Wohnung hat alles, was wir brauchen.«

»Emma, Liebling …« Mary legt sanft eine Hand auf den Unterarm ihrer Enkelin. »Du musst keine Angst davor haben. Ich weiß, dass du keine Veränderungen magst, aber diese ist eine gute … eine, die nach vorne führt. Dein Großvater und ich dachten, wir stünden uns nahe, als wir zusammen waren, aber das war nichts im Vergleich dazu, wie wir uns fühlten, als wir heirateten und anfingen, zusammenzuleben. Das ist ein Risiko für dich, ich weiß, aber es ist ein Risiko, das du nicht vermeiden kannst. Nicht, wenn ihr euch ein gemeinsames Leben aufbauen wollt.«

Während sie spricht, wechselt Emmas Gesichtsfarbe von Rosa zu Weiß und schließlich zu einem fleckigen Farbton dazwischen. »Oma, bitte. Wir sind nicht …«

»Mary, lass das arme Mädchen in Ruhe«, mischt sich Ted ein. »Du bringst sie vor Marcus in Verlegenheit, siehst du das nicht? Sie sind erwachsen; ich bin sicher, dass sie alles selbst herausfinden werden.«

»Das werden wir«, sage ich und lächele das ältere Paar an. Ich nehme Emmas steife Hand in meine Handfläche und führe unsere vereinten Hände von meinem Bein auf die leere Stelle zwischen unseren Tellern. »Ich verspreche euch, dass wir eine Lösung finden werden.«

Ich ignoriere die Anspannung in Emmas Arm, hebe unsere umschlossenen Hände an und drücke einen Kuss auf ihre fest geballten Knöchel.

Emma

»Das ist lächerlich!« Die Worte sprudeln aus mir heraus, sobald Marcus und ich allein in unserem Zimmer sind. »Du kannst so nicht weitermachen!«

Er zieht eine dunkle Augenbraue in die Höhe. »Ich kann und werde es tun – solange es dauert, bis du das Unvermeidliche akzeptierst.«

»Und das Unvermeidliche wäre unser Zusammenleben?«

Sein Lächeln ist pure Arroganz. »Genau.«

Argh! Ich möchte ihm so gerne eine Ohrfeige verpassen, dass meine Handfläche bereits zuckt. Wir hatten so einen schönen Tag zusammen, und er war beim Abendessen so lieb zu meiner Großmutter gewesen, dass ich fast vergessen hatte, wie er wirklich ist.

Ein skrupelloser, manipulativer Mistkerl, der vor nichts zurückschreckt, um zu bekommen, was er will.

Und das bin aus irgendeinem bizarren Grund zufällig ich.

Ich bin gefickt – und das nicht nur buchstäblich.

Ich knirsche mit den Zähnen und konzentriere mich auf das aktuelle Thema. »Ich ziehe nicht bei dir ein.« Ich spreche jedes Wort aus, als ob ich mit einem Kind spreche. »Bekomm das in deinen Dickschädel. Es wird nicht passieren.«

»Oh, aber das wird es.« Ein gefährliches Funkeln erscheint in seinem Blick, als er auf mich zukommt. »Willst du wetten?«

Vorsichtig ziehe ich mich zurück. »Du kannst mich nicht dazu zwingen. Selbst wenn …«

»Selbst wenn was?« Er fängt mich neben dem Bett ab, seine großen Hände senken sich auf meine Schultern, während die Rückseiten meiner Knie die Matratze berühren. Er hat ein böses Grinsen auf den Lippen, als hätte er mich genau da, wo er mich haben will.

Was er auch hat.

Warum habe ich mich in Richtung des Bettes zurückgezogen?

Will ich unterbewusst, *dass* er mich zum Nachgeben verführt?

»Selbst wenn was?«, wiederholt er, und seine Stimme wird rauer, als sein Blick auf meine Lippen fällt. Sanft drückt er auf meine Schultern, und ich sinke auf das Bett, da meine Beine nachgeben. Einen benommenen Augenaufschlag später liege ich auf dem Rücken, und Marcus ist über mich gebeugt, während seine Hand am Reißverschluss meiner Jeans-Shorts arbeitet und sich seine blauen Augen in mich bohren. »Selbst wenn was, Kätzchen?«

Ich schlucke und versuche, mich daran zu erinnern, worüber wir reden. »Selbst wenn ...« Die Worte verflüchtigen sich in meinem Hals, als er seinen Kopf neigt, um meinen Nacken zu küssen. Sein Atem ist heiß auf meiner Haut, während seine Hand in meine geöffnete Hose eintaucht und sich unter mein schnell durchweichendes Höschen schiebt. Seine Lippen sind seidenweich, und seine Zunge feucht und warm, als er die Stelle unter meinem Ohr leckt und mich ein sinnlicher Schauer überzieht. Ich bekämpfe den Nebel und versuche es noch einmal. »Selbst wenn ...« Sein Daumen streift meine Klitoris, er beißt auf eine empfindliche Stelle in meinem Nacken, und ich schmelze dahin. Mit einer heldenhaften Anstrengung finde ich einen Splitter geistiger Klarheit und keuche hervor: »Selbst wenn der Sex wirklich gut ist ...«, und dann schaltet mein Kopf komplett ab, als er mit zwei großen Fingern in mich eindringt und mich mit köstlicher Rauheit dehnt.

»Ist er das?«, murmelt er und knabbert an meinem Ohrläppchen, während sich seine Finger in mir krümmen. Aber ich kann nicht mehr verarbeiten, was er sagt, da ich mich voll und ganz auf die pochende

Spannung in meinem Kern konzentriere, als er beginnt, mich mit einem harten, schnellen Rhythmus zu fingern. Ich trage meine Hose und meine Unterwäsche immer noch, was seinen Bewegungsspielraum einschränkt, aber sein Mittelfinger trifft bei jedem Stoß auf meinen G-Punkt, und sein Handballen reibt auf meiner Klitoris, so dass ich mich hilflos um seine Finger zusammenziehe.

Keuchend ergreife ich seine Schultern, meine Augen schließen sich, und meine Finger graben sich in die harten Muskeln, während mein Herzschlag in die Höhe schießt. Er beißt mir wieder in den Nacken, und ich bin ganz nah dran, so nah – und dann, mit einem gleißenden Ausbruch von Empfindungen komme ich, und der Orgasmus explodiert durch meine Nervenenden wie ein Feuerwerk, das mit Benzin übergossen wird. Mit einem Aufschrei wölbe ich mich in seine Finger, meine inneren Muskeln krampfen und lösen sich, während sich meine Zehen krümmen und weiße Punkte vor meinen Augen tanzen. Ich komme gefühlte Minuten lang, und die Ekstase ist so intensiv, dass sie fast schmerzhaft ist. Als sie endlich nachlässt, habe ich das Gefühl, dass ich mich vielleicht nie wieder bewegen möchte.

Mühsam öffne ich meine schweren Augenlider – und stelle fest, dass er mich mit grimmiger Entschlossenheit beobachtet, und seine blauen Augen vor Erregung verdunkelt sind. Er blickt mir weiterhin in die Augen, während er mit einer langsamen, kontrollierten Bewegung seine Finger herauszieht, und ich erschaudere mit einem Nachbeben, als er seine Handfläche über meine geschwollene Klitoris zieht.

Mit der gleichen langsamen Bedächtigkeit bewegt er seine Finger – die, die gerade in mir waren – an seinen Mund und saugt an ihnen.

Mein Atem stockt in meiner Lunge, und mein Körper spannt sich mit einem wiederauflebenden, schmerzenden Verlangen an. Er sagt nicht, dass er den Geschmack von mir genießt, aber das muss er auch nicht. Ich sehe es auf seinem Gesicht, in der Art, wie seine Lider schwer werden, und ein Hauch von Farbe seine hohen Wangenknochen verdunkelt.

Mit einem letzten Saugen zieht er die nun sauberen Finger aus seinem Mund und legt seine Handfläche um meinen Kiefer. Seine Berührung ist zärtlich, aber man kann die wilde Besessenheit in seinem Blick nicht übersehen, als er sich näher zu mir lehnt, wobei die Kante seines Daumens über meine Unterlippe streicht.

»Du gehörst mir, Emma.« Seine Stimme ist tief und rau, erfüllt von unerschütterlicher Sicherheit. »Und dass es passiert – du und ich. Du kannst dagegen kämpfen, so viel du willst, aber am Ende wirst du nachgeben. Weil du sie auch spürst, diese Anziehungskraft zwischen uns … diesen inneren Zwang. Es spielt keine Rolle, für wie verschieden du uns hältst oder wie viel Angst es dir macht. Diese Tatsache bleibt bestehen, und Widerstand wird es nur noch stärker machen.« Seine Lippen zucken. »Das kannst du mir glauben, ich weiß es.«

Ich schlucke, mein Herz hämmert schmerzhaft. »Und wenn ich nachgeben würde? Was dann?«

Wirst du mir wieder das Herz brechen ... weggehen und mich am Boden zerstört zurücklassen?

Die Worte tanzen auf meiner Zungenspitze, aber ich halte sie zurück. Ich kann Marcus nicht wissen lassen, wie sehr er mich bereits verletzt hat – denn dann würde er die Wahrheit kennen.

Er würde merken, dass ich hilflos und Hals über Kopf in ihn verliebt bin.

Seine blauen Augen verdunkeln sich, und ich frage mich, ob ich mich ohnehin verraten habe, ob er mein erbärmliches »Was dann?« als die verzweifelte, liebeskranke Bitte erkannt hat, die es war.

Tu mir nicht weh. Lass mich nicht im Stich. Liebe mich.

Langsam und ganz vorsichtig drückt er seine Lippen auf meine, und der Kuss ist so zärtlich, dass ich weinen möchte. »Dann, Kätzchen«, murmelt er und zieht sich zurück, um mich anzuschauen, »werde ich dir die Welt zu Füßen legen ... alles, wovon du je geträumt hast.«

Und während sich mein Herz mit quälender Hoffnung zusammenzieht, küsst er mich erneut und beginnt, mich auszuziehen.

13

Emma

»DEIN MILLIARDÄR SOLLTE BESSER EIN AUSSERIRDISCHER sein, der dich in seinem Raumschiff mitgenommen hat«, sagt Kendall anstelle einer Begrüßung, als sie am nächsten Morgen meinen Videoanruf entgegennimmt. »Ernsthaft, Ems, was soll der Scheiß? Ich habe dich seit Sonntag etwa fünfzigmal angerufen.«

»Dreimal«, korrigiere ich, und zucke innerlich zusammen. »Und es tut mir wirklich, wirklich leid. Ich wollte dich zurückrufen, aber es ist … Nun, es ist eine Menge passiert.«

Sie streicht sich mit den Fingern durchs Haar – und vermeidet es dabei wie durch Zauberhand, die glatten dunklen Locken zu kräuseln. »Ja, genau, *Captain Obvious*. Du und *Mr. Milliarden*, die auf Seite 7 rummachen? Du erzählst mir besser alle saftigen Details.«

»Richtig, also. …« Ich lehne das Telefon gegen einen Blumentopf auf dem Terrassentisch meiner Großeltern und schaue mich um, um sicherzugehen, dass ich immer noch allein auf der abgeschirmten Veranda bin. Die Luft scheint rein zu sein. Meine Großeltern sind beim morgendlichen Salsa-Kurs, und Marcus schläft wohl noch. Ausnahmsweise bin ich vor ihm aufgewacht und habe mich hinausgeschlichen, um diesen Anruf zu tätigen. Ich atme tief durch und drehe mich wieder zur Telefonkamera. »Das ist eine lange Geschichte.«

Kendall rollt mit den Augen. »Ja, ja. Mach schon weiter. Ich habe nicht den ganzen Morgen Zeit. Nun, das habe ich, da wir diesen Freitag frei haben, aber du weißt, was ich meine.«

»Okay.« Ich beginne schnell mit meiner Geschichte und erzähle ihr alles, was seit unserem letzten Gespräch passiert ist – von dem erstaunlichen Wochenende, das Marcus und ich miteinander verbrachten, über sein Verschwinden am Sonntag bis hin zu der Art und Weise, wie er mich bis zum Flughafen verfolgt hat, um mir vorzuschlagen, bei ihm einzuziehen.

»Warte, *was*?« Kendall sieht genauso fassungslos aus, wie ich mich damals fühlte. »Er hat dich gebeten, bei ihm *einzuziehen*? So schnell? Und nachdem er dich seit Sonntag ignoriert hat?«

»Genau!« Mein Blutdruck steigt erneut an. »Das ist

doch total verrückt, oder? Und als ich mich weigerte und ihm sagte, dass es vorbei ist, kam er nach Florida.«

Kendalls Kiefer hängt so locker, dass ich Angst habe, er könnte abfallen. »Und jetzt ist er bei dir?«

»Ja.« Ich schaue mich noch einmal um, aber die Terrasse ist immer noch leer, also informiere ich sie über den Rest: wie Marcus mich gezwungen hat, so zu tun, als sei er mein Freund, das gemeinsame Zimmer, unseren gestrigen Strandausflug, seine unverschämte Behauptung über den Zeitpunkt meines Einzugs und so weiter.

Das Einzige, worüber ich schweige, ist das Versprechen, das er mir gestern Abend gegeben hat … und die zerbrechliche Flamme der Hoffnung, die in meinem bedürftigen Herzen entzündet ist.

Trotzdem sind Kendalls haselnussbraune Augen am Ende genug geweitet, dass ein Lastwagen durchfahren könnte. »Heilige Scheiße, Emma«, haucht sie. »Verdammte Scheiße. Ich habe vorhin nur einen Witz über den Hochzeitskram gemacht, aber es passiert wirklich, oder? Du ziehst bei ihm ein, und ehe wir uns versehen, wirst du Mrs. Wall-Street-Milliardär sein.«

»Was? Nein! Bist du verrückt? Ich ziehe nicht bei ihm ein. Und ich bin definitiv nicht …«

»Ja, genau.« Ihre perfekt geformte Nase wächst, als sie sich näher zur Kamera beugt. »Lass uns den Tatsachen ins Auge sehen, ja? Tatsache eins: Du hast ihm gesagt, er soll verschwinden, aber als er dir nach Florida folgte, bist du eingeknickt. Sofort.«

»Nur weil ich meine Großeltern nicht enttäuschen wollte«, protestiere ich, aber Kendall hört nicht zu.

»Fakt zwei: Du hast ihn unter der Bedingung bei dir bleiben lassen, dass er nach dem Thanksgiving-Dinner abreist, aber er ist doch noch da, oder?«

»Nun, ja, aber …«

»Fakt drei: Der Mann hat ein verdammtes Imperium aus dem Nichts aufgebaut, also weiß er ganz klar, wie er bekommt, was er will. Und er will *dich*. Unbedingt.«

»Ach, bitte …«

»Nein, hör mir zu, Ems. Was bekommt man, wenn man einen entschlossenen Milliardär und ein Mädchen nimmt, das Wachs in seinen Händen ist?« Bei meinem absichtlich ausdruckslosen Blick schnalzt sie mit der Zunge und tut so, als wäre sie enttäuscht. »Du bist vielleicht kein Finanzgenie, aber selbst du solltest in der Lage sein, eins und eins zusammenzuzählen. Das ergibt ein Paar, das zusammenlebt und heiratet!«

Jetzt bin ich an der Reihe, mit den Augen zu rollen. »Ja, okay, was auch immer. Ich ziehe nicht mit Marcus zusammen. Und ich heirate ihn sicher nicht – nicht, dass er darum bitten würde. Ich habe dir von Emmeline und dem Heiratsvermittler und all seinen Anforderungen erzählt, richtig?«

»Na und? Er ist gerade bei *dir*, nicht bei ihr, richtig? An Thanksgiving. Im Haus deiner Großeltern. Wenn das keine Absichtserklärung ist, dann weiß ich es auch nicht.«

»Vielleicht die Absicht, mich zu ficken«, murmele

ich nur, um zu erröten, als Kendall fasziniert die Augenbrauen in die Höhe zieht.

»Sag schon. Ist er …?«

»Darüber rede ich nicht«, sage ich entschieden. »Und ich ziehe nicht bei ihm ein. Es ist noch viel zu früh. Außerdem gibt es alle möglichen Probleme mit dieser Idee.«

Kendall runzelt die Stirn. »Wie zum Beispiel?«

Ich seufze. »Wie die Tatsache, dass ich in einer Million Jahren niemals in der Lage sein würde, auch nur annähernd meinen gerechten Anteil an den Lebenshaltungskosten bei ihm beizusteuern. Selbst wenn er sein Penthouse besitzt, müssen allein die Grundsteuern astronomisch hoch sein. Und da ist auch noch sein Koch und seine Pflanzenleute und …« Ich unterbreche mich, weil Kendall mich anschaut, als wäre ich von Außerirdischen verschleppt worden – und mit grünen Schuppen und Tentakeln zurückgekehrt.

»Ems«, beginnt sie, nur um zu verstummen, und ihre Augen weiten sich, als sie etwas hinter mir anstarrt.

Mit rasendem Puls drehe ich mich um und sehe Marcus.

Einen barfüßigen Marcus mit nacktem Oberkörper, der sich mir mit dem geschmeidigen Schritt eines Panthers nähert.

Er muss noch nicht geduscht oder sich rasiert haben, denn sein dickes, braunes Haar ist zerzaust und sein Kiefer dunkel mit Morgenstoppeln. Seine Jeans sitzt tief auf seinen schmalen Hüften, und legt das leckere V frei, das Jungs mit Waschbrettbauch meistens haben, und seine leicht behaarte, muskulöse Brust sieht aus, als gehöre sie auf die Titelseite eines Herren-Fitness-Magazins.

Die Vom-Wall-Street-König-zum-heißen-Piraten-Ausgabe.

»Morgen, Kätzchen«, sagt er mit tiefer, vom Schlaf rauer Stimme, und seine blauen Augen sind schwer, als sie mit heißer Besessenheit über mich fahren.

Mein Hals wird trocken, obwohl mein Mund mit Speichel überschwemmt wird.

Wenn Marcus in einem Anzug verdammt sexy ist, ist diese Version von ihm – so unglaublich potent und urtümlich männlich – der Stoff, aus dem die Frauenfantasien sind. Die dunklen, politisch inkorrekten, die wir uns nicht eingestehen dürfen.

Ich schlucke belegt und stottere »M-morgen« – bis ich mich daran erinnere, dass wir nicht allein sind. Ich reiße meine Augen von all diesen gefährlich heißen Muskeln weg und drehe mich wieder zum Telefonbildschirm, wo Kendall aussieht, als würde sie gleich an ihrem eigenen Sabber ersticken.

»Das ist Marcus«, sage ich unnötigerweise, und sie blinzelt und sieht so geblendet aus, dass ich durch die Kamera greifen und sie schütteln möchte. Vielleicht nachdem ich einige ihrer geschmeidigen, glänzenden Haare ausgerissen habe.

Beste Freundin oder nicht, sie sollte besser ihre

Hände und sabbernden Augen von meinem Mann lassen.

»Hallo, Marcus«, sagt sie atemlos und reißt sich mühsam zusammen. »Ich bin Kendall, Emmas Freundin. Du, ähm … hast neulich mit mir telefoniert.«

Er lächelt, wobei er weiße Zähne und diese sexy Rillen in seinen Wangen zeigt. Völlig unbekümmert darüber, dass er seine perfekt geformten Brustmuskeln in die Kamera hält, setzt er sich neben mich und legt einen muskulösen Arm über die Rückenlehne meines Stuhls. »Ja, natürlich erinnere ich mich. Wie geht es dir, Kendall?«

»Sehr gut, danke«, zwitschert sie und setzt ihre fröhliche, flirtende Maske auf – eine Maske, die allen Jungs vorgaukelt, sie sei das brünette Äquivalent einer verrückten Blondine, statt des klugen, pragmatischen Hais, der sie ist. »Was ist mit euch? Habt ihr beiden eine tolle Zeit in Florida?«

»*Ich* auf jeden Fall.« Marcus schaut zu mir hinüber, sein schwerer Blick spricht Bände, und ich verfluche meine errötende Haut, als sich meine Wangen als Reaktion darauf erhitzen.

Kendall sieht aus, als sei sie kurz davor, in Ohnmacht zu fallen. »Oh, wie romantisch. Emma erzählte mir, wie ihr euch getroffen habt, mit der ganzen Namensverwechslung – und jetzt das hier. Dinge gibt's, die gibt's gar nicht, richtig?«

»In der Tat«, sagt Marcus heiser, ohne die Augen von mir zu nehmen. »Kaum zu glauben.«

Meine Wangen brennen heißer. Ich muss

inzwischen *so* rot sein. Ich versuche, so zu tun, als ob Marcus mich nicht mit seinem Blick verschlingt, setze ein strahlendes Lächeln auf und sage mit einer Stimme, die nur eine Tonlage zu hoch ist: »Also, wie geht es am Big Apple? Ist der Schnee vom Sturm geschmolzen?« Es ist ein totales Klischee, aber das Wetter fühlt sich wie das sicherste Thema an.

Kendall verzieht das Gesicht. »Zum Teil. Im Moment ist es vor allem schmutziger Schneematsch. Ich bin so neidisch auf euch. Dieser Sonnenschein sieht toll aus.«

»Ja. Heute werden es siebenundzwanzig Grad«, prahle ich und versuche nicht einmal herunterzuspielen, wie unglaublich toll es ist, Ende November Shorts zu tragen. »Wir werden wahrscheinlich nach dem Frühstück wieder an den Strand gehen. Oder?« Ich schaue Marcus an – und erröte wieder, als ich sehe, dass er mich immer noch wie ein Kind eine Eistüte ansieht ... gesalzenes Karamell, bei dem man jeden Bissen auf der Zunge zergehen lässt.

Hat der Mann kein Schamgefühl? Kendall denkt bestimmt, wir ficken wie Karnickel auf Viagra – was, wenn man es sich überlegt, nicht weit von der Wahrheit entfernt ist.

»Ich dachte eigentlich, wir könnten nach St. Augustine fahren«, sagt Marcus und blinzelt langsam. »Aber wenn du den Strand vorziehst ...«

»Nein, nein, St. Augustine ist großartig. Älteste Stadt der Vereinigten Staaten und so. Sehr hübsch, wirklich, alles historisch und so. Es gibt eine Festung und eine Alligatorfarm und Museen …« Ich halte inne, als ich merke, dass ich plappere und Kendall völlig ignoriere. Ich wende mich wieder der Kamera zu und schenke meiner Freundin ein entschuldigendes Lächeln. »Tut mir leid. Wir werden unseren Tag später planen. Sag mir, wie dein Thanksgiving war. Hast du letztendlich doch noch deine Eltern besucht?«

Kendall schmunzelt und beginnt mit der stets unterhaltsamen Erzählung über das lustige Abendessen bei ihrer Familie. Marcus lauscht aufmerksam und lacht an allen passenden Stellen, aber sobald sie fertig ist, entschuldigt er sich, um zu duschen und sich zu rasieren. »Ich wollte mich nicht in euer Gespräch einmischen – ich bin nur hierhergekommen, um sicherzugehen, dass Emma sich nicht aus dem Staub gemacht hat«, erklärt er meiner Freundin mit einem reuevollen Grinsen. »Es war nett, mit dir zu reden. Ich hoffe, dich bald persönlich kennenzulernen.«

Mit einem Winken in die Kamera drückt er mir einen Kuss auf die Lippen, von dem ich erröte, und geht wieder hinein.

Kendall wartet genau fünf Sekunden, nachdem sich die Schiebetür hinter seinem muskulösen Rücken geschlossen hat, bevor sie zischt: »Oh. Mein. Gott. Emma, oh mein verdammter Gott.«

Ich blinzele sie an. »Was?«

»Dieser Mann ist echt verrückt nach dir!«

»Was? Nein, es ist nur …«

»Nein, nein. Fang gar nicht erst an. Ich habe Augen, weißt du?«

»Ich weiß, aber ...« Ich schaue mich um, um sicherzugehen, dass meine Großeltern nicht zurückgekommen sind und Marcus nicht in Hörweite ist. Niemand ist in der Nähe, aber ich lehne mich trotzdem noch näher an die Kamera, als ich mit leiser Stimme sage: »Es ist rein sexuell, okay? Die Anziehungskraft ist zwar da, aber das ändert nichts. Ich bin nicht das, was er braucht, und er ist auch nicht mein Typ.«

»Bullshit.«

Ich ziehe mich irrational beleidigt zurück. »Nein, ist es nicht. Der Mann ist ein Milliardär – ein *Milliardär*, Kendall – und ich kann kaum meine Miete bezahlen. Und selbst wenn das nicht der Fall wäre, ist er wie der ultimative Typ A: ehrgeizig, athletisch, karriereorientiert – alles, was ich nicht bin. Ich meine, du hättest hören sollen, wie er mit meinem Großvater über Aktien gesprochen hat. Er kennt alle Fortune-500-CEOs persönlich.«

»Na und?«, meint Kendall. »Du wirst sie auch kennenlernen, wenn du weiter mit ihm ausgehst. Das sind auch nur Menschen. Sicherlich reich und mächtig, aber dennoch Menschen. Was deine Ambitionen und deine Karrierebesessenheit betrifft, wann hast du das letzte Mal die Arbeit geschwänzt? Oder hast einen Abgabetermin nicht eingehalten?«

»Nun, offensichtlich niemals«, sage ich mit einem Stirnrunzeln. »Aber das bedeutet nicht ...«

»Nein? Wie wäre es dann mit der Tatsache, dass du im Grunde genommen zwei Karrieren parallel verfolgst? Deine Tätigkeit als Lektorin und deinen Vollzeitjob in der Buchhandlung?

»Wo ich *Kassiererin* bin«, sage ich bissig, aber Kendall lässt sich nicht abschrecken.

»Auf dem Papier vielleicht. Nach dem, was du mir erzählt hast, verlässt sich dein Chef darauf, dass du den Laden so gut wie alleine führst. Hast du in letzter Zeit nicht entschieden, welche Bücher bestellt werden? Die Lieferungen angenommen? Das Geschäft geöffnet und geschlossen, wenn Mr. Smithson im Urlaub ist?«

Ich seufze. »Kendall, bitte. Marcus verwaltet einen hundert Milliarden Dollar schweren Hedgefonds. Das ist kein Vergleich, okay?«

Sie atmet hörbar aus. »Okay, gut. Er ist also ehrgeiziger als du. Das bedeutet nicht, dass ihr nicht zusammen sein könnt. Wer sagt, dass er noch einen Typ-A-Menschen braucht? Vielleicht reicht ihm sein eigener. Er könnte sogar ...«

»Emma, Liebling?«

Großmutters Stimme erreicht mich schwach, und als ich über meine Schulter schaue, sehe ich, wie sie sich von der Küche aus den Schiebetüren nähert. Sie und Opa müssen von ihrem Salsa-Kurs zurück sein, was bedeutet, dass es Zeit für das Frühstück ist.

»Tut mir leid, ich muss los«, sage ich zu Kendall, und sie nickt, wobei sie ihr glattes Haar zu einem stilvollen Pferdeschwanz bindet.

»Gut, aber verschwinde nicht wieder komplett von

der Bildfläche, okay? Wenn Marcus dich nicht auf eine Privatinsel entführt, will ich einen täglichen Bericht darüber, was mit dir und Mr. Typ A los ist. Verstanden?«

»Verstanden«, verspreche ich mit einem Grinsen, beende das Gespräch und drehe ich mich zu meiner Großmutter um.

14

Marcus

WIR FRÜHSTÜCKEN MIT EMMAS GROSSELTERN UND machen uns dann auf den Weg, um die historischen Teile von St. Augustine zu erkunden. Wie Emma versprach, ist der Ort sehr hübsch, mit spanischer Kolonialarchitektur und einer alten Festung, die als malerische Kulisse für Hunderte von niedlichen Souvenirläden und Restaurants dient. Wir wandern eine Weile durch die Kopfsteinpflasterstraßen, kaufen dann ein paar Pizzastücke und essen sie, während wir neben einer Hütte stehen, die behauptet, »das älteste Gefängnis der Vereinigten Staaten« zu sein. Natürlich besteht Emma darauf, für ihren Anteil zu bezahlen, und ich lasse sie, obwohl es gegen jeden meiner Instinkte geht.

Wenn es nach mir ginge, würde sie nie wieder für etwas bezahlen. Ich würde mich um sie kümmern, sie mit allem versorgen, was sie braucht. Aber sie hat immer noch das Bedürfnis, nicht wie ihre Mutter zu sein und Menschen auszunutzen, also halte ich mich zurück und lasse sie den Anteil für ihre Portion sorgfältig ausrechnen.

Danach gehen wir auf der Promenade spazieren und machen einige Fotos neben dem Fort und der Bridge of Lions. Das Wetter ist perfekt – etwa 25 Grad und sonnig, mit einer leichten Brise – und ich schlage vor, dass wir ein Boot in einem nahegelegenen Yachthafen mieten, so wie ich es bei einigen Touristen sehe.

»Oh, ähm … du kannst es für dich selbst mieten, wenn du willst. Ich habe Angst, seekrank zu werden«, sagt Emma und wendet ihren Blick ab. »Ich werde hier auf dich warten. Das macht mir nichts aus.«

Seekrank? Auf dem Atlantic Intracoastal Waterway? Ich möchte gerade darauf hinweisen, wie ruhig das Wasser ist, als mir dämmert, dass hier etwas anderes als die Angst vor einem unruhigen Magen eine Rolle spielen könnte.

»Wie wäre es, wenn wir stattdessen einen Jetski mieten?«, frage ich, um meine Theorie zu testen. »Da wirst du nicht seekrank.«

Emma sieht noch unbehaglicher aus. »Nein, danke. Wirklich nicht. Aber mach du ruhig; ich habe gehört, dass es viel Spaß macht. Und ich kann auf dich warten. Das ist wirklich kein Problem.«

Also gut. Entweder hat sie Angst vor dem Wasser – unwahrscheinlich, angesichts unserer gestrigen Schwimmabenteuer – oder es geht wieder um die Geldsache. Wahrscheinlich denkt sie, dass wir, wenn wir gemeinsam an einer Aktivität teilnehmen, die Kosten dafür teilen müssen, genau wie bei der Pizza – und sowohl das Boot als auch der Jetski-Verleih sind teure Angelegenheiten.

Es ist lächerlich, aber ich bin dabei, es durchgehen zu lassen, genau wie bei der Pizza – es ist ja nicht so, als wäre ich noch nie auf einem Boot oder auf einem Jetski gefahren – als mir auffällt, dass dies ein andauerndes Problem sein wird. Ich war sehr arm, und jetzt, da ich es nicht mehr bin, genieße ich all die Dinge und Erfahrungen, die man mit meinem Geld kaufen kann: wie zum Beispiel privat zu fliegen, in Luxushotels zu wohnen und Boote nach Lust und Laune zu mieten. Und ich möchte Emma an meiner Seite haben, während ich das tue.

»Bist du sicher, dass es dir nichts ausmacht, hier zu warten?«, frage ich. »Weil es ein wirklich schöner Tag ist und ich gerne ein bisschen auf dem Wasser wäre.«

Emma blinzelt. Ich schätze, sie hat nicht erwartet, dass ich so ein Arschloch bin und ihr Angebot annehme. Sie erholt sich jedoch schnell und nickt. »Ja, natürlich, mach ruhig. Ich werde hier rumhängen und die Aussicht genießen.« Und um zu veranschaulichen, wie sie das zu tun gedenkt, lässt sie sich auf eine Bank mit Blick auf das Wasser fallen.

»Also gut, in Ordnung.«

Ich verlasse sie, gehe zum Yachthafen und miete das schönste Boot, das sie haben. Ohne Emma gehe ich auf keinen Fall an Bord, aber sie muss glauben, dass ich es vorhabe – dass dieses Boot nur für mich ist. Es ist ein Glücksspiel, aber ich sehe keine andere Möglichkeit.

Ich muss Emma von der irrigen Vorstellung abbringen, dass wir alles fünfzig-fünfzig teilen müssen, und ich beginne heute mit diesem Projekt.

Sie sitzt immer noch auf der Bank, als ich vom Yachthafen zurückkomme und der Bootsschlüssel in meiner Hand baumelt.

»Bist du sicher, dass du nicht mitkommen willst?«, frage ich sie, als ich mich ihr nähere. Ich versuche meinen Tonfall ungezwungen klingen zu lassen, so als ob es mir egal wäre. »Ich glaube nicht, dass du seekrank wirst, und ohne dich wird es nicht annähernd so viel Spaß machen.«

Sie zögert, ihr Blick springt von mir auf das blaue, in der Sonne glitzernde Wasser. »Nun …«

»Komm schon. Versuch es einfach für mich, bitte. Wenn dir auch nur das kleinste bisschen übel ist, bringe ich dich sofort wieder hierher zurück.«

Sie knabbert an ihrer Unterlippe wie die personifizierte Unsicherheit, und ich setze zum Tötungsschlag an. »Bitte. Ich brauche wirklich Gesellschaft. Du würdest mir einen großen Gefallen tun.«

Und wie ich gehofft hatte, gibt sie nach.

Mit einem Seufzer steht sie auf, und wir gehen zusammen zum Boot.

15

Emma

ICH HABE EIN SCHLECHTES GEFÜHL, DASS ICH EINE Freifahrt bekomme, aber nicht so schlecht, dass es mir die Freude an dieser Erfahrung verdirbt. Alles daran – von der Art und Weise, wie die Sonne auf der Wasseroberfläche schimmert, über die salzige Brise auf meinem Gesicht bis hin zu dem gefährlich gutaussehenden Mann, der am Steuer unseres Motorbootes steht – ist meine Vorstellung vom Paradies. Ich habe gelogen – ich werde nicht seekrank –, und ich bin insgeheim überglücklich, dass Marcus mich mit dem Boot für sich selbst in diese Lage gebracht hat.

Während ich meinen Hut zurechtrücke, werfe ich

heimlich einen Blick auf ihn. Mit seinem weißen Polohemd, den khakifarbenen Shorts und der eleganten Designer-Sonnenbrille, die seine intensivblauen Augen bedeckt, ist er das Bild kühler, lässiger Eleganz – und so wunderschön, dass die Schmetterlinge in meinem Bauch wie verrückt flattern. Seine olivfarbene Haut glüht in der Sonne, sein dickes, braunes Haar weht im Wind, während er das Boot geschickt um eine Boje herumsteuert. Als er meinen Blick auf sich bemerkt, lächelt er strahlend, und meine Brust dehnt sich vor Glück über die Wärme aus, die von seinen harten Zügen ausstrahlt.

»Willst du mal fahren?«, fragt er. »Ich zeige dir, wie es geht, wenn du es noch nie getan hast.«

Lächelnd schüttele ich den Kopf. »Nein, danke. Ich bin völlig zufrieden hier.« Ich genieße die Aussicht zu sehr, um mich zu bewegen, und außerdem will ich nicht riskieren, das Boot in irgendeiner Weise zu beschädigen. Es ist schlimm genug, dass ich nicht für die Miete aufgekommen bin; wenn ich mit dem Ding auch noch einen Unfall hätte, würde ich mich schrecklich fühlen.

Würde er mein Geld annehmen, wenn ich ihm anböte, jetzt einen Teil der Bootsmiete zu bezahlen? Technisch gesehen ist es *sein* Boot, das er gemietet hat – schließlich wollte er das allein machen, ob ich nun mitmache oder nicht – aber ich *profitiere* davon. Um ehrlich zu sein, sollte ich mich beteiligen, wenn nicht gar die volle Hälfte bezahlen.

Andererseits muss ich in Kürze umziehen, was bedeutet, dass ich jeden Cent meiner mageren Ersparnisse brauche. Sonst muss ich meine Kreditkarten benutzen, und dann bin ich in echten Schwierigkeiten. Aus der Erfahrung meiner Mutter weiß ich, wie schnell sich Kreditkartenschulden in einen Schneeball verwandeln können, wobei sich die Zinsen und Verzugsgebühren leicht verdoppeln und verdreifachen. Natürlich ging sie damit auf dieselbe Weise um wie mit allem anderen: indem sie einen unglücklichen Freund dazu brachte, den Großteil ihrer Schulden zu bezahlen. Unglücklicherweise für sie – und mich, da ich zu der Zeit bei ihr lebte – erkannte der Freund sie als die unbarmherzige Goldgräberin, die sie war, und setzte sie auf die Straße, ohne den Rest der Schulden zu begleichen. Und dieser Rest hing monatelang über unseren Köpfen. Die Inkassobüros verfolgten uns täglich, bis meine Mutter ein weiteres Opfer fand, auf dem sie ihre finanzielle Last abladen konnte – einen weiteren unglücklichen *Freund*.

»Geht es dir gut?«, fragt Marcus, und ich merke, dass ich mit meinen Gedanken woanders war und ausdruckslos auf das Wasser starre.

»Ja, natürlich.« Ich lächele ihn an, wahrscheinlich zu strahlend. »Alles gut, ich genieße nur die Sonne.«

»Bist du sicher?« Sein Blick hinter seiner Sonnenbrille ist rätselhaft. »Keine Seekrankheit?«

»Nein«, sage ich und konzentriere mich wieder auf die Freude an diesem perfekten Tag. Aber die reine

Freude, die ich vorhin empfunden habe, ist weg, verdorben durch die alten Erinnerungen – und das Wissen, dass ich in die Fußstapfen meiner Mutter treten könnte, wenn ich nicht aufpasse.

Ich könnte Marcus schließlich so benutzen, wie sie ihre Männer benutzt hat.

~

WIR KEHREN AM SPÄTEN NACHMITTAG ZUM HAUS meiner Großeltern zurück, und Marcus entschuldigt sich, um vor dem Abendessen etwas Arbeit nachzuholen. Für mich ist das perfekt, da ich die Bearbeitung des Gestaltwandlerromans beenden und Frau Metz anrufen muss, um nach meinen Katzen zu fragen.

Zu meiner Erleichterung ist bei meinen Pelzbabys alles beim Alten – Queen Elizabeth und Cottonball benehmen sich, während Mr. Puffs seinen destruktiven Fokus von meinem Kissen auf meine Decke verlagert hat. Das Gespräch mit meiner Vermieterin erinnert mich jedoch daran, dass ich mich ernsthaft um eine neue Wohnung bemühen muss. Anstatt an dem Roman zu arbeiten, blättere ich also durch Craigslist, als meine Großmutter zu mir auf die Terrasse kommt.

»Was ist das?«, fragt sie, als sie hinter mir auftaucht, und ich springe erschrocken auf, bevor ich meinen Laptop zuknalle.

»Nichts, Oma.« Meine Stimme ist eine Oktave zu hoch, als ich ihr gegenüberstehe, also versuche ich es noch einmal, diesmal mit einem strahlenden Lächeln. »Ich suche nur nach einer neuen Nachttischlampe. Meine ist vor einer Weile kaputtgegangen.« Das entspricht der Wahrheit. Mr. Puffs hat sie vor Monaten umgeworfen, und ich wollte schon seit Ewigkeiten nach einem Ersatz suchen. Das habe ich zwar gerade nicht getan, trotzdem war es quasi nur eine halbe Lüge.

»Eine Lampe?« Oma sieht verwirrt aus, aber dann schüttelt sie den Kopf. »Egal. Meine Augen müssen schlechter werden, weil ich dachte, ich hätte dich bei den Wohnungsangeboten gesehen.«

»Oh, ähm … nein. Nein, dort war ich nicht. Ich … Marcus und ich ziehen zusammen, erinnerst du dich?«

Großmutters Gesicht hellt sich auf, und ich trete mich in Gedanken selbst in den Hintern. Warum habe ich das gerade gesagt? Es ist schlimm genug, dass Marcus all diese Dinge sagt, um mich zu manipulieren, aber jetzt mache ich auch noch mit wie eine Marionette.

Seine gehorsame, sexbesessene Marionette.

»Natürlich erinnere ich mich, Liebling.« Oma zieht einen Stuhl heran, um sich neben mich zu setzen. »Also … Freust du dich darauf? Das ist ein so großer Schritt für euch beide.«

Würg! Warum habe ich damit angefangen? Ernsthaft, warum? Ich hätte nur sagen müssen, dass ich eine Lampe suche und nichts weiter. Aber nein. Ich musste ja weiterreden, und jetzt sind wir beim Thema.

Ich lasse meinen Blick auf meine Hände fallen und murmele: »Ja, klar.« Meine Nagelhaut ist nicht in der besten Form, wie ich feststelle, und ich habe einen Nietnagel am Daumen. Wie hässlich. Ich wette, Emmeline bekommt die nie; ihre perfekten Nägel würden es nicht wagen, in irgendeiner Weise nicht perfekt zu sein.

»Was soll das heißen?«, fragt Oma, und ich schaue von meiner zerfetzten Nagelhaut auf und sehe, dass sie mich mit sanfter Neugier und mehr als nur einem Hauch von Besorgnis betrachtet. »Bist du dir nicht sicher damit?«, fragt sie weiter. »Fühlst du dich dabei nicht wohl?«

»Es geht einfach … sehr schnell.« Wirklich. Das ist nicht gelogen. Alles *geht* viel zu schnell. Selbst wenn Marcus der Typ Mann wäre, mit dem ich normalerweise ausgehe – ein kleiner Streber und süß –, würde ich bei dem Gedanken, in naher Zukunft bei ihm einzuziehen, ausflippen. Aber Marcus ist ungefähr so weit von den Jungs entfernt, mit denen ich mich bisher verabredet habe, wie ein Hurrikan der Kategorie 5 von einer sanften Brise, und ich bin wie gelähmt vor Angst wegen der Möglichkeit, dass er mich dazu drängen könnte.

Was er nicht tun wird. Das werde ich nicht zulassen.

Ganz egal, was Kendall oder andere denken.

»Ja, dein junger Mann weiß genau, was er will, und bekommt es auch, nicht wahr?« Oma lächelt verständnisvoll, und ich nicke, erleichtert, dass ich wenigstens einen Teil meines Problems mit ihr teilen kann.

»Das tut er. Und es erschlägt mich manchmal.« Eigentlich so ziemlich *immer*. »Marcus ist … schwer zu bewältigen.« Vor allem, wenn ein Teil von mir sich immer noch fragt, ob das alles nur ein Spiel für ihn ist, ob er sich mit mir langweilen und zu jemandem übergehen wird, der seinen Anforderungen besser entspricht.

Omas Gesichtsausdruck wird ernst. »Du weißt, dass du nichts tun musst, was du nicht willst, nicht wahr, mein Schatz? Es tut mir leid, wenn dein Großvater und ich so gewirkt haben, als würden wir dich drängen wollen. Natürlich wollen wir, dass du mit einem guten Mann glücklich bist und ein Zuhause findest – und Marcus scheint ein sehr guter Mann zu sein –, aber wenn du noch nicht bereit bist, bist du noch nicht bereit. Zusammenzuziehen ist ein ernsthafter Schritt, und du solltest dir so lange wie nötig Zeit nehmen, um deine Entscheidung zu treffen. Seine Wohnung wird nicht weglaufen.«

»Ich weiß, aber es ist nicht nur das.« Ich atme durch. »Du hast den Artikel gelesen; du weißt, wie wohlhabend er ist. Alles in seinem Leben ist teuer. Allein die Sonnenbrille, die er heute trug, kostete wahrscheinlich mehr als meine Monatsmiete. Und er hat einen Privatjet und einen Butler, der kocht, eine Reinigungsfirma und eine Firma, die sich um seine Pflanzen kümmert. Wie kann ich da mithalten? Wie kann ich …« Meine Stimme bricht. »Wie kann ich mich mit ihm verabreden, ohne wie *sie* zu werden?«

Oma neigt ihren Kopf. »Ah. Darum geht es also.«

Sie seufzt. »Ich hätte es wissen müssen, Schätzchen«, sie bedeckt meine Hand mit ihrer warmen Handfläche, »du könntest nicht wie Brianne sein, selbst wenn du es versuchen würdest. Deine Mutter … sie hatte etwas Gebrochenes in sich. Etwas fehlte. Es war nichts, was wir getan haben; sie wurde einfach so geboren. Es hat lange gedauert, bis ich mich damit abgefunden habe, und es gibt Nächte, in denen ich immer noch schweißgebadet aufwache, darüber nachdenke und mich frage, ob es doch meine Schuld war. Aber sie war schon *immer* so gewesen. Schon als Baby stahl sie, ohne es zu bereuen, das Spielzeug anderer Kinder.« Alter Schmerz schimmert in den Augen meiner Großmutter auf. »Wir wussten nicht, was wir tun sollten. Egal, wie sehr wir versuchten, ihr Einfühlungsvermögen zu wecken, sie kümmerte sich nur um das, was *sie* wollte, tat nur das, womit *sie* sich gut fühlte.«

Meine Brust zieht sich schmerzhaft zusammen. »Es tut mir leid, Oma. Das muss so schrecklich für dich und Opa gewesen sein.« Ich kann mir gar nicht vorstellen, welche Qualen meine liebenswürdigen, großzügigen Großeltern durchlebt haben müssen, als sie dabei zusahen, wie ihre einzige Tochter ihr ganzes Leben lang sorglos Menschen verletzt hat.

Ein bittersüßes Lächeln erscheint auf Großmutters Lippen. »Schlimm für uns? Oh, Emma, Liebling … du bist diejenige, die von ihr aufgezogen wurde. Und wir tun dir leid? Liebling, wenn du noch mehr Beweise dafür brauchst, dass du nicht wie deine Mutter bist, dann hast du sie hier, mehr als klar und deutlich. Du hast mehr Einfühlungsvermögen in einem einzigen Nasenhaar, als Brianne in ihrer ganzen Seele hatte.«

Ich ersticke ein überraschtes Kichern. »Ein Nasenhaar?«

»Ein Nasenhaar«, sagt Oma mit Nachdruck. »Und wenn man sich die ganze Nase betrachtet – nun, dann gibt es wirklich keinen Vergleich mehr. Was die finanzielle Ungleichheit zwischen dir und Marcus betrifft, so möchte ich dich Folgendes fragen ... Liegt dir etwas an ihm?«

Ich blinzele, und meine Lust, zu lachen, verschwindet. »Ja.« Ich bin sogar in ihn verliebt, aber ich bin noch nicht bereit dafür, das meine Großmutter wissen zu lassen.

Sie lächelt und drückt meine Hand. »Das dachte ich mir. Ihr beide erinnert mich an deinen Großvater und mich in unserer Jugend. Die Art und Weise, wie du ihn ansiehst und wie er dich ansieht ...« Für eine Sekunde scheint sie in schönen Erinnerungen zu versinken, aber dann konzentriert sie sich wieder auf mich, und ihre grauen Augen blicken schärfer, während das Lächeln von ihren Lippen verschwindet. »Liebling, hör mir zu«, sagt sie leise. »Du bist nicht wie Brianne. Das warst du noch nie und das wirst du auch niemals sein. Das Problem mit deiner Mutter war nicht, dass sie Geld von den Männern nahm, mit denen sie sich verabredete – es war, dass sie ihr nichts als Menschen bedeuteten. Für sie waren sie nichts anderes als Brieftaschen mit Beinen. Solange du Marcus nicht auf diese Weise siehst – solange das, was ihr beide habt, echt ist –, ist es keine Schande, sich von ihm verwöhnen zu lassen … zuzulassen, dass er dich wie auch immer er will umsorgt. Geld ist nur dann ein Hindernis, wenn man es zu einem werden lässt – also tu es nicht. Lass nicht zu, dass Brianne dein Leben aus ihrem Grab heraus vergiftet.«

Emma

Ich denke während unserer restlichen Zeit in Florida über Großmutters Worte nach. Es ist seltsam, aber mir ist nie aufgefallen, dass ich den giftigen Einfluss meiner Mutter in meinem Leben behalten habe, indem ich so hart darum kämpfe, nicht wie sie zu sein. Oma dagegen hat sich auf die eine oder andere Weise seit Jahren mit diesem Thema beschäftigt. Erstens wollten sie und Gramps ein Darlehen aufnehmen, um mir durch das College zu helfen – eine Idee, gegen die ich ein vehementes Veto einlegte, indem ich das Darlehen selbst aufnahm. In letzter Zeit wollten sie eine zweite Hypothek aufnehmen, um mir bei diesem Kredit zu helfen. Es ist genauso rührend, wie es mich verrückt macht, denn das Letzte, was ich will, ist, ihren Ruhestand damit zu ruinieren, dass sie sich Sorgen über Finanzen machen müssen.

Das kann man in seinen Zwanzigern machen.

Zum Glück habe ich keine Zeit, mich damit zu beschäftigen, denn Marcus und ich verbringen fast jede Minute unseres Urlaubs gemeinsam, sowohl mit meinen Großeltern als auch allein. Am Freitagabend gehen wir nach dem Abendessen ins Kino; am nächsten Morgen kehren wir zum Strand zurück und bleiben dort bis zum Mittagessen, wobei wir abwechselnd schwimmen, am Wasser entlangschlendern und an unseren Laptops arbeiten. Während dieser Zeit beende ich meinen Roman und beginne mit den ersten Zeilen meines supergeheimen Projekts, während Marcus durch Excel-Tabellen rauscht und dabei mit etwas arbeitet, das aussieht wie hundert Registerkarten – Finanzmodelle von seinen Analysten, wie er mir erklärt.

Es ist schön, Seite an Seite mit ihm zu arbeiten, produktiv zu sein und trotzdem die Gesellschaft des anderen zu genießen. Auf gewisse Weise hatte Kendall recht. So unterschiedlich wir auch in Bezug auf unsere Ambitionen sind, so sehr respektieren wir beide die Einhaltung von Fristen und Verpflichtungen und betrachten die Arbeit als einen wichtigen Teil unseres Lebens und nicht als etwas Unangenehmes, das es zu vermeiden gilt.

Nach dem Strandbesuch lädt Marcus meine Großeltern zum Mittagessen in ein italienisches Restaurant ein – um sich bei ihnen für ihre

Gastfreundschaft zu bedanken, wie er meint – und so sehr es mich schmerzt, ihn für uns alle zahlen zu lassen, behalte ich meine Brieftasche bei mir, um eine weitere Vorhaltung von Oma zu vermeiden. Ich tröste mich mit dem Versprechen, es ihm zurückzuzahlen, und ich erleichtere mein Gewissen weiter, indem ich das billigste Gericht der Speisekarte bestelle.

Nach dem Essen machen wir alle vier einen Spaziergang in einem der örtlichen Parks, und ich staune wieder einmal, wie gut Marcus mit meiner Familie zurechtkommt. Während wir den Intracoastal entlangschlendern, plaudert er mit meinen Großeltern, als ob er sie schon ewig kennen würde – und hält dabei meine Hand in einem unverkennbar besitzergreifenden Griff.

Meine, verkündet seine Geste allen, die mich ansehen. *Diese Frau gehört mir*. Und für den Fall, dass die Nachricht nicht ankommt, richtet er einen Blick auf jeden männlichen Jogger oder Radfahrer, der mich anlächelt – was viele tun, da die Menschen in dieser Gegend recht freundlich sind. Er machte dasselbe, als wir am Strand waren, aber dort war es verständlicher, da ich nur einen Bikini trug. Hier jedoch bin ich in einem sehr einfachen Outfit aus T-Shirt und Jeans-Shorts gekleidet, und seine unverhohlene Eifersucht ist sowohl schmeichelhaft als auch lächerlich. Er tut so, als wäre ich so schön, dass er andere Männer mit einem Stock abwehren muss, während *er* in Wirklichkeit derjenige ist, der die ganzen weiblichen Blicke auf sich zieht.

Mit seinem großen, muskulösen Körper, seinen kühnen, männlichen Zügen und dem Hauch von Macht, der wie ein teures Parfum an ihm haftet, ist er die Art von Mann, von dem Frauen jeden Alters träumen – und zu dem sie heimlich masturbieren.

Meine Großmutter bemerkt es auch, sowohl seine Besessenheit als auch die Art und Weise, wie andere Frauen ihn wie ein Bonbon ansehen. »Ich muss sagen, dein Freund ist völlig besessen von dir«, sagt sie, während ich ihr helfe, den Tisch für das Abendessen zu decken. »Selbst während er mit uns sprach, beobachtete er dich, als hätte er Angst, dass dich jemand stehlen könnte. Und seine *ganze* Aufmerksamkeit galt dir. Nichts davon für das blonde Flittchen, das sich auf der Parkbank vor uns fast ausgezogen hat. Aber der Jogger, der dich gegrüßt hat …« Sie lässt einen leisen Pfiff ertönen. »Der arme Kerl hatte Glück, dass Marcus ihn nicht geschlagen hat.«

»Oma, bitte.« Ich fühle, wie mir wieder die Röte ins Gesicht steigt. »Du übertreibst.« Ich bin mir ziemlich sicher, dass Marcus keinen Typen schlagen würde, nur weil er mich grüßt. *So* besitzergreifend ist er nicht.

Oder doch?

»Nein, ich sage dir etwas, Liebling. Wie sagt ihr jungen Leute? Er ist scharf auf dich? Nein, das ist nicht ganz richtig – obwohl er das offensichtlich auch ist.« Als sie den Salzstreuer abstellt, zwinkert sie mir zu, und ich sterbe fast vor Schamgefühl, weil sie nur eines meinen kann: die Geräusche, die nachts aus unserem Schlafzimmer kommen.

Ich gebe mein Bestes, um ruhig zu bleiben, aber Marcus macht es mir unmöglich. Mit dem vierten oder fünften Orgasmus verliere ich jedes Zeit- und Ortsgefühl – und meine Großeltern müssen das gemerkt haben.

Oma bricht in Gelächter aus. »Oh, du solltest den Ausdruck auf deinem Gesicht sehen. Glaubst du, dass dein Großvater und ich selbst keine spaßigen Zeiten erlebt haben? Ich freue mich für dich, Schatz – für euch beide. Aber besonders für dich, da es für eine Frau immer schwieriger ist.«

Oh mein Gott. Lass mich jetzt sterben. Buchstäblich genau jetzt. Ich möchte mir nicht vorstellen, wie meine Großeltern »Spaß haben« – und ich möchte definitiv nicht mit meiner Großmutter über mein Sexualleben mit Marcus reden. Es war eine Sache, dass sie das Vogel-, Bienen- und Empfängnisverhütungsmittelgespräch mit mir führten, als meine Periode im Alter von zwölf Jahren begann ... aber das? Meine Orgasmusfähigkeit ist kein Thema für ein Gespräch vor dem Abendessen – auch wenn diese Fähigkeit seit meiner Begegnung mit Marcus enorm gewachsen ist.

»Schon gut, schon gut, ich halte ja schon meinen Mund«, sagt Oma, als ich mein tomatenrotes Gesicht verstecke, indem ich mit einem nassen Papiertuch einen kaum vorhandenen Fleck auf der Tischdecke fleißig schrubbe. »Du kannst ...«

»Ein Geheimnis bewahren?«, fragt Opa und kommt

mit Marcus an seiner Seite herein. Marcus hatte ihm in den letzten zwanzig Minuten eine Art Handelssoftware gezeigt, und die beiden sehen wie die dicksten Freunde aus.

»Nichts«, sagt Oma mit einem verstohlenen Grinsen in meine Richtung. Den Männern zugewandt, sagt sie schnell: »Setzen wir uns einfach hin und essen.«

arcus

ICH HÄTTE NIE GEDACHT, DASS ICH DAS EINMAL SAGEN würde, aber ich bin in Emmas Großeltern verliebt. Vielleicht liegt es daran, dass ich nie eigene Großeltern hatte – oder normale Eltern, was das betrifft – aber dieses lange Wochenende mit Emma und ihrer Familie zählt zu den besten Tagen meines Lebens. Vielleicht sind sie sogar *die* besten, denn ich kann mich nicht erinnern, wann ich mich das letzte Mal so lange so gut gefühlt habe.

Das meiste ist natürlich Emma selbst zuzuschreiben. Jede Nacht seit meiner Ankunft hier habe ich mich an ihrem süßen, üppigen Körper gesättigt und mich hemmungslos an ihr gelabt. Ich hatte sie in unserem Bett, in der Dusche, an der Wand und sogar auf dem Boden, als wir es eines Abends nicht bis zum Bett schafften. Aber so wunderbar das auch war, ich habe fast ebenso viel Freude an dem einfachen Vergnügen gehabt, mit Emma in meinen Armen einzuschlafen – und aufzuwachen, während ich sie immer noch in den Armen halte und ihren warmen, köstlichen Duft einatme. Diese tiefsitzende Zufriedenheit, die ich in der ersten Nacht mit Emma erlebte, war kein Zufall; sie ist jedes Mal da, wenn ich sie halte.

Und Emmas Familie hat diesem Gefühl eine weitere Ebene hinzugefügt, ein Gefühl der Zugehörigkeit, von dem ich nicht wusste, dass es mir gefehlt hat. Schon als Kind wusste ich, dass ich mich auf niemanden außer mich selbst verlassen konnte, und obwohl ich nie Probleme hatte, Freundschaften zu schließen, waren die meisten dieser Freundschaften leicht und locker, kaum hauchdünn. Dasselbe gilt für meine Beziehungen zu Erwachsenen. Selbst Mr. Bond, der Lehrer der zweiten Klasse, der mein Mentor geworden war, hatte das selbstbewusste Auftreten und den Mantel des Ehrgeizes, den ich als Schutzschild getragen hatte, nicht wirklich durchschaut.

Aber irgendwie haben Emmas Großeltern das getan. Mary bringt meine Vergangenheit nicht wieder zur Sprache, aber jedes Mal, wenn ihr Blick auf mich fällt, ist er weich und warm und birgt eine Fülle von sanftem Verständnis in sich. Sie macht um mich genauso viel Aufhebens wie um ihren Mann und ihre Enkelin, füttert mich ständig und macht sich Sorgen, ob mir warm genug ist oder ich friere, ob der Kaffee, den ich beim Abendessen getrunken habe, mich nachts wach hält. Und Ted ist auf seine eigene schroffe Art genauso nett, und ich frage mich, wie es gewesen wäre, einen älteren Mann in meinem Leben zu haben, der nicht nur ein Mentor, sondern auch ein Freund gewesen wäre, jemand, mit dem ich über kleinere und wichtige Dinge hätte reden können.

Jemand wie einen Vater ... oder einen Großvater.

»Ich wünschte, ihr beiden müsstet nicht schon zurückfliegen«, sagt Ted beim Frühstück am Sonntagmorgen, und ich lächele ihn bedauernd an und wünsche mir das Gleiche. Dieses Feiertagswochenende war ein Zwischenspiel in einer anderen Welt, eine sonnengetränkte Pause von der Realität meines ununterbrochenen stressigen Lebens. Die Parks, der Strand, die warme, feuchte Luft – ich fühle mich durch all das verjüngt, auf eine Weise erfrischt, wie ich es seit Jahren nicht mehr erlebt habe. Und das liegt nicht daran, dass ich an diesem Wochenende nicht gearbeitet habe. Das habe ich. Trotz all der Ausflüge und der Zeit mit der Familie habe ich in den letzten Tagen fast so viel geschafft wie normalerweise an den Wochenenden. Der Unterschied ist, dass es meistens mit Emma an meiner Seite war. Und sie war da, als ich zu Bett ging und aufwachte, ihr Lächeln mit den Grübchen begrüßte mich, ihre weichen Arme umarmten mich, wann immer ich nach ihr griff.

Mit ihren Großeltern als Puffer schmolz die Restspannung zwischen uns dahin, und ihr Widerstand mir gegenüber nahm ab, bis es so aussah, als wäre mein dummer Fehler, ihr fernzubleiben, gar nicht erst passiert. Sie hatte nicht einmal etwas dagegen, als ich in dem italienischen Restaurant das Mittagessen für uns alle bezahlte, obwohl ich später am Abend einen Zwanziger prominent auf meiner Brieftasche liegend fand.

Wenn wir wieder in New York sind, wird es anders sein, das weiß ich jetzt schon. Die nächste große Schlacht – Emma zum Einzug zu bewegen – steht bereits an. Als ich heute Morgen aus dem Badezimmer kam, habe ich einen Blick auf die Wohnungsangebote auf ihrem Bildschirm erhascht, bevor sie den Laptop schloss – was bedeutet, dass mein Trick mit ihrer Vermieterin sowohl funktioniert als auch nicht.

Mein Kätzchen plant einen Umzug, aber auf eigene Faust. Trotz unserer wachsenden Nähe in den letzten vier Tagen hat sie immer noch Angst, mir zu vertrauen, mich voll und ganz in ihr Leben zu lassen.

»Marcus, um wie viel Uhr fliegst du?«, fragt mich Mary, während sie meine Tasse mit ihrem charakteristischen kolumbianischen Gebräu nachfüllt – ein Kaffee, der so gut ist, dass mein Butler ihn bereits für mich bestellt hat. »Ich nehme an, es ist wieder aus Daytona?«

»Das ist richtig.« Ich lächele sie an. »Ich habe meinem Piloten gesagt, das Flugzeug bis drei Uhr nachmittags fertig zu haben, damit Emma und ich zum Mittagessen bleiben können.«

»Moment, was?« Emma schaut von ihrem Omelett

auf. »Du meinst, *du* könntest zum Mittagessen bleiben. Mein Flug geht um 12.45 Uhr, also müssen Opa und ich in einer Stunde nach Orlando aufbrechen.«

Ich starre sie an. »Orlando? Kätzchen, ich habe ein ganzes Flugzeug nur für uns beide. Warum lässt du dich von deinem Großvater den ganzen Weg nach Orlando fahren, wenn Daytona eine halbe Stunde entfernt ist und wir zusammen nach Hause fliegen können?

»Das Gleiche habe *ich* gestern auch schon zu Emma gesagt«, sagt Ted mit einem Blick auf uns beide. »Aber sie sagte, das sei beschlossene Sache.«

Emmas Kiefer spannt sich an, und ich merke, dass ich mich geirrt habe. Die nächste große Schlacht ist nicht der Einzug, sondern findet jetzt gerade statt. Aus irgendeinem Grund nahm ich an, dass sie mit mir nach Hause fliegen würde, dass dies wie das Boot wäre, wo sie den Nutzen sehen würde, sich mir anzuschließen, da ich den Jet sowieso benutze.

»Ich kann ein Uber nach Orlando nehmen«, sagt sie steif. »Wenn es ein Problem ist, mich dorthin zu fahren.«

Ted seufzt. »Sei nicht albern. Ich fahre dich natürlich gern. Es ist nur so, dass ...«

»Es ist nur so, dass ich ein Flugzeug in der Nähe habe und ein Auto, das wir nehmen können, so dass dein Großvater nicht mehr unnötig Auto fahren muss«, sage ich, und meine Entschlossenheit verfestigt sich.

Das ist nicht wie der Zwanziger, den sie mir auf das

Portemonnaie gelegt hat – und den ich ihr heimlich wieder in die Tasche gestopft habe, als sie nicht hinsah. Das hier ist größer und wichtiger. Eines Kampfes würdig. Morgen kehren wir in unser normales Leben zurück, gehen wieder zur Arbeit und schlafen (vorerst) in getrennten Wohnungen. Das ist unsere Chance, noch ein paar Stunden miteinander zu verbringen, und ich lasse sie mir nicht wegen ihrer Sturheit entgehen.

Emmas graue Augen werden stürmisch. »Ich habe einen Flug, der bereits gebucht und bezahlt ist. Ich habe gestern Abend sogar online eingecheckt.«

»Na und? Ich lasse ihn dir zurückerstatten.«

Sie lächelt triumphierend. »Das kannst du nicht. Es ist zu spät, und außerdem ist es ein nicht erstattungsfähiges Ticket.«

Mein armes Kätzchen. Sie hat keine Ahnung, was ich tun kann und was nicht. Mein Antwortlächeln würde einen Hai stolz machen. »Was wäre, wenn ich könnte? Was wäre, wenn ich dir sofort eine Rückerstattung besorgen würde? Würdest du dann mit mir nach Hause fliegen?«

Mary und Ted schauen sie erwartungsvoll an, und sie runzelt die Stirn, als sie merkt, dass ich sie in die Ecke manövriert habe. Das nicht erstattungsfähige Ticket war eine gute Ausrede; ohne sie bleibt nur die irrationale Sturheit, die sie vor ihren Großeltern offenbart.

»Sieh mal, Marcus«, fängt sie an, aber ich hebe meine Hand.

»Lass mich versuchen, dir diese Rückerstattung zu

besorgen, okay? Vielleicht wird es doch nicht funktionieren.« Natürlich wird es das, aber ich möchte, dass sie glaubt, dass sie noch eine Chance hat, zu gewinnen.

»Ja, lass es ihn versuchen, Liebling«, drängt Mary sanft. »Wäre es nicht schön, zusammen statt getrennt zu fliegen?«

Emma zögert zwei lange Sekunden, aber dann nickt sie widerwillig. »Na schön. Du kannst es versuchen. Aber ich sage dir, das Einzige, was du tun kannst, ist, meinen Flug auf einen anderen Tag umzubuchen, nachdem du zunächst eine enorme Gebühr bezahlt hast.«

»Wir werden sehen. Gib mir ein paar Minuten.« Ich stelle meine Kaffeetasse ab, stehe auf und gehe auf die Terrasse, wo ich direkt mit dem CEO von United Airlines telefoniere. Ich habe seine Handynummer von unserem Gespräch am Mittwoch, als er Emmas Flug um eine Stunde verzögert hat.

Zehn Minuten später kehre ich zum Tisch zurück und sehe, wie Emma ungläubig auf ihr Telefon starrt. »Wie hast du das gemacht?«, fragt sie und dreht den Bildschirm zu mir, um mir eine E-Mail mit einer Rückerstattungsbestätigung zu zeigen. »Und so schnell? Das letzte Mal, als ich diese Fluggesellschaft für etwas anrufen musste, hing ich mehr als zwei Stunden in der Warteschleife. Und nun haben sie nicht einmal eine Gebühr erhoben!«

Ich zucke unschuldig mit den Achseln. »Vielleicht hat sich ihr Kundenservice verbessert.«

»Ja, genau«, murmelt sie und schaut mich böse an. »Ich schätze, Geld öffnet alle möglichen Türen.«

Oh, sie hat keine Ahnung – aber sie wird sie noch bekommen.

Ich habe die Absicht, mit meinem Geld alle Türen zu öffnen, die ich brauche, um sie zu gewinnen.

Emma

ICH SOLLTE WÜTEND SEIN, VERÄRGERT, DASS ICH SO geschickt ausmanövriert wurde, aber als wir in Marcus' Privatjet einsteigen, kann ich nicht anders, als dankbar zu sein, dass wir diese zusätzlichen Stunden mit meinen Großeltern hatten – und dass ich mich noch nicht ganz von Marcus trennen muss. So aufgeregt ich auch bin, meine haarigen Babys heute Abend zu sehen, so sehr graut es mir auch davor, dass ich allein in meinem kalten, ungemütlichen Bett schlafen muss.

Und dann ist da natürlich noch die Tatsache, dass ich in einem verdammten *Privatjet* fliege. So gern ich auch so tun würde, als ob mich solch übertriebener

Luxus wenig interessiert, kann ich mich nicht selbst belügen.

Privatflugzeuge sind fantastisch.

Zunächst einmal fahren wir direkt zum Flugzeug. Keine Sicherheitsschlangen, nichts – wir steigen aus dem Auto aus und gehen sofort an Bord. Ich schätze, der Hintergedanke dabei ist, dass der Jetbesitzer sein eigenes Flugzeug wahrscheinlich nicht in die Luft sprengen wird.

Sobald wir in das Flugzeug steigen, heben wir ab, mit nur fünf Minuten Verzögerung, um die Freigabe der Flugsicherung zu erhalten. Es gibt kein Warten, bis sich die anderen Passagiere hingesetzt haben, kein Einpacken von Taschen in ein winziges Gepäckfach. Wir steigen einfach ein und fliegen, wie man in ein Auto steigt und losfährt.

Und dann gibt es noch das Flugzeug selbst. Ich habe Privatjets in Filmen gesehen, aber ich habe den obszönen Luxus dieses Verkehrsmittels erst wirklich wahrgenommen, als ich es in der Realität sah.

Das Flugzeug von Marcus ist riesig. Natürlich kleiner als ein Verkehrsflugzeug, aber groß genug, um ein Dutzend Plüschledersitze, eine Couch mit einem langen Couchtisch davor und ein Schlafzimmer im hinteren Teil unterzubringen. *Ja, ein verdammtes Schlafzimmer in einem Flugzeug.* Alles ist in Hellbraun und Cremetönen mit natürlichen Holzakzenten eingerichtet und sieht so einladend gemütlich aus, dass ich mich nach dem Aufstieg auf die Couch setze, um sie auszuprobieren.

»Gefällt es dir?« Marcus schaut von seinem Sitz auf, wo er an seinem Laptop arbeitet, und ich ziehe meine Flip-Flops aus, um mich auf der weichen Lederoberfläche auszustrecken. Bald muss ich meine Winterkleidung anziehen, aber im Moment bin ich noch im Florida-Modus.

»Es ist nicht schlecht«, gebe ich zu und drehe mich auf die Seite, um ihn anzuschauen. »Ich meine, es ist nicht so schön wie ein Mittelsitz in der Economy, aber es hat seinen Charme.«

Marcus grinst. »Ich bin froh, das zu hören. Ich hatte langsam ein schlechtes Gewissen, dass ich dir diese wunderbare Erfahrung des Mittelplatzes vorenthalten habe.«

Ich seufze und drehe mich auf den Rücken, um an die Decke zu starren, wobei ein Teil meiner Euphorie verblasst. »Du *solltest* dich schlecht fühlen. Ich kann dich dafür nicht bezahlen.« Meine gesamten Ersparnisse zusammen würden nicht ausreichen, um diesen Privatflug zu finanzieren.

»Mich wofür bezahlen? Dich hierzuhaben kostet mich keinen einzigen zusätzlichen Penny. Ich wäre so oder so nach Hause geflogen; wenn überhaupt, dann tust du mir einen Gefallen, wenn du mir Gesellschaft leistest.«

Es ist die gleiche Logik, die er benutzte, um mich auf das Boot zu bekommen, und obwohl ich sie jetzt als den manipulativen Trick sehe, der sie ist, kann ich nicht anders, als es glauben zu wollen und die vernünftige Begründung seiner Worte für bare Münze zu nehmen. Kendall hatte recht, als sie mich beschuldigte, Wachs in seinen Händen zu sein. Das bin ich, weil ich tief in meinem Inneren die gleichen Dinge will wie er.

Ich verliere diese Auseinandersetzungen, denn wenn ich gegen ihn kämpfe, kämpfe ich auch gegen mich selbst.

»Emma, Kätzchen.« Ich höre, wie er aufsteht, und einen Moment später gibt die Couch neben mir nach, als er sich hinsetzt und eine Hand auf die Lehne der Couch legt, um mich unter seinem kräftigen Arm festzuhalten. Trotz der dominanten Körperhaltung ist sein Ausdruck warm und zärtlich, als er auf mich herabblickt. »Hör mir zu«, sagt er leise. »Ich bin reich, okay? Verdammt reich. Die Art von Reichen, die in den Nachrichten auftauchen. Ich bin durch schlaflose Nächte und Hundert-Stunden-Arbeitswochen dorthin gekommen, indem ich massive Risiken eingegangen bin und mit den Folgen, ob gut oder schlecht, gelebt habe. Ja, es war Glück im Spiel – das ist immer so –, aber hauptsächlich war es die ununterbrochene Arbeit. Und jetzt möchte ich den verdienten Reichtum genießen und die Früchte meiner harten Arbeit ernten. Aber ich kann es nicht, wenn die Frau, mit der ich zusammen bin, sich weigert, mitzumachen.« Sanft streicht er mir eine verirrte Locke aus dem Gesicht. »Ich weiß, dass es schwer für dich ist, Kätzchen. Ich verstehe, woher du kommst, glaub mir. Aber kannst du es bitte versuchen? Für mich? Lass mich für die Kosten aufkommen, wenn wir zusammen sind. Lass mich für den Luxus, den ich genieße, bezahlen.«

Ich beiße mir auf die Lippe. »Marcus, ich …«

»Bitte, Emma.« Er legt seine Hand auf meinen Arm. »Gib mir diese eine kleine Sache. Ich verlange nicht, dass du deine Prinzipien vergisst. Wenn du für dich selbst bezahlen willst, wenn wir in ein Restaurant deiner Wahl gehen, dann tun wir das eben. Aber lass mich dich auch in die Restaurants ausführen, die du nicht aussuchen würdest, die, in denen der Koch eine einzige Beere zum Dessert serviert.«

Ein unfreiwilliges Lächeln breitet sich auf meinen Lippen aus. »Eine einzige Beere?«

»Oh ja. Es ist lächerlich, was diese Spitzenköche für den Höhepunkt der Kochkunst halten.« Trotz seiner ungezwungenen Worte bleibt sein Ausdruck ernst, seine Augen sind auf meine gerichtet, und ich weiß, dass er sich in diesem Punkt nicht geschlagen geben wird. Ich fühle, wie sein eiserner Wille an mir rüttelt, wie ein Hurrikan, der die Küste zertrümmert, und ich fühle, wie ich mich unter der Wucht des Hurrikans beuge. Das ist ihm wichtig, und so sehr ich auch so tun möchte, als könnten wir so weitermachen wie bisher, weiß ich es doch besser.

Ob es mir gefällt oder nicht, ich gehe mit einem Milliardär aus, und ich kann nicht erwarten, dass er nach meinem Budget lebt.

Ich schiebe mich zum Kopfteil der Couch und setze mich auf, damit ich mich im Liegen nicht so benachteiligt fühle. Nicht, dass ich weniger im Nachteil wäre, Marcus gegenüberzusitzen, aber es ist das Gefühl, das zählt.

»Du hast recht«, sage ich und setze mich noch gerader hin. »Es ist nicht fair von mir, dich ständig zu bitten, bei Papa Mario's zu essen, oder zu erwarten, dass du im Urlaub in einem Holiday Inn übernachtest, weil ich mir nichts anderes leisten kann. Du hast dir dein Geld verdient und solltest in der Lage sein, es zu genießen, ob du nun allein oder mit mir zusammen bist. Aber wenn wir das tun wollen, müssen wir einige Grundregeln aufstellen.«

Seine Augen leuchten stärker. »Nur zu.«

»Erstens: Du kaufst mir keine Sachen. Keine Kleidung, keine Schuhe, keine Taschen, keinen Schmuck, keine Elektronik, keine Erstausgaben von Büchern, keine teuren Geschenke jeglicher Art. Kleine Geschenke sind natürlich in Ordnung, aber nichts, was sich ein normaler Mensch – eine Kassiererin in einem Buchladen – nicht leisten könnte.«

Seine Lippen pressen sich zusammen, aber er nickt. »Okay. Damit kann ich leben.«

»Zweitens: Wenn ich dich an einen Ort meiner Wahl einlade, zahle ich für uns *beide*.« Ich erhebe eine Hand, um seinen Einwänden zuvorzukommen. »Das wird nicht oft passieren, da mein Ausgeh-Budget begrenzt ist, aber wenn du vorhast, in deinen Eine-Beere-Restaurants für mich zu bezahlen, werde ich bei Papa Mario's und so weiter für dich bezahlen.«

Er seufzt. »Okay. Sonst noch etwas?«

Ich überlege. »Ich denke, damit ist es größtenteils abgedeckt.«

»Lass mich sicherstellen, dass ich alles richtig verstanden habe.« Er lehnt sich mit zusammengekniffenen Augen nach vorne. »Wenn ich dich bezahlen lasse, wenn wir dort hingehen, wohin *du* möchtest, kann ich dich überallhin ausführen, wohin *ich* möchte, korrekt? Und wenn ich dir keine teuren Geschenke mache, fliegst du mit mir in meinem Flugzeug und gehst mit mir in das Hotel, das ich buche, und machst die Aktivitäten, die mir Spaß machen, ohne dass du darauf bestehst, deinen Anteil zu zahlen, richtig?«

Ich nicke, obwohl mein Magen fest zusammengezogen ist. So notwendig dieser Kompromiss auch ist, er fühlt sich zu sehr wie alles an, wogegen ich immer gekämpft habe, wie alles, was ich nicht sein will. Vor vier Tagen hätte ich mir diesen Schritt nicht vorstellen können, aber jetzt kann ich mir nicht vorstellen, von Marcus wegzugehen – was die einzige wirkliche Alternative ist. Eine undenkbare Alternative, denn wenn ich vorher in ihn verliebt war, dann hat mich dieses lange Wochenende zusammen und ihn mit meiner Familie zu sehen hoffnungslos süchtig gemacht.

Ich kann den Gedanken nicht ertragen, heute Abend allein nach Hause zu gehen, geschweige denn, mit ihm Schluss zu machen.

»Gut.« Die Intensität seines Blicks lässt nicht nach.

»Dann sind wir uns einig. Wir machen das nach deinen Grundregeln.«

»In Ordnung«, sage ich vorsichtig. Warum habe ich das Gefühl, dass er damit auf irgendetwas hinauswill, was mir nicht gefällt?

»In diesem Fall schicke ich die Umzugsleute heute Abend zu dir ins Apartment.« Ein böses Lächeln breitet sich auf seinen Lippen aus. »Stell dir mein Apartment als ein Hotel vor, das ich langfristig gebucht habe.«

19

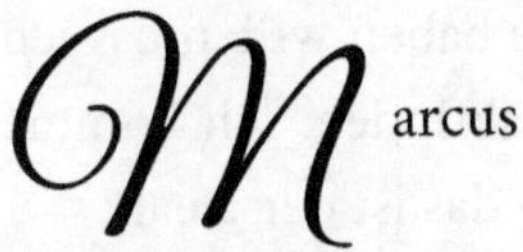arcus

»Das bedeutet nicht, dass ich bei dir einziehe«, betont Emma zum fünften Mal, als wir uns ihrer Türschwelle nähern. »Ich werde nur *heute* Nacht bei dir schlafen.«

»Stimmt. Mit deinen Katzen.« Ich halte meine Stimme unverfänglich und beruhigend. Ich darf sie nicht verschrecken, indem ich mich offensichtlich über diesen Sieg freue. »Nur als Testlauf.«

»*Kein* Testlauf. Nur eine Nacht. Und nur, weil du morgen früh ein Meeting hast und nicht bei mir übernachten kannst.«

»Natürlich. Was immer du sagst.« Ich schenke ihr das unschuldigste Lächeln, das ich hinbekommen kann. »Vergiss nur nicht die Katzenklos, das Futter und alles andere, was sie brauchen.«

Sie wirft mir einen bösen Blick zu. »Natürlich nicht. Sei aber darauf vorbereitet, dass sie dein Haus verwüsten werden. Besonders Mr. Puffs.«

»Das macht mir nichts aus.« Das ist eine Lüge – ich freue mich nicht darauf, dass Tiere in meiner akribisch sauberen Wohnung herumlaufen – aber Emma wird jedes Anzeichen von Zögern meinerseits erkennen, und ich werde nicht zulassen, dass sie ihre Haustiere benutzt, um das hier zu verhindern.

Wenn ich sie bei mir zu Hause haben will, muss ich mich mit den haarigen Biestern abfinden. Ich komme mit Geld, sie kommt mit Katzen – das ist der Deal.

Wir müssen beide Kompromisse eingehen.

»Okay, gut. Aber das ist dein Ende«, murmelt sie und schließt ihre Tür auf. »Oder besser gesagt, das Ende deiner schicken Sachen.«

Ich habe keine Gelegenheit, darauf zu antworten, denn in dem Moment, in dem die Tür aufschwingt, wird Emma von ihren Katzen bedrängt. Laut miauend greifen drei flauschige weiße Perser sie an, als wäre sie ihre Lieblingsmahlzeit. Eine klettert im Ninja-Stil in ihre Jeans, während die beiden anderen in einem synchronisierten Versuch, sie zum Stolpern zu bringen, Endlosschleifen zwischen ihren Beinen drehen.

Wenn ich sie wäre, würde ich schnell weglaufen, aber Emma sieht überglücklich aus. Mit einem Arm umarmt sie die Katze, die ihren Körper wie einen Baumstamm benutzt – es ist die mittelgroße, Cottonball –, und beugt sich gleichzeitig nach unten, um die beiden anderen zu streicheln. Die kleine, zierliche – Queen Elizabeth – fängt augenblicklich an zu schnurren, während der Riese – der unpassenderweise Mr. Puffs heißt – sie mit zu Schlitzen zusammengezogenen grünen Augen anfaucht und mit einer haarigen Pfote auf ihre Hand schlägt.

»Ach, sei nicht böse, Puffs«, säuselt sie und greift wieder mutig nach ihm. »Es tut mir leid, dass ich euch so lange allein gelassen habe, wirklich, aber jetzt ist alles wieder in Ordnung. Mama ist zurück.«

Die böse Kreatur faucht sie wieder an, zieht aber diesmal seine Klauen ein und lässt sich großmütig an der Oberseite seines Kopfes und unter dem Kinn kraulen.

Schließlich sind alle drei Katzen beruhigt und wieder auf dem Boden, und Emma kann trotz der Stolpergefahr, die ihre Haustiere darstellen, tiefer in ihre winzige Wohnung vordringen. Ich laufe ihr hinterher, schiebe ihren Koffer und begutachte den heruntergekommenen Ort.

Er ist genau so, wie ich ihn in Erinnerung habe. So gut wie alles hier ist Schrott, mit der möglichen Ausnahme des raumhohen Katzenlabyrinths, das eine Wand schmückt. Ich muss dafür oder so etwas Ähnliches Platz in meinem Penthouse schaffen, sobald

Emma dem Umzugsunternehmen grünes Licht gibt, damit es seine Arbeit machen kann.

Hoffentlich kommen die Katzen auch ohne das Labyrinth aus, solange wie dieser Testlauf dauert – und es ist ein Testlauf, egal was sie sagt.

Die Katzen würden sonst nicht mit ihr kommen.

Es war überraschend einfach, sie davon zu überzeugen, heute Abend bei mir zu bleiben – sobald ich ihr vorschlug, dass die haarigen Biester sie begleiten sollten. Davor war es ein königlicher Kampf, bei dem sie sich komplett weigerte, vernünftig zu sein. Für mich ist es mehr als nur einfach: Wenn sie mit einem von mir gebuchten Hotel einverstanden ist, dann sollte sie auch damit einverstanden sein, bei mir zu wohnen. Dauerhaft. Angefangen mit heute Nacht. Aber Emma sieht das nicht so.

Für sie ist das Zusammenziehen eine große Sache, und sie weigert sich, diesem Schritt so schnell zuzustimmen.

Es ist frustrierend, aber ich nehme jeden Sieg, den ich erringen kann, angefangen damit, sie davon zu überzeugen, die Nacht bei mir zu Hause zu verbringen. Die Katzen waren anfangs ein Hindernis – sie wollte sie nach so langer Abwesenheit nicht allein lassen –, aber ein kluger Mann weiß, wie man Hürden nimmt und sie dazu benutzt, seine Ziele zu erreichen. Deshalb kam ich auf die Idee, ihr zu sagen, sie solle die Katzen mitbringen.

Um Emma zu bekommen, würde ich eine Horde von Dämonen bei mir zu Hause ertragen – was, soweit ich das beurteilen kann, gut auf die Katzen zutreffen könnte.

Natürlich hätte ich bei Emma bleiben können, egal ob Besprechung am frühen Morgen oder nicht, aber das hätte mich nicht näher an ihren Einzug gebracht. Und ehrlich gesagt bin ich nicht allzu scharf darauf, noch eine weitere Nacht auf ihrem schmalen, ungemütlichen Bett zu verbringen.

Vielleicht bin ich zu verwöhnt, aber ich ziehe meine bequeme King-Size-Matratze vor.

»Okay, Leute, ich füttere euch noch, bevor wir gehen«, sagt Emma, als sie ihre winzige Küche betritt, und ich sehe zu, wie sie drei Dosen mit Katzenfutter öffnet und das Futter auf separate Teller gibt. Ich nehme zur Kenntnis, welche Katze welche Marke und Geschmacksrichtung bekommt, falls ich das jemals übernehmen muss, und dann konzentriere ich mich auf das, wofür ich hierhergekommen bin:

Emma dabei zu helfen, zu packen und sich bereit zu machen, heute Abend mit mir nach Hause zu gehen.

Ich beginne damit, dass ich ihren Koffer auspacke und die Kleidung herausnehme, die sie in Florida dabeihatte. Sie hat alles getragen, also kommt alles in einen Wäschekorb. Dann sortiere ich durch, was im Koffer übrig geblieben ist: ihre Toilettenartikel, Flip-Flops, Laptop und einen alten, abgenutzten Kindle. Sie wird das alles bei mir brauchen, also packe ich es ordentlich um und gehe zu ihrem Schrank, um zu sehen, was sie noch mitnehmen kann.

»Was machst du da?«, fragt sie und kommt zu mir,

als ich gerade drei zerlumpte Pullover, zwei Jeans und ein paar ihrer besser aussehenden Oberteile herausnehme. Ich würde meinen linken Daumen dafür geben, ihr schönere Kleidung kaufen zu dürfen, aber das ist nicht Teil der Abmachung, die wir getroffen haben.

Zumindest noch nicht.

»Ich helfe dir beim Packen«, sage ich und gehe zurück zum Koffer. Ich knie mich hin, lege die Kleidung auf die Kofferoberseite und beginne, sie zu falten. »Du solltest dir vielleicht Unterwäsche, Socken, Pyjamas und alles andere in dieser Art raussuchen.«

Totenstille ist ihre Antwort, und als ich aufschaue, sehe ich, dass Emma mich mit zusammengekniffenen Augen beobachtet. »Das ist mehr Kleidung, als ich für eine Nacht benötige.« Ihr Ton ist gefährlich ruhig. »Und ich brauche keine Anweisungen, was ich mitnehmen soll.«

Da ich spüre, dass mir eine neue Schlacht bevorsteht, stehe ich auf. »Ich habe nicht gesagt, dass du Anweisungen brauchst. Was die Menge der Kleidung betrifft, warum nicht mehr mitnehmen, als du brauchst? Nur für alle Fälle.«

»Darum.« Sie verschränkt die Arme vor ihrer Brust, und ihr hübsches Gesicht sieht stur aus.

Ich ziehe meine Augenbrauen in die Höhe und warte auf eine Erklärung, aber nichts kommt. Was kommt, ist ihre Katze. Um genau zu sein, die große, Mr. Puffs.

Ihre grünen Augen verengen sich in perfekter Imitation des Gesichtsausdrucks der Besitzerin, als sie mit hoch erhobenem flauschigen Schwanz auf mich zustolziert.

»Puffs!«, Emma greift nach dem Kater, aber er weicht ihr geschickt aus, entschlossen, sein Ziel zu erreichen – das nicht ich bin, sondern der Koffer.

Er springt hinein, streckt sich auf der teilweise gefalteten Kleidung aus und schaut selbstgefällig zu mir auf. »Das ist richtig«, sagt mir sein flaches, pelziges Gesicht. »Du magst sie ficken, aber ich habe gerade mein Territorium mit weißen Katzenhaaren markiert – und ich habe viele davon. Viel mehr als du.«

»Pfui, Puffs, was hast du getan? Jetzt sind deine Haare überall«, stöhnt Emma und greift in den Koffer, um den Kater herauszuholen. »Hier, du kommst besser in die Transporttasche, bevor du noch mehr Ärger machst.«

Sie trägt das Tier weg, und ich falte schnell den Rest der Kleidung zusammen und bürste dabei so viele Katzenhaare wie möglich ab – was sehr wenige sind. Die weißen Strähnen müssen mit Saugnäpfen oder Sekundenkleber versehen sein, da sie so fest an Emmas Kleidung haften, als wären sie aufgemalt worden.

Als ich fertig bin, ist Mr. Puffs sicher in einer steifen, quadratischen Tasche mit Netzseiten untergebracht, die kaum groß genug aussieht, um seinen haarigen Körper aufzunehmen. Er blickt mich durch das vordere Netz an und versucht, mit dem

Schwanz zu wedeln, aber es gibt zu wenig Platz, und er miaut stattdessen bedrohlich.

»Ist schon gut, Baby«, sagt Emma und klopft auf die Seite der Tasche, während sie sie zur Tür trägt. »Wir gehen heute Nacht nur auf ein kleines Abenteuer. Ich bringe dich nicht zum Tierarzt, das verspreche ich.«

»Hier, lass mich.« Ich nehme ihr die Tasche ab, da sie schwer aussieht. Aber sie ist leichter, als ich erwartet hatte. Ich schätze, ein Teil der Größe des Katers ist all das flauschige Fell. Ich ignoriere sein empörtes Miauen bei der Übergabe und frage: »Soll ich ihn zum Auto bringen?

»Noch nicht. Er wird sich Sorgen machen, wenn er dort ganz allein ist. Stell ihn einfach hier ab.« Sie weist auf einen Platz neben der Tür. »Wenn du helfen möchtest, könntest du vielleicht die Katzenklos säubern und sie dann zum Auto bringen?«

Ich starre sie argwöhnisch an. »Die Katzenklos säubern?« Meint sie damit, sie auszuleeren oder …?

»Du weißt schon, wenn es irgendwelche Klumpen oder so etwas gibt …« Bei meinem entsetzten Blick rollt sie mit den Augen und sagt: »Lass gut sein. Du kannst meine Sachen fertig packen, da du zu wissen scheinst, was ich brauche. Ich werde die Katzen und ihre Sachen fertig machen.«

Ich atme erleichtert aus, setze Mr. Puffs ab und gehe zur Kommode, um Emmas Unterwäsche und Socken zu holen. So sehr ich sie bei mir zu Hause haben möchte, bin ich mir nicht sicher, ob ich mit

Katzenkot entfernen, oder was immer das *Säubern* mit sich bringt, umgehen kann. Ich bin kein Ordnungsfanatiker – zumindest sehe ich mich selbst nicht als solchen an, aber ich mag es definitiv, wenn die Dinge sauber und hygienisch sind.

Dank der Liebesaffäre meiner Mutter mit dem Alkohol habe ich in meinen frühen Jahren genug Kotze und Pisse für ein ganzes Leben aufgewischt.

Emma verschwindet im Badezimmer, und ich packe schnell, was sie meiner Meinung nach in der nächsten Woche brauchen könnte. Wir können den Kampf um eine Nacht oder länger später führen. Dann rufe ich Wilson, meinen Fahrer, an, damit er den Koffer abholt.

Er steht bereits an der Tür, als Emma, mit einer Plastikbox, die mit steinigem Sand gefüllt ist – der glücklicherweise keine Klumpen aufweist – aus dem Badezimmer kommt.

»Hier, gib es mir.« Ich nehme ihr das Katzenklo ab – dieses Ding ist überraschend schwer – und gebe es Wilson, bevor ich mir den Koffer schnappe und meinem Fahrer zum Auto folge, das am Bordstein wartet. Wir laden alles in den Kofferraum, und ich komme zurück, um den Rest zu holen. Es stellt sich heraus, dass der aus zwei weiteren Katzenklos – anscheinend benötigt jede Katze ihr eigenes – und zwei Katzentransportbehältern, einer mit Mr. Puffs und der andere – ein größerer aus Plastik – mit den beiden kleineren Katzen besteht.

»Ich habe die drei nicht mehr zusammen irgendwo

hingebracht, seit sie Kätzchen waren«, erklärt mir Emma, als ich ihr die Transportboxen abnehme, nachdem die Katzenklos verstaut sind. »Normalerweise muss ich nur ein oder zwei Tiere gleichzeitig zum Tierarzt bringen. Zum Glück passen Queen Elizabeth und Cottonball immer noch dort rein.« Sie nickt der Plastiktransportbox zu. »Normalerweise benutze ich den für Mr. Puffs, weil er so groß ist.«

»Stimmt.« Ich bringe die Katzen zum Auto, während sie abschließt, und Wilson packt sie auf den Rücksitz.

»Danke«, sage ich ihm, als er sich aufrichtet und auf seinem normalerweise ausdruckslosen Gesicht ein Lächeln erscheint.

»Es ist mir ein Vergnügen, Sir. Wunderschöne Katzen, wenn ich das sagen darf. Ich habe selbst einen Perser, aber er ist grau, nicht weiß.«

Ich blinzele. Ich hatte keine Ahnung, dass mein zurückhaltender, scheinbar emotionsloser Fahrer irgendwelche Haustiere hat. »Wie schön. Wie lange haben Sie ihn schon?«

»Oh, fast fünfzehn Jahre. Er wird langsam alt, mein Kater. Schläft fast den ganzen Tag, wissen Sie?«

Ich weiß nichts, ich war noch nie in der Nähe von Katzen, aber ich nicke, als ob ich es verstehen könnte.

Schließlich bin ich im Begriff, selbst ein Tierhalter zu werden.

»Alles erledigt«, sagt Emma und nähert sich dem Auto. In ihren Händen hält sie eine durchsichtige

Plastiktüte mit ein paar Dosen Katzenfutter und Spielzeug. »Wir können los.«

»Gut. Fahren wir.« Und mit einem letzten Blick auf Wilson, der uns mit untypischer Warmherzigkeit anstrahlt, helfe ich Emma ins Auto.

20

ICH HABE KEINE AHNUNG, WAS ICH DA TUE. KEINE. Eigentlich sollte ich zu Hause sein, mich wieder in mein normales Leben einleben und mich von meinem intensiven Thanksgiving-Wochenende mit Marcus erholen. Stattdessen ließ ich mich von ihm überreden, in seinem unglaublich schicken Penthouse zu übernachten, und jetzt flippe ich aus, weil ich dabei bin, meine Katzen aus ihren Transportbehältern zu befreien.

Meine Katzen, die seit Jahren nirgendwo anders als in meiner Wohnung und beim Tierarzt waren.

Was in aller Welt habe ich mir dabei gedacht?

Das wird eine Katastrophe werden.

»Sie kommen nicht an den Pool ran, oder?«, frage

ich zum zweiten Mal, während ich die dicke Glaswand hinter den hohen Pflanzen im Auge behalte, die den zwölf Meter langen rechteckigen Pool vom Rest der Wohnung abschirmt. »Weil ich glaube, dass sie nicht schwimmen können und …«

»Geoffrey hat dafür gesorgt, dass die Tür der Poolüberdachung verschlossen ist«, sagt Marcus, und seine Augen strahlen vor Belustigung, als er vor mir stehen bleibt. »Ich habe ihn angerufen, als wir unterwegs waren, erinnerst du dich?«

»Richtig, natürlich.« Ich atme tief ein. »Was ist mit teuren zerbrechlichen Dingen? Weil sie Sachen umwerfen *werden*, und …«

»Dann tun sie das eben. Ich werde sie durch weniger zerbrechliche Dinge ersetzen.«

»Aber …«

Er küsst mich. Einfach so, ohne Vorwarnung, schiebt er eine große Hand in mein Haar, hebt mein Gesicht an und senkt seinen Kopf, um seinen Mund auf meinen zu legen.

Seine Lippen sind weich und warm, sein Atem ist leicht minzig von den Bonbons, die wir beide während des Abstiegs zur Landung auf dem JFK-Flughafen gelutscht haben. Der Kuss ist anfangs süß und gemächlich, angenehm langsam. Er legt eine sanfte Hand auf meinen unteren Rücken und streicht mit seiner Zunge über den Saum meiner Lippen, neckt und streichelt mich, bis sich meine Arme um seinen Hals schlingen und meine Lippen sich mit einem atemlosen Ausatmen trennen, um ihn hereinzulassen. Sofort vertieft er den Kuss, und seine Hand bewegt sich zu meinem Hintern und knetet ihn durch meine Jeans, während er mich an seinen mächtigen Körper drückt. Kurz vor der Landung hatten wir einen Quickie im Flugzeug – weil es ein *Schlafzimmer* gibt –, aber er ist schon so hart, als ob dieses Zwischenspiel nie stattgefunden hätte. Die dicke Wölbung seiner Erektion drückt sich in meinen Bauch, entzündet ein vertrautes Brennen unter meiner Haut, und ich bemerke, dass ich mich auf Zehenspitzen stelle, während die faule Süße verblasst, als sich meine Zunge mit seiner verschlingt und mein Körper sich mit einer Welle des Verlangens zusammenzieht.

Ich will ihn. Sehr. Ich will, dass sein muskulöser Arsch sich anspannt, während er in mich hineinstößt, seine Hände meine Handgelenke ergreifen und seine Augen sich mit dieser dunklen, intensiven …

Ein lautes Miauen schneidet durch den Sexnebel in meinem Gehirn, und ich erstarre an Ort und Stelle und stelle fest, dass wir wieder fummeln, wo uns jemand – in diesem Fall Marcus' Butler – jeden Moment überraschen kann. Keuchend schiebe ich Marcus weg, und er lässt sich wegschieben, obwohl sich seine Brust im gleichen schnellen Rhythmus wie die meine hebt und senkt und sein leicht gebräuntes Gesicht von einer Erregungsröte verdunkelt ist.

»Die Katzen. Ich muss …« Ich schnappe nach Luft und zwinge mich, einen Schritt zurückzutreten, weg von der Versuchung. »Wir müssen sie rauslassen.«

Sein Blick verfolgt mich mit räuberischer Intensität,

und seine Finger zucken an den Seiten, so als ob er gegen den Drang kämpft, mich zu packen. »Natürlich. Nur zu.« Seine Stimme ist heiser, während ich vorsichtig einen weiteren Schritt zurücktrete. »Geoffrey hat ihre Katzenklos schon aufgestellt.«

Richtig. Katzenklos. Das ist ganz und gar nicht sexy. Warum denke ich also immer noch darüber nach, wie sich seine Lippen auf meinen anfühlten, und wie hart und dick …

Hör auf damit, Emma. Katzen, Katzenklo. Denk an deine haarigen Babys und konzentrier dich.

Mühsam reiße ich meinen Blick von der glühenden Hitze in Marcus' Augen fort und knie mich vor die beiden Trageboxen. In der größeren sitzen Queen Elizabeth und Cottonball ruhig zusammen und betrachten mich mit leicht neugierigen Gesichtsausdrücken. Mr. Puffs in seiner kleineren Tasche ist jedoch ganz außer sich, miaut und zischt abwechselnd, und sein hübsches Fell ist ganz zerzaust vom Reiben an den Netzeinsätzen.

Er weiß nicht, wo er ist, und es gefällt ihm nicht – was nichts Gutes für Marcus' schickes Apartment bedeutet.

»Bitte, benimm dich«, flehe ich den Kater an, als ich den Reißverschluss aufmache, um ihn herauszulassen. »Bitte, bitte.«

Er springt mit einem zischenden Fauchen heraus, bevor ich den Reißverschluss halb geöffnet habe. Sobald seine Pfoten den glatten Hartholzboden berühren, springt er anderthalb Meter in die Luft und landet mit gewölbtem Rücken und abstehendem Fell. Dann huscht er fauchend unter Marcus' ultramoderne graue Ledercouch.

Ich betrachte das glatte Leder traurig. Sobald Mr. Puffs sich beruhigt hat, wird die Couch fällig sein.

Seufzend wende ich meine Aufmerksamkeit auf seine Geschwister. Ihre Tragebox öffnet sich vorne, und sobald ich die Tür aufschließe, drückt Cottonball sie mit einer Pfote auf und schlendert hinaus, wobei seine Schnurrhaare vor Neugierde zucken, während er seine Umgebung inspiziert. Queen Elizabeth bleibt jedoch in der Transportbox, da sie sich an einem unbekannten Ort nicht sicher fühlt.

»Siehst du? So weit, so gut«, sagt Marcus, der neben mir kauert. Cottonball starrt ihn an und beschließt dann, sein Territorium zu markieren, indem er seinen haarigen Körper an Marcus' Bein reibt.

Zu meiner Überraschung streckt Marcus vorsichtig die Hand aus und krault Cottonball hinter dem Ohr. »Das ist doch okay, oder?«, fragt er mich, und ich nicke, wobei mein Inneres wegen des ehrfürchtigen Ausdrucks seiner harten Züge, als meine freundlichste Katze bei seiner Berührung ein hörbares Schnurren beginnt, schmilzt.

Vielleicht habe ich mich geirrt.

Vielleicht wird dies nicht in einer totalen Katastrophe enden.

Ich greife in die Box, hole Queen Elizabeth heraus, kuschele sie an meine Brust und streichele ihr weiches Fell, um sie zu beruhigen. Marcus schaut mich an, dann die schnurrende Katze, die er streichelt, und ich schaue erstaunt zu, wie er Cottonball vorsichtig aufhebt und ihn an seine Brust schmiegt, so wie ich es bei Queen Elizabeth tue.

Der Kater sieht in Marcus' mächtigen Armen unglaublich klein aus und freut sich riesig, dort zu sein. Mit in Katzenseligkeit geschlossenen Augen beginnt er, so laut zu schnurren, dass sein ganzer Körper vibriert. Und das Beste von allem: Marcus hat ein breites Grinsen im Gesicht, seine schlanken Wangen sind mit diesen sexy Rillen überzogen, als er sich aufrichtet.

»Er mag mich wirklich, nicht wahr?«, fragt er, blickt auf den Kater, den er in der Hand hält, und ich lache über den unverhohlenen Stolz in seiner Stimme.

»Das tut er. Cottonball ist von Natur aus kuschlig, aber ihr beide scheint eine besondere Verbindung zu haben. Ich glaube, ich habe ihn noch nie so selig gesehen.«

Und es ist die Wahrheit. Meine Katze genießt es *wirklich*, von diesen großen, starken Händen gestreichelt zu werden. Andererseits, wer würde das nicht? Ich weiß, dass ich mich jedes Mal, wenn er *mich* berührt, in knochenlosen Glibber verwandele. Wie an jenem Morgen des Wochenendes, als er mich überall massiert hat, bevor er seine Zunge benutzt hat, um …

»Entschuldigung, Mr. Carelli, Ms. Walsh? Das Essen ist fertig.«

Die Stimme mit britischem Akzent schreckt mich aus meinem schmutzigen Tagtraum auf, und als ich mich aufrichte, um Marcus' Butler anzuschauen, während Queen Elizabeth sich an meine Brust klammert, verfluche ich mein irisches Erbe dafür, dass es mir einen so errötenden Teint verleiht.

Meine Wangen brennen so heiß, dass sie erdbeerrot sein müssen.

»Danke, Geoffrey«, sagt Marcus, ohne Cottonball wegzulegen. »Wir sind gleich da.«

Wenn Marcus' Butler überrascht ist, seinen Arbeitgeber mit einer flauschigen weißen Katze im Arm und einen errötenden Rotschopf an der Seite zu sehen, zeigt er es nicht, sein Ausdruck ist so neutral wie immer. Trotzdem drapiere ich Queen Elizabeth über meine Schulter, um etwas von der verräterischen Farbe in meinem Nacken zu verstecken, während ich ihn anlächele und sage: »Ja, danke, Geoffrey. Und vielen Dank, dass Sie die Sachen meiner Katzen eingerichtet haben.«

Der Gesichtsausdruck des Butlers erwärmt sich für einen Bruchteil. »Es ist mir ein Vergnügen, Ms. Walsh. Bitte lassen Sie mich wissen, wenn Sie oder Ihre Haustiere«, er schaut zu den Katzen, die wir halten, »während Ihres Aufenthalts bei uns etwas brauchen.«

»Oh, wir kommen schon klar, danke. Es ist nur für eine Nacht«, sage ich, und mein Lächeln wird breiter. Trotz seiner steifen Haltung und seines formellen Benehmens scheint der dünne britische Mann wirklich freundlich zu sein.

»Oder länger«, sagt Marcus und stellt sich neben mich. »Geoffrey, wenn Sie einen Moment Zeit haben, packen Sie bitte Emmas Koffer aus, während wir essen.

Ich habe ihn am Eingang stehen lassen. Sorgen Sie bitte auch dafür, dass die Katzen ihre Katzenklos, ihr Futter und ihre Spielsachen finden können.«

»Ja, Mr. Carelli«, sagt Geoffrey und eilt davon, bevor ich protestieren kann, dass ich *nicht* länger bleibe und mein Koffer nicht ausgepackt werden muss.

Ich drehe mich um und blicke Marcus an, aber er schaut nicht zu mir. Er blickt auf den schnurrenden Cottonball hinunter, der es sich in der Armbeuge bequem gemacht hat, und die stille Faszination auf seinem kräftigen Gesicht lässt mich die kämpferischen Worte herunterschlucken.

Ich weiß nicht, was es bedeutet, diesen unbezähmbaren Mann mit einem Fellball so weich zu sehen, aber mein Herz fühlt sich an, als ob es sowohl glüht als auch schmilzt.

»Wie wäre es, wenn *ich* ihnen den Standort der Katzenklos zeige?«, schlage ich leise vor. »Nur für den Fall, dass sie es brauchen, während wir essen.«

Marcus begegnet meinem Blick mit einem Lächeln. »Natürlich. Ich komme mit.«

Und mit Cottonball in seinen Armen und Queen Elizabeth in meinen gehen wir Seite an Seite zu dem Badezimmer, das er meinen Katzen zugewiesen hat.

21

»WEISST DU, DU HAST DEINEN VATER NIE ERWÄHNT«, sagt Marcus, während wir uns zum Essen hinsetzen, endlich ohne Katzen. Cottonball hat sich wie ein Champion an einem neuen Ort eingelebt, aber es dauerte fast zwanzig Minuten, Queen Elizabeth davon zu überzeugen, von meiner Schulter hinunterzuklettern, ebenso wie Mr. Puffs, unter der Couch hervorzukommen und zu seinem Katzenklo zu gehen. Jetzt sind jedoch alle drei Katzen relativ ruhig und streifen durch das Penthouse, wobei Geoffrey sein Bestes tut, um sie vor Schwierigkeiten zu bewahren.

Ich habe ihm gesagt, dass es aussichtslos ist, aber er ist entschlossen, es zu versuchen.

Während ich ein Stück Spargel aufspieße, denke ich

über das nach, was Marcus gesagt hat. »Ja, ich nehme an, das stimmt. Ich weiß nicht, wer mein Vater ist, also denke ich nie an ihn.«

»Deine Mutter hat es dir nie gesagt?«

»Sie wusste es selbst nicht. Ich wurde in einer der weniger anspruchsvollen Phasen ihrer Dating-Geschichte gezeugt.« Das ist noch milde ausgedrückt. Meine Großeltern haben es nie direkt gesagt, aber nach dem, was ich herausgefunden habe, war meine Mutter damals vielleicht entweder eine Escortlady oder eine Prostituierte.

Mitgefühl erwärmt das kühle Blau von Marcus' Augen. »Ich verstehe.«

Ich lächele ihn an. »Ist schon in Ordnung. Es macht mir nichts aus. Ich bezweifele, dass er ein aufrechter Bürger war, also ist es wirklich das Beste.«

»Vielleicht hast du recht.« Marcus schneidet eine perfekt gewürzte Jakobsmuschel in zwei Hälften und schiebt sich eine Hälfte in den Mund. »Es wäre vielleicht besser, wenn du ihn dir so vorstellst, wie du willst«, sagt er, nachdem er gekaut und heruntergeschluckt hat.

»Ja, genau. Als ich ein kleines Mädchen war, habe ich mir vorgestellt, dass er ein Prinz oder ein Diplomat aus einem fernen Land ist. Später, als ich aufwuchs, beschloss ich, dass es reichen würde, wenn er ein normaler Typ wäre, nichts Ausgefallenes, aber nett. Ich begann, mir einen Lastwagenfahrer mit einem Hängebauch vorzustellen, der in der Nacht, in der er sich mit meiner Mutter traf, zufällig durch die Stadt fuhr. Ein solider Typ aus dem Mittleren Westen, der am Wochenende gerne ein paar Bier trinkt und einen großen Hund besitzt. Und vielleicht ein oder zwei Katzen. Denn es muss ja genetisch bedingt sein.«

Marcus grinst. »Stimmt. Warum dann nicht ein Tierarzt? Oder ein Zoowärter?«

»Oh, das wäre fantastisch.« Ich seufze vor übertriebener Sehnsucht und tauche meine Jakobsmuschel in die köstliche Soße auf dem geschmackvoll arrangierten Hügel aus Süßkartoffelpüree. Geoffreys Küche kann mit einem High-End-Restaurant mithalten – nicht, dass ich schon in vielen High-End-Restaurants gewesen wäre. In der nächsten Minute ist mein Mund zu voll, um zu reden, aber schließlich gelingt es mir, zu fragen: »Was ist mit dir? Hast du dir jemals etwas in dieser Richtung vorgestellt?«

Sobald die Worte meinen Mund verlassen, möchte ich mich selbst treten. Marcus' Gesicht verzieht sich, und sein Lächeln verschwindet spurlos. »Nein«, sagt er ruhig. »Ich habe immer gewusst, woher ich komme, also hatte es keinen Sinn, zu fantasieren.«

Verdammt. Ich bin so dumm. Er erzählte mir von seinem Vater, wie er im Gefängnis getötet wurde, wo er wegen bewaffneten Raubüberfalls und Körperverletzung einsaß. Ich erinnere mich natürlich daran, aber irgendwie hatte ich das nicht vollständig registriert. Meiner Meinung nach war Marcus' Kindheit so ziemlich eine Kopie meiner eigenen gewesen, mit einer beschissenen Mutter und einem inexistenten Vater. Aber sein Vater war schlimmer als inexistent; er war ein Krimineller gewesen.

Oder zumindest ein Typ, der wegen bewaffneten Raubes und Überfalls verurteilt wurde.

»Glaubst du, dass dein Vater unschuldig gewesen sein könnte?«, frage ich vorsichtig. »Denn das passiert doch ständig, oder? Dass Menschen zu Unrecht verurteilt werden?«

Marcus verzieht den Mund. »Oh, er war definitiv schuldig. Wenn nicht bei diesem spezifischen Verbrechen, dann bei einem Dutzend anderer. Er hatte davor schon gesessen, mehr als einmal. Schwerer Autodiebstahl, Einbruch, Brandstiftung – er wurde für alles verurteilt, außer für Entführung, Vergewaltigung und Mord. Und ich wäre nicht überrascht, wenn er das auch getan hätte, nur ohne erwischt zu werden.«

Ich starre ihn an, und meine Brust schmerzt. »Es tut mir leid. Das muss so schwer für dich sein. Wusstest du schon immer, was für ein Mann er war, oder hast du es erst später als Erwachsener erfahren?«

»Ich habe es immer gewusst. Meine Mutter liebte es, mir seine Heldentaten im Detail zu erzählen, und so wuchs ich mit Geschichten über seine Raubüberfälle auf, wie andere Kinder mit Gutenachtgeschichten.« Bittere Belustigung schimmert in seinem Blick. »Am liebsten sagte sie mir, wie sehr ich *meinem Vater* ähnelte, dass ich mit Sicherheit als Erwachsener genauso sein würde wie er.«

»Nun, sie lag eindeutig falsch«, sage ich heftig. Ich kann den Schmerz unter seinen leicht gesprochenen

Worten spüren, und es gibt meinem Herzen das Gefühl, in Stücke geschnitten zu werden. »Du bist nicht wie er, und wenn sie dich jetzt sehen könnte, würde sie es wissen.«

»Bin ich das wirklich nicht?« Ein Schatten zieht über Marcus' Gesicht. »Weil ich mich das manchmal frage.«

»Das bist du nicht«, sage ich mit Nachdruck. »Nicht einmal für eine Sekunde. Blut verrät nichts, erinnerst du dich? Es sind die Entscheidungen, die wir treffen, die bestimmen, wer wir sind.« Der Mann, der vor mir sitzt, mag extrem und manchmal sogar rücksichtslos sein, aber er würde niemals unschuldige Menschen verletzen. Das weiß ich über ihn, ich kann es fühlen. Der intensive Ehrgeiz, der in ihm brennt, hätte ihn auf einen dunkleren Weg führen *können*, aber das tat er nicht – denn schon früh entschied er sich, nicht wie der Mann zu sein, der ihn gezeugt hat, so wie ich mich entschied, nicht wie die Frau zu sein, die mich geboren hat.

Marcus' Blick wird weicher, und ein Lächeln erscheint an einem seiner Mundwinkel. »Entscheidungen, hm? Das klingt wie einer dieser Anti-Drogen-Slogans für Teenager.«

Ich grinse. »Das tut es, nicht wahr? Ich sollte mir wahrscheinlich etwas Kreativeres einfallen lassen.«

»Ich bin mir sicher, dass dir das gelingt, wenn du darüber nachdenkst. Du bist eine großartige Schriftstellerin«, sagt Marcus, und ich blinzele bei der Ernsthaftigkeit seines Tons.

Wann hätte er sehen können, wie ich schreibe?

»Ein großer Redakteur, meine ich«, sagt er, und ich atme erleichtert aus. Für eine Sekunde hatte ich Angst, er hätte irgendwie einen Blick auf die Geschichte geworfen, an der ich an diesem Wochenende zu arbeiten begonnen habe.

Zum jetzigen Zeitpunkt bin ich nicht bereit, mir einzugestehen, dass ich das versuche, geschweige denn mit jemandem darüber zu sprechen. Als Englischstudentin habe ich viel zu viele Leute kennengelernt, die einen Roman begonnen und nie beendet haben, und als freiberuflicher Redakteur habe ich gesehen, wie schwer es ist, eine überzeugende Geschichte zu schreiben. Ich kenne vielleicht die richtige Grammatik und kann Sätze aneinanderreihen, aber die Chancen, dass ich die ersten Kapitel überstehe, geschweige denn ein ganzes Buch beenden kann, sind gering. Als buchbesessener Teenager habe ich es versucht und bin kläglich gescheitert, weil ich nach weniger als zweitausend Worten hängen geblieben bin. Später im College konnte ich einige Kurzgeschichten für meinen Kurs für kreatives Schreiben fertigstellen, aber ein abendfüllender Roman ist eine andere Geschichte. Das erfordert Hingabe und Beharrlichkeit – und dieses gewisse Etwas, von dem ich nicht sicher bin, dass ich es besitze. Deshalb habe ich mich entschieden, meine Liebe zu Büchern für eine Karriere in der Verlagsbranche zu nutzen, anstatt selbst zu versuchen, Autorin zu werden.

Das Lektorieren von Geschichten kann genauso

viel Spaß machen wie das Schreiben, besonders wenn es ein Genre ist, das mir Spaß macht.

Ich will gerade einen Scherz mit Marcus machen, dass es schwer ist, die eigenen Klischees zu erkennen – als ein lautes Krachen aus dem Wohnzimmer mich aufspringen lässt.

»Puffs!«, schreie ich, laufe dorthin, woher das Geräusch kam, und tatsächlich ist die Katastrophe geschehen, die ich erwartet habe.

Eine der modernen Skulpturen neben der Couch liegt in Stücken auf dem Boden.

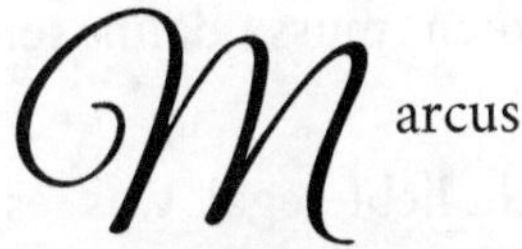arcus

»HÖR AUF, DICH ZU ENTSCHULDIGEN«, SAGE ICH EMMA, als ich sie ins Schlafzimmer führe, wobei meine Hand auf ihrem Rücken ruht. »Ich bin derjenige, der darauf bestand, dass du sie mitbringst.«

»Ja, aber ich wusste es eigentlich besser, als auf dich zu hören. Du hast nie mit Mr. Puffs gelebt; du weißt nicht, wie destruktiv er sein kann. Diese Katze ist eine absolute Bedrohung.« Sie klingt so angewidert, dass ich nicht umhin kann, zu lachen – obwohl es wirklich nichts Lustiges daran ist, ein Kunstwerk zu verlieren, das zweieinhalb Millionen Dollar gekostet hat.

»Es ist in Ordnung«, sage ich, und zu meiner Überraschung meine ich es auch so. Die zerbrochene Skulptur war eines der ersten Sammlerstücke, die ich erwarb, als ich anfing, ernsthaft Geld zu verdienen, und jedes Mal, wenn ich sie ansah, hatte ich ein Gefühl der Befriedigung über das Wissen, wie weit ich gekommen war. Und jahrelang war diese Zufriedenheit, dieses Gefühl des Erwerbsstolzes, genug gewesen. Aber jetzt nicht mehr.

Seit ich Emma getroffen habe, möchte ich mehr.

Ich möchte mich in ihrer süßen, verführerischen Wärme sonnen, um die Zuneigung zu bekommen, die sie ihrer Familie und ihren Haustieren so leicht schenkt. Und wenn das bedeutet, dass ich einige zerbrochene Skulpturen hinnehmen muss, dann sei es so.

Ich möchte, dass Emma mich liebt, egal was es kostet.

Diese Erkenntnis explodiert in meinem Kopf wie eine Wasserstoffbombe, und mein Herz beginnt zu rasen, während meine Hand Emmas Finger fester umfasst, bevor ich mich zurückhalten kann.

»Was ist los?«, fragt sie und blickt auf, als wir ein paar Meter vom Bett entfernt stehen bleiben.

Ich lasse ihre Hand fallen und trete zurück. »Nichts.« Aber selbst in meinen Ohren klingt meine Stimme komisch, ganz heiser und schockiert.

Und ich bin schockiert, erschlagen von der Erkenntnis, die sich explosionsartig in meinem Kopf ausbreitet.

Wie kann es sein, dass ich es zuvor nicht erkannt habe?

Wie konnte ich nur so blind sein?

Liebe, sagte sie mir an jenem Wochenende, als ich sie fragte, was ihre Katzen noch brauchten, nachdem sie sie gefüttert, das Katzenklo gesäubert und mit ihnen gespielt hatte. Soweit es mich betraf, waren alle ihre Bedürfnisse erfüllt, aber Emma wusste es besser. Sie wusste, dass sie das brauchten, was nur sie bieten konnte: Wärme, Fürsorge, Zuneigung.

Liebe.

»Ernsthaft, bist du sauer auf mich?« Ein besorgtes Stirnrunzeln legt ihre glatte Stirn in Falten. »Ich kann die Katzen sofort nach Hause bringen, bevor sie noch mehr Schaden anrichten können. Und ich erstatte dir die Kosten für die Skulptur. Ich weiß, es ist wahrscheinlich verdammt teuer, aber ich kann monatliche Raten leisten, bis ...«

»Scheiß auf die Skulptur.« Meine Stimme ist leise und wild, als ich auf sie zugehe. Mein Gesicht muss auch den Aufruhr in mir widerspiegeln, denn ihre Augen weiten sich, und sie beginnt, sich zurückzuziehen. Aber es ist zu spät. Ich nehme ihre Oberarme mit einem eisernen Griff, ziehe sie an mich, neige meinen Kopf nach unten und beanspruche ihren Mund so, wie ich ihr Herz beanspruchen muss.

Vollkommen. Vollständig. Ohne ihr eine Wahl in der Sache zu lassen.

Ihre Lippen öffnen sich, als sie keucht, während ihr Kopf nach hinten fällt, und ich ernähre mich von ihrem Mund und schwelge in ihrem Geschmack, ihrem Gefühl, der süßen, süchtig machenden Wärme, das mich von Anfang an besessen gemacht hat. Ich atme ihren Atem in meine Lungen ein, begehre ihn, begehre sie. *Alles* von ihr. Ihren kleinen, üppigen Körper und ihren klugen Kopf, ihr Heilsarmee-Stilgefühl und ihre hartnäckige Unabhängigkeit. Ihr Mitgefühl, ihr rothaariges Temperament, ihre Liebe zu Tieren – all die entzückenden, chaotischen Seiten, die sie so falsch für mich machen, und doch so pervers richtig.

Ihre Hände wandern nach oben, um meine Taille zu ergreifen, und ihr Körper schmilzt an mir, als sie meinen gierigen Kuss erwidert, ihre Zunge an meine drückt und so ungestüm in meinen Mund eindringt, wie ich in ihren eindringe. Sie küsst mich, als könne sie nicht genug bekommen, als sei ich der einzige Mann auf der Welt für sie, und als noch mehr Blut in meine Leiste strömt, verliere ich die letzten Fetzen meiner Selbstbeherrschung und werde zu diesem primitivsten aller Wesen.

Ein Mann, der dafür stirbt, seine Frau einzufordern.

Und sie gehört mir. Alles meins. Jeder üppige, köstliche Zentimeter von ihr. Das sage ich ihr mit jedem brennenden Kuss auf ihren blassen Hals, mit jedem gierigen Streicheln meiner Hände über ihre geschmeidigen Kurven. Ich brandmarke sie mit meinem Mund, meinen Zähnen und meiner Zunge, indem ich rosa Spuren auf ihrer zarten Haut hinterlasse. In den nächsten Augenblicken zerreißt ihre Kleidung in meinem ungeduldigen Griff, genauso wie meine eigene, und dann liegen wir auf dem Bett und ich stürze mich in sie und nehme sie mit einer Gewalt, von der ich nicht wusste, dass sie in mir lebt.

Eine Gewalt, die sie erschrecken sollte, die sie aber stattdessen umarmt.

Meine, sage ich ihr mit jedem brutalen Stoß, und sie antwortet mit einem Zusammenpressen ihrer inneren Muskeln, mit feuchter Hitze und seidiger Weichheit, mit ihren Lippen auf meinen und ihren Armen, die sich um meinen Hals schlingen. Ihre Beine legen sich um meinen Po, ihre Hüfte hebt sich, um mich tiefer aufzunehmen, und es ist das, was in meiner Vorstellung dem Paradies in dieser Welt am nächsten kommt. Mein Kopf ist leer und meine Wahrnehmung verschwommen, als ich immer wieder in sie hineinstoße, angetrieben von einem Bedürfnis, das keine Grenzen, keine Zwänge kennt.

Ich weiß nicht, ob sie ihren Höhepunkt zuerst erreicht oder ob ich es tue, ob es ihre orgastischen Krämpfe sind, die meine Entladung auslösen oder mein krampfhaftes Reiben auf ihrem Becken, das ihre auslöst. Alles, was ich weiß, ist, dass wir uns im Auge desselben Sturms befinden, gefangen in einem so intensiven sinnlichen Aufruhr, dass, als es vorbei ist, wir beide völlig ausgelaugt sind, unsere Brustkörbe sich im gleichen Rhythmus bewegen, während wir verschlungen daliegen und unsere Herzen schwer, aber synchron klopfen.

»Geht es dir gut?« Endlich finde ich die Kraft, zu fragen, hebe meinen Kopf, und sie nickt stumm und sieht benommen und erschüttert aus, als ich von ihr herunterklettere.

Das Bett ist ein Durcheinander aus verdrehten Laken, der Boden ist mit unserer zerrissenen Kleidung bedeckt, aber zum ersten Mal in meinem Leben ist mir das scheißegal. Sanft nehme ich Emma in meine Arme und trage sie in die Dusche, wo ich uns beide wasche und dabei feststelle, dass ich wieder einmal vergessen habe, ein Kondom zu benutzen. Wir müssen heute Abend noch eine Pille danach nehmen, spätestens morgen, aber im Moment ist eine ungewollte Schwangerschaft meine geringste Sorge.

Mein ganzes Leben lang war ich von Ehrgeiz getrieben und strebte nach Reichtum und Macht, weil ich dachte, es sei das, was ich brauche. Ich war stolz auf meine Besitztümer, meinen gesellschaftlichen Status, alles, was ich erreicht hatte – und die ganze Zeit über fehlte mir das Einzige, was ich wirklich wollte.

Wie Emmas Katzen an jenem Abend hatte ich alle meine Bedürfnisse bis auf eines erfüllt. Und wie ihre Haustiere kann ich es von niemandem oder irgendetwas anderem als ihr bekommen.

Liebe.

Das will ich von ihr. Ich brauche sie.

Ich muss sie haben, weil ich nicht mehr nur von ihr besessen bin.

Ich bin in Emma Walsh verliebt, und das Wissen macht mir eine Heidenangst.

23

Emma

ETWAS HAT SICH GEÄNDERT. ICH SPÜRE ES AN DER ART, wie Marcus mich hält, wie er mich anschaut, als er mich zurück ins Bett trägt, nachdem er mich wie eine Puppe abgetrocknet hat. Unser Sexualleben war immer intensiv, aber er hat mich nie so wie heute Abend genommen, mit einer dunklen, fast wilden Verzweiflung … einem Hunger, der über das Physische hinauszugehen schien.

Was passiert ist, fühlte sich nicht nach Sex an.

Es fühlte sich wie eine Paarung an.

Ich versuche immer noch, mein mit Endorphinen überschüttetes Gehirn zum Funktionieren zu bewegen, als er mich vorsichtig neben dem Bett abstellt und die verworrenen Laken und Decken richtet. Das luxuriöse

Bett sieht so aus, wie ich mich fühle: als wenn ein Tornado darüber hinweggefegt wäre.

Ein Tornado namens Marcus, dessen umwerfender, nackter Körper aus gebräunter Haut und angespannten Muskeln besteht, als er sich über das Bett ausstreckt und die Decke wie ein Zimmermädchen in einem Hotel unter die Matratze steckt.

»Geoffrey ist noch nicht nach Hause gegangen, also werde ich ihn losschicken, um die Pille zu holen«, sagt er, als er sich aufrichtet, und ich starre ihn einen Moment lang mit leerem Blick an, da mein Kopf immer noch bei der Art und Weise ist, wie sein muskulöser Po aussah, als er sich gebückt hat und sein Ordnungsfanatiker-Ding gemacht hat. Dann dämmert es mir, von welcher Pille er spricht.

»Wir haben *wieder* das Kondom vergessen?«

Er nickt, und sein Blick ist schwer.

»Scheiße.« Ich kann nicht glauben, dass mir das nicht selbst aufgefallen ist. Nein, das stimmt nicht. Eigentlich glaube ich das schon. Bei so intensivem Sex hätte ich mir eine Niere herausnehmen lassen können und hätte es nicht bemerkt. Ein typisches Beispiel: Er hat mich heute Nacht herumgetragen, als würde ich nicht mehr wiegen als meine Katzen, und ich habe es gerade erst gemerkt.

Diese großen, sexy Muskeln sind nicht nur zur Show. Und auch nicht der halb aufgerichtete Schwanz zwischen seinen Beinen. Mir läuft das Wasser im Mund zusammen bei dem Gedanken, meine Lippen um diese lange, dicke Säule zu legen und …

Oh mein Gott, Emma, hör auf damit. Du hattest gerade Sex mit dem Kerl. Genug.

»Ich glaube, ich muss mir ein Verhütungsmittel besorgen«, sage ich und zwinge mich, Marcus' Gesicht anzusehen, anstatt die muskulöse Versuchung. »Es ist lächerlich, dass das immer wieder passiert.«

Er hält inne, und ein nicht zu entzifferndes Etwas verdunkelt seinen Blick. »Kätzchen …« Seine Stimme ist tief und sanft. »Willst du Kinder?«

Moment mal, was? »Du meinst, wie … irgendwann? Oder bald?«

Ich bin mir sicher, dass er nicht Letzteres meint, aber ich muss das überprüfen, denn sein Timing ist, gelinde gesagt, seltsam. Es wäre eine Sache, wenn wir ein nettes Abendessen hätten und das Gespräch sich auf unsere zukünftigen Träume und Ziele verlagern würde, aber wir haben es mit einer Situation zu tun, in der wir das Kondom vergessen haben. In diesem Augenblick sind seine kleinen Schwimmer in mir, und wenn sie auch nur annähernd so zielstrebig sind wie ihr Papa, dann brauchen wir die Pille danach, und zwar pronto. Und ich muss das Geld für einen längst überfälligen Besuch bei meinem Frauenarzt auftreiben.

Keine Krankenversicherung zu haben ist scheiße.

Marcus' Blick ist ungerührt. »Entweder oder. Beides.«

»Nun, ich …« Ich schnappe nach Luft.. »Ich möchte Kinder haben. Irgendwann. Mit der richtigen Person.«

Diese Antwort sollte neutral genug sein. Mein Traum sind eigentlich drei Kinder, zwei Mädchen und ein Junge, die etwa zwei Jahre auseinander liegen, aber das werde ich Marcus nicht erzählen. Männer neigen dazu, auszuflippen, wenn Frauen bei solchen Dingen übermäßig spezifisch werden, so als ob eine Frau, die über Kinder in der Zukunft fantasiert, meint, sie wolle noch am selben Tag sein Sperma stehlen.

Ich bin dabei, mir zu gratulieren, dass ich mich aus dieser heiklen Situation hinausmanövriert habe, als sich Marcus' Kiefer anspannt und er sich abrupt und mit einem knappen »Ich bin gleich wieder da« umdreht.

Er verschwindet in seinem riesigen begehbaren Kleiderschrank und taucht eine Sekunde später in einem dunkelblauen Bademantel wieder auf. Ohne mich auch nur anzuschauen, geht er aus dem Schlafzimmer, und ich höre seine Schritte im Flur. Sie sind schnell, fast wütend.

Mist. Habe ich ihn irgendwie verärgert?

Ich hoffe, er glaubt nicht, dass ich ihn mit einem Baby in eine Falle locken will, denn das wäre völlig unfair. Er ist derjenige, der vergessen hat, ein Kondom zu benutzen, nicht ich. Es sei denn, es ist wieder das, was ihn vorhin aufgeregt hat?

Vielleicht, dass meine Katzen sein Apartment zerstören?

Zunehmend besorgt, suche ich den flauschigen rosa Bademantel, den ich das letzte Mal getragen habe, ziehe ihn an und schleiche auf Zehenspitzen aus dem Schlafzimmer, um die Wendeltreppe hinunterzuschauen.

Marcus ist unten und spricht mit Geoffrey. Ihre Stimmen sind leise, aber ich höre die Worte »Apotheke« und »Pille« und atme erleichtert aus.

Einen Moment lang hatte ich Angst, dass er Geoffrey sagen könnte, er solle die Sachen meiner Katzen zusammenpacken und uns alle vier auf die Straße setzen.

Ich drehe mich um, um wieder ins Schlafzimmer zu gehen – und stolpere beinahe über Mr. Puffs, der beschlossen hat, dass es eine großartige Idee ist, sich direkt hinter mir auf die Seite zu legen.

»Puffs!« Ich bücke mich, um ihn hochzunehmen, aber die böse Katze dreht sich blitzschnell um und streift mit hoch erhobenem flauschigen Schwanz davon.

Wenn dies meine Wohnung wäre, würde ich ihn nach ein paar Minuten entschlossener Verfolgungsjagd erwischen – in einem winzigen Apartment gibt es nicht so viele Orte, zu denen man laufen kann –, aber Marcus' villengroßes Penthouse ist eine andere Sache, und die Katze scheint das zu wissen. Mit einem schadenfrohen Blick über die Schulter verschwindet sie in der Bibliothek, und ich beschließe, ihr nicht dorthin zu folgen.

Soweit ich mich erinnere, stehen alle teuren Erstausgaben in Marcus' Sammlung hinter Glas, und meine Katzen haben es in der Regel nicht auf Bücher abgesehen.

Ich würde gerne glauben, dass es daran liegt, dass

ich sie dazu erzogen habe, das geschriebene Wort zu respektieren, so wie ich es auch tue.

Seufzend kehre ich ins Schlafzimmer zurück und gehe in Marcus' Schrank, wo ich nicht überrascht bin, meine Jeans, Pullover und Blusen ordentlich aufgehängt zu sehen – wo sie neben Marcus' schicken italienischen Anzügen und perfekt gebügelten Hemden besonders billig und schäbig aussehen.

Oh, nun ja. Nicht jeder von uns kauft bei Bergdorf Goodman ein, oder wo auch immer Milliardäre ihr Zeug bekommen.

Ich stöbere durch die magere Auswahl und versuche zu entscheiden, was ich morgen zur Arbeit anziehen soll, als Marcus in der Tür steht.

»Geoffrey ist gegangen, um die Pille zu holen«, sagt er und lehnt sich gegen den Türrahmen. Sein Gesicht liegt teilweise im Schatten, so dass sein Gesichtsausdruck schwer zu entziffern ist, aber seine Stimme ist ruhig, und die Ruppigkeit von eben verschwunden.

Vielleicht ist er über das, was seine schlechte Laune verursacht hat, hinweg?

»Okay, danke«, sage ich und atme durch. »Also, wegen der Arbeit morgen … ich muss bis …«

»Wilson wird dich hinbringen.« Er richtet sich auf und kommt auf mich zu. »Und auch zurück.«

»Oh, nein, das ist okay. Ich nehme die U-Bahn und …«

»Ich habe es deinen Großeltern versprochen.« Er bleibt vor mir stehen, und sein Gesicht sieht kompromisslos aus. »Sie wollen dich sicher und beschützt wissen, und ich auch.«

Ich starre ihn an und kämpfe gegen ein warmes Gefühl in meiner Brust. Ich sollte mich über seine herrische Art ärgern, aber ich finde seinen überheblichen Beschützerinstinkt merkwürdig süß. Trotzdem kann ich seinen Privatfahrer nicht einfach so benutzen. »Danke, aber …«

»Kein Aber. Wilson fährt dich, und das ist alles, was es dazu zu sagen gibt.«

Okay, *jetzt* bin ich wütend. »Marcus …«

»Und ich will nicht, dass du morgen Abend wieder in deine Wohnung gehst.« Sein Blick brennt sich in mich, und er ergreift meine Hände. »Bleib hier, Kätzchen. Dauerhaft. Beginne mit heute Abend.«

arcus

EMMAS GESICHTSAUSDRUCK WIRD STÜRMISCH, IHRE kleinen Hände verkrampfen sich in meinem Griff, und ich weiß, dass ich zu weit gegangen bin. Schon als die Worte aus meinem Mund kamen, wusste ich, dass ich einen strategischen Fehler machte, aber ich konnte mich nicht zurückhalten.

Ich muss Emma einsperren und an mich fesseln, und zwar sofort.

Der Gedanke, dass sie ihre Katzen nehmen und morgen abreisen könnte, dass sie mich verlassen könnte, und sei es auch nur für eine Nacht, verschlimmert den brodelnden Kessel in meiner Brust. Ich habe das Gefühl, dass ich kurz davor bin, sie zu verlieren und etwas völlig Verrücktes zu tun – sie an mich zu binden und in mein Flugzeug zu springen, um sie an einen abgelegenen Ort zu bringen. Sagen wir, in einen unterirdischen Bunker im Himalaja oder auf eine Insel mitten im Pazifik. Es ist egal, wo, solange es nur wir beide sind und sie nicht entkommen kann.

Und ja, ich weiß, wie beschissen und kriminell das klingt.

Mit der richtigen Person, sagte sie und deutete damit an, dass ich es nicht bin. Bis zu diesem Zeitpunkt hatte ich überlegt, ob ich ihr sagen sollte, was ich fühle und den Schmerz der Ablehnung riskieren sollte, um herauszufinden, ob wir dasselbe empfinden. Ja, ich musste ihr während unserer kurzen Beziehung ziemlich stark hinterherlaufen, aber ich könnte schwören, dass es eine gewisse Weichheit in der Art und Weise gibt, wie sie mich ansieht, ein Schimmer der gleichen Sucht in der Art, wie sie bei jeder Berührung schmilzt.

Selbst die Tatsache, dass sie trotz der komplexen Logistik, die mit der Mitnahme ihrer Haustiere verbunden ist, zugestimmt hat, heute Abend mit mir nach Hause zu kommen, hat mir gesagt, dass ich mit dieser Besessenheit nicht allein bin, dass sie nicht mehr von mir getrennt sein will als ich von ihr.

Aber ich hatte ihre Gefühle offensichtlich falsch verstanden. Sie ist nicht annähernd dort, wo ich bin. Sie denkt immer noch, dass wir herumspielen und uns locker verabreden, während ich sie mir als Mutter meiner zukünftigen Kinder vorstelle – aller drei. Als

Kind hasste ich es, ein Einzelkind zu sein, und wünschte mir verzweifelt Geschwister.

Sie hat drei haarige Babys, also sollte sie nichts gegen drei der haarlosen Sorte haben, oder?

In meinem VE-Plan – Vor-Emma-Plan – wollte ich mit der Kindergeschichte warten, bis ich sicher war, dass meine Ehe auf einem soliden Fundament aufgebaut ist, dass meine sorgfältig ausgewählte Frau und ich langfristig kompatibel sind. Ein paar Jahre Ehe schienen ein solider Probelauf zu sein. Ich dachte mir, wir könnten es mit unserem ersten Kind versuchen, kurz nachdem ich vierzig geworden wäre, und dann würden wir alle drei in schneller Folge haben, um sicherzustellen, dass sie sich alterstechnisch nahe genug sind, um Spielkameraden zu sein.

Es war ein guter Plan, ein logischer Plan, und ich habe keinen Zweifel, dass er funktioniert hätte, wenn ich nicht einen gewissen kleinen Rotschopf getroffen hätte. In der Sekunde, in der ich Emma sah, stellte sich meine Welt auf den Kopf, und mein rationales Denken wurde von Instinkten entführt, die so primitiv waren, dass ich genauso gut in eine Höhle ziehen und anfangen könnte, Pelze zu tragen.

Kein Wunder, dass ich immer wieder die Kondome vergesse. Mein Unterbewusstsein hat die ganze Zeit gewusst, was ich gerade erst erkannt habe.

Ich will Emma, und das nicht nur für ein paar Wochen oder Monate.

Ich will sie für ein Leben lang.

Ich will sie als meine Frau.

Es ist eine Erleichterung, mir das einzugestehen, der Wahrheit ins Auge zu blicken, die von dem Moment an in meinem Hinterkopf nagte, in dem mir klar geworden ist, dass ich nicht eine ganze Woche lang von Emma wegbleiben kann – dass ich überhaupt nicht von ihr wegbleiben kann. All die Dinge, von denen ich dachte, dass ich sie in einem Lebenspartner haben wollte – Eleganz, High-Class, Verbindungen zum alten Geld – wären noch mehr von dem gewesen, was ich bereits hatte. Die perfekte Trophäenfrau, die ich mir vorgestellt hatte, wäre das menschliche Äquivalent zu meiner Kunstsammlung gewesen, ein weiteres Symbol meiner Leistung und nicht eine Person, die mir das geben kann, was ich wirklich brauche.

Nur meine Emma kann das – und sie sieht das nicht genauso.

»Ich ziehe nicht bei dir ein«, sagt sie und blickt mich wütend an. »Das habe ich dir schon eine Million Mal gesagt. Das ist nur für …«

»Gut.« Ich muss meine ganze Selbstbeherrschung aufbringen, um meinen Schmerz und meine Wut zu zügeln und ihre Hände loszulassen. Das Wissen, dass ich sie liebe und sie meine Gefühle nicht teilt, ist wie ein Honigdachs auf einem Amoklauf in meiner Brust, aber ich kann sie nicht zwingen, mich zu lieben, kann sie nicht dazu drängen, mich zu heiraten, egal wie reizvoll die Idee ist.

Ich muss an dieses Thema so herangehen, wie ich an jede andere Herausforderung herangehen würde:

mit kühler Logik und Intellekt. Mit anderen Worten, ich muss mich verdammt nochmal zurückziehen und sie glauben lassen, dass sie gewinnt, einen Schritt zurückgehen, um letztendlich einen Kilometer zu gewinnen.

Ich schlage einen sanfteren Tonfall an. »Du ziehst nicht bei mir ein, das verstehe ich. Ich höre auf zu fragen – wenn du eine Sache für mich tust.«

»Was für eine Sache?«, fragt sie misstrauisch. Ihre feurigen Locken sind besonders wild von dem leidenschaftlichen Sex, den wir gerade hatten, ihre Rosenknospenlippen sind rosa und geschwollen von meinen Küssen, und alles, was ich will, ist, sie zu ergreifen und zurück ins Bett zu tragen, wo ich ihr meinen Anspruch noch einmal einprägen kann.

Vielleicht noch einmal ohne Kondom in ihr kommen.

Verdammt. Mein ganzer Körper verkrampft sich, und mein Schwanz versteift sich mit einem Lustschub, der so intensiv ist, dass mir schwindlig wird. Ich werde auf keinen Fall warten, bis ich vierzig Jahre alt bin, um mit ihr Kinder zu haben. Ich will sie jetzt haben. Heute. Gestern. Das geistige Bild von Emma, die weich und rund mit meinem Baby ist, ist heißer als jeder Porno, den ich gesehen habe – und schwangere Frauen gaben mir noch nie einen Kick. Es ist einzig und allein sie; *sie* macht diese primitive Kreatur aus mir.

Das Pelztragen ist kein Thema mehr. Ich könnte genauso gut meinen Kopf zurückwerfen und anfangen, den Mond anzuglotzen.

Mit Mühe richte ich meine Gedanken wieder auf

die anstehende Diskussion. »Eigentlich sind es zwei Dinge«, sage ich, und das Misstrauen in ihren hübschen Augen vertieft sich.

»Welche *zwei* Dinge?«

»Lass mich mein Versprechen an deine Großeltern erfüllen und dich morgen von Wilson zur Arbeit und zurück bringen lassen. Er bekommt ein Jahresgehalt, es kostet mich also keinen Cent mehr.« Wahrscheinlich hätte ich mit dem letzten Teil anfangen sollen, denn sobald ich es gesagt habe, schwindet ein Großteil der Anspannung in ihrem Gesicht, und sie seufzt.

»Ich denke, damit kann ich leben. Was ist die andere Sache?«

»Ich habe morgen ein Abendessen mit einigen meiner Investoren, und ich möchte, dass du mitkommst. Es ist in einem Restaurant in Midtown, in der Nähe meines Büros, um sieben Uhr. Wilson kann dich nach der Arbeit direkt dorthin bringen. Bitte«, füge ich hinzu, als ich das Entsetzen auf ihrem Gesicht sehe. »Ich will dich dort haben, Kätzchen. Ich möchte dich beim Abendessen an meiner Seite haben.«

25

Emma

ICH BIN DEN GANZEN VORMITTAG ÜBER IN EINEM Zustand der Panik. Auf meine Bitte hin fuhr mich Wilson vor der Arbeit zu meiner Wohnung, damit ich ein Kleid für heute Abend holen konnte – ein langärmeliges Kleid im Wickelstil, das ich vor einigen Jahren bei einer Geschäftsauflösung gefunden hatte. Damals sah es schön und stilvoll aus, der graue Stoff umspielte mit einem subtilen Flair meine Kurven, aber nach einem Dutzend Begegnungen mit einer Waschmaschine ähnelt es eher etwas aus einem Katzenpo.

Trotzdem habe ich es heute Morgen mitgenommen, weil es das einzige Geschäftsmäßige ist, was ich besitze. Eigentlich wollte ich es sogar zu

Vorstellungsgesprächen tragen, als ich noch hoffte, eine Stelle bei einem großen Verlag zu bekommen. Die Vorstellungsgespräche sind nie zustande gekommen, also trage ich das Kleid jetzt einfach immer dann, wenn ich ein wenig seriöser aussehen muss, etwa, wenn ich mit einem halben Dutzend Personen essen gehe, deren monatliches Einkommen das übersteigt, was die meisten Familien im Leben verdienen.

Und das ist keine Übertreibung. Ich habe Marcus heute Morgen nach ihren Namen gefragt und sie nachgeschlagen. Sagen wir einfach, er wird heute Abend nicht der einzige Mensch an unserem Tisch sein, der bereits im *Forbes* war.

Verdammt. Was mache ich hier? Ich kann immer noch nicht glauben, dass Marcus mich dazu gebracht hat, dem zuzustimmen. Nach diesem intensiven Sex war ich wohl immer noch nicht ganz bei Sinnen, denn anstatt gleich in Panik zu geraten, war ich zu gleichen Teilen schockiert und geschmeichelt, dass er mich seinen Investoren vorstellen will.

Schließlich bin ich so weit davon entfernt, ein *Aktivposten bei gesellschaftlichen Anlässen* zu sein, wie es ein Mädchen nur sein kann.

Aber Marcus hatte darauf bestanden, dass er mich dorthaben wollte, und ich hatte nachgegeben, zum Teil, weil ich mich geschmeichelt fühlte, und zum Teil, weil er versprochen hatte, mich nicht mehr unter Druck zu setzen, dass ich bei ihm einziehe. Dann fing er wieder an, mir mit seinen Händen und seinem Mund klarzumachen, dass er mit mir schlafen will, und das schloss jede Möglichkeit des Denkens meinerseits aus. Erst als ich heute Morgen aufwachte, wurde mir klar, dass das Abendessen bedeutete, dass ich heute Abend nicht würde nach Hause gehen können, da es wahrscheinlich spät werden und das Zusammenpacken meiner Katzen mindestens eine Stunde länger dauern würde, wenn ich sie durch das geräumige Penthouse jagen müsste.

Sie mögen Marcus' Apartment *richtig* gerne, so gerne, dass sie die ganze Nacht damit verbrachten, herumzurennen und es zu erkunden. Ich habe sie heute Morgen nur kurz gesehen, als sie für ein paar Minuten obligatorischer Kuschelzeit zu mir ins Bett sprangen. Zum Glück war Marcus zu diesem Zeitpunkt schon unter der Dusche; ich bin mir nicht sicher, was er von haarigen Pfoten auf seinen makellos weißen Laken gehalten hätte.

Er hält sich vielleicht nicht für einen Ordnungsfanatiker, aber das ist er auf jeden Fall. Selbst seine Slips sind in perfekt gefalteten Quadraten angeordnet.

Jedenfalls ist mir jetzt klar, dass ich ausmanövriert worden bin. Schon wieder. Dank dieses Abendessens werde ich zwei Nächte hintereinander bei Marcus übernachten, was er ja die ganze Zeit wollte. Noch schlimmer ist, dass ich mich verpflichtet habe, ihn zu einer Veranstaltung zu begleiten, für die ich völlig ungeeignet bin, und das nicht nur, weil er für mich nur Jeans und Pullover eingepackt hatte.

Ich war buchstäblich noch nie bei einem

Geschäftsessen, schon gar nicht bei einem mit so reichen und mächtigen Leuten. Einer von Marcus' Investoren verwaltet den Pensionsfonds der kalifornischen Lehrergewerkschaft; ein anderer ist ein Immobilienmagnat; ein dritter ist ein russischstämmiger Technologie-Milliardär; ein vierter ist ein aufstrebender Fitness-Mogul; und die letzten beiden sind online so gut wie unsichtbar, was wahrscheinlich bedeutet, dass sie zum zurückgezogen lebenden alten Geldadel gehören.

Während ich eine introvertierte Buchhändlerin bin, deren professionellstes Outfit ein Katzenpo-Kleid ist.

Als mir das alles beim Aufwachen klar wurde und ich versuchte, einen Rückzieher zu machen, bot mir Marcus natürlich an, mir alles zu kaufen, was ich brauche, um mich wohlzufühlen – ein Angebot, das ich sofort ablehnte und behauptete, ich hätte alles, was ich brauche. Aber das hat mich dazu verpflichtet, wirklich zu gehen – und dazu, in meiner Mittagspause buchstäblich in eine Papiertüte zu atmen.

»Emma, geht es dir gut?«, fragt mich Mr. Smithson, als er mich in einem Sessel im hinteren Teil des Ladens findet, und ich lasse den Beutel sinken, um meinem Chef ein übermäßig strahlendes Lächeln zu schenken.

»Ja. Ich teste nur eine neue Meditationstechnik.«

»Oh, ich verstehe.« Sein Gesichtsausdruck hellt sich auf, als ein wissendes Grinsen auf seinem Gesicht erscheint. Wenn wir in einem Comic wären, gäbe es eine Gedankenblase über seinem Kopf, die besagt: *Millennials. Ich hätte es besser wissen müssen, als zu fragen.*

Zufrieden damit, dass ich nicht kurz davor bin, mich auf der letzten Reihe von Thrillern zu übergeben, schlendert er weg, und ich atme wieder in die Tüte, in der verzweifelten Hoffnung, dass mich das beruhigt.

Das tut es nicht. Wenn überhaupt, fühle ich mich besonders nervös.

Verflixt! Warum habe ich dem zugestimmt? Und warum will Marcus mich überhaupt dorthaben? Wir haben gerade erst angefangen, miteinander auszugehen, und ich bin nicht ansatzweise der Typ Freundin, den ein Milliardär unbedingt vorzeigen möchte. Meine Tischmanieren sind in Ordnung – dafür hat meine Großmutter aus dem Süden gesorgt – aber alles andere, wie Smalltalk und Plauderei, ist zu viel verlangt.

Ich kann über die neuesten Bestseller der *New York Times* reden, aber das war's dann auch schon.

Während ich darüber nachdenke, fällt mir auf, dass Marcus mich auf keinen Fall zu diesem Abendessen mitnehmen wollte, als wir nach dem Flug einen Zwischenstopp in meiner Wohnung einlegten. Sonst hätte er für mich etwas Schickeres als Jeans eingepackt. Es sei denn, er hatte vor, mir Kleidung zu kaufen? Aber nein, er weiß, wie ich über solche Dinge denke.

Dies war definitiv eine Impulseinladung seinerseits, was es umso merkwürdiger macht, dass er so erpicht darauf war, dass ich sie annehme. Überhaupt war sein Verhalten nach dem gestrigen Abendessen seltsam, mit diesem übermäßig intensiven Sex und den Fragen nach Kindern. Er schien sogar verärgert zu sein, als

Geoffrey mit der Pille für den Morgen danach auftauchte und ich sie nahm … so als ob nicht Marcus derjenige gewesen wäre, der ihn losgeschickt hätte, sie zu besorgen.

Es ist, als ob etwas passiert wäre, aber ich, wie sehr ich es auch möchte, nicht darauf komme, was. Marcus bestand darauf, dass es nicht Mr. Puffs gewesen war, der die Skulptur zerbrochen hat. Aber das ist so ziemlich das einzige Malheur, das sich nach dem Abendessen ereignete. Es sei denn … War es etwas beim Abendessen?

Vielleicht war er verärgert, dass ich seinen Vater erwähnt habe?

»Emma. Erde an Emma.«

»Ja, Mr. Smithson?« Ich lasse die Tüte wieder sinken und schaue meinen Chef an, der wohl schon eine Weile dort steht. Und er ist nicht allein. Bei ihm ist sein blonder Neffe, der aufstrebende Urban-Fantasy-Autor, den ich vor ein paar Wochen in der Buchhandlung herumgeführt habe.

Ich schiebe alle Gedanken an Marcus beiseite, stehe auf und lächele strahlend. »Hi, Ian. Wie geht es dir? Wie geht es mit deinem Buch voran?« Als wir das letzte Mal sprachen, war er sehr aufgeregt deshalb, und ich erzählte ihm davon, dass ich freiberuflich als Lektorin arbeite, für den Fall, dass er sich für den Weg der Selbstveröffentlichung entscheiden sollte.

Es schadet nie, ein kleines Geschäft zu machen.

Mein Chef strahlt mich an, und ich zucke innerlich zusammen, als ich merke, dass er wieder einmal

Partnervermittlung spielt – und das, was er sieht, falsch interpretiert. Obwohl der schüchterne, nerdige Ian das ist, was ich immer für *meinen Typ* gehalten habe, ist mein einziges Interesse an ihm das für einen potenziellen Kunden.

Ich gehe jetzt nicht nur offiziell mit Marcus aus, sondern habe mich von dem Moment an, als ich meinen Wall-Street-Titan kennenlernte, zu keinem anderen Mann auch nur ein bisschen hingezogen gefühlt.

Ians helle Haut errötet, und sein Adamsapfel wippt, während er seine Brille zurechtrückt. »Ich bin, ähm … fast fertig mit dem ersten Entwurf. Ich glaube, ich werde diese Woche fertig.«

»Oh, toll! Lass mich wissen, wenn du Hilfe bei der Bearbeitung benötigst, sobald du es fertig hast.« Das ist ein wenig aufdringlicher als meine typische Vorgehensweise, aber ich möchte Mr. Smithson klarmachen, dass ich seinen Neffen als reine Geschäftsgelegenheit betrachte.

Leider ist mein Chef nicht abgeschreckt. Mit einem breiten Lächeln sagt er zu Ian: »Ja, sprich auf jeden Fall mit unserer Emma. Sie kennt gute Bücher.«

Damit zwinkert er mir zu, schlendert weg und lässt mich mit seinem Neffen allein.

Die gute Nachricht ist, dass das Gespräch mit Ian – oder besser gesagt, ihm dabei zuzuhören, wie er jeden Handlungspunkt seines Buches in gähnend langweiligen Details erklärt –, als willkommene Ablenkung von meiner Angst vor dem Abendessen dient. Die schlechte Nachricht ist, dass ich eine Stunde später, als Ian endlich geht, wieder ausflippe.

Ernsthaft, warum habe ich dem zugestimmt? Wichtiger noch: Ist es zu spät, um einen Rückzieher zu machen?

Ich schnappe mir mein Telefon, um Marcus anzurufen, aber dann erinnere ich mich daran, dass er heute den ganzen Tag in Besprechungen sein sollte – irgendetwas über den Monatsbeginn und die Strategie für die bevorstehende Konferenz der Alpha-Zone. Ich habe keine Ahnung, was Alpha-Zone ist, aber ich bin mir ziemlich sicher, dass es kein Treffen der Werwölfe ist, woran mein Gestaltwandler-Liebesroman-Gehirn denkt, wenn es das Wort *Alpha* hört.

In Anbetracht des Kontextes ist es wahrscheinlich ein obskurer Investitionsbegriff. Ich sollte es wirklich nachschlagen, schon allein deshalb, weil es für einen Lektor gut ist, diese Dinge zu wissen.

Wie auch immer, am Ende rufe ich Kendall statt Marcus an und erzähle ihr mein ganzes Dilemma. »Meinst du, ich sollte vielleicht so tun, als sei ich krank?«, frage ich, als ich fertig bin. »Es *ist* Grippesaison, und ...«

»Wage es ja nicht!«, unterbricht sie mich, und ich höre im Hintergrund ein Auto hupen. Sie muss draußen sein und eine der Millionen Besorgungen machen, die ihr Chef ihr immer aufträgt. »Bist du verrückt?«, fährt sie fort, als das Hupen aufhört. »Er nimmt dich zu einem Geschäftsessen mit. Weißt du nicht, was das bedeutet?«

Ich atme tief durch. »Na ja …«

»Das bedeutet, dass es ernst ist, Emma! Er integriert dich in sein Leben, die wichtigsten Teile seines Lebens.« Weiteres Hupen unterbricht ihre Worte, und ich stelle mir vor, wie sie als die furchtlose New Yorkerin, die sie ist, bei Rot über eine belebte Kreuzung läuft. »Ein Mann wie er würde niemals eine lockere Sexbekanntschaft zu einem Investorenessen bitten. Das ist schon die nächste Stufe. Selbst du, Miss Ahnungslos, müsstest das wissen.«

»Ja, natürlich weiß ich das! Deshalb habe ich zugestimmt: weil ich mich geschmeichelt fühlte, dass ich gefragt wurde. Aber diese Leute …«

»Sind auch nur Menschen«, sagt Kendall mit Nachdruck. »Reich und berühmt zu sein macht einen nicht übermenschlich, das habe ich dir schon einmal gesagt. Sie sind einfach nur Individuen; behandele sie als solche, und du wirst dich wohlfühlen.«

Es ist leicht für sie, das zu sagen. Mit ihrer kontaktfreudigen Persönlichkeit könnte sie einen geistreichen Austausch mit einem Baum führen. Während ich …

»Hör auf damit, Ems.« Ein weiteres lautes Hupen im Hintergrund. »Ich kann dich denken hören, und das gefällt mir nicht.«

»Dass ich denke?«

»Dass du zu viel nachdenkst! Zieh einfach das

Katzenhintern-Kleid an und schwimm mit dem Strom. Und lass dir das nächste Mal ein Outfit von Marcus kaufen, so wie er es angeboten hat. Jetzt bin ich gleich weg; ich steige gerade in die U-Bahn. Tschüss!«

Und damit legt sie auf, ohne dass ich ruhiger bin als vorher.

Marcus

DER ERSTE WOCHENTAG DES MONATS IST FÜR MICH
immer sehr geschäftig, da ich den ganzen Tag damit
verbringe, mich von meinen Portfoliomanagern auf
den neuesten Stand bringen zu lassen. Ich setze mich
mit jedem Einzelnen zusammen und gehe die
Gewinn- und Verlustrechnung seines Teams vom
vergangenen Monat, seine vergangenen und
bevorstehenden Geschäfte und alles andere durch,
worüber er oder sie sprechen möchte, wie etwa die
Einstellung neuer Analysten oder einen größeren
Anteil am verwalteten Vermögen des Fonds. Und da es
Dezember ist, beginnen auch die Bonusgespräche,
obwohl ich die offiziellen Zahlen erst im Januar
bekannt gebe.

In unserem Geschäft kann in einem Monat viel passieren, sowohl Gutes als auch Schlechtes.

Während ich mich mit einer Person nach der anderen treffe, schweifen meine Gedanken immer wieder zu Emma. Ich frage mich, was sie tut, wie sie sich fühlt, ob sie noch so panisch ist wie heute Morgen. Zugegebenermaßen war es nicht nett von mir, sie so zu überfallen, aber als mir die Idee in den Sinn kam, konnte ich sie nicht mehr fallenlassen.

Ich möchte mein Kätzchen heute Abend mit mir im Restaurant haben, und das nicht nur, weil ich sie dann früher sehen werde.

Ich möchte, dass sie weiß, dass das zwischen uns nicht nur Sex ist.

Ich möchte ihr zeigen, dass ich sie für immer haben will.

Natürlich wäre es besser gewesen, wenn ich mich früher entschieden hätte, damit Emma mehr Zeit gehabt hätte, sich darauf vorzubereiten, und vielleicht hätte ich sie sogar überreden können, sich von mir etwas Passendes für die Veranstaltung kaufen zu lassen. Sie behauptete, dass sie etwas zu Hause hat, aber ich habe ihren Schrank gesehen und bezweifele sehr, dass das der Fall ist.

Nicht, dass es mich interessiert, was sie trägt, es geht mehr darum, dass sie sich wohlfühlt. Mein VE-Ich wäre entsetzt gewesen, dass ich eine Freundin in billigen, abgetragenen Klamotten zu einem Investorenessen mitnehme, aber meinem NE-Ich ist das scheißegal. Emma ist mir wichtiger als alle meine

Investoren zusammen, und überhaupt könnte ich zu diesem Zeitpunkt meiner Karriere nackt mit allen drei Katzen von Emma auf den Schultern zu diesem Abendessen erscheinen, und diese Leute würden immer noch durch Reifen springen, um mir Geld zu geben.

Die Erträge meines Fonds sprechen für sich.

Also ja, ich brauche niemanden mit der Frau, die ich heiraten werde, zu beeindrucken, aber ich vermute, dass Emma sie trotzdem beeindrucken wird. Je länger ich in ihrer Nähe bin, desto mehr sehe ich, dass ihre Schönheit nicht von der Kleidung, die sie trägt, oder wie sie ihr Haar frisiert, sondern tief aus ihrem Innern leuchtet, ihrer warmen, süßen Sinnlichkeit, die so viel stärker lockt als alles, was ich kenne. Allein dieses Lächeln mit den Grübchen reicht aus, um mir Hitze in die Leistengegend zu schießen, und ich weiß, dass ich nicht der Einzige bin, der dafür empfänglich ist. Als wir in Florida waren, starrten Männer jeden Alters sie wie hungrige Schakale an; nur meine Anwesenheit hielt die Wichser davon ab, sich ihr zu nähern und sie um ein Date zu bitten.

Ich habe keine Ahnung, wie sie so lange Single gewesen ist, ich weiß es verdammt nochmal wirklich nicht.

Was mich daran erinnert ... Ich halte eine Hand hoch, um meinen Telekom-Portfoliomanager dazu zu bringen, für eine Sekunde lang aufzuhören zu sprechen, beuge mich über meinen Schreibtisch und drücke einen Knopf auf meiner Gegensprechanlage.

»Lynette, Sie müssen in mein Büro kommen, sobald Henry hier fertig ist«, sage ich, als meine Assistentin antwortet. »Ich habe ein besonderes Projekt für Sie.«

Einen Ring zu kaufen mag voreilig sein, aber ich bin nicht dorthin gekommen, wo ich jetzt bin, ohne im Voraus für die Zukunft zu planen. Es wird Zeit brauchen, bis sich Emma in mich verliebt hat, aber sobald sie es tut, bin ich bereit.

Ich werde sie heiraten, und zwar schnell.

Emma

ICH ATME TIEF DURCH, STREICHE MIT DEN HANDFLÄCHEN über das Kleid, das Geoffrey für mich gebügelt hat, und versuche, die Scheuerspuren an meinen hochhackigen Stiefeln zu entfernen – die neuen Stiefel, die ich bei meinem ersten richtigen Date mit Marcus getragen hatte. In meinem schwach beleuchteten Apartment und auf den schlammigen Straßen New Yorks sahen sie gut aus, schön sogar, aber hier, inmitten von Marcus' hellem, glänzendem Eingang, kann man nicht verbergen, was sie wirklich sind: billige Imitationen, die schon bessere Tage gesehen haben.

Oh, nun ja. Zumindest mein graues Kleid und der beige Wollmantel, den ich gleich anziehen werde, sind glücklicherweise katzenhaarfrei, wiederum dank der freundlichen Unterstützung von Geoffrey. Ich verließ die Arbeit eine halbe Stunde früher, falls es zu viel Verkehr geben würde, aber Wilson brachte mich in Rekordzeit nach Manhattan, so dass ich beschloss, bei Marcus anzuhalten und mich so vorzeigbar wie möglich zu machen, bevor ich zum Restaurant ging.

Ich möchte Marcus nicht vor seinen Investoren in Verlegenheit bringen – zumindest nicht mehr, als ich ihn allein dadurch in Verlegenheit bringen muss, dass ich bin, wer ich bin.

Die Scheuerspuren an den Stiefeln machen keine Anzeichen, zu verschwinden, also gebe ich auf und richte mich auf, um zu gehen, als ein großer weißer Fellball auf mich zukommt und direkt in meine Arme springt.

»Puffs!« Instinktiv fange ich den Kater auf und drücke ihn an meine Brust, was bedeutet, dass mein graues Kleid – das bereits Knötchen hat und trotz des Bügelns eher traurig aussieht – nun auch mit weißen Haaren bedeckt ist.

»Ms. Walsh, ist alles in Ordnung?« Geoffrey erscheint wie durch Zauberhand vor mir, obwohl es wahrscheinlicher ist, dass er Mr. Puffs nachgejagt ist. Der Kater hatte zweifellos Unfug gemacht und beschloss, schlau und hinterlistig, bei mir Zuflucht zu suchen. »Warten Sie, ich nehme Ihnen Puffy weg.«

Puffy? Ich unterdrücke ein hysterisches Kichern, übergebe ihm den Kater – dessen Blick mir sagt, dass er sich verraten fühlt und später viel Vergeltung üben wird – und gehe zum Spiegel im Flur.

Es ist noch schlimmer, als ich dachte. Das weiße Haar ist überall auf der Brust, den Armen und sogar im oberen Teil des Rocks zu sehen, wahrscheinlich aufgrund des langen, flauschigen Schwanzes des Katers.

»Lassen Sie mich Ihnen helfen.« Geschickt setzt der Butler Mr. Puffs auf den Boden, holt eine klebrige Fusselrolle aus seiner Tasche und stürzt sich auf all die Haare, die an meinem Kleid kleben.

Drei Minuten später sieht das Kleid wieder so gut aus, wie es eben geht – was nicht viel zu sagen hat. Aber man muss mit dem arbeiten, was man hat, also danke ich Geoffrey, ziehe mir den Mantel an und eile zum Auto, bevor noch mehr meiner Katzen beschließen, ihr Fell mit mir zu teilen.

DIE FAHRT VON MARCUS' APARTMENT IN TRIBECA NACH Midtown dauert etwa zwanzig Minuten, und die ganze Zeit mache ich Atemübungen, um zu versuchen, mich zu beruhigen. Ich hasse es, mich so ängstlich und unsicher zu fühlen; es erinnert mich an die Zeit, als ich ein unbeholfener Teenager war, der versuchte, sich an seinen sich verändernden Körper und sein Haar zu gewöhnen, das sich nie benehmen wollte. Es erinnert mich auch daran, wie ich mich vor meinem ersten richtigen Date mit Marcus gefühlt habe. Zum Glück bin ich in seiner Nähe nicht mehr unsicher – es geht nichts über einen Mann, der dreimal am Tag Sex will, um eine Frau von ihrer Attraktivität zu überzeugen – aber ich bin mir immer noch sehr bewusst, dass ich nicht das bin, was Marcus ursprünglich wollte.

Geoffrey könnte meine Kleidung von jetzt an bis in die Ewigkeit bügeln und enthaaren, und ich wäre immer noch nicht in der Lage, jemandem wie Emmeline das Wasser reichen zu können.

Zu meiner Erleichterung helfen die Atemübungen, und als wir vor einem schicken Hotel in der Park Avenue halten, bin ich ruhig genug, um mich durch die vergoldete Lobby zum Restaurant im hinteren Teil des Hauses zu bewegen, ohne über meine Füße zu stolpern. Ich bin etwa fünf Minuten zu früh, aber alle sitzen bereits am runden Tisch in der halbprivaten Ecke, zu der mich die Hostess führt. In der Mitte des Tisches stehen zwei Flaschen Wein, ein roter und ein weißer, und die Gläser sind bereits gefüllt. Es gibt nur noch einen leeren Stuhl neben Marcus, dessen Blick sich auf mich richtet, sobald ich hineingehe.

»Da bist du ja«, sagt er, steht auf, um mich zu begrüßen, und während er meine Hände in einem kräftigen, warmen Griff einschließt und sich nach unten beugt, um mir einen Kuss auf die Wange zu hauchen, fühle ich, wie meine Nervosität immer mehr abklingt.

»Möchten Sie etwas trinken, Madam?«, fragt der Kellner, während ich mich auf den Stuhl setze, den Marcus für mich herauszieht. »Vielleicht etwas Wein? Mr. Carelli hat einen ausgezeichneten Cabernet

Sauvignon und Pinot Grigio für den Tisch bestellt, aber wir haben auch eine große Auswahl an ...«

»Der Pinot Grigio ist perfekt, danke.« Normalerweise trinke ich nur Wasser, aber ein wenig Wein könnte heute genau das Richtige sein. Jetzt, wo ich sitze und jeder mich anstarrt, beschleunigt sich mein Herzschlag wieder.

Gott, ich hoffe, ich habe nicht ein Stück Brokkoli zwischen den Zähnen – oder irgendwo Katzenhaar.

»Das ist Emma Walsh«, verkündet Marcus, indem er unsere Tischgenossen anschaut wie ein Monarch seine Untertanen, und dann stellt er reihum jede Person am Tisch vor – oder besser gesagt jeden Mann, da ich die einzige Frau bin, die anwesend ist.

Zu meiner Linken sitzt Ashton Vancroft, der Mogul des Fitness-Imperiums, den Marcus als »guten Freund von der Wirtschaftshochschule« vorstellt. Im Gegensatz zu allen anderen am Tisch ist er lässig gekleidet, in Jeans und einem cremefarbenen Kaschmirpullover, der sich wie eine zweite Haut an seinen muskulösen Oberkörper schmiegt. Sein von der Sonne mit Strähnen durchzogenes Haar ist eher lang, bis über die Ohren, und für meine leicht eingeschüchterten Augen sieht er aus wie eine Kreuzung zwischen Brad Pitt in *Troja* und Chris Hemsworth in *Thor*. Er schüttelt mir die Hand, grinst, lässt seine blendend weißen Zähne blitzen und sagt mit einer sanften, tiefen Stimme, die mich an geschmolzenes Karamell denken lässt: »Schön, dich kennenzulernen, Emma.«

Bevor ich mich von der Kraft dieses Charmeüberfalls erholen kann, gehen die Einführungen weiter. Auf der anderen Seite von Ashton sitzt Robert »Bob« Johnson, ein steif aussehender älterer Mann, der den Pensionsfonds der Lehrergewerkschaft verwaltet. Links von Bob sitzen Jack und James Gyles, zwei rundgesichtige Brüder in den Mittvierzigern, die Marcus als seine »langjährigen Investoren« vorstellt. Sie sind diejenigen, die keine Online-Präsenz haben, das heißt, sie gehören zum alten Geldadel oder etwas noch Geheimnisvollerem. Neben ihnen sitzt Grigori Moskov, der Technologie-Milliardär, und gleich rechts neben Marcus ist Weston Long, der Immobilienmagnat. Beide sind große, athletisch gebaute Männer in Marcus' Alter, und obwohl sie ihm körperlich nicht ähneln, strahlen sie eine ähnliche Art von Kraft und Selbstbewusstsein aus.

Es ist dieser »Ich könnte ein kleines Land mit wenig Geld kaufen«-Blick, und sie haben ihn in höchstem Maße.

Ich lächele so strahlend, wie ich kann, nicke und wiederhole alle Namen, wenn Marcus sie sagt, damit ich sie mir besser merken kann. Es ist hilfreich, dass er mir im Voraus gesagt hat, wer diese Leute sind, und ich eine Google-Suche über sie durchgeführt habe. Ich bin ein sehr visueller Lerner, was bedeutet, dass ich Informationen, die ich aufgeschrieben oder in der Suchleiste meines Telefons gesehen habe, leichter behalten kann.

Schließlich ist die Vorstellungsrunde vorbei, und als

die Männer ihre Gespräche wiederaufnehmen, verlagere ich meine Aufmerksamkeit dankbar auf die vor mir liegende Speisekarte. Leider ist alles auf Französisch, oder zumindest die Hälfte der Wörter, denn ich habe keine Ahnung, was die meisten Gerichte darstellen. Nun, ich weiß, was Schnecke ist, und ich beabsichtige, sie zu vermeiden.

Ich habe noch nie Schnecken probiert, aber das würde ich lieber tun, wenn mein Magen nicht so unruhig ist.

Außerdem gibt es keine Preise neben den einzelnen Gerichten. Ist das normal? Bedeutet das, dass es sich hier um eine Art All-inclusive-Buffet handelt, oder sind die Preise so hoch, dass man sie weggelassen hat, um den Leuten nicht den Appetit zu verderben?

Eine große, warme Hand bedeckt mein Knie unter dem Tisch, so dass ich aufschaue und sehe, dass Marcus mich beobachtet. Er beugt sich vor und fragt leise: »Wie geht es dir, Kätzchen? Hattest du Schwierigkeiten, hierherzukommen?«

Meine Wangen werden warm, obwohl ich bezweifele, dass jemand Marcus' zärtliche Worte gehört hat. »Nein, kein Problem«, sage ich, während ich mir all der neugierigen Augen, die uns verstohlen beobachten, bewusst bin. Ich hatte beinahe erwartet, dass Marcus mich nach den Einführungen ignorieren würde – schließlich ist er hier, um mit seinen Investoren zu plaudern –, aber das scheint nicht der Fall zu sein.

Obwohl er mich nicht als seine Freundin vorgestellt

hat, verkündet die besitzergreifende Art, wie er sich über mich beugt, es so laut, als hätte er mir ein Etikett an die Brust geklebt.

»Also, Emma, Sie kommen aus Boston, richtig?«, sagt eine sanfte Männerstimme von links, und ich drehe mich zu Ashton um.

»Boston? Nein.« Wie kommt er darauf?

»Oh.« Er runzelt die Stirn. »Ich hätte schwören können …«

»Du denkst an jemand anderen«, sagt Marcus, und sein Tonfall wird härter. »Emma ist in Brooklyn geboren und aufgewachsen.«

Ashtons Gesicht wird ausdruckslos. »Ach, egal. Ich dachte kurz – aber klar, der Nachname ist auch anders. Sie sind also eine gebürtige New Yorkerin, Emma?«

Ich erzwinge ein Lächeln und nicke. »Ja, in der Tat. Und was ist mit Ihnen?« Zu meiner Erleichterung klingt meine Stimme normal und ruhig, trotz der plötzlichen Enge in meiner Brust.

Es gibt nur einen Grund, warum Marcus' Freund mich für jemand anderen halten würde.

Er hat mich mit Emmeline verwechselt, was bedeutet, dass Marcus mit ihm über sie gesprochen, mich aber nicht erwähnt hat.

»*Ich* komme wirklich aus Boston, oder zumindest meine Familie«, sagt Ashton und schenkt mir ein weiteres seiner strahlenden Lächeln. Nur dieses Mal fühle ich mich nicht im Geringsten geblendet, und die Enge in meiner Brust verwandelt sich in einen stechenden Schmerz. Ich will nicht, dass meine

Gedanken in diese Richtung wandern, aber ich kann nichts dagegen tun. Es ist unmöglich, die Auswirkungen von Ashtons Fehler zu ignorieren.

Irgendwann in der nicht allzu weit zurückliegenden Vergangenheit hatte Marcus es mit Emmeline ernst genug gemeint, um mit seinem Freund über sie zu sprechen, ihm ihren vollen Namen und ihren Wohnort zu nennen.

Heißt das, er hat mich angelogen? Hatte es mehr als diese eine Verabredung zum Abendessen zwischen ihm und Emmeline gegeben? Hat er sie gesehen, während er mich verfolgt hat? Ist das der Grund, warum Ashton so viel über sie weiß, aber nichts über mich?

Könnte er sie noch immer sehen?

»Verzeihung«, sage ich und schiebe meinen Stuhl zurück, während ich aufstehe. »Ich bin sofort wieder da.«

Und bevor mich jemand aufhalten kann, laufe ich zur Toilette.

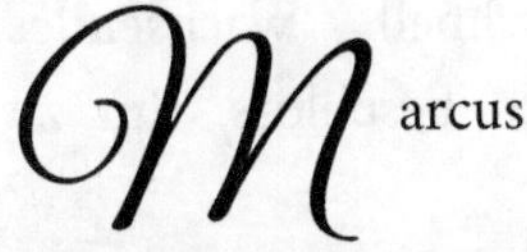arcus

SCHEISSE. NUR DIE ANWESENHEIT MEINER INVESTOREN am Tisch hält mich davon ab, Emma hinterherzulaufen – und Ashtons perfekte, modelartige Gesichtszüge mit der Faust umzugestalten.

Ich bin ein totaler Idiot, und er auch. Ich habe völlig vergessen, dass ich ihm gegenüber Emmeline erwähnt habe, als wir damals an der Bar herumhingen – und jetzt denkt Emma Gott weiß was.

Ich will ihr nachgehen und ihr erklären, dass Ashton nur deshalb von Emmeline weiß, weil er derjenige ist, der mich der Heiratsvermittlerin vorgestellt hat, aber wenn ich jetzt aufstehe, wird es so aussehen, als hinge bei uns der Haussegen schief – oder dass wir uns für einen heimlichen Badezimmerfick davonschleichen. Mein schüchternes Kätzchen würde sich so oder so schämen, und das ist das Letzte, was ich will.

Am besten lasse ich sie sich beruhigen und zum Tisch zurückkehren und erkläre das Ganze später. Hoffentlich nimmt sie mir diese Dummheit nicht übel. Ashton sollte ursprünglich nicht einmal bei diesem Abendessen anwesend sein. Er ist kein Investor meines Fonds – zumindest noch nicht. Aber er schickte mir am Wochenende eine E-Mail und wollte sich mit mir treffen, um zu besprechen, was er mit all dem Geld machen soll, das sein schnell wachsendes Unternehmen einbringt, und ich beschloss, ihn zu dieser Veranstaltung einzuladen.

Er will das Geld vielleicht nicht, aber er hat es, also kann er genauso gut bei mir investieren.

»Tut mir leid, Mann«, sagt er mit leiser Stimme, als Emma hinter einer Säule verschwindet und die anderen am Tisch höflich ihre Gespräche wieder aufnehmen. »Die ganze Sache mit Emma-Emmeline hat mich total aus dem Konzept gebracht. Es *war* Emmeline, mit der dich die Heiratsvermittlerin meiner Tante verkuppelt hat, oder? Ich habe mich doch richtig an ihren Namen erinnert?«

Ich zwinge meine fest zur Faust geballte Hand, sich zu öffnen. »Ja, hast du. Und es ist mein Fehler. Ich hätte dir etwas sagen sollen.« Und ich hätte es getan, wenn ich mich daran erinnert hätte. Aber ich war in letzter Zeit so mit Emma beschäftigt, dass es ein Wunder ist, dass ich dieses Abendessen nicht völlig vergessen habe. »Wir werden später weiter darüber reden«, fahre ich mit tiefer und gleichmäßiger Stimme fort. Ich will nicht, dass jeder hier davon erfährt. »Aber vergiss Emmeline und erwähne sie nie wieder.«

»In Ordnung.« In Ashtons blau-grauen Augen schimmert Belustigung, als er sein Weinglas anhebt. »Ich nehme an, es läuft gut mit dir und der neuen Emma?«

Arschloch. »Sie ist die *einzige* Emma, und ja, ich werde sie heiraten.«

Er erstarrt mit dem Weinglas auf halbem Weg zum Gesicht. »Du machst Witze, oder?«

»Sehe ich aus, als würde ich Witze machen?«

»Habe ich etwas über eine Hochzeit gehört?«, mischt sich James von der anderen Seite des Tisches ein, und seine aufmerksamen Augen glänzen vor kaum verborgener Aufregung, als er sich nach vorne beugt. »Carelli, sind hier Glückwünsche angebracht? Hatte der *Herald* endlich einmal recht? Jack und ich waren skeptisch, als wir diesen Artikel sahen, aber sie ist die mysteriöse Rothaarige, nicht wahr?«

Verdammt. Dafür ist es noch viel zu früh. Ich habe Emma noch nicht einmal davon überzeugt, bei mir einzuziehen, geschweige denn, dass sie meine Gefühle erwidern würde, und die Gyles-Brüder sind berüchtigte Klatschtanten, obwohl sie so reserviert wie möglich sind, wenn es um ihre eigenen Angelegenheiten geht.

James Gyles muss das Gehör eines Jagdhundes

haben, denn er hätte auf keinen Fall mein privates Gespräch mit Ashton belauschen können.

»Ich habe ihr noch keinen Antrag gemacht, also halten Sie sich bedeckt«, warne ich, auch wenn es sinnlos ist. Bis morgen wird jeder in unserem gesellschaftlichen Kreis von meiner bevorstehenden Hochzeit wissen, und wenn ich nicht gerade einige sehr prominente Personen ermorde, kann ich nichts dagegen tun.

Auf meine Worte hin verstummen alle Gespräche am Tisch, und Jack Gyles klatscht in die Hände und sieht genauso aufgeregt aus wie sein Bruder. »Ein geheimer Antrag, wie aufregend! Wo wollen Sie ihn machen? Sicherlich nicht in Disney World.«

Ich beiße die Backenzähne zusammen. »Ich habe mich noch nicht entschieden.«

»Du machst also keine Witze.« Ashton erholt sich endlich so weit, dass er sein Glas abstellen kann. »Du kommst unter die Haube. Auf die neue Emma.«

Ich blicke ihn an und kämpfe gegen den erneuten Drang an, ihn zu schlagen. »Ja. Auf die einzige Emma.«

»Das sind wunderbare Neuigkeiten. Herzlichen Glückwunsch, Marcus«, sagt Bob Johnson, so höflich und zurückhaltend wie immer.

»Ja, herzlichen Glückwunsch«, sagen Weston und Grigori, obwohl das Lächeln Westons eindeutig einen zynischen Touch hat.

Tatsächlich beugt sich der Immobilienmogul einen Moment später zu mir und sagt leise: »Lassen Sie mich wissen, wenn Sie einen guten Anwalt brauchen. Ich kenne jemanden, der sich auf eiserne Eheverträge spezialisiert hat.«

»Danke, aber das wird nicht nötig sein.« Bei Emma müsste ich vor Gericht gehen, um sie zu *zwingen*, bei einer Scheidung einen Teil meines Geldes zu nehmen – nicht, dass es jemals eine Scheidung geben wird.

Ich lasse mein Kätzchen auf keinen Fall gehen, wenn wir erst einmal verheiratet sind.

»Auf das schöne junge Paar«, sagt James und hebt sein Weinglas mit einem Cheshire-Katzenlächeln. »Möge sich die Vereinigung als lange und fruchtbar erweisen.«

»Ja, auf Carelli und seine Braut«, fällt sein Bruder ein, hebt sein eigenes Glas, und jeder am Tisch – sogar Ashton, der mich immer noch anschaut, als hätte ich den Verstand verloren – folgt seinem Beispiel und gratuliert mir mit einem Toast zu meiner bevorstehenden Hochzeit.

29

KEINE VOREILIGEN SCHLÜSSE ZIEHEN. KEINE VOREILIGEN *Schlüsse ziehen.*

Ich wiederhole die Worte wie ein Mantra, während ich mir die Hände wasche und sie mit dem stoffähnlichen Papiertuch abtrockne, das in der luxuriösen Restauranttoilette zur Verfügung steht. Trotz etwas Rouge, das ich mir bei Marcus auf die Wangen aufgetragen habe, sieht mein Gesicht im Spiegel viel zu blass aus, und meine Sommersprossen sind deutlich sichtbar. So entschlossen ich auch bin, keine voreiligen Schlüsse zu ziehen, kann ich doch nicht ignorieren, dass die Schlussfolgerungen nicht gut sind.

Männer sind Hunde, sagte Kendall vor meinem zweiten Treffen mit Marcus, und ich weiß, dass sie aus Erfahrung sprach. Im Gegensatz zu mir hat sie sich mit allen möglichen Typen verabredet, mit reichen und armen, gutaussehenden und einfachen Leuten. Und sie ist betrogen worden, mehr als einmal. Vor Marcus hatte ich dagegen nur zwei Freunde, und beide waren zu streberhaft und sozial unbeholfen, als dass sie auch nur daran dachten, mich zu hintergehen.

Sie waren sicher gewesen, schon allein deshalb, weil kein anderes Mädchen sie wollte.

Marcus hingegen ist Katzenminze für die weibliche Bevölkerung. Ich weiß es, ich sehe es in den begehrlichen Blicken, die ihm jedes Mal folgen, wenn wir in der Öffentlichkeit sind. Sein Blick, diese Aura der Macht, die er ausstrahlt – er bräuchte nicht einmal eine Frau anzulächeln, damit ihr Höschen wie ein Aufzug mit durchtrennten Kabeln herunterfällt. Und das, ohne dass sie weiß, dass er ein Milliardär ist.

Kein Wunder, dass die Zeitung ihn *einen der begehrtesten Junggesellen New Yorks* nannte. Er spielt weit, weit oberhalb meiner Liga, und ich darf das nicht vergessen, egal wie viel Zeit wir zusammen verbringen und wie sehr er auf mich steht.

Die Frage ist also: Hat er sich mit Emmeline getroffen? Bin ich nur sein Nebenprodukt, jemand, mit dem er sich unterhält, bis er entscheidet, dass es Zeit ist, die Richtige zu heiraten?

Ich will das nicht von Marcus glauben, aber welche

andere Erklärung gibt es dafür? Warum sonst sollte er seinem Freund gegenüber Emmeline erwähnen? Ich habe Kendall auch von jeder Verabredung erzählt, die ich hatte, aber für Männer ist es anders, besonders für Alpha-Typen wie Marcus. Ich kann mir nicht vorstellen, dass er seinen Kumpel anruft, um nach einem unwichtigen Date ohne Zukunft zu plaudern, oder dass er ein solches Date auch nur nebenbei erwähnt.

Wenn er über eine Frau gesprochen hat, dann, weil sie ihm etwas bedeutet hat.

Weil es mehr als nur eine einzige Verabredung zum Abendessen war.

Also ja, das ist die Schlussfolgerung, zu der ich kommen muss, die einzige logische Schlussfolgerung, die ich ziehen kann. Aber wenn ich nur ein vorübergehender Fick bin, warum bringt er mich dann zu diesem Abendessen und stellt mich all diesen wichtigen Leuten vor? Und seinem Freund, der von Emmeline weiß?

Wichtiger noch: Warum versucht er so sehr, mich zum Einziehen zu bewegen?

Ich atme beruhigend ein, und dann noch einmal. Vielleicht gibt es eine logische Erklärung für Ashtons Bemerkung. Zumindest schulde ich Marcus eine Chance, sie mir zu geben. Der Mann, in den ich mich verliebt habe, mag ehrgeizig und rücksichtslos sein, aber er ist kein Betrüger. Vielleicht hat er Emmeline ein paarmal gesehen, nachdem ich ihn nach dem

Vorfall mit der kaputten Tür weggeschickt habe, oder vielleicht …

»Emma! Oh mein Gott, bist du das?«

Erschrocken wende ich mich vom Spiegel ab und stehe Janie, meiner anderen besten Freundin vom College, gegenüber. Ich habe sie seit Monaten nicht mehr gesehen, nicht, seit sie mit ihrem Freund Landon zusammen ist. Sie fand ihn auf derselben Dating-App, die zu meinem schicksalhaften Treffen mit Marcus führte – der App, die *sie* mir quasi aufgezwungen hat.

»Du bist es!« Strahlend hüllt mich Janie in eine parfümierte Umarmung, die ich von ganzem Herzen erwidere, bevor ich zurücktrete, um sie zu betrachten. Sie sieht anders aus als früher, schlanker und muskulöser, als hätte sie abgenommen. Und das ist nicht die einzige Veränderung.

»Du hast deine Haare blondiert«, rufe ich aus und staune über die perfekt glatten, platinblonden Haare, die die schmutzig-blonden Wellen ersetzen, die seit der Mittelschule ihr Markenzeichen waren. *Miss Natürlich* nannte Kendall Janie im College, da unsere Freundin ausnahmslos Chemikalien, Duft- und Farbstoffe vermied, ihr Haar immer lufttrocknen ließ und nur einen Hauch von selbstgemachter Wimperntusche auf ihren Wimpern trug. Jetzt aber sieht sie aus, als wäre sie aus einem Hochglanzmagazin getreten, mit einer vollen Schicht Grundierung auf ihrem hübschen Gesicht und ihren mit blutrotem Lippenstift bedeckten Lippen.

»Oh ja.« Selbstbewusst berührt sie ihren perfekt

gestylten schulterlangen Bob mit ihren rot lackierten Nägeln. Sogar ihre Maniküre ist glänzend und punktgenau. »Landon mag es so.«

»Nun, Du siehst fantastisch aus«, sage ich ehrlich. Nicht so wie sie selbst, aber definitiv schick und poliert, mit ihrer neuen schlanken Figur in einem stilvollen schwarzen Kleid. »Was machst du hier? Wie geht es dir?«

Sie grinst und enthüllt Zähne, die um einige Nuancen weißer sind, als ich sie in Erinnerung habe. »Dasselbe wollte ich dich gerade fragen. Ich bin mit Landon hier. Er hat vor ein paar Monaten eine Vizepräsidentenstelle bei Goldman Sachs angetreten, und wir sind hier mit seinem Team und feiern einen Börsengang, den sie gerade gestartet haben. Was ist mit dir? Was führt dich hierher?« Ihr Blick wandert von Kopf bis Fuß über mich, verweilt für einen Moment auf meinen abgewetzten Stiefeln, und ich kann ihre Verwirrung spüren.

Ein schickes Restaurant in der Innenstadt, das bei den Leuten an der Wall Street beliebt ist, muss der letzte Ort sein, an dem sie erwartet hätte, mich zu treffen.

»Oh, ich bin – ich bin auch mit jemandem hier.« Natürlich werde ich rot, als ich das sage, und Janies grüne Augen leuchten vor Neugierde.

»Mit wem?«

»Einem Typ, mit dem ich mich treffe.« Es ist schon so lange her, dass Janie und ich uns unterhalten haben, dass sie sich fast wie eine Fremde anfühlt, und ich zögere, die ganze chaotische Geschichte zu erzählen – besonders, da Marcus und die anderen auf mich warten.

Leider steigert meine Nicht-Antwort nur ihre Neugierde. »Wer ist dieser Typ? Was macht er beruflich? Wo arbeitet er? Ich hatte keine Ahnung, dass du mit jemandem zusammen bist.«

»Es ist eine ziemlich neue Entwicklung, und er ist … er ist im Finanzwesen.«

Janie keucht. »Wirklich? Wie mein Landon? Oh, wir sollten eines Tages auf ein Doppeldate gehen, damit die Jungs sich kennenlernen können.«

»Ähm, sicher.« Bis sie Goldman Sachs erwähnte, hatte ich vergessen, dass Landon auch an der Wall Street arbeitete, oder vielleicht wusste ich es gar nicht. Ich hatte den Kerl nur ein paarmal getroffen, zu Beginn ihrer Beziehung, und das Einzige, woran ich mich von ihm erinnere, ist, dass er oft spöttisch lächelte und es liebte, andere Menschen niederzumachen. Ich muss wohl nicht extra hinzufügen, dass ich überhaupt nicht scharf auf dieses Date bin. Aber ich vermisse Janie, und da sie und Landon anscheinend siamesische Zwillinge sind, muss ich ihn vielleicht um ihretwillen tolerieren.

»Oh, fantastisch!« Sie umarmt mich noch einmal, umhüllt mich mit einer Wolke von Parfum – Duftintoleranz ist eine weitere Sache an ihr, die sich anscheinend geändert hat – und sagt: »Ich muss jetzt los, aber ich rufe dich bald an und wir arrangieren etwas, okay?«

»Hört sich gut an«, sage ich und beobachte, wie sie

aus der Toilette stürzt und ihre sexy Pumps mit den roten Sohlen laut auf dem Fliesenboden klappern. Als sie weg ist, drehe ich mich wieder zum Spiegel, bringe meine durch die Umarmung aufgeplusterten Locken so gut es geht in Ordnung und verlasse das Badezimmer nach ihr.

30

Emma

Als ich an den Tisch zurückkehre, spricht Marcus über die neuesten Strategien seines Fonds, und alle hören ihm aufmerksam zu, also schlüpfe ich leise auf meinen Sitz neben ihm und breite meine Serviette über meinem Schoß aus. Die Begegnung mit Janie lenkte mich von meiner durch Emmeline hervorgerufenen Angst ab, aber jetzt, wo ich wieder hier bin, denke ich weiter darüber nach – deshalb brauche ich eine Minute, um zu bemerken, dass ich das Ziel aller möglichen verstohlenen Blicke bin.

Während die Männer Marcus zuhören, wie er über die Erträge des Fonds spricht, beäugen sie mich mit Ausdrücken, die von Verwirrung – Ashton – über Belustigung – die Gyles-Brüder – und Zynismus –

Weston Long – bis zu einer eigenartigen Mischung aus dem oben Gesagten – der Rest – reichen.

Ist etwas passiert … oder habe ich einen Fauxpas begangen, als ich auf die Toilette ging?

»Entschuldigen Sie mich, meine Herren – und meine Dame.« Der Kellner hat mich anfangs wohl nicht gesehen, denn das letzte Stück wird eilig angehängt. »Sind Sie bereit, zu bestellen, oder möchten Sie noch ein paar Minuten länger warten?«

Marcus schaut zu ihm auf. »Ich denke, wir sind bereit. Es sei denn …« Er schaut mich an. »Emma, brauchst du noch ein paar Minuten Zeit?«

»Nein danke.« Ich lächele strahlend, um meine Nervosität zu verbergen. »Bitte fangen Sie mit jemand anderem an, und ich werde mich entscheiden, wenn ich an der Reihe bin.« Zumindest hoffe ich das. Ich habe immer noch keine Ahnung, was die Hälfte dieser Worte auf der Speisekarte bedeutet.

Marcus scheint mein Dilemma zu erkennen, denn als der Kellner anfängt, die Bestellungen von allen aufzunehmen, beugt er sich vor und murmelt mir ins Ohr: »Soll ich für dich bestellen, Kätzchen?«

»Ja, bitte«, flüstere ich zurück. »Nichts allzu Exotisches, okay? Ich will keine Schnecken.«

Er grinst. »Kein Problem.«

Als der Kellner zu uns kommt, bestellt er eine *Canette Sainte-Baume* für sich und *Coquilles St. Jacque* für mich, mit *Céléri rémoulade au crabe* als Vorspeise für uns zum Teilen. Ich wundere mich wieder über die fehlenden Preise auf der Speisekarte, entscheide aber, dass es wohl das Beste ist. Allein die Kosten für diese Vorspeise könnten mein wöchentliches Einkaufsbudget übersteigen, warum mir also unnötig Stress machen?

Ich möchte lieber nicht wissen, wie viel Marcus für diesen Abend ausgibt – obwohl, wenn es eine Geschäftsausgabe ist, könnte es steuerlich absetzbar sein.

»Also, Emma«, sagt Ashton, als der Kellner geht, und Grigori Marcus in Beschlag nimmt, indem er ihn nach seiner Meinung über Technologie-Start-ups in China fragt. »Was machen Sie, und wie lange treffen Sie und Marcus sich schon?« Während er spricht, beobachtet er mich aufmerksam, als wäre ich ein Rätsel, das er lösen muss.

Ist das wegen der Emmeline-Sache?

Überrascht es ihn, dass Marcus uns beide gesehen hat?

Ich schiebe den magenaufreibenden Gedanken aus meinem Kopf, ergreife mein Weinglas und nehme einen Schluck. »Ich arbeite in einer Buchhandlung, und wir haben uns vor etwa einem Monat getroffen. Was ist mit Ihnen? Marcus sagte, Sie kennen sich seit der Wirtschaftshochschule?«

»Das ist richtig.« Ashton scheint das, was seine Verwirrung verursacht hat, abzuschütteln und schenkt mir ein weiteres seiner umwerfenden Lächeln. »Wir wurden als Partner bei einem Projekt im Bereich Unternehmensfinanzierung eingeteilt. Wie zu erwarten war, hat Marcus die Sache komplett übernommen, und ehe ich mich versah, hatte er die ganze Sache erledigt. Ich musste kaum einen Finger rühren – nicht, dass ich das wollte. Kurz nach diesem Kurs habe ich herausgefunden, dass dieser ganze BWL-Schwachsinn nichts für mich ist, und bin ausgestiegen.«

Mein Interesse ist geweckt. »Wirklich? Sie haben die Wirtschaftshochschule abgebrochen?« Das ist das Letzte, was ich von einem so erfolgreichen Mann wie ihm erwartet hätte. Nicht, dass es nicht viele Beispiele davon gäbe, dass erfolgreiche Menschen ihr Studium abgebrochen haben – Bill Gates und Steve Jobs fallen einem sofort ein –, aber die Wirtschaftshochschule ist etwas anderes. Meiner Erfahrung nach sind die Leute, die an ihrem MBA arbeiten, eher wie Marcus: ehrgeizig und fokussiert wie ein Laser. Sie wissen, was sie sich vom Leben erhoffen, und der MBA ist ein Sprungbrett, um sie dorthin zu bringen. Es sei denn …

»Weil Ihr Geschäft anfing zu florieren?«

Ashton lacht. »Kaum. Ich hatte damals keins und ich wollte auch keins. Das möchte ich immer noch nicht, aber was soll ich machen?« Er seufzt und trinkt seinen Wein mit ein paar großen Schlucken aus. Er stellt das Glas ab, bevor er weiterredet. »Wissen Sie, wie manche Leute alles versauen, was sie anfassen?

»Ähm, ja.« Will er damit sagen, dass das Fitness-Imperium, das er aufbaut, ein Versagen seinerseits ist?

»Nun, ich bin das genaue Gegenteil. Die Vancroft-Midas-Berührung erwies sich als genetische Erkrankung. Alles, was ich wollte, war, ein Personal

Trainer zu sein und meine Kunden gesund und fit zu machen. Aber dann passierte *das*.« Er bewegt seine Hand mit einem so angewiderten Blick, dass mir ein Lachen entweicht.

»Unerwünschte Reichtümer, was?«

»Völlig unerwünscht«, sagt er mit einer Grimasse. »Meine Familie bekam fast einen hysterischen Anfall, als ich das Wirtschaftsstudium aufgab, aber jetzt ist mein Vater stolz auf mich. Es ist schrecklich.«

Ich schnalze mit der Zunge. »Sie Armer – oder Reicher? Ich bin nicht sicher, was hier die angemessene Mitleidsbekundung ist.«

Er grinst schief, und ich erhasche einen Blick auf den Mann unter der Maske des Goldjungen, der Mir-alles-egal-Maske – ein Mann, der auf seine Weise so engagiert und ehrgeizig ist wie Marcus. Ganz gleich, was Ashton sagt, sein Erfolg ist keine Spielart des Schicksals oder der Genetik. *Er* hat ihn sich erarbeitet, auch wenn er nicht bereit ist, es sich selbst einzugestehen.

»Habe ich etwas von unerwünschten Reichtümern gehört?«, sagt Marcus und wendet sich uns zu. Mit seinen dunklen Haaren, die ordentlich nach hinten gekämmt sind, seinem perfekt gestärkten Hemd und seinem Nadelstreifenanzug, der ihm wie eine zweite Haut passt, sieht er in unserer noblen Umgebung völlig zu Hause aus – und in meinen Augen unendlich heißer als alle anderen Männer hier zusammen. »Denn was mich betrifft, gibt es so etwas nicht«, fährt er fort, und seine blauen Augen leuchten vor Belustigung. »Und wenn jemand ein Problem mit überschüssigen Mitteln hat, habe ich die perfekte Lösung.«

Ashton lacht. »Lass mich raten. Ich muss dir mein ganzes Geld geben, damit du es wachsen lassen kannst und es mir noch mehr Kopfschmerzen bereitet.«

»Genau das.« Marcus' antwortendes Grinsen legt seine perfekten Zähne frei. »Also, wie wäre es? Wir können mit etwas Kleinem anfangen – sagen wir fünf Millionen – und dann weitersehen.«

Ich verschlucke mich fast an dem Wein, den ich gerade im Mund habe. Fünf Millionen gelten als *etwas Kleines*?

Ashton rollt mit den Augen. »Ja, ja, das verdammte Geld gehört dir. Warum sonst bin ich heute Abend hier, richtig? Aber fünf Millionen fallen bei dem Geld, in dem ich schwimme, gar nicht auf. Ich gebe dir zwanzig für den Anfang, und wenn du es nicht zu schnell verdoppelst, gebe ich dir um Weihnachten herum mehr.«

»Ich werde mein Bestes tun, um deine Erträge zu mäßigen«, sagt Marcus trocken, und auf der anderen Seite des Tisches brechen die Gyles-Brüder, die sich das Ganze offensichtlich angehört haben, in Gelächter aus.

Zu meiner Erleichterung verläuft das Abendessen von da an reibungslos. Ich teile die köstliche Krabbenvorspeise mit Marcus und wage sogar einen

Biss von Ashtons Schnecke, der sie mir angeboten hat, als er erfuhr, dass ich das klassische französische Gericht noch nie probiert habe. Sie ist überraschend gut, ganz knoblauchig und butterig, mit einer Konsistenz, die mich an einen festen Pilz erinnert.

Als der Hauptgang kommt, fühle ich mich unendlich viel wohler und erwische mich dabei, wie ich nicht nur mit Ashton rede, der neben mir sitzt, sondern auch mit den meisten anderen am Tisch. Aus irgendeinem Grund sind alle neugierig, wie lange Marcus und ich schon zusammen sind, wie wir uns kennengelernt haben und was ich mache. Und als ich ihnen im Gegenzug Fragen stelle, finde ich heraus, dass Kendall recht hatte.

Reiche Leute sind letztlich nur Menschen.

Grigori Moskow, der Technologie-Milliardär, ist als Kind in die Vereinigten Staaten eingewandert und hat noch einige Verwandte in Russland. Er ist auch ein echter Hundeliebhaber; sein Sibirischer Husky reist überall mit ihm hin – ein großer Vorteil, wenn man ein Privatflugzeug besitzt, erklärt er. Ich zeige ihm Bilder von meinen Katzen, und wir kommen uns über unsere haarigen Gefährten näher, so sehr, dass er mir beibringt, wie man *Katze* auf Russisch sagt.

Es ist *kot*, wenn männlich, und *koshka*, wenn weiblich, obwohl es auch etwa eine Million niedliche Diminutive wie *kotik, kiska, kotyonok* und so weiter gibt.

Weston Long ist eine etwas härtere Nuss. Laut Ashtons diskret gemurmelter Erklärung hat der in Kalifornien lebende Immobilienmagnat gerade eine bittere Scheidung hinter sich und glaubt, dass alle Frauen hinter seinem Geld her sind. Das kommt meinem eigenen Problem zu nahe, also versuche ich, höflich, aber distanziert zu ihm zu sein, und am Ende diskutieren wir über Bücher, insbesondere über das neueste Mystery-Buch meines Lieblingsautors, der, wie sich herausstellt, auch Longs Lieblingsautor ist.

Im Gegensatz dazu sprechen die Gyles-Brüder – die sich in ihrem Verhalten und ihrem Aussehen so ähnlich sind, dass es mir schwerfällt, sie als getrennte Individuen zu betrachten – gerne über alles und jedes. Ich erfahre bald, dass sie tatsächlich zum alten Geldadel gehören – etwas, was mit der Rüstungsindustrie während des Zweiten Weltkriegs zu tun hat, obwohl sie sich in den Einzelheiten nicht genau auskennen – und dass sie jede Berühmtheit kennen, die ich nennen kann. Sie entlocken mir auch, dass ich von meinen Großeltern aufgezogen wurde, nachdem meine Mutter bei einem Unfall ums Leben gekommen war, und dass ich meinen Vater nicht kenne. Das Einzige, worüber ich den Mund halte, ist die Namensverwechslung, durch die Marcus und ich uns kennengelernt haben; alles, was ich heute Abend gesagt habe, ist, dass wir uns in einem Restaurant in Brooklyn begegnet sind – für den unwahrscheinlichen Fall, dass hier jemand Emmeline kennt.

Die Gyles-Brüder scheinen *jeden* zu kennen, also wäre ich nicht überrascht.

Der Zurückhaltendste von ihnen ist Bob Johnson, der ältere Mann, der den Pensionsfonds verwaltet, aber nachdem ich ein wenig mit ihm gesprochen habe, erkenne ich, dass er eigentlich nur schüchtern ist. Ich erwärme mich sofort für ihn – ich liebe schüchterne Menschen –, und am Ende des Abends weiß ich alles über seine beiden erwachsenen Töchter und den kleinen Enkel, den er über alles liebt, sowie über seine lange Karriere im kalifornischen Schulsystem. Er war viele Jahre lang Mathematiklehrer, bevor er begann, für einen quantitativen Aktienhändler an der Wall Street zu arbeiten – von dem er erst kürzlich eingestellt wurde, um den Pensionsfonds der Lehrergewerkschaft zu verwalten.

»Ihre Investitionen sind völlig undifferenziert, sehr stark auf festverzinsliche und Blue-Chip-Aktien ausgerichtet«, sagt er mir, und ich nicke mitfühlend, obwohl ich nur eine vage Vorstellung davon habe, was das bedeutet. »Sie haben nicht einmal Hedgefonds in Betracht gezogen, können Sie das glauben? Kein Wunder, dass sie sich Sorgen machen, alle anstehenden Renten der Rentner bezahlen zu können.«

»Ja, kein Wunder«, wiederhole ich, und das scheint genug zu sein, um ihn über die unterdurchschnittlichen Renditen des Pensionsfonds sprechen zu lassen, und wie er das alles ändern will, angefangen mit der Zuteilung eines größeren Teils des Vermögens an risikoreichere und lohnendere Alternativen wie Marcus' Fonds.

»Das ist eine großartige Idee«, sage ich zu ihm, und das meine ich auch so. Ich weiß vielleicht nicht viel über Diversifizierungsstrategien und die richtige

Zuteilung von Investitionen, aber ich kenne Marcus, und wenn jemand dafür sorgen kann, dass all diese Lehrer weiterhin ihre Rente bekommen, dann ist er der Richtige.

Bob strahlt mich an und beginnt, noch weiter in Finanzsprache zu verfallen, woraufhin Marcus in das Gespräch einsteigt und ich mich erleichtert auf meinen Kaffee und das Dessert konzentriere – das glücklicherweise keine einzelne Beere ist, sondern Pannacotta mit einer Schicht von Beeren obendrauf.

Schließlich sind alle fertig mit Essen und Trinken, und Marcus überreicht unserem Kellner eine Kreditkarte, um die Rechnung zu begleichen. Eine Rechnung, die astronomisch sein muss, weil die meisten Männer während des gesamten Abendessens zusätzlichen Alkohol bestellt haben – Brandy, Whiskey, Cognac – und ich vermute, dass sie nicht die billigen Sorten genommen haben.

Als Marcus die Quittung unterschreibt, blicke ich zum Eingang und sehe Janie mit ihrem Freund Landon dort stehen. Er sieht genauso aus, wie ich es in Erinnerung habe: groß, blond und auf eine dünnlippige Country-Club-Art gut. Sowohl er als auch Janie starren mich mit offenem Mund an – ich vermute wegen der Gesellschaft, in der ich mich befinde. Ich winke ihnen lächelnd zu, und Janie lächelt und winkt zögernd zurück. Landon beugt sich hinunter, um ihr etwas ins Ohr zu flüstern. Meine Freundin sieht unsicher aus, aber er gibt ihr einen leichten Schubs, und sie geht auf mich zu, während er ihr folgt.

Ich stehe auf, um sie zu begrüßen, als sie fast bei mir sind. »Hallo nochmal, Janie. Und hallo, Landon. Es ist schön, dich zu sehen«, sage ich und strecke ihm höflich lächelnd die Hand entgegen. Ich habe den starken Verdacht, dass er nicht meinetwegen hier ist, sondern wegen meiner Begleitung – ein Verdacht, der sich sofort bestätigt, denn sobald er mir die Hand geschüttelt und gemurmelt hat: »Schön, dich zu sehen«, schaut er auf mein Date, und es ist, als ob ich nicht existierte.

»Landon Worth«, verkündet er und streckt Marcus die Hand entgegen. »Ich bin ein Freund von Emma.«

Marcus' Augenbrauen heben sich, als er mich ansieht, aber ich verziehe keine Miene. Ich kann auf keinen Fall behaupten, dass ich diesen Kerl, den ich kaum kenne, als Freund ansehe. Ich fange an, eine Theorie darüber zu entwickeln, warum Janie verschwand, nachdem sie anfingen, sich zu verabreden, und sie ist nicht gut.

Marcus' Erwiderung der Vorstellung ist knapp, der Handschlag kurz. »Marcus Carelli.«

»Und das ist meine Freundin vom College, Janie Brandt«, sage ich und zeige auf sie. »Wir sind uns vorhin auf der Damentoilette begegnet.« Bevor es Landon gab, hätte ich sie als *eine meiner besten Freundinnen* vorgestellt, aber es ist schwer, jemanden als engsten Freund zu betrachten, den man sechs Monate lang nicht gesprochen hat – und der die meisten der Nachrichten nicht beantwortet hat.

»Schön, Sie kennenzulernen, Janie«, sagt Marcus

und schüttelt ihre Hand mit einem viel freundlicheren Ausdruck. In der Zwischenzeit geht Landon um den Tisch herum, stellt sich den Investoren von Marcus vor und verteilt Visitenkarten mit Goldbuchstaben. »Falls Sie jemals M&A- oder IPO-Beratung benötigen«, sagt er mit einem Augenzwinkern zu Weston Long. »Mein Team bei Goldman hat gerade den Guru-Börsengang gestartet, müssen Sie wissen.«

Alle sind höflich zu ihm, aber ich sehe, dass niemand besonders beeindruckt ist. Diese Männer müssen täglich Dutzende von Landons treffen; bei ihrem Reichtum kommt man an all den Arschkriechern und Gunstsuchenden nicht vorbei. Dennoch fühle ich mich ein wenig schmutzig, während ich Landons eklatante Bemühungen beobachte, sich einzuschleimen, und Janie scheint sich auch unbehaglich zu fühlen.

Zum Glück dauert diese unangenehme Situation nicht lange an. Es haben sich ohnehin gerade alle zum Gehen fertig gemacht, und Landons Ankunft beschleunigt das Unvermeidliche nur. Innerhalb von Minuten machen sich alle auf den Weg und lassen mich und Marcus bei Janie und ihrem Freund zurück.

»Also«, sagt Landon und lächelt breit genug, um ein Boot zu verschlucken. »Wie wäre es, wenn wir vier uns einen Drink genehmigen? Es gibt eine nette Bar drüben im …«

»Vielleicht ein anderes Mal«, sagt Marcus, während der Kellner unsere Mäntel holt. Er wendet sich an meine Freundin. »Janie, es war schön, Sie kennenzulernen. Ich hoffe, wir sehen Sie bald wieder.«

Dann legt er mir eine Hand auf den Rücken und führt mich aus dem Restaurant heraus zum wartenden Wagen.

arcus

SOBALD WIR IM AUTO SIND, SCHLIESST EMMA MIT EINEM müden Seufzer die Augen, und ich ziehe sie an mich und lasse sie ihren Kopf auf meiner Schulter ablegen.

»Müde?«, frage ich, während ich ihre weichen Locken streichele. Ein blumiger Duft weht mir entgegen, etwas Unbekanntes, aber angenehm, obwohl es mich in der Nase kitzelt.

»Ich bin erschöpft.« Emmas Stimme ist gedämpft, während sie sich tiefer in meinen Nacken gräbt. »So intensiv habe ich mich seit Kendalls Feier ihres fünfundzwanzigsten Geburtstags nicht mehr mit fremden Menschen beschäftigt.«

Fünfundzwanzigster Geburtstag? Aus irgendeinem Grund vergesse ich immer wieder, dass mein Kätzchen fast ein Jahrzehnt jünger ist, mit gleichaltrigen Freunden. Sie ist kein Kind mehr, aber es gibt einen deutlichen Unterschied zwischen fünfunddreißig und sechsundzwanzig. In meinem Alter sind Ehe und Familie die Norm, selbst im karrierebewussten New York City, während die meisten in Emmas Alter zu sehr damit beschäftigt sind, sich selbst zu finden, um sich um solche Dinge zu kümmern.

Kein Wunder, dass es so schwer ist, sie dazu zu bewegen, bei mir einzuziehen, die Ernsthaftigkeit unserer Beziehung zu erkennen. Sie ist an Jungs gewöhnt, die nicht wissen, was sie wollen, und nicht an Männer, die eine gute Sache erkennen, wenn sie sie sehen.

»Nun, du warst trotzdem umwerfend. Sie haben dich alle geliebt«, sage ich zu ihr, und es ist die Wahrheit. Ich vermutete, dass Ashton und die anderen Emma mögen würden, wenn sie sie erst einmal kennengelernt hätten, aber sie brauchte weniger als eine Stunde, um sie alle um den Finger zu wickeln. Sogar der notorisch steife Bob Johnson lächelte am Ende, und bevor er ging, gab er mir eine mündliche Zusage für weitere 150 Millionen Dollar – etwa 100 Millionen Dollar mehr, als ich zu diesem Zeitpunkt von ihm erhofft hatte.

Mein Kätzchen unterhielt ihn nicht nur mit Smalltalk, sondern brachte ihn dazu, seine Zuteilung zu meinem Fonds zu erhöhen.

»Wirklich?« Sie hebt den Kopf und blinzelt müde. »Ich fühlte mich so ahnungslos bei all den

Finanzgesprächen um mich herum. Ich war mir sicher, dass …«

Ein Niesen überkommt mich so plötzlich, dass ich kaum eine Chance habe, mich abzuwenden. Sofort folgt ein weiteres, und mir wird klar, was dieses Kitzeln in der Nase bedeutet.

»Hast du heute Abend Parfum benutzt?«, frage ich näselnd, greife ein Taschentuch aus einer Packung auf der Ablage und drücke es an meine Nase, während ich mich von Emma wegbewege. Mein Hals juckt jetzt ebenfalls, und meine Augen beginnen zu tränen; was immer mein Kätzchen benutzt hat, ist starkes Zeug.

Sie sieht überrascht aus. »Parfum? Nein, ich kann nicht; meine Katzen werden verrückt, wenn ich irgendetwas mit Duftstoffen benutze. Ich besitze nicht einmal Parfum, und die meisten meiner Produkte sind unparfümiert. Warum, bist du allergisch?«

Ich niese wieder in das Taschentuch. »Ich muss es sein, zumindest auf bestimmte Parfums. Bist du sicher, dass du nichts benutzt hast?« Als ich darüber nachdenke, fällt mir auf, dass es das erste Mal *ist*, dass ich an Emma etwas anderes als ihren natürlichen, zart süßen Duft rieche.

»Ich bin mir sicher.« Dann werden ihre Augen groß. »Oh, aber ich habe Janie auf der Toilette umarmt, und sie war mit Parfum bedeckt. Vielleicht ist etwas davon auf mich gekommen?«

»Das muss es sein«, sage ich und drücke auf den Knopf, um das Fenster zu öffnen. Die kalte Nachtluft weht herein, beseitigt den blumigen Geruch und lindert den Juckreiz in Nase und Hals.

»Bäh, es tut mir so leid.« Emma rutscht so weit von mir weg, wie es die Breite des Autos erlaubt. »Janie trug früher nie Parfum, da sie behauptete, sie sei empfindlich gegen die Chemikalien, aber heute war es, als hätte sie darin gebadet.«

»Ist schon in Ordnung. Die meisten Frauen benutzen dieses Zeug. Ich bin froh, dass du das nicht tust.« Tatsächlich war das eine der Kriterien für meine Frau – eine, die ich vergessen hatte, Victoria zu erzählen.

Emma lächelt reumütig. »Ich würde, wenn ich könnte. Meine Katzen erlauben das nicht. Und du jetzt wohl auch nicht, nehme ich an.«

»Ich bin froh, dass deine Katzen und ich einer Meinung sind.«

Sie lacht über meine trockene Reaktion, und ich verbringe den Rest der Fahrt auf der anderen Seite des Wagens. Zum Glück ist der Verkehr zu dieser Stunde gering, und die Fahrt wird nicht lange dauern. Auf halbem Weg muss ich das Fenster hochkurbeln, um zu vermeiden, dass wir beide erfrieren, und meine Nase juckt wieder, als wir vor meinem Haus halten.

»Ich gehe direkt unter die Dusche«, sagt Emma, als ich wieder niese, während ich ihr aus dem Auto helfe. »Buchstäblich, in der Sekunde, in der wir durch die Tür gehen. Und ich werde diese Kleidung erst wieder tragen, wenn sie gewaschen ist.«

»Gute Idee. Ich werde Geoffrey bitten, auch deinen

Mantel chemisch reinigen zu lassen.« Ich habe keine Ahnung, ob das Parfum auch daraufgekommen ist, aber ich werde es nicht riskieren. Dabei fällt mir auf, dass auch meine Kleidung dekontaminiert werden muss, da Emmas blumig duftende Haare auf meiner Schulter lagen.

Ich schulde Emmas Katzen etwas dafür, dass sie ihr beigebracht haben, dieses Zeug nicht zu benutzen, das tue ich wirklich.

ALLE DREI FLAUSCHIGEN TIERE WARTEN AN DER TÜR, ALS wir hereinkommen, und ich sehe, was Emma mit »meine Katzen werden verrückt« meinte. Sobald wir eingetreten sind, gehen alle drei Nasen nach oben, schnuppern an der Luft, und die haarigen Rücken beginnen sich zu krümmen. Cottonball faucht uns an, bevor er schnell verschwindet, und Mr. Puffs schließt sich ihm mit einem wütenden Miauen an. Queen Elizabeth ist die einzige Ausnahme; sie bleibt, obwohl ihre Augen wild aussehen und ihr Rücken voll gekrümmt ist, während sie uns anstarrt, als ob sie unsicher wäre, ob sie angreifen oder um ihr Leben rennen soll.

»Ich weiß, ich weiß, es tut mir leid«, sagt Emma, zieht ihren Mantel aus und hängt ihn in den Schrank. »Ich werde vorsichtiger sein, das verspreche ich.«

Ich schicke Geoffrey eine SMS mit der Anweisung, was mit unseren Mänteln zu tun ist, wenn er morgen früh kommt – und da Emma ihre kontaminierte Oberbekleidung dorthin gehängt hat, bevor ich sie warnen konnte, auch mit dem gesamten Inhalt des unteren Schrankes.

Als ich nach oben komme, bin ich nackt, da ich für alle Fälle meine gesamte Kleidung im Waschraum unten gelassen habe.

»Es ist fast sicher, Jungs«, sage ich zu Cottonball und Mr. Puffs, als ich an der Bibliothek vorbeikomme, wo sich beide Katzen in den Bücherregalen versteckt haben. »Der üble Geruch wird bald eingedämmt.«

Die Katzen sehen misstrauisch aus, und ich kann es ihnen nicht verübeln. Dieses Parfum ist wirklich ein Angriff auf die Sinne.

Beim Betreten des Schlafzimmers finde ich Emmas Kleid im Wäschekorb in meinem Schrank, und ich bringe den ganzen Korb nach unten – wieder, um auf der sicheren Seite zu sein. Dann kehre ich zurück und öffne das Fenster, um das Schlafzimmer zu lüften.

Queen Elizabeth schleicht sich hinter mir mit ihrer Nase in der Luft herein, und ich lasse sie den Kanarienvogel in der Kohlengrube sein. Nach einigen langen Momenten setzt sie sich hin und beginnt, sanft ihre Pfote zu lecken.

Erfolg. Die Parfuminvasion ist eingedämmt.

»So, und jetzt ab mit dir«, sage ich der Katze, während ich ins Bad gehe, wo die Dusche läuft. »Ich habe große Pläne für heute Abend.«

Queen Elizabeth putzt sich weiterhin selbst.

Ich bleibe stehen und starre sie wütend an.

»Ernsthaft, husch.« Gestern Abend hatten wir das Schlafzimmer für uns allein, und das soll auch so bleiben. Im Gegensatz zu Emmas Wohnung ist mein Penthouse groß genug, dass jede Katze ein eigenes Zimmer haben könnte, was bedeutet, dass es keinen Grund gibt, dass diese Biester beim Sex anwesend sind.

Ich vermenschliche sie hier total, aber Emma vor ihren Haustieren zu ficken fühlte sich seltsam an, so als ob man es vor kleinen Kindern tun würde.

Die Katze schaut mich verächtlich an, steht dann auf und schlendert so königlich davon wie die Monarchin, deren Namen sie trägt. Als sie über der Schwelle ist, schließe ich die Schlafzimmertür und verriegele sie sicherheitshalber, wobei sich mein Herzschlag beschleunigt, während sich mein Körper vor Vorfreude anspannt.

Ich habe wirklich große Pläne für heute Abend, und ich will keine Störungen.

32

Emma

ICH BIN FAST FERTIG DAMIT, DIE SPÜLUNG AUS MEINEN Haaren zu waschen, als Marcus mit einer kleinen Flasche in der Hand und seiner Erektion auf Vollmast in die riesige Duschkabine tritt.

Ich blinzele mir das Wasser aus den Augen, schaue auf diese beeindruckende Säule männlichen Fleisches und richte meinen Blick dann auf Marcus' Gesicht. Seine Augen sind eng zusammengekniffen, sein Kiefer ist mit unverkennbarem Hunger angespannt.

Ich schlucke, und mein Herz beginnt zu rasen, während ich einen Schritt zurücktrete und den Wasserstrahl verlasse, der aus den fünf rotierenden Duschköpfen auf mich herunterprasselt. Ich bin immer noch ein wenig wund von dem intensiven Sex gestern

Abend, und ich weiß nicht, ob ich für irgendetwas Abgefahrenes bereit bin – besonders angesichts der Fragen, die durch Ashtons Bemerkung beim Abendessen aufgeworfen wurden.

Ich gehe noch einen Schritt zurück und werfe einen kurzen Blick auf die Flasche. »Ist das Gleitmittel?«

»Ja.« Marcus' Stimme ist tief und rau, und seine Absicht ist unverkennbar, als er die Flasche auf dem Sims bei den Shampoos abstellt und auf mich zukommt. Er ergreift meine Hüften, zieht mich an seinen erregten Körper und neigt seinen Kopf, um mich zu küssen.

»Warte.« Ich ignoriere die Hitze, die sich in meinem Unterleib sammelt, schiebe meine Hände zwischen unsere Körper und drehe meinen Kopf weg, so dass seine Lippen auf meinem Ohr landen. »Ich muss zuerst mit dir reden.«

Seine Brustmuskeln unter meinen Handflächen werden zu Stein. »Was ist los?«

Ich drücke mich mit meinen Händen von seiner Brust weg, winde mich aus seinem Griff und gehe einen Schritt zurück. »Emmeline.« Ich atme tiefe ein. »Triffst du dich mit ihr oder hast du dich mit ihr getroffen?«

Er sieht von der Frage weder überrascht noch beleidigt aus. »Nein.« Sein Ton ist gleichmäßig, sein Blick ruhig. »Es ist so, wie ich dir gesagt habe: Wir sind uns nur einmal begegnet. Wir haben danach noch ein paarmal telefoniert, bevor ich mich entschied, dich ernsthaft zu verfolgen, aber das war auch schon alles.

»Also warum …«

»Warum Ashton dich mit ihr verwechselt hat?« Auf mein Nicken hin sagt er grimmig: »Weil ich ihm dummerweise von ihr erzählt habe, als wir eine Pause gemacht haben. Das war, nachdem du mich weggeschickt hast, erinnerst du dich?«

Meine Brust verengt sich. »Als du die Tür aufgebrochen hast?«

»Genau.« Sein Kiefer ist wie Granit. »Ich war sauer, dass ich dich nicht vergessen konnte, und rief sie an, in der Hoffnung, dass es mir helfen würde, dich zu vergessen. Um es vorwegzunehmen: Das hat es nicht. Aber während dieses Gesprächs vereinbarten wir, uns zum Abendessen zu treffen, wenn sie auf eine Geschäftsreise nach New York käme, und später an diesem Tag trafen Ashton und ich uns zu einem Sparring und gingen danach etwas trinken. Die Heiratsvermittlerin, von der ich dir erzählt habe, ist die Freundin seiner Tante – Ashton ist der Grund, warum ich sie überhaupt beauftragt habe –, also fragte er, ob sie etwas für mich gefunden hätte, und ich sagte ihm, dass sie mir Emmeline Sommers, die in Boston lebt, vorgestellt hat. Deshalb weiß Ashton also von ihr. Und bevor du fragst, ich habe dieses Essen mit Emmeline abgesagt, sobald wir beide wieder zusammen waren. Ich hatte jedoch keine Gelegenheit, noch einmal mit Ashton darüber zu sprechen, weshalb er verwirrt war. Auf jeden Fall«, Marcus holt Luft, »ist alles, was Ashton jemals über Emmeline gehört hat, ihr Name und woher sie kommt. Du kannst ihn fragen, wenn du mir nicht glaubst.«

Der Druck um meinen Brustkorb lässt mit jedem Wort, das er spricht, mehr nach. Ich glaube ihm. Vielleicht ist es naiv, aber ich vertraue darauf, dass Marcus mich nicht anlügt – deshalb habe ich ihn danach gefragt, anstatt allein zu schmoren, mir Sorgen zu machen und heimlich herumzuschnüffeln. »Okay.«

»Okay?« Seine dicken Augenbrauen ziehen sich zusammen. »Was bedeutet dieses ›Okay‹?«

»Das heißt, ich glaube dir.« Dies verdient wahrscheinlich ein längeres Gespräch, aber ohne Emmelines Schatten, der kaltes Wasser über meine Libido schüttete, bin ich mir der Tatsache bewusst, dass wir beide nackt in einer dampfenden Duschkabine stehen und er immer noch teilweise erregt ist – und dass er aus irgendeinem Grund diese Flasche Gleitmittel mitgebracht hat.

Sein Stirnrunzeln lässt nicht nach. »Einfach so?« Er geht auf mich zu, und seine kräftigen Muskeln sind fest angespannt. »Du glaubst mir?«

Ich schlucke und ziehe mich instinktiv vor all dieser intensiven männlichen Nacktheit zurück. »Ja, ja.« Das schnelle Schlagen meines Pulses verstärkt sich, als mein Rücken die Glaswand der Kabine berührt und er seine Handflächen links und rechts neben mich legt und mich zwischen seinen ausgestreckten Armen einsperrt. »Sollte ich nicht?«

Marcus' Blick verdunkelt sich, und er beugt seinen Kopf zu meinem Ohr. »Du solltest. Es gibt keine anderen Frauen für mich, Kätzchen, keine anderen, die mich auch nur im Entferntesten interessieren.« Seine Stimme ist weich und tief, sein Atem ist heiß auf meiner nassen Haut, während er den äußeren Rand meines Ohres leckt, bevor er das Ohrläppchen mit seinen Zähnen streift. »Du bist alles, was ich will, Emma, alles, was ich *jemals* wollte, auch wenn ich es nicht immer wusste.«

Während er spricht, verlässt seine rechte Hand die Wand und streicht über meinen Körper, gleitet über meine Brüste und meinen Bauch, bevor sie in die weiche Einbuchtung zwischen meinen Beinen gleitet. Zwei seiner Finger drücken sich in mich hinein, und das Verlangen, das wie ein Blitz durch mich hindurchschießt, ist so intensiv, dass ich ein Stöhnen nicht unterdrücken kann. Jeder Muskel in mir spannt sich an, drückt diese großen, rauen Finger, und ich zittere bei der köstlichen Reibung, auch wenn seine Worte mich auf ganz andere Weise erwärmen.

Meint er das ernst? Und wenn er das tut, was bedeutet das für uns?

Ich liebe dich, Marcus. Der Satz liegt mir auf der Zunge, wie ein Vogel, der von einer Klippe fliegen will, aber ich halte ihn zurück, weil ich zu ängstlich bin, um ihn fliegen zu lassen. So sehr ich ihm mein Herz auch anvertrauen möchte, er hat es einmal verletzt, und es heilt immer noch. Stattdessen greife ich nach oben, ziehe seinen Kopf zu mir und sage ihm mit einem Kuss, was ich nicht laut sagen kann.

Ihn wissen zu lassen, dass er mein Herz besitzt,

mich ganz besitzt, auch wenn mich der Gedanke daran erschreckt.

Unsere Lippen berühren sich zunächst mit Zärtlichkeit, unsere Zungen streicheln und liebkosen sich, aber es dauert nicht lange, bis der animalische Hunger die Oberhand gewinnt. Der Kuss wird rauer, intensiver, auch als sich seine Finger in mir krümmen und auf eine Stelle drücken, die meine Zehen sich auf dem nassen Fliesenboden biegen lassen. Alle fünf Duschköpfe lassen einen halben Meter vor uns heißes Wasser hinunterregnen, die Luft in der Kabine ist dick und feucht, der Dampf kondensiert an den hohen Glaswänden, und ich fühle mich wie in einer Art surrealem Sextraum, einer Fantasie aus den dunkelsten Ecken meines Kopfes.

In dieser verbotenen Fantasie bin ich einem gefährlich gutaussehenden Piraten ausgeliefert, einem skrupellosen Mann, den ich sowohl begehre als auch verachte. Mein Körper sehnt sich nach seiner sengenden Berührung, auch wenn mein Geist dagegen ankämpft. Doch als seine freie Hand meinen Hintern umschließt und mich mit meinem Rücken an der Glaswand hochhebt, bleibt mir nichts anderes übrig, als mich ihm, seiner Stärke und seinem überwältigenden Bedürfnis nach mir zu unterwerfen … und meinem eigenen brennenden Hunger. Stöhnend lege ich meinen Kopf in meinen Nacken, setze meinen Hals seinen rauen, beißenden Küssen aus, und das Wissen, dass er nicht aufhört, nicht nachgibt, ist ebenso heiß wie erschreckend.

Die Erschöpfung, die mich nach dem Abendessen überkam, trägt zu dem traumähnlichen Dunst bei, der die Grenze zwischen Fantasie und Realität verwischt und meine Ängste und Hemmungen verschwinden lässt. Seine Finger dringen tiefer in mich ein, sein Daumen drückt auf meine Klitoris, und während sich meine Beine um seine Hüften schlingen, krallen sich meine Hände in sein seidiges Haar, und mein Herz klopft wie verrückt mit einem heftigen Verlangen.

»Meine. Du gehörst mir«, haucht er, kratzt mit den Zähnen über die zarte Haut des Übergangs von Hals und Schulter, und ich werde zum personifizierten Verlangen, mit flüssiger Hitze, die in meinem Unterleib pulsiert, und dunkler Lust, die durch meine Adern strömt. Ich denke nicht, mein Verstand setzt aus, ich verspüre nur dieses schnell steigende Verlangen, und als sein Daumen auf meiner Klitoris reibt, komme ich so stark, dass ich fast ohnmächtig werde.

Ich bin immer noch benommen, als er mich auf meine unsicheren Füße stellt und mich dann zu der bankähnlichen Kante auf der anderen Seite der Kabine führt. Sanft positioniert er mich in eine kniende Position auf dem Boden, wobei meine Brüste und Unterarme auf der warmen, feuchten Kachel der Bank ruhen und sein großer, muskulöser Körper mich von hinten umhüllt. Mein tropfnasses Haar fällt nach vorne und verdeckt meine Sicht, als er irgendwo hingreift und dann eine kühle, zähflüssige Flüssigkeit auf die Spalte zwischen meinen Pobacken tropfen lässt, bevor er mit seinem Finger darüber hinweggleitet.

»Kätzchen … Ich werde dich heute Nacht in den Arsch ficken.« Seine Stimme ist tief und dunkel, während sich sein freier Arm um die Vorderseite meiner Hüften schlingt, um meinen Hintern höher zu heben. »Ich werde dein enges, süßes Loch beanspruchen, wenn du das also nicht willst, sag es jetzt.«

Die Spitze seines Fingers spielt mit meiner Öffnung, während er spricht, und ich erröte sowohl bei seinen schmutzigen Worten als auch wegen des Gefühls, als er dort drückt. Er hat mir in der Vergangenheit gesagt, dass er dies vorhat, und ich will und fürchte es gleichermaßen. Bisher hat er nur seinen Finger und seine Zunge benutzt, und beide haben sich erst schockierend und dann schockierend erotisch angefühlt. Aber sein Schwanz ist um ein Vielfaches größer. In einer anderen Nacht wäre ich vielleicht zu feige gewesen, es zu versuchen, aber in diesem traumartigen Zustand scheinen seine Größe und die wahrscheinlichen Schmerzen, die er andeutet, weniger abschreckend zu sein.

Heute Abend kann er mit mir machen, was er will. Ich bin meinem Piraten ausgeliefert, seine Kriegstrophäe, die es zu schänden und zu genießen gilt.

Er muss mein Schweigen als Einverständnis verstehen, denn der Druck an meiner Öffnung verstärkt sich, und ein erschrockenes Keuchen entweicht meinen Lippen, während sein schmieriger Finger tief in meinen Po gleitet. Obwohl es keine völlig neue Empfindung mehr ist, drückt sich mein Körper immer noch instinktiv bei der fast schmerzhaften Fülle zusammen, bei dem beunruhigenden Gefühl dieses pervers erotischen Eindringens.

»Psst«, beruhigt er mich, und seine andere Hand gleitet zwischen meine Beine und findet meine geschwollene Klitoris. »Es geht dir gut, Kätzchen … Entspann dich einfach für mich.« Während er spricht, schiebt er seinen zweiten Finger hinein, drückt sich an dem festen Muskelring vorbei, und ich stöhne bei der brennenden Dehnung, obwohl meine Klitoris bei seiner geschickten Handarbeit pocht.

»Atme, meine Süße. Wir werden es langsam und vorsichtig machen.« Seine Stimme ist jetzt weicher, hypnotischer, und trotz des wachsenden Unbehagens bleibt der traumähnliche Dunst bestehen und vermischt sich mit der angenehmen Anspannung, die sich in meinem Unterleib ausbreitet. Er verstärkt den Druck auf meine Klitoris, rollt sie im Kreis, und meine Hüften beginnen, sich zu bewegen, da ich mehr von diesen Empfindungen will, die meine Erregung steigern, um diesen bewusstseinsverändernden Höhepunkt zu erreichen. Und ich bin nah dran, so, so nah … so nah, dass es mir nicht einmal etwas ausmacht, als sich diese eindringenden Finger in mir bewegen und mich mit langsamen, rhythmischen Stößen in den Po ficken.

»Ja, das ist es. So ein gutes Kätzchen … Verkrampf dich jetzt nicht, bleib entspannt.« Seine tiefe, beruhigende Stimme ist wie ein Glas warmer Milch und Kekse, selbst als seine Finger einen zerstörerischen Rhythmus aufnehmen, seine andere Hand meine Klitoris weiter quält und ich hilflos stöhne. Das Brennen der Ausdehnung lässt mit jedem Schlag nach, aber die unangenehme Fülle bleibt bestehen, jeder Stoß öffnet mich neu und trägt zur eigentümlichen Erotik dieses Aktes bei. Auf meinen Knien, mit meinen harten Nippeln, die gegen die glatte Oberfläche der Bank reiben, und meinem Körper am Rande eines explosiven Orgasmus fühle ich mich wie eine menschliche Sexpuppe –*seine* Sexpuppe – und die Illusion, in meiner Piratenfantasie zu sein, wird stärker und treibt mich näher an diesen köstliche Gipfel.

Stöhnend umklammere ich seine Finger und schiebe meine Hüften nach vorne. »Bitte, Marcus ...« Die Worte stöhne ich mit zitternder Stimme. Ich bin fast da, aber nicht ganz, da seine Berührung meiner Klitoris ein wenig zu leicht ist. »Bitte, nur ein wenig mehr ...«

»Noch nicht«, murmelt er, und bevor ich protestieren kann, dass ich verrückt werde, verschwindet der Druck auf meine Klitoris, und seine Finger gleiten aus mir heraus, so dass ich geöffnet und seltsam leer bleibe. Eine Sekunde später spüre ich erneut kühle Flüssigkeit, und etwas viel Größeres drückt sich zwischen meine Pobacken.

Mir ist klar, dass es sein Schwanz ist, und mein Atem stockt, als der dicke, stumpfe Kopf in mich einzudringen beginnt.

Ohne die Vorbereitung mit den Fingern wäre dies

nicht möglich gewesen. Selbst so ist die brennende Ausdehnung fast mehr, als ich ertragen kann. Meine Atmung wird flach, mein Puls rast panisch, während mein Körper langsam nachgibt. Für einige Augenblicke fühlt es sich so an, als würde es überhaupt nicht funktionieren, aber schließlich gibt der Muskelring auch der dicksten Stelle seines Schwanzes ruckartig nach, und er gleitet tiefer in mich hinein.

Sofort hält er inne, und ich spüre, wie eine Hand sanft über meine Hüfte streicht, auch wenn die Finger auf meiner Klitoris ihre quälenden Bewegungen wiederaufnehmen. »Geht es dir gut, Kätzchen?«, fragt er leise. »Willst du, dass ich aufhöre?«

Ich ziehe Luft in meine leere Lunge und versuche zu denken, aber ich bin zu überwältigt von dem Durcheinander der Empfindungen in meinem Körper. Ich dachte, ich war vorher voll, aber das ist nichts im Vergleich zu dem Gefühl, das er jetzt in mir auslöst. Er ist noch nicht einmal ganz drin, und ich platze aus allen Nähten, bin völlig überwältigt. Mein Herzschlag ist ein rasender Trommelwirbel in meiner Brust, mein Körper ist über seine Grenzen hinaus gedehnt, doch irgendwie ist der pochende Schmerz der Erregung immer noch da, geschürt durch seine geschickten Finger auf meiner Klitoris und der dunklen Fantasie, die sich in meinem Kopf abspielt.

»Nicht aufhören.« Meine Stimme ist ein abgehacktes Flüstern. »Ich will … will es fühlen.« Ich möchte wissen, wie es ist, wenn er mich auf diese Weise besitzt.

Marcus' Stimme wird rau, und seine Finger drücken fester auf meine Klitoris. »Oh, das wirst du, Kätzchen. Das wirst du.« Und er ergreift meine Hüfte mit der anderen Hand, arbeitet sich langsam in mich hinein und lässt mich Stück für Stück an die extreme Fülle gewöhnen. Als er ganz in mir ist, hält er wieder inne, so dass ich mich an das Gefühl gewöhnen kann, während er weiter mit meiner Klitoris spielt. Dann beginnt er, sich langsam und mit großer Vorsicht zu bewegen, und fickt mich in einem sich allmählich intensivierenden Rhythmus in den Po.

»Oh Gott.« Meine Hände ballen sich zu Fäusten, und meine Stirn fällt auf die glatte Oberfläche der Bank, während sich meine Brust mit unruhigen Atemzügen hebt und senkt. Das Herein und Hinaus seiner Stöße ist anders als alles, was ich bisher kannte, sowohl Schmerz als auch eine dunklere Art der Lust. Da er meinen Körper so vollständig übernommen hat, *bin* ich seine hilflose Sexpuppe, eine Sklavin der qualvollen Lust, die er in meinen überwältigenden Nervenenden hervorruft. Mein Inneres fühlt sich an, als würde es mit jedem Stoß hin und her geworfen werden, doch eine schwindelerregende, elektrisierende Spannung wächst und windet sich in meinem Inneren. Ich fühle meinen Puls in meinen Schläfen pochen, rieche den schweißigen Moschus unserer verbundenen Körper, und als er sich über mich beugt und meine Klitoris zwischen Daumen und Zeigefinger nimmt, explodiere ich mit dem intensivsten Orgasmus meines

Lebens, wobei die Ekstase wie eine Schockwelle durch mich durchbricht.

Er ist so stark, dass ich hinter meinen geschlossenen Augenlidern Sterne sehe, und als ich wieder auf die Erde zurückkomme, höre ich ihn heiser stöhnen und fühle die flüssige Wärme seiner Entladung in meinem Hintern.

33

M arcus

MEIN HERZ IST WIE EIN ENTLAUFENER BRONCO IN meiner Brust, und meine Lunge arbeitet wie ein Blasebalg von dem Orgasmus. Ich zwinge mich, aufrecht zu bleiben, ziehe mich vorsichtig aus Emma heraus und nehme ihren schlaffen Körper in meine Arme. Sie scheint noch weggetretener zu sein als ich, also bringe ich sie nicht unter die Dusche, sondern setze sie sanft auf die Bank und gehe zu den Duschköpfen hinüber, um mich zu waschen, bevor ich den Strahl in ihre Richtung lenke.

Das heiße Wasser scheint Emma leicht zu beleben, da sie mir mit ihren rotbraunen Wimpern, die gerade dunkel und stachelig aussehen, zublinzelt, als ich Duschgel in meine Handfläche gieße.

»Wie fühlst du dich, Kätzchen?« Vor ihr kauernd, nehme ich einen kleinen Fuß in die Hände und beginne, ihn zu waschen. »Habe ich dir wehgetan?« Ich hatte versucht, es so langsam wie möglich zu machen, aber sie war mehr als eng, und ihr Arsch umhüllte meinen Schwanz besser als jede Faust. Ein besserer Mann hätte sich zurückgezogen und sie in Ruhe gelassen, aber das wilde Tier in mir wollte mir nicht erlauben, mich zurückzuziehen, bis ich sie vollständig beansprucht hatte … bis ich sie kommen fühlte, während ich tief in diesem üppigen Arsch begraben war.

Ihr Blick geht zu dem Schaum, den ich über ihre Zehen verteile. »Mir geht es gut.« Sie scheint von dem, was ich tue, fasziniert zu sein, als hätte sie einen kleinen Fußfetisch … und verdammt, finde ich diesen Gedanken heiß.

»Also habe ich dir nicht wehgetan?«, frage ich zu meiner Bestätigung nach, reibe mit meinem Daumen über ihren Fußrücken, und tatsächlich werden ihre Augenlider schwer, und ihre Zehen biegen sich, als ob ich an ihrer Klitoris saugen würde.

»Nein. Also, ähm … nicht viel.« Es klingt, als hätte sie Schwierigkeiten, sich zu konzentrieren, und ich hebe ihren Fuß höher und bewege ihn unter das Wasser, um die Seife abzuwaschen. Als er vollständig abgespült ist, beuge ich meinen Kopf und sauge ihre Zehen in meinen Mund, wobei ich ihr Gesicht die ganze Zeit beobachte.

Ihre Lippen formen ein schockiertes O, und ihre bereits rosige Haut wird röter.

Ich grinse innerlich, während ich ihren Fuß massiere und dabei weiter an den sexy kleinen Zehen sauge. Definitiv ein Fußfetisch, und nicht nur bei ihr. Ihre Füße sind so winzig klein wie der Rest von ihr, ganz weich und rosa und hübsch, und ich liebe es, mit ihnen zu spielen, besonders wenn man bedenkt, wie sie mich anstarrt, so als ob sie nicht ganz glauben kann, was gerade passiert, aber trotzdem kurz vor dem Orgasmus steht. Ich liebe diesen Blick an ihr so sehr, dass sich mein Schwanz, der völlig außer Betrieb sein sollte, wieder versteift.

Ich wiederhole die Behandlung mit Schaum und Saugen und Massieren am anderen Fuß, und als ihre Atmung so klingt, als ob sie einen Berg erklommen hätte, küsse ich mich an ihrem Bein hoch und belohne sie mit einem Saugen an ihrer echten Klitoris. Nachdem sie gekommen ist, ziehe ich sie auf meinen jetzt aufgerichteten Schwanz und genieße langen, köstlichen Sex unter der Dusche, bei dem ich sie noch zweimal kommen lasse.

Was mich betrifft, kann sie nicht genug Orgasmen haben.

34

WENN ES SO ETWAS WIE ZU VIELE ORGASMEN GIBT, BIN ich ziemlich sicher, dass ich gestern Abend dort angekommen bin. Ich bin nicht nur an *allen* möglichen Stellen ernsthaft wund, sondern stolpere den ganzen Tag wie ein Zombie herum, gähne und schütte Kaffee in mich hinein, um bei der Arbeit wach zu bleiben.

Marcus braucht offensichtlich nicht viel Schlaf oder Erholungszeit, denn nach diesem perversen Sexmarathon in der Dusche weckte er mich heute Morgen um sechs Uhr, um – *was sonst* – noch mehr Sex zu haben. Und dann, weil er kein Meeting am frühen Morgen hatte, machte er einen Zehn-Kilometer-Lauf.

Milliardäre scheinen nicht menschlich zu sein. Oder zumindest dieser hier nicht. Vielleicht ist er insgeheim ein Cyborg aus der Zukunft – die Sexroboter-Ausgabe.

In diesem Punkt wäre ich nicht überrascht.

Die gute Nachricht ist, dass ich durch das Aufwachen zu dieser unchristlichen Stunde früh zur Arbeit kam und daher früh gehen kann, so dass ich meine Sachen packen, meine Katzen schnappen und uns von Wilson nach Hause fahren lassen kann.

Oder zumindest sollte es eine gute Nachricht sein. Im Moment bin ich so müde, dass ich kaum denken kann, geschweige denn mir vorstellen kann, dass ich all das Packen, die Katzenjagd und das Autofahren schaffe. Zwischen der Energie, die ich beim Investoren-Dinner verbraucht habe, und dem Sexathon, der folgte, brauche ich all meine Kraft, um hinter der Kasse aufrecht stehen zu bleiben und die Einkäufe der Kunden abzurechnen – zum Teil auch deshalb, weil viel gekauft wird, viel mehr als sonst.

Weihnachten steht vor der Tür, und Bücher sind großartige Geschenke.

Auf jeden Fall war dies vielleicht Marcus' böser Plan: mich mit Geselligkeit und Sex zu erschöpfen, damit ich eine weitere Nacht bei ihm bleiben würde. Nur weil er versprochen hat, mich nicht mehr unter Druck zu setzen, heißt das nicht, dass er die Idee vergessen hat. Inzwischen kenne ich ihn. Ich weiß, wie sein hinterhältiger Verstand arbeitet, und es ist durchaus möglich, dass zumindest ein paar der Orgasmen gestern Abend – und heute Morgen – mir allein zu diesem Zweck gegeben wurden, mich dazu zu bringen, nicht nach Hause zu gehen.

Nun, er wird keinen Erfolg haben. Ob müde oder nicht, ich gehe trotzdem nach Hause. Ansonsten könnte ich auch Frau Metz glücklich machen, indem ich meinen Mietvertrag vorzeitig beende – was ich definitiv vorhabe, sobald ich eine preisgünstige Wohnung gefunden habe.

Ich ziehe nicht mit Marcus zusammen.

Egal, wie gut es derzeit zwischen uns läuft, es ist viel zu früh dafür.

Leider denken meine Großeltern das nicht. Zur Mittagszeit ruft mich Oma an und fragt, ob der Umzug wie geplant verlaufen ist, und da ich sie und Opa nicht enttäuschen möchte, erzähle ich ihr schließlich, dass wir diese Woche einen Probelauf machen, um zu sehen, wie sich meine Katzen anpassen. *Vielen Dank, Marcus, für diese Idee.* Auf diese Weise kann ich den Katzen die Schuld geben, wenn ich meinen Großeltern erzähle, dass wir beschlossen haben, dass getrennte Wohnungen der Weg sind, den wir jetzt gehen müssen.

Was sie auch sind. Zugegeben, alle drei meiner Katzen lieben sein Penthouse, und ich werde dort mehr als verwöhnt, denn Geoffrey bereitet köstliche Mahlzeiten zu und versorgt mich jeden Morgen mit grünen Säften, aber ich muss meine Unabhängigkeit bewahren. Dieses spezielle Abendessen mit Marcus' Investoren verlief zwar besser als erwartet, aber ich bin immer noch nicht die schöne, geschliffene Gesellschaftsdame, die er gesucht hat. Wenn er mich immer wieder zu diesen Veranstaltungen mitnimmt, besteht eine sehr hohe Wahrscheinlichkeit, dass ich es vermassele und ihn irgendwie in Verlegenheit bringe. Dann könnte er beschließen, dass das Zusammenleben ein Fehler war, und letztendlich werde ich etwas zum Mieten suchen müssen. Nicht, dass er mich auf die Straße werfen würde, aber trotzdem. Die Flamme zwischen uns brennt im Moment heiß, aber es gibt keine Garantie, dass dies andauern wird.

Es ist ja schließlich nicht so, dass er in mich verliebt ist.

Mein Brustkorb verkrampft sich bei dem Gedanken, aber ich habe keine Zeit, mich damit aufzuhalten. Der Kundenstrom reißt nicht ab, und ich fahre damit fort, die Einkäufe abzurechnen. Schließlich, gegen drei Uhr, gibt es eine Verschnaufpause, und ich gehe zu einem der Sessel im hinteren Bereich, in der Hoffnung, meine Augen für ein fünfminütiges Power-Napping zu schließen. Aber gerade als ich mich in einen bequemen Sessel setze, klingelt mein Telefon.

Gähnend ziehe ich es aus der Tasche, schaue auf den Bildschirm und erwarte, dass es Kendall ist, die ein Update über das Abendessen von gestern haben will. Aber es ist Janie, ganz fröhlich und sprudelnd, als ich drangehe.

»Hey, Emma! Es war *sooo* gut, dich gestern Abend zu sehen. Ich kann nicht glauben, dass wir schon so lange nichts mehr zusammen gemacht haben!«

»Ähm, ja.« Nachdem ich Landon gestern Abend in

Aktion gesehen habe, *kann* ich es glauben, aber ich sage es nicht. Kendall, Janie und ich waren auf dem College und für ein paar Jahre nach dem Abschluss unzertrennlich, und ich möchte keine Freundin verlieren, nur weil ich ihren Freund nicht mag. Nicht, dass sie in den letzten Monaten eine gute Freundin gewesen wäre, aber vielleicht ändert sich das jetzt, da wir uns wiedergetroffen haben. Ich zwinge mich dazu, Begeisterung in meine Stimme zu legen, und sage: »Wir sollten auf jeden Fall bald zu Mittag oder zu Abend essen.«

»Ja! Wie wäre es mit heute? Landon und ich können nach der Arbeit nach Brooklyn kommen. Es sei denn …« Lebst du jetzt zufällig in Manhattan?«

»Nein, aber ich werde eine Weile in Tribeca sein – Warte, heute Abend ist eigentlich nicht gut.« Ich bin nicht nur zu müde für ein weiteres spätes Abendessen, sondern das Ausgehen wird auch meine Pläne zum Packen und Katzenfangen stören.

Ich bin entschlossen, heute Nacht in meinem eigenen Bett zu schlafen.

»Wie wäre es dann mit morgen? Wie ich schon sagte, sind wir in Bezug auf den Ort flexibel. Brooklyn, Manhattan, wie immer es für dich passt.«

Nun, das ist eine Premiere. Einige Monate bevor Janie mit Landon zusammenkam, bekam sie einen Job bei einer PR-Firma in Midtown und zog von Brooklyn an die Upper East Side – und sofort wurde Brooklyn für sie wie ein anderes Land. Kendall, die ebenfalls in der Stadt lebt, denkt genauso, also denke ich, es ist ein

Ding der Manhattaner. So oder so ist Janies plötzliche Bereitschaft, sich in die äußeren Stadtbezirke zu schleppen, gelinde gesagt merkwürdig.

»Lass mich das mit Marcus klären und mich dann wieder bei dir melden«, sage ich, während die Glocke über der Tür klingelt und mir einen neuen Kunden ankündigt. »Er sagte, dass er morgen lange arbeiten wird, so dass es vielleicht eine gute Zeit für uns drei ist, um …«

»Oh, dann können wir das an einem anderen Tag machen. Was immer für dich und Marcus am besten passt. Landon will ihn *unbedingt* besser kennenlernen.«

Ah. Es geht also nicht darum, *mich* zu sehen.

»Ja, ich lasse dich wissen, an welchem Tag es passt«, sage ich und tue mein Bestes, um den Schmerz in meiner Stimme zu verbergen. Einen Moment lang dachte ich wirklich, Janie wolle unsere Freundschaft wiederaufleben lassen. »Jetzt muss ich leider weg. Es ist heute viel los hier im Buchladen.«

»Natürlich. Ich werde warten. Tschüss erstmal!«

Und als ich zur Kasse zurückkehre und an einem zuckersüßen Kaffee nippe, um den bitteren Geschmack im Mund wegzuspülen, wird mir klar, dass dies eine weitere Kehrseite mit einem Milliardär als Freund sein wird.

Meine Mutter ist nicht die einzige, die Menschen benutzt – und jetzt bin ich jemand, der benutzt wird.

~

»Sag ihr einfach, dass Marcus zu beschäftigt ist, um mit ihrem Arschloch von Freund abzuhängen«, meint Kendall, als ich ihr von dem Telefonat berichte, nachdem ich sie über das Abendessen von gestern Abend und alles, was folgte, auf den neuesten Stand gebracht habe – natürlich ohne den Sex.

Ich werde ihr auf keinen Fall sagen, dass ich Analverkehr hatte. Mein Gesicht ist glühend heiß wie die Oberfläche der Sonne, wenn ich nur daran denke, wie schmutzig-heiß das Ganze gewesen ist.

»Also denkst du, dass meine Theorie richtig ist?«, frage ich, während ich meine Gedanken aus der Gosse hole und aus dem Fenster auf die Stoßstangen an Stoßstangen auf der Straße schaue. Ich bin wie geplant früh von der Arbeit gekommen, aber es schneit wieder, und selbst Wilsons Fahrkünste helfen uns nicht, schneller durch den Stau zu kommen.

Wenn wir uns weiter mit drei Kilometern pro Stunde vorwärtsschleichen, werde ich vielleicht eine weitere Nacht bei Marcus übernachten.

»Die Theorie, dass Landon Janie unter Druck gesetzt hat, nicht mehr mit uns befreundet zu sein, weil wir nicht in das Bild passen, das er von ihr malen will? Das ist möglich«, sagt Kendall nachdenklich. »Er scheint wirklich der Typ dafür zu sein.«

»Nein, ich habe gesagt, dass *ich* nicht ins Bild passe«, korrigiere ich sie. »Du passt schon – und sagtest du nicht, dass Janie *dich* in den letzten Monaten ein paarmal eingeladen hat?«

»Nun ja, aber immer unter der Woche, und du

weißt, dass ich oft noch spät für meinen Chef arbeiten muss. Und an den Wochenenden, als ich wirklich Zeit *hatte*, war sie zu sehr mit Landon beschäftigt.

»Aber sie hat dich trotzdem eingeladen. Weil du dich gut kleidest und dich auf einer schicken Cocktailparty behaupten kannst. Ich dagegen habe überhaupt nichts von ihr gehört. Und du hättest sehen sollen, wie sehr sie sich verändert hat, Kendall. Es ist, als ob sie auf eine dieser Vorher-Nachher-Shows gegangen wäre.«

»Ja, das ist irgendwie verrückt«, stimmt Kendall zu. »Ich meine, Menschen verändern sich und so weiter, aber das scheint ziemlich extrem zu sein. Glaubst du, das ist wegen Landon?«

»Ich bin mir fast sicher.« Ich sehe zu, wie fette Schneeflocken auf den Autos neben uns landen. »Meinst du, dass …« Ich bin unsicher, ob ich es ansprechen soll.

»Was? Komm schon, Ems, spuck's aus.«

Ich atmete tief durch. »Glaubst du, dass Marcus das auch von mir erwarten wird? Ich meine, wenn wir länger zusammenbleiben, glaubst du, dass er will, dass ich wie Janie werde, nur mit Designer-Kleidung, geglätteten Haaren und glänzenden Lippen?

»Und wenn schon.« Kendalls Tonfall ist eindeutig mitleidslos. »Es ist nichts Falsches daran, wenn sich jemand etwas Mühe mit seinem Aussehen gibt. Wie hast du dich gestern Abend in dem Katzenhintern-Kleid und den billigen Stiefeln gefühlt?«

»Nicht toll«, gebe ich zu. »Ich meine, als ich dort

ankam, habe ich es irgendwie vergessen, weil alle nett zu mir waren, aber ...«

»Aber davor warst du krank vor Sorge. Und warum? Warum sich nicht nett anziehen und sich in dem wohlfühlen, was man trägt?«

Ich runzele die Stirn. »Nun, zum einen kann ich mir das nicht leisten ...«

Emma, du bist mit einem *Milliardär* zusammen. Lass dir von ihm ein Kleid und ein paar anständige Schuhe kaufen, damit du dich unter seiner Art von Leuten wohlfühlst. Oder, wenn dir das zu viel für dein Bedürfnis nach Unabhängigkeit ist, lass mich dir einige Proben aus der Kollektion meines Chefs besorgen.«

»Sind die nicht alle Größe 32?«, frage ich trocken. »Wahrscheinlich passt diese Kleidung nicht einmal meinen Katzen.«

Kendall atmet frustriert aus. Ich habe recht, und sie weiß es. »Schön. Halte ruhig an deinen Prinzipien fest. Aber ich sage dir, Ems, Veränderung ist nicht immer etwas Schlechtes. Vielleicht hat Janie es übertrieben, um ihrem Freund zu gefallen, aber wenn sie sich in ihrer neuen Haut wohlfühlt, freu dich doch für sie. Es ist nichts Falsches daran, ein bestimmtes Bild zu vermitteln – es sei denn, man vernachlässigt dabei seine Freunde.«

Jetzt bin ich an der Reihe, einen frustrierten Seufzer auszustoßen. »Das weiß ich. Ich habe nur ...« *Angst.* Ich spreche es nicht aus, aber das Wort klingt laut und deutlich in meinem Kopf, als ob es von meinem Unterbewusstsein nach vorne geschoben würde.

Und ich *habe* Angst.

Nein, das ist falsch.

Ich habe schreckliche Angst.

Meine Großmutter und Kendall hatten beide recht, als sie sagten, dass ich keine Veränderungen mag, dass ich kein Risiko eingehe. Nur ist es mehr als das.

Veränderungen, Umwälzungen jeglicher Art, erinnern mich an die frühen Jahre meiner Kindheit, als meine Mutter und ich alle paar Wochen in die Wohnung ihres derzeitigen Freundes zogen. Einige dieser Umzüge gingen von meiner Mutter aus, andere nicht so sehr. Bei letzteren mussten wir oft unsere Sachen zurücklassen und neu anfangen. Ich musste in eine neue Schule gehen, mich an eine neue Nachbarschaft gewöhnen, neue Kleidung kaufen, neue Freunde finden – und nach einer Weile gab ich mir nicht einmal mehr die Mühe, Letzteres zu tun.

Warum versuchen, jemandem nahezukommen, wenn ich in ein paar Monaten alles noch einmal machen müsste?

Warum sollte ich es riskieren, mich dem auszusetzen, wenn der Gewinn so gering war?

Erst als meine Großeltern mich aufnahmen, gewann ich Stabilität in meinem Leben, und ich schätze sie bis heute. Veränderung und das damit verbundene Risiko beunruhigen mich zutiefst. Ich brauche den Komfort des Vertrauten, sei es meine abgetragene Kleidung oder mein Job oder sogar die Art und Weise, wie die Leute mich wahrnehmen – als einen Bücherwurm, ein leicht frustriertes Mädchen, das sich, wie Kendall letzten Monat betonte, in eine stereotype Katzenlady verwandelte … eine Frau, die niemals das sein kann, was ein Mann wie Marcus braucht.

»Schau mal, Ems«, sagt Kendall, und ich höre wieder ein Hupen im Hintergrund. »Ich muss jetzt auflegen, aber du solltest wirklich über deine Zukunft nachdenken, und darüber, was du willst. Ich weiß, dass du immer noch Zweifel an Marcus' Absichten hast, aber aus meiner Sicht bist du das Haupthindernis in eurer Beziehung. Wenn du willst, dass das funktioniert, kannst du nicht erwarten, dass er den Großteil dafür tut. Er verbringt Zeit mit deinen Großeltern, heißt deine Haustiere bei sich willkommen, nimmt dich mit zu wichtigen Geschäftstreffen – er macht in seinem Leben Platz für dich und dein ganzes Gepäck. Und jetzt bist du dran, dasselbe für ihn zu tun.«

Sie legt auf, und ich sitze schweigend da und starre auf den Verkehr.

Sie hat recht, ich weiß, dass sie recht hat, aber das macht es nicht leichter, es zu verarbeiten.

Stimmt, ich habe bereits einen Kompromiss geschlossen, indem ich Marcus die Kosten für alles übernehmen ließ, wenn er mich zum Essen einlädt, indem ich seinen Fahrer in Anspruch nehme, in seinem Flugzeug fliege und die von seinem Koch zubereiteten Mahlzeiten esse. Ich habe ihn das ganze Thanksgiving-Wochenende bei meinen Großeltern wohnen lassen, und jetzt habe ich zwei Nächte hintereinander bei ihm verbracht.

Oberflächlich betrachtet habe ich nichts getan, außer nachzugeben, aber die Wahrheit ist, dass ich bei nichts wirklich Wichtigem einen Kompromiss eingegangen bin – nicht so, wie er es getan hat. Er ist ein Ordnungsfreak, der nie Haustiere haben wollte, und trotzdem hat er sich überwunden, um meine haarigen Babys mit offenen Armen zu empfangen. Seine Traumpartnerin ist eine glänzende Gesellschaftslöwin, und trotzdem hat er nicht mit der Wimper gezuckt, als er mich in meinen billigen Klamotten und abgeschabten Stiefeln zu einem Investoren-Dinner mitnahm.

Er *hat* die ganze schwere Arbeit in dieser Beziehung geleistet, und so stark und entschlossen er auch ist, kann ich nicht erwarten, dass er das weiterhin tut.

Ich muss meinen gerechten Anteil an der Last tragen.

Damit das funktioniert, muss ich ein Risiko eingehen und Veränderungen akzeptieren.

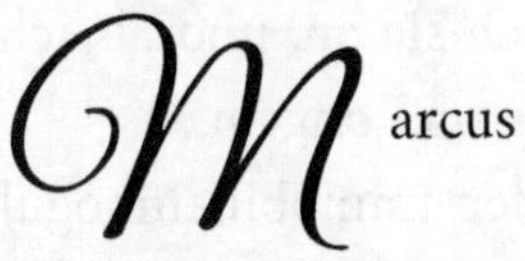

35

Marcus

DEN GANZEN MORGEN LANG HABE ICH ÜBERLEGT, WIE ich Emma dazu bringen könnte, noch eine Nacht bei mir zu bleiben. Die Abmachung, die wir getroffen haben, bedeutet, dass ich sie nicht ständig fragen kann, also muss ich zu hinterhältigeren Methoden greifen.

Wilson dazu bringen, sich krankzumelden, damit er sie und die Katzen nicht nach Hause bringen kann?

Nein, ich müsste nur ein Taxi rufen, und wir würden uns am Ende darüber streiten, wer bezahlen darf.

Den Katzen einen Anreiz geben, vor Emma zu fliehen, indem man ihnen ein paar lebende Mäuse zum Jagen besorgt?

Nein, zu grausam für die armen Mäuse.

Emma sofort nach der Ankunft zu Hause anspringen und sie den ganzen Abend in meinem Bett behalten?

Ja, das ist eine vielversprechendere Idee – und wenn alles andere fehlschlägt, begleite ich sie und verbringe die Nacht auf ihrem unbequemen Bett.

Das ist natürlich nur eine kurzfristige Lösung. Ich brauche etwas Dauerhaftes, und ich brauche es bald.

Beim Mittagessen rufe ich die Maklerin an, die Emmas Vermieterin aufgesucht hat, und bitte sie, sich noch einmal bei ihr zu melden. »Sagen Sie Mrs. Metz, Sie haben einen Käufer«, weise ich sie an, und als ich aufgelegt habe, rufe ich sofort Weston Long an.

»Carelli hier«, sage ich, als der Immobilienmogul antwortet. »Ich brauche einen Gefallen von Ihnen.«

Ich hatte gehofft, es würde nicht dazu kommen, aber ich sehe keine andere Möglichkeit.

Das kläffende Biest in mir braucht Emma in seiner Höhle.

DEN REST MEINES TAGES BIN ICH MEHR ALS beschäftigt. Nachdem der Jahresbericht herauskommt, geht die Marktvolatilität durch die Decke, und ich verbringe den ganzen Nachmittag mit meinen Portfoliomanagern, um zu entscheiden, welche Investitionen abgestoßen und welche verdoppelt werden sollen. Deshalb verlasse ich das Büro erst um sieben Uhr, eine volle Stunde später als geplant, und als ich endlich nach Hause komme, erfahre ich, dass meine Pläne, mich auf Emma zu stürzen, auf ein großes Hindernis stoßen.

Sie schläft.

»Sie war erschöpft, als sie vor einer halben Stunde ankam«, informiert mich Geoffrey, als ich meinen Mantel ausziehe. »Sie sagte, dass sie zu müde zum Essen sei und ein Nickerchen machen wollte.«

Ein Stachel aus Schuldgefühlen durchbohrt meine Brust. Ich muss sie gestern Nacht völlig erschöpft haben. »Hat sie etwas vom Packen und Nach-Hause-Gehen gesagt?«

»Nein, Mr. Carelli. Sie ging direkt ins Schlafzimmer und ist seitdem nicht mehr heruntergekommen.« Er hält inne und fragt dann vorsichtig: »Soll ich das Abendessen für Sie aufwärmen? Oder möchten Sie auf Ms. Walsh warten?«

»Geben Sie mir ein paar Minuten, dann sage ich Ihnen Bescheid.«

Ich gehe nach oben und halte nur inne, um Cottonball zu streicheln, der mich jeden Abend an der Tür begrüßt. Natürlich reichen ein paar Sekunden Kopfkraulen dem bedürftigen Kater nicht aus, und als er laut miaut und mit diesen großen grünen Augen zu mir aufschaut, bücke ich mich, hebe ihn auf und nehme ihn mit, damit ich ihn beim Gehen streicheln kann.

Als ich das Schlafzimmer mit einem schnurrenden Cottonball in meinen Armen betrete, finde ich Emma unter der Decke, während die beiden anderen Katzen sich neben ihr auf meinem Kissen zusammengerollt haben.

Vor einem Monat hätte ich sofort die Laken abgezogen und Geoffrey meinen Kissenbezug mit Bleichmittel kochen lassen. Aber als ich die Szene vor mir betrachte, sind Katzenkeime das Letzte, woran ich denke.

Hätte ich nicht bereits erkannt, dass ich sie liebe, hätte ich es in diesem Augenblick gewusst. Lust und Zärtlichkeit, Besessenheit und Verehrung – all das vermischt sich in meiner Brust. Die schlafende Emma ist ein Anblick, der mein Herz zum Schmelzen bringt und meinen Schwanz steinhart macht. Sie liegt auf der Seite, ein blasser Arm ist über ihr Kissen drapiert, und ihre Locken liegen wie eine Flammenspirale um ihr sanftes, hübsches Gesicht. Mit geschlossenen Augen, dichten Wimpern wie rotbraune Halbmonde auf ihren sommersprossigen Wangen und leicht geöffneten Rosenknospenlippen, die mich dazu bringen, vor ihr niederzuknien und sie küssen zu wollen – und sie dann auf ihren Rücken zu rollen und sie die ganze Nacht lang zu ficken.

Selbst wenn mein Kätzchen wie ein Botticelli-Engel aussieht, ist der Wilde in mir lebendig und wohlauf.

Mein Herz klopft schwer, als ich hinübergehe und an der Bettkante stehen bleibe und sie anstarre. Emmas Atmung ist völlig gleichmäßig; sie befindet sich im Tiefschlaf. Beide Katzen heben den Kopf, als ich mich ihnen nähere, und legen ihn dann unbeeindruckt wieder ab.

Ich weiß nicht, wie lange ich dort stehe und sie beobachte, aber schließlich gehe ich leise zurück und wieder nach unten. Mit Cottonball auf dem Schoß esse ich das von Geoffrey zubereitete Abendessen und gehe dann in mein Arbeitszimmer, um noch mehr Arbeit zu erledigen. Der Kater folgt mir dorthin und schläft auf meinem Schreibtisch, während ich die Forschungsberichte durchgehe. Ich erwäge, ihn wegzuscheuchen, aber er stört mich nicht, und ihn hierzuhaben ist ein bisschen so, als hätte ich einen Teil von Emma bei mir.

Als ich fertig bin, drehe ich ein paar Dutzend Runden in meinem Pool, dusche und gehe ins Schlafzimmer zu meinem Kätzchen, dessen abendliches Nickerchen in den nächtlichen Schlaf übergeht. Leise nähere ich mich dem Bett und schalte die Nachttischlampe an. Mr. Puffs und Queen Elizabeth liegen immer noch auf meinem Kissen und ignorieren mich bewusst. Da es Emma wecken könnte, sie wegzujagen, hole ich ein weiteres Kissen aus meinem Schrank und schiebe das mit den Katzen vorsichtig zur Seite. Dann schalte ich die Lampe aus, lege mich neben Emma und ziehe ihren weichen, warmen Körper in meine Umarmung.

Sie rührt sich bei meiner Berührung und murmelt: »Marcus?«

»Ja, ich bin's. Schlaf, meine Süße.« Mein Schwanz ist schmerzhaft hart, aber ich möchte, dass sie sich ausruht und erholt. Ich bin es gewohnt, mein Leben in einem ununterbrochenen Rhythmus zu führen, mit

Geschäftsessen, die bis spät in die Nacht gehen, gefolgt von frühmorgendlichem Sport oder Meetings. Aber das ist neu für sie, und das Letzte, was ich will, ist, ihre Gesundheit zu untergraben, indem ich sie zusätzlich zu allem anderen auch noch mit meinen sexuellen Ansprüchen erschöpfe.

Sie kuschelt sich näher an mich und gähnt mir an die Schulter. »Ich bin nicht nach Hause gegangen«, sagt sie schläfrig. »Ich wollte es, aber ich habe es nicht getan.«

Ich unterdrücke ein Lächeln. »Ich habe es bemerkt.«

»Und ich will es auch nicht.« Sie klingt etwas munterer.

Mein Herz setzt einen Schlag aus, dann beginnt es zu pochen. »Das musst du auch nicht.« Sagt sie das, was ich glaube, dass sie es gesagt hat? Ich ziehe mich zurück, schalte die Lampe an und schaue ihr in die Augen. »Kätzchen, du musst nirgendwo hingehen. Ich möchte, dass du immer hier bist. Das weißt du doch.«

Sie blinzelt ein paarmal, und der Schlaf verschwindet schnell aus ihren Augen. »Marcus, ich …« Sie setzt sich hin und hält sich die Decke vor die Brust. »Ich denke, ich möchte es versuchen. Das heißt, wenn du dir sicher bist.«

Ich setze mich auch auf, und mein Herzschlag beschleunigt sich weiter. »Das bin ich. Sehr sicher.« So sicher, dass ich gerade zugestimmt habe, Weston Long drei Millionen Dollar zu zahlen, damit eine seiner Firmen das Stadthaus ihrer Vermieterin kauft. Ist das der Grund dafür? Hat die Frau bereits mit Emma über eine vorzeitige Beendigung ihres Mietvertrages gesprochen?

Aber nein, es ist noch viel zu früh. Long sagte, er brauche ein paar Tage, um ein Angebot zu machen.

»Also gut.« Emma atmet ein, wodurch die Decke verrutscht und eine blasse Brust mit einer verführerisch rosa Brustwarze freilegt. »Es ist ein Probelauf. Offiziell.«

»Ja, ein Probelauf«, sage ich belegt, und unfähig, zu widerstehen, scheuche ich die Katzen vom Bett und ziehe sie zu mir.

AM NÄCHSTEN MORGEN WEIß ICH IMMER NOCH NICHT, was mein Kätzchen veranlasst hat, seine Meinung zu ändern, aber ich stelle mein Glück nicht in Frage. Stattdessen beeile ich mich damit, meinen Sieg zu festigen. Als wir uns zum Frühstück hinsetzen, bitte ich Emma um die Schlüssel zu ihrem Apartment, damit Geoffrey gleich heute die Umzugsleute dorthin schicken kann.

»Sie nehmen nur das Katzenlabyrinth, deine Kleidung und ein paar Bücher«, sage ich ihr, als sie panisch aussieht. »Es wird einfach sein, alles zurückzubringen, wenn dieser Testlauf nicht funktioniert.«

Sie zögert, dann nickt sie. »In Ordnung. Ich nehme an, das können wir tun.«

Ich muss mich anstrengen, meinen wilden Triumph nicht zu zeigen. »Gut, dann ist das geklärt. Ich werde Geoffrey bitten, in meinem Schrank Platz für deine Sachen zu machen.« Nicht, dass sie viel hat. Wenn wir verheiratet sind, lässt sie mich hoffentlich mehr für sie kaufen.

Und wir werden bald heiraten.

Jetzt, wo Emma bei mir wohnt, wird es so viel einfacher sein, sie dazu zu bringen, sich in mich zu verlieben, und diesen »Probelauf« in ein »Für immer und ewig« zu verwandeln.

Nachdem sie ihre pochierten Eier aufgegessen hat, gießt sich Emma ein Glas grünen Saft ein und trinkt ihn mit ein paar Schlucken aus. Sie scheint ihn wirklich zu mögen, also behalte ich im Hinterkopf, dass Geoffrey ihn ihr immer zum Frühstück zubereiten soll. Ich werde ihn auch bitten, jeden Tag ein Lunchpaket für sie einzupacken; ich habe keine Ahnung, was sie bei der Arbeit isst, aber ich bin mir sicher, es ist nicht annähernd so gut wie die Gourmet-Sandwiches, die mein Butler für mich macht.

»Oh, fast hätte ich es vergessen«, sagt Emma und tupft sich die Lippen mit einer Serviette ab. »Janie hat mich gestern angerufen. Sie möchte, dass wir uns diese Woche mit ihr und Landon treffen. Denkst du, dass du vielleicht zu beschäftigt bist?«

Bei der seltsam formulierten Frage ziehe ich die Augenbrauen hoch. »Willst du, dass ich zu beschäftigt bin?« Ich habe eine Menge Arbeit zu erledigen und ich bin kein Fan des aufdringlichen Investmentbankers, aber für Emma bin ich bereit, den Kerl für einen Abend zu tolerieren.

Beschäftigt oder nicht, ich möchte ihre Freunde kennenlernen.

Emmas Wangen färben sich rosa. »Na ja … irgendwie schon. Ich meine, ich möchte Janie sehen, aber ich glaube, ihr Freund will sich einfach nur bei dir einschleimen.«

Das war gestern Abend für alle offensichtlich. »Stimmt. Na und?«

Sie sieht verblüfft aus. »Also stört dich das nicht?«

»Warum sollte es?« Ich nehme meine Gabel. »Der ganze Sinn, Macht und Reichtum zu haben, besteht darin, in der Position zu sein, dass andere sich einschleimen *wollen*. In der Geschäftswelt nennt man das ›Networking‹, und es ist eine wesentliche Fähigkeit für den beruflichen Aufstieg.«

Emma schiebt ihren Teller zur Seite. »Aber das ist, Menschen zu benutzen. Es ist …«

»Das ist die menschliche Natur, Kätzchen. Und nicht *nur* die menschliche.« Ich weiß, woher ihre Ansichten kommen, deshalb wähle ich meine Worte mit Bedacht. »Beobachte alle in Gruppen lebenden Tierarten, und du wirst es sehen. Die Schwachen biedern sich den Starken an; die Ungelernten lernen von denen, die es können. Benutzen sie diese? Sicher. Aber ist das nicht richtig? Das bezweifle ich.«

Emma sieht mich mit gerunzelter Stirn an. »Ich verstehe dich nicht. Willst du damit sagen, dass es in Ordnung ist, wenn eine Frau wegen deines Geldes bei dir ist? Oder wenn jemand nur dein Freund sein will, um sich mit deinem Milliardärsfreund zu vernetzen?«

»Natürlich nicht.« Ich schiebe meinen eigenen Teller zur Seite und bedecke ihre Hand mit meiner. »Es ist ein großer Unterschied, ob man jemanden täuscht oder emotional manipuliert, und ob man weiß, dass eine Person einem helfen kann. Ich würde nie mit einer Frau zusammen sein, die mich nur wegen des Luxus will, den ich ihr bieten kann – nicht, wenn ich nach einer echten emotionalen Verbindung zu ihr suche – aber ich bin mehr als glücklich, diesen Luxus der Frau zu bieten, die ich liebe und die mich auch liebt … und es ist völlig in Ordnung, wenn sie diesen Aspekt unserer Beziehung genießt. Ich würde das sogar wollen.«

Emmas Röte verstärkt sich, und sie schaut weg, als sie mit angespannter Stimme sagt: »Ich verstehe.«

»Kätzchen, sieh mich an.« Ich warte, bis sie meinem Blick begegnet, bevor ich fortfahre. »Wenn du den Freund deiner Freundin nicht magst, kann ich so beschäftigt sein, wie du möchtest. Wir müssen keine Zeit mit jemandem verbringen, den du nicht magst. Aber ich möchte, dass du weißt, dass, wenn deine Freunde oder Familie irgendwann einen Gefallen brauchen, ich für sie da bin, so wie ich für dich da bin. Ich weiß, dass du weder mein Geld noch meine Verbindungen willst, aber du hast sie.« Ich halte inne und füge dann sanft hinzu: »Alles, was ich habe, gehört jetzt dir.«

 mma

ALS ICH AN DIESEM TAG VON DER ARBEIT NACH HAUSE komme, haben die Umzugsleute bereits alle meine Sachen gebracht, und Geoffrey hat sie ausgepackt. Meine Kleider hängen alle gewaschen, gebügelt und enthaart in Marcus' Schrank; meine Bücher, einschließlich der Erstausgaben, die er mir geschenkt hat, sind in den Bücherregalen in der Bibliothek angeordnet; und mein Katzenlabyrinth steht neben der Glaswand des Poolraums, strategisch günstig hinter den üppigen grünen Pflanzen versteckt. Meine Katzen, die nie eine Gelegenheit zum Klettern verpassen, sind bereits überall im Labyrinth – und den hohen Pflanzen, die es umgeben. Queen Elizabeth sitzt sogar auf einer besonders robusten Geigen-Feige, als wäre sie eine Eiche.

Hoffentlich wird sie nicht versuchen, die Blätter zu essen. Meine Haustiere gehen normalerweise nicht an Pflanzen, aber es gibt immer ein erstes Mal.

Marcus ist immer noch bei der Arbeit – er hat mir eine SMS geschickt, dass ein Meeting erst spät stattfindet – also gehe ich durch das Penthouse und lasse meine neue Unterkunft auf mich wirken. Ein Teil von mir kann immer noch nicht glauben, dass dies geschieht, dass wir so schnell so weit gekommen sind. Letzten Mittwoch, genau vor einer Woche, war ich mit einem zerfetzten Herzen auf dem Weg nach Florida, und jetzt bin ich in Marcus' Penthouse, nachdem ich gerade zugestimmt habe, hier auf Probe zu leben.

Wenn das nicht ein Paradebeispiel für *Veränderungen akzeptieren* ist, dann weiß ich es auch nicht.

Es gibt immer noch eine Million Sachen, die schiefgehen könnten, hundert Möglichkeiten, wie wir uns als nicht kompatibel erweisen könnten, aber die Flamme der Hoffnung, die er in jener Nacht in Florida in meinem Herzen entzündet hat, wird immer stärker und heller. Vielleicht klappt das hier wider Erwarten doch.

Vielleicht erwidert er eines Tages sogar meine Liebe.

Die Frau, die ich liebe. Er sagte es gestern so beiläufig, als wäre es nicht mein wildester Traum, diese Frau zu sein. Nicht wegen des Luxus, den er so gerne bereitstellt, sondern seinetwegen.

Je mehr ich meinen Wall-Street-Titan kennenlerne, desto mehr gehört ihm mein Herz.

Er hat heute Morgen mit meinen Großeltern gesprochen. Ich weiß das, weil sie mich während des Mittagessens angerufen haben. Er wollte sich bei meiner Großmutter für ein wunderbares Wochenende bedanken und wissen, wie mein Großvater mit der Handelssoftware zurechtkommt, die Marcus für ihn installiert hatte. Er bot auch meinen Großeltern an, sein Flugzeug jederzeit zu benutzen, so dass sie uns in New York besuchen können, wann immer sie wollen, und versprach, mich bald nach Florida zu bringen, um sie zu besuchen.

Dass er sich trotz eines arbeitsreichen Tages die Zeit genommen hat, ist beeindruckend genug, aber welcher andere Mann hätte überhaupt daran gedacht, meine Familie anzurufen? Oder angeboten, meinen Freunden Gefallen zu erweisen?

Marcus Carelli ist einer von einer Milliarde, und das nicht wegen der Milliarden, die er verdient.

Sollte ich noch Zweifel daran gehabt haben, dass ich mit meiner Zustimmung zu diesem Testlauf das Richtige getan habe, hätten sie sich spätestens jetzt ganz schnell aufgelöst.

Ich will alles tun, was nötig ist, damit das hier klappt.

Ich möchte die Art von Frau sein, die Marcus lieben könnte.

37

Marcus

ALS ICH VON DER ARBEIT NACH HAUSE KOMME, IST DER Esstisch mit Kerzen gedeckt, und eine Flasche Champagner wird in Eis gekühlt.

»Ich habe Geoffrey darum gebeten«, sagt Emma, als sie die Treppe herunterkommt und auf mich zusteuert. »Ich hoffe, es macht dir nichts aus. Da es unser erster offizieller Tag des Zusammenlebens ist, wollte ich, dass das heutige Abendessen etwas ganz Besonderes wird.

»Natürlich macht es mir nichts aus.« Meine Brust erfüllt sich sogar mit einem warmen, weichen Glühen, und die Müdigkeit vom langen Arbeitstag lässt nach, als sie zu mir kommt, sich auf Zehenspitzen stellt und mir den süßesten, sinnlichsten aller Küsse auf die Lippen drückt.

Mein Schwanz wird sofort hart, aber ich widersetze mich dem Drang, sie ins Bett zu schleppen. Es ist fast acht, und da mein Kätzchen auf mich gewartet hat, muss es genauso ausgehungert sein wie ich. Außerdem möchte ich dieses *ganz besondere* Abendessen mit ihr haben, um ihr Grübchenlächeln zu sehen, während wir über unseren Tag sprechen.

Als wir uns hinsetzen, erscheint Geoffrey aus der Küche und macht eine Show aus dem Entkorken des Champagners und dem Einschenken eines Glases für jeden von uns.

»Danke. Sie sind unglaublich«, sagt sie ihm, während ihre grauen Augen funkeln und ihre Grübchen in voller Stärke hervortreten, und ich sehe amüsiert zu, wie mein immer gelassener Butler vor Freude errötet, bevor er seinen Dank murmelt und sich zurückzieht.

Wie meine Investoren kann er nicht anders, als auf Emmas unbewussten Charme zu reagieren, auf diese echte, verführerische Wärme, die mich von Anfang an zu ihr gelockt hat.

»Auf dich, Kätzchen«, sage ich und hebe mein Glas, als er wieder in der Küche verschwindet. »Und auf einen erfolgreichen Probelauf.«

»Ja, auf einen erfolgreichen Probelauf«, sagt Emma und stößt mit ihrem Glas gegen meines. »Und auf Neuanfänge.«

»Auf Neuanfänge«, wiederhole ich und nehme einen Schluck von dem vollkommen spritzigen, sprudelnden Getränk.

Eine Minute später holt Geoffrey in Rotwein geschmorte Querrippe heraus, und wir stürzen uns hungrig darauf. Zuerst sind wir zu beschäftigt mit dem Essen, um über irgendetwas anderes zu reden als darüber, wie gut die Rippchen sind, aber nach ein paar Minuten erreichen die ersten Sättigungssignale mein Gehirn, und ich frage Emma, ob sie sich entschieden hat, ob sie ihre Freundin und deren Bankiersfreund sehen will.

Es wird schwer sein, die Zeit zu finden, da mein Terminplan bis zum Wochenende vollgepackt ist, aber für Emma werde ich einen Abend freischaufeln.

»Eigentlich habe ich Janie gesagt, dass diese Woche nicht gut ist«, sagt Emma. »Mit dem Umzug und allem anderen ist es einfach zu viel. Außerdem habe ich Kendall eine Weile nicht gesehen, und ich hatte gehofft, wir können am Wochenende etwas mit ihr unternehmen. Aber vielleicht treffen wir uns mit Janie nächste Woche, wenn das okay für dich ist? Passt Mittwoch?«

»Das geht. Solange es nicht kurz vor der Alpha-Zone-Konferenz ist, ist alles in Ordnung«, sage ich und ziehe mein Telefon heraus, um eine Notiz in meinem Kalender zu machen.

Als ich das Gerät beiseitelege, fragt mich Emma nach der Konferenz, und was Alpha-Zone bedeutet, und ich erkläre, dass »Alpha« die abweichende Wertentwicklung eines Fonds gegenüber der Entwicklung der verwendeten Benchmark veranschaulicht – dem wahren Maß für die Performance eines Fonds.

»Heutzutage ist es billig und einfach, in etwas wie einen S&P-500-Indexfonds zu investieren und die gleiche Rendite wie der Markt zu erzielen«, sage ich ihr. »Die Herausforderung besteht darin, immer wieder eine bessere Leistung zu erzielen, und genau hier kommt der Investitionsscharfsinn ins Spiel. Die Alpha-Zone ist ein Zusammenschluss von uns allen, die auf der Jagd nach Alpha sind, sei es im traditionellen Sinne, um eine bestimmte Benchmark zu übertreffen oder einfach nur die bestmögliche Rendite zu erzielen. Die meisten Mitglieder sind Hedgefonds-Manager wie ich, aber es gibt auch Risikokapitalgeber, Devisenhändler, Private-Equity-Typen, traditionelle Vermögensverwalter, Immobilieninvestoren und alle anderen, die auf irgendeine Weise in der Alpha-Generierung tätig und darin erfolgreich sind.«

»Wozu dient die Konferenz?«, fragt Emma. »Nur, um sich mit anderen großen Alpha-Jägern zu treffen?«

Ich grinse sie an. »So ziemlich. Wir schlagen auch eine Investitionsidee für das kommende Jahr vor, und bei der Veranstaltung im folgenden Jahr sehen wir, wessen Idee am besten funktioniert hat.

»Ah, ich verstehe. Dein Ruf steht also auf dem Spiel.«

»Genau.«

Ich frage sie als Nächstes nach ihrem Tag, und Emma erzählt mir von einem neuen Kunden, der sie für

Entwicklungslektorate angeheuert hat – das sind anscheinend die schwierigsten – und davon, dass die Feiertage mehr Kunden in den Buchladen bringen. Dann fragt sie nach dem Meeting, das mich heute Abend aufgehalten hat, und ich erkläre ihr den Börsengang, in den wir diese Woche investieren. Das Meeting war mit dem CFO des Unternehmens, und es fand so spät statt, weil er an der Westküste ansässig ist. Da das Thema sie zu interessieren scheint, gehe ich die Vorzüge der Investition durch, und sie hört aufmerksam zu, wobei sie gelegentlich mit klugen Nachfragen unterbricht. Obwohl mein Kätzchen keinen Finanzhintergrund hat, scheint es ein intuitives Verständnis für die Risiko-Ertrags-Berechnung zu haben, die in Investitions-entscheidungen einfließt, sowie ein Händchen dafür, das Drumherum wegzulassen und die Probleme kurz und bündig zusammenzufassen.

»Du wärst eine großartige Aktienanalystin geworden«, sage ich ihr, während Geoffrey unser Dessert serviert – einen Obstsalat mit Schokoladensirup. »Das sind die Leute, die viele der Berichte veröffentlichen, die ich lese. So wie du mit Worten umgehst, hättest du eine große Anhängerschaft – vor allem, wenn deine Aktienempfehlungen mehr richtig als falsch wären.«

Sie grinst und spießt eine dicke Erdbeere auf. »Liegen sie oft falsch?«

»Im Durchschnitt? In etwa fünfzig Prozent der Fälle.«

»Wirklich? Warum liest dann jemand diese Berichte?«

»Zur Information.« Ich beiße in ein saftiges Stück Birne. »Diese Analysten recherchieren ziemlich viel über die Unternehmen, die sie abdecken, und ihre Berichte geben oft einen guten Überblick über das Geschäftsmodell, die Wettbewerbslandschaft und so weiter. Das ist ihr wirklicher Mehrwert, nicht ihre Meinung darüber, ob die Aktie ein Kauf oder ein Verkauf ist. Professionelle Investoren wie ich treffen diese Entscheidungen selbst.«

»Ah, ich verstehe. Also sind alle veröffentlichten Aktienempfehlungen nutzlos?«

Ich lächele sie an. »So ziemlich. Sag es aber nicht deinem Großvater. Ich habe ihm heute für die Aktienanalyse Zugang zu unserer Datenbank gewährt, und er ist im siebten Himmel.«

Emma lacht, schüttelt den Kopf und schiebt sich eine in Schokolade getränkte Himbeere in ihren Mund. Sofort schließen sich ihre Augen, und ein glückseliger Ausdruck erscheint auf ihrem Gesicht. »Mmm«, stöhnt sie mit vollem Mund. »Das ist so, so gut …«

Mein Herz beginnt zu rasen, mein Kopf wird mit Bildern davon überschwemmt, wie sie aussieht, wenn ich in ihr bin. Dieser Ausdruck ähnelt stark jenem, den sie gerade hat, und mir juckt es in den Fingern, über den Tisch zu greifen und sie zu mir zu ziehen, damit ich die Lippen küssen kann, über die sie in diesem Moment leckt.

Wenn Geoffrey nicht in der Küche wäre, würde ich genau das tun.

Sie muss wissen, welche Wirkung sie auf mich hat, denn als sie die Augen öffnet, erscheint auf ihrem Mund ein süßes, verführerisches Lächeln, und sie greift über den Tisch, um ihre kleine, weiche Hand auf meine zu legen.

»Das ist köstlich, aber ich glaube, ich bin satt«, murmelt sie und schlägt mit ihren Wimpern – die, wie ich merke, länger und dunkler sind als sonst, so als ob sie sich geschminkt hätte. »Was ist mit dir?«

Wenn sie mich so neckt, bin ich hart genug, um Steine zu zerbrechen, aber das ist nicht das, was sie verlangt. »Ich könnte keinen weiteren Bissen runterbekommen«, knurre ich und stehe auf. »Wenn du satt bist, wie wäre es, wenn wir …«

»Nach oben gehen? Ja, tolle Idee.« Strahlend springt sie auf und eilt zur Treppe, und ich folge ihr, da ich plötzlich so gierig bin wie ein ausgehungerter Wolf.

Als wir im Schlafzimmer ankommen, schiebt sie mich auf das Bett und beginnt sich auszuziehen, wobei sie sich für jede Schicht der Kleidung wahnsinnig Zeit lässt. Es ist eine Folter der köstlichsten Art, und nur die Tatsache, dass ich sie noch nie so gesehen habe – so geheimnisvoll und hinreißend verführerisch –, hält mich davon ab, sie auf der Stelle zu ergreifen. Doch als sie sich aus ihrem Höschen windet, bin ich kurz davor, zu explodieren – und dem schüchternen Grinsen auf ihren glänzenden Lippen nach zu urteilen weiß die kleine Hexe das.

»Komm her«, befehle ich heiser, und greife nach ihr, als sie sich dem Bett nähert, aber sie weicht meinen ausgestreckten Händen aus und sinkt stattdessen vor mir auf die Knie.

»Emma …« Ich atme zischend zwischen meinen Zähnen aus, als sie meine Hose aufmacht und meine Erektion freilegt, da das Gefühl ihrer kleinen, kalten Finger auf meinem Schwanz mich fast bis zum Punkt ohne Wiederkehr erregt. »Kätzchen, ich denke nicht …«

»Nicht denken«, murmelt sie und schaut durch ihre Wimpern zu mir auf, während sich ein sanftes, anbetendes Lächeln auf ihren Lippen ausbreitet. »Du musst nur fühlen.« Und als sie sich nach vorne beugt und ihr heißer, feuchter Mund sich um meinen geschwollenen Schaft schließt, bevor sie ihn tief in ihren Mund saugt, erfahre ich wieder, wie der Himmel auf Erden aussieht.

Erst viel später, als wir in einem verschwitzten Gewirr aus Gliedmaßen liegen, nachdem wir zweimal hintereinander Liebe gemacht haben, frage ich mich erneut, warum Emma ihre Meinung über das Zusammenleben geändert hat – und fühle mich schuldig wegen des Immobiliengeschäfts, das ich hinter ihrem Rücken abgeschlossen habe.

Wenn sie es jemals herausfindet, könnte sie mich verlassen – deshalb darf ich es ihr nie sagen.

Das, der Bericht des Ermittlers, den ich in Auftrag gegeben habe, und alles andere, was ich getan habe, um uns zu diesem Punkt zu bringen, muss mein Geheimnis bleiben … denn ich darf Emma nicht verlieren.

Ich liebe sie viel zu sehr.

38

Emma

IN DEN NÄCHSTEN ZWEI TAGEN FINDEN MARCUS UND ich zu einem morgendlichen Ablauf, der für uns passt. Selbst ohne frühe Meetings wacht er in aller Herrgottsfrühe auf, und da wir beide gelernt haben, dass ich kein Cyborg bin, der von Sex anstatt geschlossenen Augen leben kann, lässt er mich dösen, während er sich entweder beim Laufen oder beim Training in seinem Fitnessraum vergnügt. Wenn er fertig ist, bin ich auf, und wir frühstücken kurz zusammen, bevor wir zu unseren jeweiligen Arbeitsplätzen eilen. Nun, *er* eilt davon, weil Wilson ihn zuerst absetzt und dann zu mir zurückkehrt – was mir Zeit gibt, mich in Ruhe fertig zu machen und sogar ein wenig zu lektorieren. Ich fahre damit auch während meiner gemütlichen Fahrt in Wilsons Auto fort, mit dem Ergebnis, dass ich schon bevor ich meinen Vollzeitjob beginne einiges geschafft habe.

Am Donnerstag arbeitet Marcus wieder bis spät, also nutze ich die Zeit, um den Roman meines neuen Kunden Korrektur zu lesen, und dann, weil ich irgendwie noch Energie habe, öffne ich die Datei meines supergeheimen Projekts, um ein paar Absätze zu schreiben. Es geht langsam voran, also habe ich es beiseitegelegt, um mit meinen Katzen zu spielen, aber als ich Cottonball streichele, entfaltet sich die Szene plötzlich in meinem Kopf.

Sie ist so aufregend, dass ich mich so sehr in das Schreiben vertiefe, dass ich, als Marcus eine Stunde später eintrifft, erstaunt feststelle, dass es fast 21 Uhr ist und ich immer noch nicht gegessen habe. Wir essen wieder einmal köstlich zu Abend, gefolgt von einem ausgedehnten Liebesspiel, und als ich am Freitagmorgen aufwache, bin ich so glücklich, dass ich mich nicht einmal darüber aufrege, dass Puffs über Nacht eine weitere unbezahlbare Vase zerbrochen hat – zumal es Marcus anscheinend egal ist.

Als ich zur Arbeit komme, ist die Buchhandlung wieder von Kunden belagert, aber zum Glück ist mein Chef da, um zu helfen. Gegen Mittag lässt der Strom der Buchkäufer etwas nach, so dass ich ihn bitte, für mich einzuspringen, während ich eine längere Mittagspause mache. Dann schlinge ich schnell das Birnen-Gorgonzola-Sandwich hinunter, das Geoffrey mir so fürsorglich eingepackt hat, und gehe hinaus, um meine Besorgungen zu machen.

Meine erste Station ist eine Boutique ein paar Blocks von meiner Arbeit entfernt. Ich bin in der Vergangenheit schon ein Dutzend Mal daran vorbeigegangen, aber nie wirklich hinein. Sie hat diesen Vibe von Bio-Baumwolle und Made in the USA, und ich dachte mir, dass alle hipstermäßigen Kleidungsstücke dort aus meinem Budget gestrichen werden müssen.

Tatsächlich kostet das allererste Stück, das ich in die Hand nehme – ein einfaches, aber gut verarbeitetes T-Shirt –, neunundvierzig Dollar. Die Jeans, die ich als Nächstes anschaue, fast zweihundert. Entmutigt bin ich dabei, hinauszugehen und mein Glück woanders zu versuchen, als ich ganz hinten ein diskretes »50 % Rabatt«-Schild entdecke.

Jetzt kommen wir ins Geschäft.

Das Verkaufsregal ist nicht riesig, aber jedes Kleidungsstück darauf ist zehnmal besser als alles, was ich in meinem Schrank habe. Beim Durchschauen finde ich ein hübsches langärmeliges Kleid, ein kleines blaues Cocktailkleid, drei süße Oberteile und eine Jeans in meiner Größe. Es gibt auch eine kleine Schuhabteilung im hinteren Teil, in der ich taupefarbene Stiefeletten entdecke, die zu absolut allem passen, und ein Paar nudefarbener Pumps, die jedes Outfit aufpeppen – und die zu dem blauen Kleid wunderschön aussehen würden.

Als ich meine Fundstücke anprobiere, passt alles,

außer der Jeans – sie sind zu lang – aber ich beschließe, sie trotzdem zu kaufen, da sie erstaunliche Dinge mit meinem Hintern machen. Ich muss sie nur noch kürzen lassen. Aber die Schuhe sind das, was die Outfits wirklich ausmacht, und obwohl sie nicht reduziert sind, bringe ich sowohl die Stiefel als auch die Pumps an die Kasse, entschlossen, nicht dem Teil von mir nachzugeben, der wegen der Kosten ausflippt.

Meine Lektoratsarbeit *hat* sich belebt, so dass ich mehrere Monate im Voraus ausgebucht bin – und all diese kleineren Zahlungen auf meinem Bankkonto habe. Das bedeutet, dass ich mir diesen Luxus leisten *kann*, auch wenn es sich anders anfühlt.

Erst als der Kassierer meine Einkäufe einliest und ich die vierstellige Summe auf dem Kassenbildschirm sehe, schwankt meine Entschlossenheit. Das letzte Mal, dass ich auch nur annähernd so viel für Kleidung ausgegeben habe, war … na ja, vielleicht noch nie. Ich kaufe nie so viel in einem Laden; ich nehme normalerweise hier und da jeweils einen Artikel aus dem Ausverkauf mit. Meine derzeitige Garderobe wurde über die Jahre stückweise zusammengebaut, und als ich im Kopf nachrechne, bin ich fassungslos, dass einige meiner Dinge aus der Zeit stammen, als ich mit der Highschool begann.

Gott, kein Wunder, dass Kendall sich mit meinem Fall beschäftigt hat; meine Garderobe könnte mehr als ein Jahrzehnt lang veraltet sein.

Meine Entschlossenheit ist wieder da, und ich gebe dem Kassierer meine Kreditkarte. Ich bringe es vielleicht nicht über mich, Marcus für mich Kleider kaufen zu lassen, aber das ist kein Grund, ihn vor seinen Freunden und Bekannten in Verlegenheit zu bringen. Bei diesem Investoren-Dinner waren vielleicht alle nett zu mir, aber ich bin sicher, sie haben sich gefragt, warum die Freundin eines Milliardärs das moderne Äquivalent von Lumpen trägt. Marcus *sah* nicht verlegen aus, aber ich bin mir sicher, dass er es vorgezogen hätte, dass ich ein schöneres Outfit trage – und jetzt kann ich es.

Das blaue Kleid und die Pumps mögen nicht von irgendeinem High-End-Designer sein, aber sie sind von guter Qualität und werden bei keinem Geschäftsessen fehl am Platz aussehen.

Mit den Einkaufstaschen in der Hand fahre ich zu meinem zweiten Stopp – einem Frisörsalon, den ich heute Morgen gefunden habe. Es liegt nur fünf Blocks von meiner Arbeit entfernt, ist klein und bescheiden, mit einem dezenten Schild über der Tür und nur zwei Haarschneidestationen im Inneren. Es gibt jedoch schwärmerische Kritiken auf Yelp, wo die Leute behaupten, es sei sowohl spottbillig als auch verdammt gut. Sie nehmen keine Termine an, nur Laufkundschaft, also melde ich mich an und warte.

Zehn Minuten später sitze ich vor einem Spiegel, und ein unglaublich stylischer asiatischer Mann betrachtet meine ungepflegten Locken. »Wunderschöne Farbe, aber viele gespaltene Enden«, sagt er und hebt eine Strähne an, um sie durch eine violett-gerahmte Brille zu betrachten. »Auch eine

Menge krause. Welche Pflegeprodukte verwenden Sie?«

Ich sage es ihm, und er zuckt zusammen, als hätte ich ihn gerade wirklich geschlagen. »Kein Wunder, dass Ihr Haar so trocken ist. Sie töten es mit all diesen scharfen Sulfaten. Ich werde Ihnen erklären, wie man es richtig pflegt. Doch zunächst einmal sollten wir sehen, ob wir ihm eine gewisse Form geben können. Haben Sie eine Präferenz bezüglich der Länge?«

Mein Puls beginnt zu rasen. Die veränderungsresistente Katzenlady in mir flippt bei dem Gedanken aus, mehr als mein übliches Spitzenschneiden zu bekommen, aber ich bin entschlossen, nicht auf sie zu hören. »Wie Sie meinen«, sage ich, mit größtenteils ruhiger Stimme. »Ich will das, was am besten aussieht und am pflegeleichtesten ist.«

»Verstanden. Ich mache einen Trockenschnitt, damit wir sehen können, wie sich jede einzelne Locke verhält.« Und bevor ich durch das aufgeregte Funkeln in seinen Augen in Panik geraten kann, nimmt er die Schere und macht sich an die Arbeit. Eine Viertelstunde später sind genug rote Haare auf dem Boden, um einen Teppich zu bilden, aber irgendwie habe ich immer noch eine gute Länge – und zum ersten Mal in meinem Leben scheinen sich meine Haare zielgerichtet, wenn auch nicht ganz zahm, um mein Gesicht zu winden.

»Als Nächstes werde ich eine Tiefenkonditionierung vornehmen«, kündigt der

Frisör an, und obwohl ich nicht mit diesen zusätzlichen Kosten gerechnet habe, gebe ich ohne zu winseln nach.

Vierzig Minuten später gehe ich mit so weichen, seidigen und federnden Locken nach draußen, dass ich erwäge, mich für einen Shampoo-Werbespot anzumelden. Sie brauchen doch natürliche Rothaarige, oder etwa nicht? Auf meinem Telefon ist eine Liste mit empfohlenen Produkten, darunter, auf meine Anfrage hin, eine Marke, die unparfümierte Shampoos und Spülungen für lockiges Haar herstellt, zusammen mit Gels, Cremes, Tiefenspülungen und anderen scheinbaren Notwendigkeiten für Haare wie meines.

Vielleicht werde ich nie eine Verwandlung wie Janie vollziehen, aber es gibt keinen Grund, dass ich nicht gut gepflegt aussehen kann.

An einer Kreuzung halte ich an und ziehe mein Telefon heraus, um ein Selfie an Kendall zu schicken, aber bevor ich ein Bild machen kann, leuchtet mein Bildschirm mit einem eingehenden Anruf auf.

»Hallo, Mrs. Metz«, sage ich, als ich drangehe, und dann höre ich ihr zu, wie sie mir entschuldigend sagt, dass sie gerade ein tolles Angebot für das Stadthaus bekommen hat und sich sehr darüber freuen würde, wenn ich meine Pläne, eine neue Wohnung zu finden, vorantreiben könnte.

»Es tut mir sehr leid, aber der Käufer möchte wirklich vor den Feiertagen kaufen. Wenn Sie mehr Zeit brauchen, kann ich natürlich sehen, ob sie bereit sind, zu warten, aber ...«

»Oh, nein, ist schon gut, Mrs. Metz. Ich wollte Sie sowieso nächste Woche anrufen, um Ihnen die gute Nachricht zu überbringen.« Ich atme durch. »Es ist amtlich. Marcus und ich ziehen zusammen.«

Sie kreischt auf wie ein junges Mädchen, und ich grinse trotz der Enge in meiner Brust. Vielleicht sind es die neuen Kleider und der tolle Haarschnitt oder einfach nur die Anhäufung von Wohlfühlhormonen von all den Orgasmen in dieser Woche, aber die Panik, die mich zuerst bei dem Gedanken, mein Apartment aufzugeben ergriffen hat, ist jetzt nur noch eine leichte Unruhe. Ich lebe gerne mit Marcus zusammen – ich liebe es sogar –, und es fällt mir nicht schwer, mir vorzustellen, dass der Testlauf dieser Woche sich zu einer dauerhafteren Vereinbarung ausweiten könnte, zum Teil, weil Marcus sich so verhält, als sei das schon selbstverständlich, bis hin zur Einladung meiner Großeltern, bei »uns zu Hause« zu übernachten, wenn sie uns in New York besuchen. Meine Großmutter war überglücklich, als sie mir neulich von diesem Teil ihres Gesprächs erzählte.

Für jemanden, bei dem sich die Karriere um die Analyse von Risiko und Ertrag dreht, scheint mein Milliardär null Vorsicht walten zu lassen.

Frau Metz legt auf, nachdem ich ihr versprochen habe, meine Sachen innerhalb von zwei Wochen aus der Wohnung zu holen, und ich überlege, was ich als Nächstes tun werde. Ich könnte meine – zugegebenermaßen bisher schleppende – Wohnungssuche für den Fall der Fälle beschleunigen, aber wenn ich nicht das Glück habe, bequemerweise etwas zur Untermiete zu bekommen, muss ich einen Zwölf-Monats-Mietvertrag unterschreiben – eine totale Verschwendung, wenn alles so weitergeht wie bisher. Eine andere Alternative ist, einen Lagerraum zu mieten und alle meine Möbel dort hineinzustellen; das ist billiger als ein Mietvertrag, und wenn zumindest einige der Stücke den Umzug überleben, werde ich nicht bei null anfangen, falls ich später eine Wohnung suchen muss. Oder – und das ist die Option, bei der ich am aufgeregtesten werde und die mir am meisten Angst macht – ich kann meine eigene Vorsicht in den Wind schlagen und meine alten Möbel loswerden, im Vertrauen darauf, dass Marcus und ich es schaffen werden.

 mma

AM NÄCHSTEN MORGEN SINNIERE ICH IMMER NOCH ÜBER das Dilemma, als Marcus und ich Kendall zum Brunch im West Village treffen – in einem beliebten, sehr teuren Restaurant, das Marcus sich ausgesucht hat, was bedeutet, dass ich ihn bezahlen lassen muss. Ich dachte darüber nach, für eine billigere Alternative zu plädieren, da er bereits für ein Abendessen in dieser Woche bezahlt hatte. Aber mein Herz war nicht dabei, und ich ließ es durchgehen. Außerdem hatte Kendall fast einen Schlaganfall, als sie hörte, dass Marcus uns eine Reservierung für den Samstagsbrunch dort besorgt hat.

Offenbar ist es ein Promi-Hotspot, und für

Nichtmilliardärs-Sterbliche gibt es eine achtzehnmonatige Wartezeit selbst für den unbeliebtesten Wochentag.

Als wir uns dem Restaurant nähern, springt ein Mann vor uns, der mit seiner schicken Kamera in der Hand ein Bild macht und dann weghuscht, bevor einer von uns blinzeln kann.

»Moment«, sagt Marcus und zieht sein Telefon heraus. »Ich werde mein PR-Team darauf ansetzen. Sie werden das zerquetschen.«

»War das ein Paparazzo?«, frage ich ungläubig.

»Sah so aus«, sagt Marcus, als er von seinem Bildschirm aufblickt. »Sie neigen dazu, sich um diesen Ort herum aufzuhalten. Aber keine Sorge, mein Team wird uns aus den Klatschblättern heraushalten. Die sind sowieso meistens hinter echten Berühmtheiten her.«

»Richtig, okay.« Ein Paparazzo, im Ernst? Wie kann das mein Leben sein? Bevor ich Marcus fragen kann, wie genau sein PR-Team zaubert, klingelt sein Telefon, und er wendet seine Aufmerksamkeit wieder auf den Bildschirm.

»Ashton hat gerade eine SMS geschrieben, um uns zum Mittagessen einzuladen«, sagt er und schaut auf. »Macht es dir etwas aus, wenn er jetzt mitkommt?«

»Natürlich macht es mir nichts aus, und Kendall sicher auch nicht.« Meine beste Freundin ist immer auf der Suche nach gutaussehenden Männern. »Glaubst du, er wird rechtzeitig hier sein?«

Marcus grinst mich an. »Er wohnt einen Block entfernt, also ja.«

»Okay, dann.« Ich schüttele mein schön gestyltes Haar, als er mir die Restauranttür öffnet. Ich kann es kaum erwarten, was Kendall zu meiner neuen Frisur und Kleidung sagt. Typisch Mann, hat Marcus gestern, als ich nach Hause kam, nichts an meinen Haaren bemerkt, sondern nur beim Abendessen gesagt, dass ich »sehr hübsch aussehe« – allerdings hat er mir heute Morgen ein Kompliment für mein neues Outfit gemacht.

Und hey, zumindest hat er bemerkt, dass ich hübsch aussah, auch wenn er nicht wusste, warum.

Wir sind ein paar Minuten zu früh, aber Kendall wartet bereits am Tisch im hinteren Bereich auf uns und gafft die anderen Gäste schamlos an. Ich schaue mich auch um und erkenne zu meiner Überraschung einige Leute. Die beiden Frauen in der Ecke sind beliebte Reality-TV-Stars, der Typ am Tresen ist ein bekannter Schauspieler, und wenn ich mich nicht irre, ist der hübsche blonde Mann neben einem kräftigen Mann mittleren Alters ein berühmtes männliches Model. Ein paar andere Gesichter kommen mir auch bekannt vor, aber ich kann sie nicht zuordnen. So oder so, fast jeder hier sieht aus, als sei er den Seiten von *Vogue* und *GQ* entsprungen, auch die Kellnerinnen und Kellner. Das Restaurant muss sie aufgrund ihres Stils und Aussehens einstellen.

Mein altes Ich wäre zusammengeschrumpft und

hätte sich schrecklich deplatziert gefühlt, aber nicht diese neue Emma mit der hipster-coolen Kleid-und-Stiefeletten-Kombination und den schönen Haaren. Ich bin noch lange nicht so schillernd wie die meisten Frauen hier, aber als unsere wunderschöne blonde Hostess uns durch das Restaurant führt, nachdem wir unsere Mäntel abgenommen haben, halte ich meinen Kopf hoch, als ob ich genau da bin, wo ich hingehöre.

Und mit Marcus an meiner Seite funktioniert der Bluff perfekt. Mehrere Frauen – und das männliche Model – schauen mich neidisch an und fragen sich zweifellos, wer ich bin und wie ich mir den großen, gutaussehenden Milliardär geschnappt habe, dessen Handfläche besitzergreifend auf meinem Rücken ruht und der jeden Mann böse anstarrt, der es wagt, mich anzuschauen.

»Ems!« Kendall springt auf, als wir uns dem Tisch nähern, und ihre haselnussbraunen Augen weiten sich, als sie meine Erscheinung betrachtet. »Wow, schau dir dein Kleid an! Und dein Haar! Was hast du gemacht, und wann?«

Das sind doch einmal zwei X-Chromosomen. »Gestern war ich bei einem neuen Frisör und habe ein wenig eingekauft«, sage ich strahlend. »Gefällt's dir?«

»Ich liebe es!« Sie umarmt mich und wendet sich dann Marcus zu, der uns verwirrt zuschaut. »Sieht sie nicht absolut umwerfend aus?«

Sein Blick wandert über mich und verweilt auf meinen Lippen. »Ja. Immer.«

Ich werde rot. Ich kann nicht anders. Seine Stimme hat diese heisere Note, die das Ganze tief und grollend macht, und ich weiß, wenn wir jetzt nicht in der Öffentlichkeit wären, würde er mich zu sich ziehen, um einen Kuss zu bekommen, der unweigerlich zu mehr führen würde. Auch der lüsterne Schimmer in seinen Augen ist *nicht* restauranttauglich. Überhaupt nicht.

Kendall muss das auch denken, denn sie räuspert sich und streckt Marcus die Hand entgegen. »Kendall Bryce«, sagt sie einen Hauch zu fröhlich. »Ich glaube nicht, dass wir uns jemals offiziell vorgestellt haben.«

Marcus reißt seine Augen von mir weg und schüttelt ihr die Hand. »Marcus Carelli.« Sein Ton ist trocken, er muss gemerkt haben, dass er mich so ansieht, als ob *ich* das bin, was auf der Speisekarte steht. »Es ist schön, dich offiziell kennenzulernen, Kendall.«

»Marcus' Freund Ashton kommt auch zu unserem Brunch«, sage ich ihr, während wir alle Platz nehmen und der Kellner einen Krug mit Wasser für den Tisch bringt. »Ich habe Marcus gesagt, es würde dir nichts ausmachen.«

»Natürlich nicht. Je mehr, desto besser.« Sie wartet, bis Marcus auf die Speisekarte hinunterblickt, und sobald er das tut, pantomimt sie, dass sie in Ohnmacht fällt.

Ich unterdrücke ein Lachen, bevor ich meine Begleitung anschaue. Ja, er ist es definitiv wert, in Ohnmacht zu fallen. Selbst unter all den schönen

Leuten hier sticht er als der attraktivste Mann hervor, und seine markant starken Gesichtszüge und sein kräftiger Körperbau ziehen die Blicke vieler Frauen an – und einiger Männer. Und wer kann es ihnen verdenken? Selbst in seinem lässigen Wochenend-Outfit aus dunklen Jeans und einem hellblauen Button-up-Hemd sieht Marcus nach einer Million Dollar aus – oder eher wie eine Milliarde. Oder sind es mehrere Milliarden?

Ich habe keine Ahnung, wie hoch sein Nettovermögen tatsächlich ist.

»Also, Marcus«, sagt Kendall, als sie von der Speisekarte aufschaut. »Emma erzählte mir, dass ihr beide einen Probelauf des Zusammenlebens machen. Wie läuft es bis jetzt? Überlebst du die Invasion der Katzen?«

Seine weißen Zähne blitzen auf, als er grinst. »Zum größten Teil. Ich bin zwar neulich morgens mit einem haarigen Hintern im Gesicht aufgewacht, aber Emma versicherte mir, dass die Katzen sich gründlich reinigen – und dass Mr. Puffs sich nicht absichtlich ins Schlafzimmer geschlichen und versucht hat, mich zu ersticken.«

»Oh nein.« Kendall lacht. »An deiner Stelle wäre ich vorsichtig. Die Dinge, die ich über diesen Kater gehört habe …«

»Alles wahr«, versichert Marcus ihr. »Er scheint tatsächlich dämonischen Ursprungs zu sein. Zum Glück sind seine Geschwister recht harmlos, und ich komme weitgehend mit ihnen aus.«

»Er ist zu bescheiden«, sage ich und lege ihm die Hand auf den Ärmel. »Cottonball hat sich Hals über Kopf in ihn verliebt. Er folgt Marcus wie ein Welpe.«

Bevor Kendall antworten kann, kommt der Kellner vorbei, um unsere Getränkebestellungen entgegenzunehmen – nur das Wasser auf dem Tisch für mich und einen Hibiskus-Eistee für Kendall und Marcus – und als er wieder geht, kommt Ashton an unseren Tisch und sieht in einer weiteren lässig-coolen Kombination aus Jeans und einem hellen Kaschmirpullover wie ein Filmstar aus.

»Tolles Restaurant«, sagt er zu Marcus, während er neben Kendall Platz nimmt. »Ich wollte es ausprobieren, aber du bist mir zuvorgekommen.« Mit einem strahlenden Lächeln wendet er sich an meine Freundin. »Ashton Vancroft«, sagt er, und seine glatte, tiefe Stimme fällt eine weitere Oktave ab, als er seine Hand ausstreckt. »Und du bist …?«

Zu meiner Überraschung sieht meine Freundin nicht hin und weg aus, sondern starrt ihn geradezu böse an. »Kendall Bryce«, sagt sie zähneknirschend und ignoriert die angebotene Hand. Als er sie sinken lässt, wirft sie ihr glattes, dunkles Haar über die Schulter und rückt ihren Stuhl demonstrativ so hin, dass sie teilweise von ihm weggedreht ist.

Ich starre sie ungläubig an. Ich habe Kendall noch nie so unhöflich zu jemandem gesehen, nicht einmal zu der Zeit im College, als ein betrunkener Kerl sie während der ganzen Party ständig anmachte. Noch merkwürdiger ist, dass Ashton, anstatt sich beleidigt zu geben, amüsiert aussieht, und er sein Lächeln zu einem bösen Grinsen verbreitert, während er sich in seinem Stuhl zurücklehnt und völlig entspannt den Knöchel über sein Knie legt. »Also«, sagt er, so als ob Kendall an seiner Seite kein Eisblock wäre, »was ist hier gut?«

So verwirrt, wie ich mich fühle, sagt Marcus ironisch: »Alles, nehme ich an.« Dann zieht er eine Augenbraue in die Höhe. »Kennt ihr beiden euch?«

»Nein«, antwortet Kendall bissig, bevor Ashton ein Wort herausbekommt. Ihre perfekten Gesichtszüge sind beinahe zu einem finsteren Blick verzogen, was ich noch nie bei ihr gesehen habe. Mit einer ruckartigen Bewegung winkt sie unserem Kellner zu, und als er kommt, bestellt sie einen Krug Sangria.

»Wirst du mit uns teilen?«, fragt Ashton mit einem Blick auf ihr starres Profil, und seine Augen glänzen mit der gleichen bösen Belustigung. »Oder hast du vor, das ganze Ding allein zu trinken?«

Ich räuspere mich. »Also, Ashton, wie läuft dein Geschäft?« Ich denke, es ist am besten, einzuspringen, bevor Kendall ihn schlägt – denn sie sieht aus, als ob sie das wirklich will. »Hattest du Glück bei der Verlangsamung des Umsatzwachstums?«

»Leider nein.« Er zieht eine Grimasse und verlagert seine Aufmerksamkeit von meiner wütenden Freundin weg. »Es ist wie ein Schneeball, der einen Berg hinunterrollt – es nimmt einfach immer mehr Fahrt auf.« Sein umwerfendes Grinsen kehrt zurück, und er schaut von mir zu Marcus. »Was ist mit euch beiden

Turteltauben? Wie geht es euch? Steht das Hochzeitsdatum bereits fest?«

Ich breche in schallendes Gelächter aus. »Oh, ja. Es ist morgen Abend in Disney World. Sechs Uhr. Sei dabei, oder Mickys Zorn wird dich treffen.«

Ich erwarte, dass Marcus sich dem Spaß anschließt, aber wenn ich zu ihm hinüberblicke, ist auf seinem Gesicht keinerlei Belustigung zu sehen. Stattdessen schaut er Ashton an, als ob er ihn gerne umbringen würde. Ganz langsam. Nach ein paar Stunden Folter.

Ashton muss erkennen, dass sein Witz nicht gut ankam, denn er räuspert sich und winkt dem Kellner, der mit der gleichen rekordverdächtigen Geschwindigkeit zu ihm eilt. »Was haben Sie vom Fass?«, fragt er, und der Kellner rattert eine Liste mit Biernamen herunter, von denen ich die meisten noch nie gehört habe. Ashton bestellt sich eines, und Marcus auch, so dass ich die einzige am Tisch bin, die kein alkoholisches Getränk hat – oder eine Ahnung, warum alle so angespannt sind.

Zu meiner Erleichterung schüttelt Marcus das ab, was über ihn gekommen ist, und übernimmt die Gesprächsführung, indem er Kendall und Ashton nach ihren Weihnachtsplänen fragt – beide wollen nach Hause zu ihren Familien fahren –, bevor er das Gespräch wieder geschickt auf meine Katzen und den Unfug lenkt, den sie anstellen. Als wir die Geschichte von Queen Elizabeth erzählen, die ein Stück Steak vor Geoffreys Nase gestohlen hat, lachen wir alle, und der Großteil der Anspannung ist verschwunden –

zumindest oberflächlich. Kendall vermeidet es immer noch, Ashton anzusehen, und er scheint große Freude an ihrem Verhalten zu haben, als wäre sie ein mürrisches, aber süßes Kleinkind.

Sie müssen sich schon einmal getroffen haben. Eine andere Erklärung fällt mir nicht ein.

Als die Vorspeisen kommen, entschuldigt sich Kendall, um auf die Toilette zu gehen, und ich folge ihr dorthin, entschlossen, dem Geheimnis auf den Grund zu gehen. Aber es gibt nur eine, so dass ich am Ende draußen warten muss und Kendall meinem fragenden Blick ausweicht, als sie herauskommt und zum Tisch zurückeilt.

Gut. Dann muss ich sie eben im Anschluss verhören.

»Glück gehabt?«, murmelt Marcus mir ins Ohr, als ich zum Tisch zurückkehre, und ich schüttele mit einem reumütigen Grinsen den Kopf. Offensichtlich ist er genauso neugierig wie ich – und hatte genauso wenig Glück, Antworten von seinem Freund zu bekommen.

Während des Essens graben Marcus und ich jedes Gesprächsthema in unserem Arsenal aus, um die Spannungen nicht wieder aufkommen zu lassen, und wir haben Erfolg – vor allem, weil Kendall nach drei Gläsern Sangria den Mann an ihrer Seite zu vergessen scheint und ihr normales, freundliches, sprudelndes Selbst wird. Lachend beschreibt sie die lächerlichen Besorgungen, die ihr Chef ihr aufträgt, bevor sie eine urkomische Geschichte über ein kürzlich schiefgegangenes Date erzählt. »Er war fest entschlossen, mir das Bild seiner Ex-Freundin zu zeigen«, sagt sie, und ihre haselnussbraunen Augen funkelten, als sie in ihre Eier Benedikt schneidet. »Egal, was ich gesagt habe.«

Marcus und ich halten uns zu diesem Zeitpunkt schon die Bäuche vor Lachen, aber als ich Ashton anschaue, stelle ich fest, dass sein Lächeln gezwungen scheint und seine Hand fest die Gabel umfasst. Erst als sich die Unterhaltung auf unsere Lieblingssendungen und Filme verlagert, entspannt er sich, und sein lockerer Charme kehrt zurück, während wir über das Für und Wider von *Avatar* und *Game of Thrones* diskutieren.

Mit Geschick und Mühe gelingt es uns, das Gespräch im Fluss zu halten, bis der Kellner die Rechnung bringt und der kollektive Seufzer der Erleichterung fast hörbar ist. Auf typisch männliche Art und Weise streiten Marcus und Ashton darüber, wer bezahlt, bevor sie entscheiden, die Rechnung durch zwei zu teilen, wobei Marcus praktisch für mich und Ashton für Kendall bezahlt. Ich erwarte, dass sie damit einverstanden ist – meine Freundin hatte noch nie ein Problem damit, sich von Männern Essen und Getränke kaufen zu lassen – aber sie holt ihre Kreditkarte heraus und drückt sie dem Kellner mit der Anweisung in die Hand, ihren Anteil zu berechnen, während sie Ashton wütend anblickt.

»Das ist kein Doppeldate«, erklärt sie knapp, als ich sie mit hochgezogenen Augenbrauen anschaue. Dann trinkt sie den Rest ihres Sangria, und sobald der Kellner mit den Kreditkarten zurückkommt, schnappt sie sich ihre Karte, unterschreibt den Beleg und rennt nach einem überstürzten Abschied von mir und Marcus davon.

40

Emma

IN DER NÄCHSTEN WOCHE TUE ICH MEIN BESTES, UM EIN paar Antworten aus Kendall herauszulocken, aber auf eine sehr unkendallische Art und Weise blockt sie mich mit der Behauptung ab, dass sie Ashton einfach für ein komplettes Arschloch hält. »Ich kenne solche Typen«, sagt sie mit mehr als einer Spur von Bitterkeit. »Er ist voll und ganz eine männliche Nutte, ein hübscher Junge, der noch nie in seinem Leben für irgendetwas arbeiten musste. Alles wurde ihm auf einem Silbertablett gereicht, und alle Frauen liegen ihm zu Füßen. Nun, ich durchschaue seinen Schwachsinn und kaufe ihm diesen falschen Charme nicht ab.«

Und egal, wie sehr ich versuche, den Grund für diese Meinung herauszufinden – mehr sagt sie mir nicht. Auch Marcus kommt bei Ashton nicht weiter, obwohl der Kerl etwas nach dem Motto *ein Gentleman genießt und schweigt* durchsickern lässt, was meine Vermutung bestätigt, dass sie bereits Bekanntschaft miteinander gemacht hatten ... und möglicherweise mehr als nur geredet haben.

Abgesehen von dem Mysterium mit unseren Freunden ist meine zweite Woche mit Marcus alles, was ich mir erhoffen konnte, und mehr. Obwohl wir oberflächlich betrachtet völlig unterschiedlich sind, greifen wir nahtlos ineinander, als wären wir die ganze Zeit über zwei Teile eines Ganzen gewesen.

Nach dem Brunch am Samstag verbringen wir den Rest des Wochenendes allein mit einer Mischung aus netten Aktivitäten und Arbeit. Wir sehen uns im MOMA moderne Kunst an und trotzen dann dem kalten Wetter, um einen langen Spaziergang im Central Park zu machen. Als wir hungrig sind, kaufe ich uns Tacos von einem Imbisswagen, und wir essen sie beim Spaziergang durch die Park Avenue, wo Marcus mir sein Bürogebäude zeigt. Abends entspannen wir uns zu Hause bei einem ausgeliehenen Film, erledigen dann ein wenig Arbeit und sitzen mit unseren Laptops nebeneinander auf der Couch, bis ein gewisser Jemand entscheidet, dass mein Pyjama-Tanktop eine sexuelle Provokation ist und mich ins Bett zerrt.

Am Sonntag weht ein weiterer eisiger Sturm über die Stadt, so dass wir nirgendwo hingehen und warm und gemütlich mit meinen Katzen im Penthouse bleiben. Marcus macht nach dem Frühstück sein übliches Hardcore-Training im Fitnessraum, und weil ich nichts Besseres zu tun habe, lasse ich mir von ihm beibringen, wie man richtig Gewichte stemmt. Danach schwimmen wir im Pool, essen zu Mittag und skypen eine Stunde lang mit meinen Großeltern. Am Nachmittag arbeiten wir noch etwas, und ich schreibe verstohlen ein weiteres Kapitel meines geheimen Projekts.

Ich habe jetzt fünftausend Worte, und werde langsam ernsthaft aufgeregt.

An den Wochentagen wiederholen wir den Ablauf der letzten Woche, mit der Neuerung, dass Marcus mich überzeugt, abends mit ihm zu schwimmen. Zuerst bin ich zögerlich – ich war immer zu müde für Sport, wenn ich von der Arbeit nach Hause kam – aber der Pool ist so praktisch und erfrischend, dass ich mich ab Mitte der Woche auf die Aktivität freue. Nicht, dass ich ein geübter Schwimmer wäre oder so etwas – ich mache etwas zwischen Hundepaddeln und gemächlichem Froschstil – aber das reicht für meine trägen Muskeln, denn am Dienstag habe ich einen ernsthaften Muskelkater. Der könnte natürlich auch vom Gewichtheben am Sonntag stammen, es war schließlich das erste Mal seit Jahren, dass ich einen Fuß in ein Fitnessstudio gesetzt habe.

»Armes Kätzchen. Lass mich sehen, ob ich helfen kann«, meint Marcus mitfühlend, als ich mich darüber beschwere, dass ich überall Schmerzen habe. Dann legt er mich mit dem Gesicht nach unten auf unser Bett und macht sich an die Arbeit, jeden schmerzenden Muskel zu massieren, bis ich im siebten Himmel und so weich wie überkochte Spaghetti bin – und dann dreht er mich um und macht mich auf eine ganz andere Weise wund.

Es ist alles so perfekt, dass es mir Angst macht. Wenn die Dinge jetzt schiefgehen, wird es nicht nur mein Herz brechen – es wird mich völlig vernichten. Mit jedem Tag, der vergeht, gerate ich tiefer in den Bann von Marcus, werde immer abhängiger von seiner lebendigen Präsenz und der Art und Weise, wie er mir das Gefühl gibt, die einzige Frau auf der Welt zu sein. Wenn wir zusammen sind, ist seine Konzentration auf mich so absolut, dass ich das Gefühl habe, dass er jeden Wimpernschlag, jede subtile Veränderung meiner Stimmung bemerkt. Selbst wenn wir beide an unseren Laptops arbeiten, genügt eine Veränderung meiner Atmung, damit sich diese kühlen blauen Augen auf mich richten und sich mit der vertrauten dunklen Hitze füllen.

Er ist so intensiv auf mich konzentriert, dass es manchmal eine Erleichterung sein sollte, wenn wir getrennt sind, aber das ist es nicht – denn ich fange schon nach den ersten zehn Sekunden an, ihn zu vermissen.

»Sei nicht so ein Angsthase. Warum sollten die Dinge schiefgehen?«, meint Kendall, als ich mich ihr während meiner Mittagspause am Mittwoch anvertraue. »Ihr seid beide perfekt füreinander. Ich habe noch nie ein so verliebtes Paar gesehen.«

»Das ist es ja.« Ich stelle mein Telefon hin, damit ich die Hände frei habe, um mein Sandwich auszupacken – eine weitere ausgefallene Mischung aus Schinken auf dünn geschnittenem Roggenbrot mit Rucola und Feigenmarmelade. »*Ich* liebe Marcus, aber ich weiß nicht, ob er *mich* liebt.«

Kendall schnauft. »Ja, sicher. Dieser Mann betet den Katzenhaarteppich an, auf dem du gehst. Ein typisches Beispiel: Er hat sich einen Abend freigenommen, damit ihr beide mit Janie und Mr. Schleimer essen gehen könnt.«

Ich ziehe eine Grimasse. »Ja, erinnere mich nicht daran.« Ich beiße in das Sandwich und murmele mit vollem Mund: »Ich habe letzte Woche zugestimmt, aber ich würde viel lieber mit Marcus und unseren Katzen zu Hause kuscheln.«

»*Unsere* Katzen?« Kendall grinst. »Sind das jetzt auch *seine* haarigen Babys?«

»Das könnten sie definitiv sein«, sage ich, als ich den Bissen heruntergeschluckt habe. »Cottonball hat seine Loyalität geändert, und Queen Elizabeth erwärmt sich jeden Tag mehr für Marcus. Mr. Puffs ist der einzige Verweigerer, aber ich glaube, das liegt daran, dass er für die dritte Mannschaft spielt.«

»Seinen Vater, Satan?«, rät Kendall.

Ich schüttele den Kopf. »Geoffrey, Marcus' Butler. Diese beiden werden immer enger. Mein Kater benimmt sich sogar in seiner Gegenwart. Er versucht nicht einmal, Essen zu stehlen, wenn er in der Küche kocht, kannst du dir das vorstellen?«

»Auf keinen Fall.« Kendall klingt entsprechend schockiert. »Vielleicht steht er auf britische Männer.«

»Sieht ganz so aus«, sage ich, und erinnere mich dann an diese mysteriöse Sache, die mir keine Ruhe lässt. »Apropos Männer – amerikanische, nicht britische –, wie habt du und Ashton …«

»Wow, wirklich unauffälliger Übergang, Miss Schnüfflerin. Warum isst du nicht dein köstlich aussehendes Sandwich auf, und ich hole mir einen langweiligen Salat zum Mittagessen.« Und während sie auflegt, höre ich sie neidisch murmeln: »Ein Butler, der kocht, unglaublich.

ZU MEINER ERLEICHTERUNG VERLÄUFT DAS DINNER MIT Janie und Landon an diesem Abend reibungslos, wobei der Bankier nur kurz seine Patriziernase über die Stelle mit den Katzenhaaren rümpft, die auf mein neues, stilvolles Outfit gekommen sind, als Mr. Puffs uns auf dem Weg nach draußen überfallen hat. Danach schaltet Janies Freund den Charme ein, und obwohl dieser definitiv leicht gespielt ist, haben wir vier am Ende einen schönen Abend – sogar nachdem Marcus einen weiteren Niesanfall von Janies Parfum hatte.

»Es tut mir so leid«, entschuldigt sie sich zum zehnten Mal, als wir uns von ihr verabschieden, wobei ich es diesmal vorsichtig vermeide, sie zu umarmen. »Ich schwöre, ich hätte es nicht getragen, wenn ich das gewusst hätte.«

»Nein, stopp. Es ist ganz und gar meine Schuld. Ich hätte dich warnen sollen«, sage ich und fühle mich schlecht. »Zu Hause haben wir fast alles unparfümiert, deshalb habe ich es vergessen.«

»Wir werden bei unserem nächsten Treffen jeden Duft vermeiden«, kündigt Landon an und schüttelt Marcus mit einem großen, zahnfreilegenden Lächeln die Hand. Ich stelle mir vor, wie er noch in dieser Nacht Janies Parfum wegwirft, damit er den Fehler nicht mit einem anderen wichtigen Geschäftskontakt wiederholt, und unterdrücke ein Grinsen.

Die Parfumallergie eines Milliardärs kann die Öffentlichkeit – und Janie selbst – vor mindestens einem zu starken Geruch bewahren.

»Glaubst du, dass er alle Parfumflaschen, die sie haben, wegwerfen wird?«, fragt Marcus, als wir im Auto auf dem Heimweg sind.

»Oh ja«, sage ich. Es ist erschreckend, wie oft unsere Gedanken derzeit auf der gleichen Wellenlänge sind. »Kauf am besten ein paar Aktien von irgendwelchen Firmen, die unparfümierte Produkte herstellen. Jetzt, wo Landon an dem Fall arbeitet, wird das das nächste große Ding sein.«

Und als wir wie zwei perfekt aufeinander eingespielte Menschen lachen, entscheide ich schließlich, wie ich mit meiner Wohnungssituation umgehe.

Ich werde meine alten Möbel loswerden und darauf vertrauen, dass das, was wir haben, echt ist.

arcus

Als Emma mir mitteilt, dass sie ihre restlichen
Sachen auf Craigslist zum Verkauf anbietet und
offiziell ihr Apartment aufgibt, fühle ich sowohl
Triumph als auch Erleichterung – und zu meiner
Überraschung auch ein wenig schuldig.

»Du hast *was* getan?« Ashton starrt mich ungläubig
an, als ich mich am Donnerstag in der Nähe meines
Büros auf einen Kaffee mit ihm treffe und ihm die
Situation gestehe.

Ich fahre mir mit einer Hand über das Gesicht.
»Das habe ich dir doch gerade erst gesagt. Ich habe
Long dazu gebracht, das Stadthaus ihrer Vermieterin in
Brooklyn über dem Marktwert zu kaufen.«

»Um Emma zu zwingen, bei dir einzuziehen«,

erklärt Ashton und starrt mich an, als hätte ich den Verstand verloren.

»Nein, um sie *anzustupsen*, damit sie bei mir einzieht«, antworte ich bissig. Verdammter Ashton; ich habe wirklich darauf gezählt, dass er in dieser Sache auf meiner Seite steht. »Sie hat diese ganzen Geldsorgen und will mich nicht ausnutzen, und ich habe es schon einmal mit ihr versaut, also hat sie Vertrauensprobleme … Wir haben sowieso diese Richtung eingeschlagen, und ich wollte die Dinge nur beschleunigen, okay? Ist das so unglaublich falsch?«

»Nicht, wenn du Machiavelli bist.« Er stützt seine Ellenbogen auf dem Tisch ab und sieht fasziniert aus. »Was hast du diesem armen Mädchen noch angetan?«

»Nichts.« Dann bringt mich eine dämonische Kreatur dazu – Mr. Puffs vielleicht –, dass mein Mund die Worte formt: »Vielleicht habe ich sie auch überprüfen lassen, als wir anfingen, uns zu verabreden.«

»Was zum Teufel?« Er richtet sich auf. »Warum? Hältst du sie für eine Kriminelle?«

»Natürlich nicht. Sie sagte nach einem besonders tollen Date, sie wolle mich nicht mehr sehen, und ich brauchte einige Informationen, um herauszufinden, wie ich … Du weißt, was ich meine, oder? Vergiss es.« Mir gefällt nicht, wie er mich ansieht – so als würde ich einen Mord gestehen.

Hat nicht jeder verliebte Mann schon einmal ein wenig nachgestellt?

»Oh nein.« Er nimmt seinen Becher, und dunkle

Belustigung lässt seine Mundwinkel zucken. »Du kommst nicht so leicht aus der Sache raus. Wenn ich es richtig verstehe, hast du Emma quasi verfolgt, bis du sie dazu gebracht hast, sich mit dir zu verabreden, und jetzt hast du auch sichergestellt, dass sie keine andere Wahl hat, als bei dir einzuziehen.«

»Blödsinn. Sie *hat* eine Wahl. Sie hätte eine andere Wohnung nehmen können. Sie hat sich aus freien Stücken entschieden, mit mir zusammenzuleben.« Deshalb verstehe ich nicht, warum ich mich wegen dieser Situation überhaupt schuldig fühle.

»Ja, klar.« Ashton lacht jetzt vollends, der Bastard. »Also, wie bringst du sie dazu, dich zu heiraten? Erpressung? Folter? Entführung?«

»Fick dich, Mann. Eines Tages wirst du eine Frau treffen, die sich deinen Schwachsinn nicht gefallen lässt, und dann wirst du sehen, welche Maßnahmen *du* ergreifen wirst.«

Ein seltsamer Ausdruck huscht über Ashtons Gesicht, aber ich bin zu sauer, um darüber nachzudenken. Ich nehme meine Tasse, trinke den Kaffee mit ein paar großen Schlucken aus und stehe auf. »Ich muss los.«

»Marcus, warte.« Ashton springt auf und stellt sich vor mich, bevor ich vom Tisch weggehen kann. »Hör zu, es tut mir leid, Mann.« Er klingt wirklich zerknirscht. »Du hast mich einfach gerade überrascht. Du musst zugeben, dass es irgendwie lächerlich ist, dass du laut des *Herald* der begehrteste Milliardär oder was auch immer bist und auf diese Art von Scheiße zurückgreifen musst, um eine Buchhändlerin dazu zu bekommen, mit dir zusammen zu sein. Aber«, er hebt seine Hand, bevor ich meine Faust in sein Gesicht schlagen kann, »nachdem ich Emma jetzt zweimal getroffen und gesehen habe, wie ihr beide zusammen seid, verstehe ich, warum du so an ihr hängst.«

Ein Teil meiner Wut lässt nach. »Wirklich?«

»Oh ja.« Er kehrt auf seinen Platz zurück, und nach kurzem Überlegen setze ich mich auch wieder hin. »Ich habe deine Tatkraft immer bewundert«, sagt er und nimmt seine Kaffeetasse in die Hand. »Erinnerst du dich daran, dass wir nach unserer Corporate-Finance-Prüfung das erste Mal alle in eine Bar gegangen sind? Barry war dort, und seine Freundin Lina. Wie auch immer, wir hatten alle ein paar Bier getrunken, und dann sagtest du uns, dass du Milliardär werden würdest. Erinnerst du dich daran?« Er nimmt einen Schluck.

Ich zwinge meine fest zusammengeballte Hand, sich zu öffnen. »Ja, das tue ich.« Es war ein paar Tage, nachdem Ashton und ich bei unserem Corporate-Finance-Projekt zusammengearbeitet hatten, bevor wir uns wirklich kennenlernten und Freunde wurden.

Ashton stellt seinen Becher ab. »Stimmt. Nun, die Sache ist die: So betrunken wir auch waren, niemand lachte über deine Ankündigung. Niemand war auch nur versucht, zu lachen, weil wir alle wussten, dass du es schaffen würdest. Du strahlst Ehrgeiz aus; er sickerte praktisch aus deinen Poren. Du warst wie eine verdammte Rakete, aufgestellt und betankt und auf dem Weg zu deinem Ziel. Niemand hat daran gezweifelt – weder unsere Lehrer noch unsere Mitschüler und schon gar nicht ich.«

Ich runzele die Stirn. »Und?«

»Darum habe ich dich beneidet.« Ashtons Gesicht ist so ernst, wie ich es noch nie gesehen habe. »Du wusstest genau, was du vom Leben erwartest, und ich hatte nicht die geringste Ahnung. Aber kürzlich, nachdem ich dich in den letzten Jahren beobachtet habe, ist mir etwas klar geworden. Diese raketenartige Entschlossenheit, dieser Ehrgeiz, der dich vorwärts treibt, du konntest ihn nicht abstellen. Du hast deine Milliarden verdient, und einfach weitergemacht, unfähig, aufzuhören, unfähig, irgendetwas davon zu genießen.«

Mein Stirnrunzeln vertieft sich. »Das ist nicht wahr. Ich genieße …«

»Ja, ich weiß, du genießt es, das Penthouse und das Privatflugzeug und all das Geld auf der Bank zu haben, aber hat dich irgendetwas davon wirklich zufriedengestellt? Ich habe noch nie gesehen, dass du innehältst und das aufnimmst oder es mehr als auf der oberflächlichsten Ebene schätzt.«

Ich atme frustriert aus. »Was soll das heißen?«

»Das soll heißen, dass ich nach einer Weile aufgehört habe, dich zu beneiden. Wie diese Rakete musstest du weitermachen, deinem sich ständig bewegenden Ziel hinterherjagen – sonst wärst du vom Himmel gefallen. Ohne die Jagd würdest du abstürzen und brennen. Oder zumindest hättest du das vor ein paar Monaten getan. Jetzt bin ich mir nicht mehr so sicher.«

Ich neige den Kopf. »Wegen Emma?«

Er nickt. »Zumindest nehme ich an, dass es ihretwegen ist. Du warst die letzten Male, als ich dich gesehen habe, anders. Immer noch fokussiert, immer noch ehrgeizig, aber … weniger maschinenhaft, wenn das Sinn macht. Als könntest du es tatsächlich ausschalten, wenn du wolltest.« Ein reumütiges Lächeln erscheint auf seinem Gesicht. »In Emmas Nähe bist du beinahe menschlich … obwohl du nach dem, was du mir gerade erzählt hast, vielleicht einfach einen Teil dieses Ehrgeizes umgeleitet hast. Das arme Mädchen hat keine Chance, oder?«

»Nein«, sage ich leise. »Das hat sie nicht.« Ich würde jeden Dollar auf meinem Bankkonto aufgeben, um sie zu behalten, und tausend verdeckte Geschäfte machen, um sicherzustellen, dass sie die meine bleibt.

Ashtons Ausdruck wird unerklärlicherweise weicher. »Du liebst sie, nicht wahr?«

»Ja, ich liebe sie.« Ich atme ein und lasse die Luft langsam wieder heraus. Es wird immer leichter, diese Worte zu sagen, sie als die unumstößliche Wahrheit zu akzeptieren, die sie sind. »Und du hast recht. Ich *bin* in ihrer Nähe menschlicher, auf eine Weise glücklich, wie ich es noch nie zuvor erlebt habe. Deshalb will ich es nicht vermasseln. Wenn Emma herausfindet, was ich getan habe …«

»Wie sollte sie es denn herausfinden?«, fragt Ashton zu Recht. »Du hast nicht vor, es ihr zu sagen, oder?«

»Nein.« So sehr ich es auch hasse, Geheimnisse zwischen uns zu haben, kann ich es nicht riskieren, sie zu verlieren.

Ashton grinst. »Gut, kluge Entscheidung. Frauen können auf Stalking und machiavellistische Intrigen komisch reagieren. Und du kannst dich darauf verlassen, dass ich den Mund halte. Und was deine Schuldgefühle betrifft, sind sie nur ein weiterer Beweis für deine wachsende Menschlichkeit. Marcus, die Rakete, hätte sich nicht um die Mittel, sondern nur um den Zweck gekümmert. Also nimm die Schuldgefühle, verschließe sie tief in dir und konzentriere dich auf die Zukunft mit deiner Freundin. Tu, was du tun musst, um sie zu deiner Frau zu machen.«

ICH DENKE DEN REST DES TAGES ÜBER DAS GESPRÄCH mit Ashton nach und tue mein Bestes, um die lästigen Schuldgefühle zu unterdrücken. Hatte er recht? Habe ich Emma dazu gezwungen, mit mir zu leben, anstatt sie einfach nur anzuschubsen, damit sie die richtige Entscheidung trifft?

Aber nein. Longs Briefkastenfirma hat Frau Metz das Angebot am vergangenen Freitag gemacht, und Emma hat mich erst heute Morgen über ihre Entscheidung informiert. Da ich davon ausgehe, dass die Vermieterin sie sofort angerufen hat, bedeutet das, dass mein Kätzchen sich die Zeit genommen hat, es zu überdenken, anstatt aus Verzweiflung zu handeln. Und darüber bin ich froh.

Obwohl das primitive Tier in mir Emma in seinem Versteck einsperren will, stößt mich der Gedanke, dass sie bei mir sein könnte, weil sie es muss, ab.

Ich will, dass sie mich will, dass sie mich so sehr liebt, wie ich sie liebe. Was als sexuelle Besessenheit begann, hat sich zu einem Bedürfnis vertieft, das so stark ist, dass es alle Merkmale einer Sucht trägt. Nur dass es mich nicht zerstört hat, wie ich anfangs befürchtete, sondern mein Leben bereichert hat. Als der 700-Millionen-Dollar-Handel am Wochenende vor Thanksgiving schlecht lief, gab ich meinen Gefühlen für Emma die Schuld, weil sie mich von dem ablenkten, was wichtig ist, anstatt zu erkennen, dass ich anfing, mich auf die wirklich wichtigen Dinge einzulassen.

Die Dinge, die ich mir gewünscht habe, seit ich ein Kind mit einer gleichgültigen Alkoholikerin als Mutter war.

Die Dinge zu wollen, die ich nicht einmal mir selbst gegenüber zuzugeben wagte.

Es war leicht gewesen, die körperlichen Entbehrungen meiner Kindheit anzuerkennen, mir zu sagen, dass Geld die hohle Angst in mir beseitigen würde – das Gefühl, immer auf Messers Schneide zu stehen, einen einzigen Fehltritt von einer Katastrophe entfernt zu sein. Aber egal, wie reich ich wurde, die Angst blieb bei mir und trieb mich dazu, immer härter, immer länger zu arbeiten.

Ashton hatte recht mit mir. Ich hatte keinen Aus-Schalter, denn Armut war nie das, was ich wirklich fürchtete, und Geld war nicht das, dem ich wirklich nachjagte. In den letzten Wochen mit Emma ist das Gefühl der Zufriedenheit, das ich zum ersten Mal mit ihr erlebt habe, stärker geworden, und die Angst vor der unberechenbaren Zukunft hat sich so weit zurückgebildet, dass sie nicht mehr als ein Schatten der Vergangenheit ist. Ich kann jetzt auf das schauen, was ich verdient habe, und weiß – mit einer Gewissheit, die unbefleckt von dieser lebenslangen Angst ist –, dass ein schlechtes Quartal mich nicht umbringen wird, dass ich nicht alles, was ich erreicht habe, verliere, wenn ich einen Abend nicht arbeite.

Und perverserweise war dieses Wissen gut für die Performance meines Fonds. Ich war ruhiger und weniger gestresst, was es mir ermöglicht hat, Investitionen mit einem anderen Blick zu beurteilen. In den vergangenen zwei Wochen sind wir in bestimmten Bereichen mehr Risiken eingegangen, während wir in anderen Bereichen wieder zurückgeschaltet haben, und wir sind in einem Markt, der einer Achterbahnfahrt gleicht, um weitere zwei Prozent gestiegen. Ich arbeite immer noch viel und bemühe mich, für meine Investoren so viel wie möglich zu erreichen, aber wenn ich mir einen Abend freinehmen muss, um mit Emma und ihren Freunden essen zu gehen, dann tue ich das, ohne mir Sorgen zu machen, dass ich mein Lebenswerk untergrabe, dass ich dieser entfernten, immer drohenden Katastrophe näher komme.

Natürlich hilft es, dass Emma so verständnisvoll ist, wenn ich am Wochenende oder abends meinen Laptop auspacke – dass sie auf ihre eigene, ruhige Art und Weise genauso ein Workaholic ist wie ich. Das habe ich anfangs nicht gedacht, da ich irrtümlich annahm, dass sie, da sie kein hochkarätiges Berufsfeld wie Wirtschaft, Medizin oder Jura angestrebt hat, wahrscheinlich weniger ehrgeizig und entspannter sein wird. Und das ist sie in gewisser Hinsicht – die Preise, die sie für die Lektoratsarbeit verlangt, liegen beispielsweise deutlich unter dem Branchendurchschnitt – aber in anderer Hinsicht ist sie genauso engagiert in ihrem gewählten Fachgebiet. Ohne eine große Nummer daraus zu machen, lektoriert sie jede Woche zwischen einer Kurzgeschichte und einem vollständigen Roman, zusätzlich zu ihrem Vollzeitjob im Buchladen. Jedes Mal, wenn ich von meinem Computer aufschaue, sehe ich sie arbeiten – und sie scheint nie müde zu werden oder sich zu beschweren.

Je mehr ich über mein Kätzchen erfahre, desto mehr will und respektiere ich es … und desto mehr will ich die eine Sache, von der ich jetzt merke, dass ich sie vermisst habe.

Eine echte Familie.

Mit Emma.

AM FREITAG DENKE ICH IMMER NOCH DARÜBER NACH. Gestern Abend stellte ich mir jedes Mal, wenn ich sah, wie Emma ihre Katzen an ihre Brust kuschelte, ein Baby an ihrer Stelle vor; jedes Mal, wenn sie lächelte, sah ich ein Kleinkind mit den gleichen Grübchen. Es ist noch zu früh dafür, ich weiß, aber ich kann nicht anders.

Wenn Emma mir grünes Licht gäbe, würde ich sie im Nu schwängern.

Sie hat aber noch lange nicht grünes Licht gegeben, deshalb achte ich seit unserem letzten Ausrutscher besonders sorgfältig auf Kondome. Obwohl keine der beiden Pillen, die sie am Morgen danach genommen hatte, sie krank machte, habe ich mich über die möglichen Nebenwirkungen informiert, und ich möchte nicht, dass sie noch eine nehmen muss. Stattdessen habe ich nach sicheren, effektiven Formen der Geburtenkontrolle gesucht, die sich weniger auf meine Willenskraft in der Hitze des Moments verlassen.

So sehr ich mir ein Baby mit Emma wünsche, es ist ihr Körper und ihre Entscheidung. Meine Aufgabe ist es, sie davon zu überzeugen, dass ich die »richtige Person« bin, ihr zu beweisen, dass ich ihr ein guter Ehemann und Vater sein werde – dass sie darauf vertrauen kann, dass ich nie wieder weggehen oder irgendetwas über sie stellen werde.

Obwohl Montag die Alpha-Zone-Konferenz ist, mache ich am Freitag früh Feierabend – um fünf Uhr, nur eine Stunde nach Marktschluss – und beschließe,

Emma bei ihrer Arbeit zu überraschen. Sie arbeitet diese Woche wegen der Feiertage länger, und ich habe ihren Buchladen immer noch nicht gesehen, obwohl sie mir einige lustige Geschichten über ihre schrulligen Stammkunden und ihren Chef erzählt hat, der ständig auf Diät ist.

Es ist weit nach sechs Uhr, als ich in Brooklyn ankomme, da der extrastarke Verkehr selbst Wilsons Navigationsfähigkeiten besiegt hat. Die Buchhandlung liegt versteckt in einer ruhigen Straße in Prospect Heights, und die Messingglocke über der Tür klingelt, als ich die Tür aufmache und hineingehe. Im Inneren riecht es nach Kaffee und bedrucktem Papier, wobei sich der frische Duft neuer Bände mit dem muffigeren Geruch älterer Ausgaben vermischt. Ich atme das alles anerkennend ein. Obwohl ich heutzutage die meiste Zeit auf einem Bildschirm lese, liebe ich Papierbücher wirklich.

Emma steht nicht an der Kasse vorne – dort steht nämlich gerade niemand –, also gehe ich durch die Reihen der Bücherregale und suche sie. Ein paar Kunden stöbern gemächlich in den verschiedenen Bereichen, aber sie ist nirgends zu finden – bis ich zu der kleinen Sitzecke im hinteren Bereich komme.

Ich höre die Stimmen, bevor ich sie sehe. Emmas Gelächter vermischt sich mit den tieferen Tönen eines Mannes, und mein Puls schießt in die Höhe, noch bevor ich um die Ecke trete und sie sehe.

Emma und ein junger blonder Typ mit Brille sitzen in nebeneinanderliegenden Sesseln, schauen auf die vor ihnen auf dem Couchtisch ausgebreiteten Zettel, und ihre Köpfe liegen so dicht beieinander, dass sie sich fast berühren.

Mein Blutdruck geht durch die Decke, und ein roter Nebel verschleiert meine Sicht, als ich das Grübchenlächeln auf Emmas Gesicht sehe – und das Erröten der hellen Haut des Mannes als Antwort darauf. Sein Fuß klopft nervös auf den Boden, als wolle er sich für etwas wappnen, und im Schritt seiner khakifarbenen Hose befindet sich ein deutliches Zelt.

Ein Ständer.

Er hat einen verdammten Steifen.

Ich bin so wütend, dass ich mich nicht bewegen kann – denn wenn ich das tue, würde ich ihn mit bloßen Händen umbringen.

»Also, ja, ich finde die Eröffnungskampfszene großartig, aber genau hier«, Emma nimmt einen Zettel auf, »ist zu viel Erörterung, besonders für das erste Kapitel. Es ist wichtig, den Leser nicht zu überfordern, indem man ihn mit Informationen überschüttet; du willst ihn langsam in deine Welt einführen, anstatt ihn kopfüber hineinzuwerfen.«

»Okay.« Der Adamsapfel des Kerls bewegt sich, als er sich noch einige Zentimeter vorbeugt und heimlich an der Luft schnüffelt, als ob er an ihrem Haar riechen würde. »Ich-ich werde es rausnehmen. Außerdem wollte ich dich fragen …« Er wartet, bis Emma ihn ansieht. »Hast du heute Abend schon etwas vor?«

Meine durch Zorn hervorgerufene Lähmung verschwindet durch meinen jetzigen Wutanfall. »Ja.

Das hat sie.« Meine Stimme knallt wie ein Peitschenhieb durch die Luft, und als die beiden auseinanderschrecken und ihre Köpfe in dieser schuldbewussten Art und Weise nach oben zucken, als seien sie bei etwas erwischt worden, kann ich nur noch still stehen bleiben, um nicht meine Faust in das nun farblose Gesicht des Kerls zu schlagen.

Ich kann der Gewalt, die in mir brodelt, nicht nachgeben, nicht wenn mein Rivale einen ganzen Kopf kürzer und halb so breit ist wie ich.

Was ich aber tun kann, ist, ihm kristallklar zu verdeutlichen, wem Emma gehört. Als sie mit einem überraschten »Marcus! Was machst du hier?« aufspringt, gehe ich zu ihr, lege meinen Arm um ihre Schultern und ziehe ihren kleinen, kurvenreichen Körper an meine Seite.

»Meine *Freundin* verbringt den Abend mit mir.« Mein Tonfall ist schneidend, während ich den Typen – der sich jetzt vorsichtig zurückzieht – mit einem finsteren Blick anschaue. »Und jeden anderen Abend in der Zukunft.«

»Marcus!« Emma klingt schockiert, aber eigentlich sollte sie dankbar sein, dass ich einfach nur unhöflich bin, anstatt den Kerl in den Boden zu rammen, wie es jeder territoriale Instinkt in mir verlangt.

Das Arschloch wollte mit Emma ausgehen.

Meiner Emma.

Und er hatte einen verdammten Ständer.

»Es tut mir leid«, stottert der Kerl und sieht aus, als

wolle er sich auf der Stelle in Luft verwandeln. »Ich wusste nicht, dass sie – also … Ich muss gehen.«

Er dreht sich herum, rennt wie ein Feigling weg und ignoriert Emmas Schrei: »Ian, warte!«

Sobald die Glocke über der Tür klingelt, was hoffentlich bedeutet, dass er verschwunden ist, lasse ich Emma los und drehe mich zu ihr um. Ihre Wangen sind leuchtend rot, und ihre Locken zittern wie verrückt, während sie mich mit zu kleinen Fäusten geballten Händen an den Seiten wütend anblickt. »Was zum Teufel war das? Ian ist ein potenzieller Kunde. Ich habe ihm gerade bei seinem ersten Buch geholfen, und er …«

»Hat dich angemacht.« Meine Worte kommen durch zusammengebissene Zähne. »Das Arschloch saß nahe genug bei dir, um an deinen Haaren zu schnüffeln, und hatte einen Ständer.«

Emmas Augen weiten sich, und sie tritt zurück, als ihr ein Teil des Windes aus den Segeln genommen wird. »Was? Nein, hatte er nicht.«

»Doch, hatte er verdammt nochmal.« Ich bin bereit zu töten, wenn ich nur daran denke.

Emma öffnet ihren Mund und schließt ihn, während ihr Blick auf etwas hinter mir wandert. Als ich mich umdrehe, sehe ich, dass einige der Kunden, die sich vorher umgesehen haben, jetzt dort stehen und den Streit mit der Neugier von Gaffern verfolgen.

»Entschuldigen Sie uns«, sagt Emma bestimmt und marschiert auf mich zu. Sie ergreift meinen Arm und zieht mich zu einer Tür im hinteren Teil, auf der »Nur für Angestellte« steht. Sie drückt sie auf, zieht mich beinahe in einen kleinen, stickigen Raum voller Kisten und schließt die Tür hinter uns.

Dann dreht sie sich zu mir um, wobei ihre grauen Augen zusammengekniffen und ihre Hände in die Hüften gestemmt sind. »Es ist mir egal, was Ians Penis getan oder nicht getan hat«, sagt sie mit leiser, wütender Stimme. »Er ist der Neffe meines Chefs, und er hatte keine Ahnung, dass ich einen Freund habe ...«

»Warum zum Teufel nicht?« Ich trete näher an sie heran. »Wir *leben* zusammen.«

»Ja, aber es ist einfach passiert und ...« Sie schluckt und weicht zurück, als sie meinen Gesichtsausdruck sieht. »Marcus, sei vernünftig. Ich habe den Kerl nur ein paarmal getroffen und ...«

Ich dränge sie gegen die Wand und halte sie dort fest, indem ich meine Handflächen auf beiden Seiten neben ihrem Kopf abstütze. Ich neige meinen Kopf und knurre: »Du hast gerade gesagt, er sei der Neffe deines Chefs.«

Sie hebt tapfer ihr Kinn. »Mr. Smithson weiß auch nichts von dir. Es war hier so viel los, dass wir keine Zeit zum Reden hatten. Ich wollte es ihm nächste Woche sagen, wenn ich meine Adresse offiziell ändere, aber ...«

Ich schneide ihr die Worte mit einem wilden Kuss ab, als sich die Eifersucht in ein brennendes Bedürfnis verwandelt, sie zu beanspruchen, sie auf die ursprünglichste Art und Weise zu brandmarken. Ich ergreife ihr Haar, balle meine Hand darin zu einer

Faust, ziehe ihren Kopf nach hinten und verschlinge ihren Mund. Als sie den ersten Schreck überwunden hat, erwidert sie den Kuss mit dem gleichen heftigen Hunger, wobei sich ihre Arme eng um meinen Hals schlingen und ihre Zunge sich mit meiner duelliert.

Die Hitze in mir wird vulkanisch, und die ganze Wut verwandelt sich in glühende Lust. *Meine. Sie gehört mir, verdammt nochmal.* Mit meiner freien Hand reiße ich an den Knöpfen ihrer Jeans, blind für alles außer dem Drang, in ihr zu sein. Ihre kleinen Hände fummeln als Antwort an meinem Hosenschlitz, während ich sie auf den Kistenstapel in Reichweite setze und ihr die Jeans und die Unterwäsche die Beine herunterziehe.

Es ist verdammt eigenartig mit der Hose, die ihre Knöchel zusammenhält und ihren Turnschuhen im Weg ist, aber ich konzentriere mich nur auf die enge, feuchte Umklammerung ihres Körpers, als ich in sie hineinstoße, auf ihr ersticktes Keuchen an meinen Lippen und darauf, wie ihre Hände krampfhaft mein Haar umgreifen. Unsere Zungen verschlingen sich wieder, und der Kuss ahmt die hemmungslose Verbindung unserer Körper nach. Wir sind wie Tiere, ohne auf unsere Umgebung zu achten, und erst in letzter Sekunde, als ich fühle, dass die Krämpfe ihres Orgasmus beginnen, schneidet ein Splitter der Vernunft durch den Nebel der Lust, und ich erinnere mich daran, mich herauszuziehen, als ich komme.

Schwer atmend beobachte ich, wie mein Samen auf ihrem nackten Oberschenkel landet, die dicke, weiße

Flüssigkeit ihre blasse Haut ziert, und dann schaue ich ihr ins Gesicht. Ihre Augen sind weich und benommen, ihre Pupillen noch immer von der Erregung geweitet, aber ich kann sehen, wie die Klarheit in die grauen Tiefen zurückkehrt, als das Bewusstsein, wo wir sind und was wir getan haben, einsickert.

»Hier«, murmele ich und ziehe ein Taschentuch aus meiner Jackentasche, bevor sie in Panik geraten kann. »Lass mich dich sauber machen.« Ich wische die sichtbaren Beweise für unseren Quickie schnell weg, während ich mich im Geiste für einen weiteren Ausrutscher verfluche.

Durch meinen Rückzug habe ich eine Schwangerschaft weniger wahrscheinlich gemacht, aber nicht unmöglich.

»Kätzchen«, beginne ich entschuldigend, aber Emma schüttelt bereits mit vor Entsetzen weit aufgerissenen Augen den Kopf, während ihre Hand nach oben fliegt, um sich auf ihren Mund zu legen.

»Ich kann nicht glauben, dass wir einfach – oh mein Gott, ich *arbeite* hier. Es gibt Kunden draußen und …« Ihr Blick fällt auf ihre nackten Beine, und ihr Gesicht und ihr Hals erröten. »Oh, fuck. Lass mich runter. Jetzt sofort.«

Ich trete zurück, und sie springt von den Kisten, zieht verzweifelt ihre Jeans und Unterwäsche hoch, während ich das benutzte Taschentuch wieder in meine Tasche stopfe und den Reißverschluss meines Hosenschlitzes hochziehe. Ihr köstlicher runder Arsch wackelt, während sie die engen Jeans an ihren cremigen Oberschenkeln hochzieht, und obwohl ich völlig erschöpft sein sollte, versucht mein Schwanz in meiner Hose, sein erneutes Interesse zu demonstrieren.

Jetzt ist aber nicht die Zeit, dem gierigen Bastard nachzugeben, denn mein Kätzchen sieht mehr als nur ein wenig verärgert aus. Vorsichtig strecke ich ihr die Hand entgegen. »Emma …«

»Nicht reden«, zischt sie und zieht sich zurück. »Mach keinen Mucks. Wir haben gerade … wo es jeder hören konnte … Oh Gott, ich kann nicht mal …«

»Psst, es ist okay.« Ich ergreife ihre Arme und ziehe sie für eine beruhigende Umarmung an meine Brust. »Wir waren nur ein paar Minuten hier, und wir waren ziemlich ruhig.« Oder zumindest glaube ich, dass wir es waren; soweit ich mich erinnere, waren unsere Münder hauptsächlich mit Küssen beschäftigt. So oder so, ich sage ihr beruhigend: »Du wirst keine Schwierigkeiten bekommen, das verspreche ich dir.«

»Das kannst du nicht versprechen.« Ihre Worte klingen gedämpft an meiner Brust.

Ich streichele ihren Rücken. »Doch, das kann ich. Nach dem, was ich von ihm gesehen habe, wird dieses Ian-Arschloch wahrscheinlich zu verlegen sein, um sich bei seinem Onkel zu beschweren, und wenn einer der Kunden etwas über das Geschehen im Hinterzimmer sagt … Nun, ich werde mich darum kümmern, wenn das passiert. Eine persönliche Entschuldigung von mir, begleitet von einem Scheck über etwa hundert Riesen, sollte die Federn deines

Chefs wesentlich glätten – sollte eine von ihnen überhaupt zerzaust werden.«

Anstatt sie zu beruhigen, bringt meine Erklärung ihren Zorn zurück. Beim Zurückziehen nagelt sie mich mit einem schmaläugigen Blick fest. »Glaubst du, Geld ist eine Lösung für alles?«

»Nicht alles.« Kein Geldbetrag der Welt kann mich in die Vergangenheit zurückbringen, so dass ich daran denken kann, ein Kondom zu benutzen. Aber was geschehen ist, ist geschehen, also atme ich durch und sage unverblümt: »Ich habe wieder keinen Schutz benutzt.«

»Ich weiß, ich habe es gesehen!« Dann fängt sie sich und fügt in einem ruhigeren Ton hinzu: »Ich glaube, wir sind sicher. Ich soll dieses Wochenende meine Periode bekommen.«

»Ah, gut.« Ich bin froh, dass sie nicht noch eine Pille für den Tag danach nehmen muss, auch wenn ein Teil von mir irrational enttäuscht ist. Ich unterdrücke diesen Teil und sage: »Ich habe für uns einige narrensichere Methoden der Geburtenkontrolle angeschaut. Spiralen scheinen besonders vielversprechend zu sein, und es gibt auch …«

»Später, okay?« Sie wirft einen besorgten Blick auf die Tür. Sie schiebt mich weg und versucht, ihr Haar zu zähmen – vergebliche Mühe, wenn man bedenkt, was meine Finger mit ihren Locken gemacht haben – und streicht dann mit den Handflächen über ihre Kleidung.

»Du siehst gut aus, meine Süße«, versichere ich ihr, nehme ihre Hand fest in meine und führe sie zur Tür.

42

Emma

ICH BIN IMMER NOCH WÜTEND, ALS WIR ANDERTHALB Stunden später zu Hause zu Abend essen. Obwohl keiner der Kunden etwas gesagt oder auch nur viel gelächelt hat, als wir aus dem Hinterzimmer kamen, hatte ich in den verbleibenden fünfzehn Minuten meiner Schicht das Gefühl, ein scharlachrotes A auf der Stirn eingebrannt zu haben – oder vielleicht eine Tätowierung »Eigentum von Marcus.«

Es würde sicherlich seinem Verhalten gegenüber Ian entsprechen. Marcus pisste fast einen Kreis um mich herum – und dann markierte er mich buchstäblich mit seinem Sperma.

Ich schiebe mir ein Stück Hühnchen in den Mund, während ich an Ians vor Panik riesige Augen denke, als

Marcus auf uns zukam, dann die offensichtlichen Sexgeräusche, die aus dem Hinterzimmer gekommen sein müssen, obwohl Marcus gesagt hat, dass wir ruhig waren, und obwohl ich immer noch vor Verlegenheit sterben möchte, muss ich lachen, wodurch ich mich fast an meinem Essen verschlucke.

»Geht es dir gut, Kätzchen?«, fragt Marcus sofort besorgt, und aus irgendeinem Grund gibt mir das den Rest. Zwischen den Hustenanfällen keuche ich hysterisch, schiebe meinen Teller weg und springe auf.

»Du – er …« Ich lache so sehr, dass mir die Tränen über das Gesicht laufen. »Oh Gott, wir hatten Sex in dem verdammten *Hinterzimmer*.«

Queen Elizabeth, die ruhig auf einem der freien Esszimmerstühle geschlafen hatte, hebt den Kopf und wirft mir einen Blick zu, der mir suggeriert, dass ich geistesgestört bin – und ich kann ihr keinen Vorwurf machen. Marcus' Verhalten war schrecklich und nicht im Geringsten lustig. Und meines war nicht besser. Was habe ich mir dabei gedacht, meinen unersättlichen Piraten ins Hinterzimmer zu schleppen, als die Luft zwischen uns vor sexueller Aufladung knisterte?

Wenn ich am Montag wegen unangemessenen Verhaltens bei der Arbeit gefeuert werde, habe ich es verdient.

Der Gedanke ernüchtert mich, und ich kehre auf meinen Platz zurück und wische die Tränen weg, während Marcus mich verwirrt anstarrt. Ich kann auch ihm keinen Vorwurf machen. Ich habe kaum zwei Worte mit ihm gesprochen, seit wir aus dem Hinterzimmer kamen, obwohl er darauf wartete, dass ich meine Schicht beende und wir zusammen nach Hause gingen. Er versuchte sogar, sich dafür zu entschuldigen, dass er sich an meinem Arbeitsplatz wie ein Arsch benommen hatte, aber ich konnte sehen, dass er es nicht so meinte.

Er glaubt irgendwie, dass er in dieser Sache im Recht ist – als ob ich mich jemals für den armen Ian entschieden hätte.

»Du weißt, dass ich dich nie betrügen würde, oder?«, sage ich, auch wenn ich damit nur das Offensichtliche ausspreche. »Nicht mit Ian, nicht mit jemand anderem.«

Marcus' Blick schärft sich, und er legt seine Gabel hin. »Ich weiß. Ich vertraue dir.«

»Warum also …«

»Weil ich *ihnen* nicht traue.«

Ich blinzele. »Ihnen?«

Sein Kiefer strafft sich. »Männern. Besonders verzweifelten, wie dieses blonde Arschloch. Er wäre rot geworden und hätte gestottert, und du hättest Mitleid mit ihm gehabt, wie mit einem traurigen kleinen Welpen. Er würde sich deine Gunst erschleichen, dein Freund werden, und als Nächstes reibt er seinen verdammten Ständer an dir.

»Marcus!« Ich kann gar nicht glauben, dass er so vulgär ist. »Ian würde nie …«

»Oh, doch, das würde er«, sagt er grimmig. »Du weißt einfach nicht, wie Männer denken und wie weit sie gehen würden, um das zu bekommen, was ich habe.«

»Was, Sex?«

»Dich.« Sein Blick brennt sich in mich hinein. »Du, Emma, bist ein verdammter Preis, und du weißt es nicht einmal. Jedes Mal, wenn du lächelst, bekommt ein Arschloch einen Steifen – und ich rede nicht nur von mir.«

Ich lache ungläubig. »Ja, okay, das ist jetzt …«

»Nichts als die Wahrheit. Du bringst sie um – und mich –, ohne es überhaupt zu versuchen. Und nicht nur, weil dein süßer Arsch so schön hin und her wiegt. Du bist es, Kätzchen, alles an dir.«

Ich höre auf zu lachen, und mein Atem stockt mir in der Brust bei der dunklen Intensität seines Blickes. Er meint es ernst – das sind nicht nur leere Worte –, und zum ersten Mal frage ich mich, ob Kendall vielleicht recht hat.

Könnte der Milliardär, den ich liebe, bereits in mich verliebt sein?

Mein Herz hämmert wie verrückt, und ich nehme all meinen Mut zusammen und bereite mich darauf vor, das größte Risiko überhaupt einzugehen. »Marcus, ich …«

»Entschuldigung, Mr. Carelli, Ms. Walsh … Sind Sie mit dem Hauptgericht fertig?«

Geoffreys Erscheinen ist so, als würde ich grob aus einem Traum geweckt werden. Blinzelnd ziehe ich die Hand, die ich gerade auf Marcus' Arm legen wollte, zurück und zwinge mich zu einem Lächeln. »Ja. Ich denke, das sind wir. Ich bin sogar so satt, dass ich das Dessert lieber ausfallen lasse.« Ich schaue Marcus fragend an, und er nickt.

»Ich auch, Geoffrey.« Seine Stimme ist ruhig, während er aufsteht. »Danke für das Abendessen, wir sehen uns morgen. Wir gehen jetzt ins Bett.«

Damit nimmt er meine Hand in seine große Handfläche und führt mich nach oben, wo er im Detail demonstriert, wie sehr ihn mein Lächeln berührt.

DAS GANZE WOCHENENDE LANG VERSUCHE ICH, DEN Mut aufzubringen, die Worte zu sagen, aber ich finde nie den richtigen Moment. Teilweise liegt es daran, dass Marcus einige Stunden damit verbringt, sich auf die Präsentation bei der Alpha-Zone vorzubereiten, die er am Montag um acht Uhr morgens halten muss, indem er alle Fakten auf den hundert Seiten der Präsentation, die seine Analysten gemacht haben, doppelt und dreifach überprüft. Aber vor allem, weil ich wieder einmal unsicher bin und mich frage, ob es vielleicht Wunschdenken meinerseits war, ob ich zu viel in das hineingelesen habe, was er beim Abendessen gesagt hat.

Er will mich auf jeden Fall – daran habe ich keinen Zweifel. Anstatt schwächer zu werden, brennt das Feuer zwischen uns mit jedem Tag heißer, die sexuelle Chemie wird mit der Zeit intensiver. Jetzt, wo wir zusammenleben, habe ich das Gefühl, dass ich nur noch atmen muss, um Marcus anzumachen – und er muss mich nur noch anschauen. Und egal wie oft er mich nimmt oder wie heiß und pervers unsere Begegnungen werden, es ist nie genug. Anal, oral oder Missionarsstellung; rauer Fick oder zärtliches Liebesspiel – wir machen alles, und wir wollen immer noch mehr voneinander.

Könnte es sein, dass Marcus das meinte, als er mich einen Preis nannte? Bezog er sich auf diese ungewöhnliche Chemie zwischen uns?

Bis Sonntagabend habe ich mich fast davon überzeugt, die Worte trotzdem zu sagen, aber im letzten Moment kneife ich. Stattdessen zeige ich Marcus, wie ich mich fühle, indem ich jeden Zentimeter seines Körpers so anbete, wie er meinen anbetet, und ihn dann massiere, um ihn vor der Präsentation morgen früh zu entspannen.

»Wie viele Leute werden dort sein?«, frage ich, während ich Kokosöl auf seinem breiten, stark muskulösen Rücken verteile. »Wie groß ist diese Alpha-Zone überhaupt?«

»Es sind nur ein paar hundert Leute«, antwortet er und streckt sich unter meiner Berührung wie eine faule Katze, eine große Art aus dem Dschungel, nicht wie meine flauschigen Kätzchen. »Aber die Veranstaltung wird live übertragen werden, und Reporter von allen großen Nachrichtensendern werden dort sein.«

Ich knete die dicken Muskeln seiner Schultern. »Hast du dort deine berühmte Präsentation über den

Reifenhersteller gehalten? Die, die die Aktie vernichtet hat?«

»Ja, vor ein paar Jahren.« Er gähnt. »Du weißt davon?«

»Natürlich, wer tut das nicht?« Ich habe in den letzten Tagen mehr darüber gelesen, und anscheinend hatte Marcus nicht nur die öffentlichen Akten seiner Zielperson durchsucht und Hunderte von Reifenhändlern interviewt – um etwas über die Herstellungsfehler und den Einsatz von Sklavenarbeit in der Firma zu erfahren, hatte er in den eigentlichen Fabriken in China verdeckte Ermittler eingesetzt. Seine Methoden waren sowohl brillant als auch grenzwertig illegal, sein Angriff auf die Aktie war sowohl in seinem Umfang als auch in seiner Grausamkeit beispiellos.

Der Netflix-Dokumentarfilm nannte seine Präsentation »einen Torpedo, der auf das Herz einer verrotteten Zitadelle zielt« und bezeichnete Marcus als »einen modernen Piraten« – eine Beschreibung, die ich pervers heiß fand, passend zu meinen meist nicht politisch korrekten Piratenfantasien.

Als ich jedoch nach unten schaue, sehe ich, dass der Seeräuber selbst eingeschlafen ist, da meine Massage das seltene Kunststück vollbracht hat, meinen unerschöpflichen Sexroboter vor mir einschlafen zu lassen.

Grinsend klettere ich von ihm herunter, wische das Öl mit einem Taschentuch von meinen Händen ab, schalte das Licht aus und lege mich neben ihn. Ich schlafe bereits ein, als ich spüre, wie seine mächtigen Arme mich umschlingen und mich an seinen harten Körper ziehen. Ich atme zufrieden aus, grabe mich tiefer in seine warme Umarmung und schwöre, dass morgen der Tag gekommen ist.

Wenn Marcus von seiner Präsentation zurückkehrt, werde ich ihm sagen, was ich fühle, egal was passiert oder wie viel Angst ich bekomme.

arcus

Ich hatte noch nie Angst vor öffentlichen Reden – es ist für mich genauso einfach, vor Hunderten von Menschen zu sprechen, wie vor einigen meiner Projektmanager –, aber ich kann nicht leugnen, dass mein Adrenalinspiegel vor jeder Alpha-Zone in die Höhe schießt und das Wissen, was auf dem Spiel steht, meine Herzfrequenz erhöht und meinen Fokus schärft.

Da mich Emmas Massage früher als geplant ausgeknockt hat, wache ich um vier Uhr auf und verbringe die nächsten zwei Stunden damit, jede Zahl in meiner Präsentation durchzugehen. In meinem heutigen Pitch geht es um eine unterbewertete Biotech-Aktie. Wenn die Erkenntnisse unserer Analysten richtig sind, wird sie in sechs Monaten, wenn die FDA ihr revolutionäres Blutdruckmedikament zulässt, durch die Decke gehen. Die Genehmigung dauert lange – oder zumindest denkt das die Wall-Street-Gemeinde – aber die Daten, die wir durch Befragung der Teilnehmer an klinischen Studien und durch Durchsicht ihrer medizinischen Aufzeichnungen gesammelt haben, legen etwas anderes nahe, und wir haben in den letzten Wochen beträchtliche Anteile der Aktie erstanden.

Es handelt sich um eine risikoreiche, lohnende Investition – von der Art, die, wenn sie sich wie erwartet entwickelt, im nächsten Jahr den Hauptpreis der Alpha-Zone verdienen könnte.

Für heute besteht meine Aufgabe jedoch darin, mehrere hundert Teilnehmer der Alpha-Zone und Dutzende von Reportern von meiner Idee zu überzeugen – was bedeutet, dass ich das Unternehmen in- und auswendig kennen und sicherstellen muss, dass jede Fußnote in meiner Hundert-Folien-Präsentation korrekt ist.

Cottonball leistet mir bei der Arbeit Gesellschaft, und zu meiner Überraschung schließt sich ihm Mr. Puffs nach einer Stunde an. Schnurrend streckt sich die riesige Katze auf meinem Schreibtisch aus und beobachtet mich, als wäre ich eine besonders schmackhafte Maus. Es ist sehr wahrscheinlich, dass er Unfug plant, aber ich bin zu beschäftigt, um mir darüber Gedanken zu machen.

Die Hälfte meiner unbezahlbaren Kunstwerke ist ohnehin schon kaputt.

Ich bin mit meiner Präsentation fast fertig, als ich für eine Toilettenpause weggehe. Als ich zurückkomme, liegt die halb volle Kaffeetasse, die ich auf dem Schreibtisch stehen ließ, auf der Seite, und ihr flüssiger Inhalt ist überall auf der Tastatur meines Laptops verteilt.

»Scheiße!« Ich brauche nicht nach einem Schuldigen zu suchen; er liegt genau dort auf meinem Schreibtisch und beäugt mich mit selbstgefälligem Gesichtsausdruck. Der böse Kater weiß genau, was er getan hat. Ich denke nicht einmal einen Moment, dass es sein Bruder gewesen sein könnte; Cottonball ist so gut erzogen, wie es eine Katze nur sein kann.

Nein, Puffs hat das getan – und zwar absichtlich.

Er weiß, wie wichtig das für mich ist.

»Raus«, sage ich ihm und zeige mit dem Finger auf die Tür. »Raus. Jetzt. Oder ich ziehe dich an deinem flauschigen Schwanz raus.«

Der Kater bewegt verächtlich den Schwanz in meine Richtung und steht träge auf. Er springt von meinem Schreibtisch, schlendert davon, und sein selbstgefälliges Verhalten schreit geradezu »Mission erfüllt.«

Nun, der Lacher geht auf seine Kosten, denn die Festplatte meines Laptops sichert die Daten immer auf ein angeschlossenes Flash-Laufwerk. Ich würde die Cloud nutzen, aber ich habe zu viele vertrauliche Informationen hier – und Low-Tech-Lösungen sind immer sicherer.

Ich atme tief durch und stelle sicher, dass mit dem

Flash Drive alles in Ordnung ist – zu meiner Erleichterung ist es das – und dann hole ich meinen Backup-Laptop heraus und gehe die Präsentation zu Ende durch, wobei in meinem Büro nur Cottonball erlaubt ist.

Kurz nach sechs wacht Emma auf, also packe ich meinen Backup-Laptop und das angeschlossene Laufwerk ein und leiste ihr beim Frühstück Gesellschaft. Ich überspringe mein Training heute – ich möchte das ganze Adrenalin für das Podium aufsparen –, also ziehe ich mich an, sobald wir fertig sind, und bereite mich darauf vor, zum The Plaza, dem Hotel, in dem die Konferenz stattfindet, zu gehen.

»Viel Glück. Ich weiß, dass du es großartig machen wirst«, sagt Emma und strahlt mich an, als ich sie an der Tür küsse. Meine Brust füllt sich mit Wärme bei dem Wissen, dass sie auf mich warten wird, wenn ich nach Hause komme.

Heute Abend, entscheide ich, als ich ins Auto steige.

Nach meiner Präsentation werde ich ihr sagen, was ich fühle, und wenn sie das Gleiche fühlt, werde ich ihr einen Antrag machen.

Die Wärme bleibt mir während der ganzen Fahrt nach Midtown erhalten, und auch während ich mit meiner Laptoptasche über der Schulter durch die glänzende Lobby zum Konferenzbereich im hinteren Teil des Gebäudes gehe. Sie ist da, als ich Bekannte und Fremde begrüße und Freunden wie Rivalen die Hand schüttele.

Meine Präsentation ist die erste, denn mein Ruf hat

mir die Ehre eingebracht, der 8-Uhr-morgens-Hauptredner zu sein. Um 7.20 Uhr gehe ich in den Ballsaal, um mich vorzubereiten, und als ich auf dem Podium bin, öffne ich meine Laptoptasche, um meinen Computer herauszunehmen.

Allerdings fehlt ein Teil davon – um genau zu sein der Stick, den ich an der Seite eingesteckt gelassen hatte.

Das Laufwerk, das meine Präsentation enthält, mit all meinen Notizen von heute Morgen, da ich mir nicht die Mühe gemacht habe, die Dateien vom Flash-Laufwerk auf die Festplatte des Backup-Laptops zu laden.

Was zum Teufel …? Wo könnte er hingekommen sein?

Ich durchsuche meine Tasche, in der Hoffnung, dass er einfach abgefallen ist, als mein Handy in der Tasche vibriert. Es ist Emma, und obwohl mein Blutdruck im Moment steigt, gehe ich sofort dran. »Kätzchen? Ist alles in Ordnung?«

»Ich bin mir nicht sicher.« Sie klingt atemlos. »Puffs hätte fast etwas verschluckt – eine Art USB-Stick. Ich fand ihn in der Ecke, als er gerade daran erstickte. Böser Kater! Sehr böser Kater! Ich habe keine Ahnung, woher er den hat, aber für den Fall der Fälle dachte ich mir, ich rufe dich an.«

Dieser dämonische Kater. Er war wirklich entschlossen, es mir an diesem Morgen so richtig zu zeigen.

Ich zähle bis drei, schließe fest die Augen und frage dann mit ruhiger Stimme: »Geht es Mr. Puffs gut?«

»Ja, es geht ihm gut – auch wenn er es nicht verdient.« Mr. Puffs muss noch in der Nähe sein, weil sie wieder »Böses Kätzchen! Böses!« faucht, bevor sie in normalem Tonfall sagt: »Also, wegen des USB-Sticks …«

Ich öffne die Augen und atme ruhig durch. »Es war richtig, dass du mich angerufen hast. Meine Präsentation ist auf diesem Stick. Puffs muss ihn mir während unseres Frühstücks aus der Tasche gestohlen haben. Ist Geoffrey da? Ich muss ihn den Stick an einen Computer anschließen lassen, um sicherzustellen, dass er noch funktioniert, und wenn das der Fall ist, muss er in ein Taxi steigen und ihn mir bringen. Sag ihm, er soll in den Großen Ballsaal im Plaza gehen.«

Emma schnappt nach Luft. »Nein. Geoffrey ist gerade weggegangen, um Lebensmittel zu besorgen. Aber ich schaffe es. Ich muss heute erst um zehn Uhr arbeiten.«

Ich atme aus. »Das wäre großartig, danke. Ruf mich an, sobald du weißt, ob er funktioniert.«

»Wird gemacht.« Sie legt auf, und ich öffne meine E-Mails, um eine ältere Version meiner Präsentation abzurufen. Es fehlen alle Änderungen der letzten paar Tage, aber wenn das Flash-Laufwerk zu zerkaut ist, muss es reichen.

Sechs Minuten später vibriert mein Telefon. »Er funktioniert«, berichtet Emma, und ihre Stimme ist seltsam flach. »Ich werde ihn dir sofort bringen.«

Stirnrunzelnd frage ich sie, was los ist, aber sie hat schon aufgelegt – und egal wie oft ich sie anrufe, sie nimmt nicht mehr ab, sondern schreibt nur, dass sie »unterwegs« ist. Erst zwanzig Minuten später, als sie mir eine SMS schickt, dass sie ins Hotel geht, wird mir klar, was noch auf dem Flash-Laufwerk gespeichert war – und ich verfluche mich selbst auf dutzend verschiedene Arten.

mma

Ich zittere, buchstäblich, als ich mit dem USB-Stick fest in meiner Faust durch die prunkvolle Lobby gehe. Das Gefühl, verraten worden zu sein, ist so überwältigend, dass ich es nicht einmal ansatzweise verarbeiten kann, nicht über all die Auswirkungen nachdenken kann.

Emma Walsh.

Das war der Name des Ordners auf dem Stick, der mir ins Auge fiel, als ich ihn in meinen Laptop steckte, um sicherzustellen, dass er funktionierte. Die Präsentation von Marcus war auch dabei, zusammen mit einer Reihe von anderen Ordnern, aber ich sah die Bezeichnung »Emma Walsh« und musste es einfach anklicken.

In dem Ordner befanden sich viele Dateien, aber die erste, die ich öffnete, hieß einfach »Bericht«. Und darin war tatsächlich ein Bericht über mich. Er war gründlich und enthielt so viele Fakten über mich, dass ich einige davon nicht einmal selbst kannte – wie den Namen des Krankenhauses, in dem ich geboren wurde. Er handelte von meiner Familie und wo ich zur Schule ging, listete alle Orte auf, an denen ich jemals gelebt und gearbeitet habe, erwähnte alle Freunde, die ich jemals hatte, und alle Männer, mit denen ich jemals ausgegangen bin. Er enthielt Screenshots von meinen Social-Media-Profilen, die bis in meine Teenagerzeit zurückreichen, und alles, was ich je auf meine Amazon-Wunschliste gesetzt habe.

Fassungslos überflog ich alles und öffnete dann einige der anderen Dateien. Eine davon war mein Mietvertrag für meine Wohnung; eine andere war mein College-Zulassungsaufsatz. Ein paar andere waren Schulaufgaben, die ich im College gemacht hatte, darunter einige Kurzgeschichten für meinen Kurs für kreatives Schreiben. Ich ignorierte die aufsteigende Übelkeit, und klickte weiter. Meine Anträge auf ein Studentendarlehen, meine Bankauszüge, meine Impfaufzeichnungen, meine Krankengeschichte – all das war in diesem Ordner enthalten, mein ganzes Leben, von meinen Hoffnungen und Träumen bis hin zu den schlechten Zähnen voller Karies, die ich als Kind hatte.

Wie ferngesteuert rief ich Marcus an, um ihm mitzuteilen, dass der Stick funktionierte. Dann zog ich mich an und war mit übelkeitserregend zusammengezogenem Magen in ein Taxi gestiegen, während meine Gedanken wie ein Tornado wirbelten.

Marcus hat mir nachspionieren lassen. Wann? Warum? Hielt er mich für eine Art Betrügerin, die ihn von seinem Geld trennen wollte? War es, weil ich jetzt einziehen wollte, eine Vorsichtsmaßnahme, um sicherzugehen, dass ich nicht so wie meine Mutter bin?

Aber nein, mir wurde klar, dass ich auf halbem Weg zu meinem Ziel war. Ich erinnerte mich an die Erstausgabe der Bücher, die er mir vor Wochen geschenkt hatte – meine drei absoluten Favoriten –, und wie er genau zu wissen schien, welche Blumen ich liebte. Und der weiße Schal, der verdächtig wie der auf meiner Amazon-Wunschliste aussah – er hatte mir sogar gesagt, dass ich meine Privatsphäre-Einstellungen dort ändern sollte, wobei er zugab, dass er Dinge über mich aus den sozialen Medien wusste.

Ich habe ihn damals beschuldigt, ein Stalker zu sein, aber ich hatte keine Ahnung.

Ich hatte nicht einmal ansatzweise eine Ahnung.

Während der ganzen Fahrt hierher rief er mich immer wieder an, aber ich konnte nicht drangehen. Wut und Verrat bilden einen dicken Knoten in meinem Hals, und mein Brustkorb ist so eng, dass ich nur flache, schnelle Atemzüge machen kann.

Marcus – der Mann, den ich liebe, der Mann, mit dem ich mich bereit erklärt habe zusammenzuleben – hat diesen erschreckend gründlichen Bericht über mich in Auftrag gegeben, als wir gerade angefangen hatten, miteinander auszugehen, und ich kann mir keinen Grund vorstellen, warum.

Meine Finger fühlen sich eiskalt an, und meine Ohren klingeln, als ich die Lobby verlasse und den Konferenzbereich betrete. *Alpha Zone Investment Conference* steht auf dem Schild in der Mitte des Hauptganges, um das Männer und Frauen in Geschäftskleidung herumschwirren. Der große Ballsaal liegt zu meiner Rechten, und ich eile dorthin und ignoriere das ekelhafte Trommeln meines Pulses.

Den USB-Stick abgeben und gehen – das ist meine Mission. Ich kann nicht darüber hinausdenken, kann nicht über die einfache Aufgabe hinausblicken, einen Fuß vor den anderen zu setzen. Sobald der Stick sicher in Marcus' Händen ist, werde ich mir Gedanken über die nächsten Schritte machen, darüber, was diese Entdeckung für uns und die Zukunft unserer Beziehung bedeutet ... wenn es überhaupt eine geben kann.

Es ist sechs Minuten vor acht, und der Ballsaal ist schon jetzt zum Bersten gefüllt, mit Kameras und Nachrichtenteams überall. Überall um mich herum gibt es maßgeschneiderte Anzüge und fünfstellige Taschen, Männer und Frauen, die mehr Reichtum kontrollieren als die Könige von einst. Unter anderen Umständen würde ich mich eingeschüchtert fühlen, fehl am Platz in meinen lässigen Jeans und Turnschuhen, aber im Moment ist mir das völlig egal.

Marcus steht neben dem Podium auf der Bühne, lässt sich sein Mikrofon anstecken, und beim vertrauten Anblick seiner starken Gesichtszüge, beim Zusammenziehen seiner dicken, dunklen Augenbrauen, während er sich mit leiser Stimme mit dem Techniker unterhält, schlägt mir mein Herz bis zum Hals. Ich erinnere mich an die tiefe, sanfte Stimme, die mir gestern Abend Zärtlichkeiten ins Ohr flüsterte, und daran, wie warm und zart sich seine Lippen anfühlten, als sie heute Morgen die meinen küssten, und der Schmerz, der mich durchbohrt, ist so lähmend, dass ich für eine Sekunde nicht die Kraft finde, mich zu bewegen.

Als ob er meine Anwesenheit spüren würde, dreht sich Marcus um und schaut mich direkt an, wobei seine kühlen blauen Augen mich mit übernatürlicher Präzision erfassen. Mit einem knappen Wort an den Techniker nimmt er das Mikrofon ab und kommt auf mich zu, wobei er mit langen, entschlossenen Schritten von der Bühne herabsteigt.

Der Schüttelfrost in mir verstärkt sich, bis ich zittere und das Zittern über meine Haut läuft, während ich dastehe und darauf warte, dass er bei mir ankommt. Selbst jetzt ist seine Präsenz magnetisch, seine Wirkung auf mich so stark wie eh und je.

Marcus Carelli.

Mein Freund.

Mein Geliebter.

Mein Stalker.

Alles an ihm ist schmerzhaft vertraut, von der stolzen Neigung seines dunklen Kopfes bis zur kraftvollen Breite seiner Schultern in diesem perfekt geschneiderten Anzug. Aber kenne ich ihn wirklich? Wer ist der Mann, in den ich mich verliebt habe?

War irgendetwas an uns echt?

»Emma.« Er ist jetzt nur noch wenige Meter entfernt, und ich sehe die ihm im Gesicht stehenden Linien der Anspannung, die Schuldgefühle und die Sorge in diesen intensivblauen Augen. Er muss verstanden haben, was ich entdeckt habe, sich daran erinnert haben, was noch auf dem Stick ist. Natürlich sagt er, sobald er neben mir stehen bleibt, mit leiser Stimme: »Emma, Kätzchen, hör mir zu. Ich kann es erklären.«

»Hier.« Ich drücke ihm den USB-Stick in die Hand. »Viel Glück mit der Präsentation und auf Wiedersehen.«

Und bevor ich entweder explodieren oder in Stücke zerspringen kann, drehe ich mich auf dem Absatz um und renne.

Marcus

SCHEISSE. DER USB-STICK BRENNT EIN LOCH IN MEINE Handfläche, als ich Emma fliehen sehe, und ihr leuchtendes Haar in einem Raum voller Menschen, die fast alle in Grau und Schwarz gekleidet sind, wie ein Sonnenstrahl wirkt. Zu meiner Rechten spricht ein Geschäftspartner mit mir, und zu meiner Linken buhlen zwei Reporter um meine Aufmerksamkeit. Aber die Worte, die aus ihren Mündern kommen, sind weißes Rauschen, ebenso wie der Lärm des Publikums, das auf meinen Vortrag wartet.

Ich habe Emma noch nie so blass und so verdammt *verletzt* gesehen. Es ist, als ob das Leben aus ihr gewichen wäre, als ob all ihre Wärme und ihr Feuer verschwunden wären.

In dem Moment, in dem mir klar wurde, was passiert war, wollte ich auf Rückspulen drücken und Emma nicht bitten, mir den USB-Stick zu bringen. Ich hätte mit der älteren Version meines Vortrags auskommen können; was wäre schon passiert, wenn ein paar Folien nicht so detailliert gewesen wären, wie ich es gerne gehabt hätte? Aber alles, was ich tun konnte, war, auf ihre Ankunft zu warten und mit den Vorbereitungen für meine Rede fortzufahren – als ob mir die Biotech-Aktie oder mein Ruf noch immer etwas bedeuten würden ... als ob meine Welt nicht kurz davor stünde, auseinanderzufallen.

Doch so sehr ich diese Konfrontation auch fürchtete, die Realität stellte sich als unendlich schlimmer heraus, da der Schmerz in Emmas Augen verheerender als jede verbale Peitsche war. Ich war auf ihren Zorn vorbereitet, aber nicht auf dieses leblose »Viel Glück und auf Wiedersehen«.

Ihr heller Kopf verschwindet durch die Türen des Ballsaals, und es ist, als ob die Sonne gerade untergegangen wäre und dem Raum die ganze Wärme rauben würde. Und ich weiß, dass, wenn sie aus meinem Leben verschwindet, diese Kälte wachsen, mich verschlingen und mich in eine Eisschicht hüllen wird, in die nie Freude oder Glück eindringen wird.

Ich entscheide mich nicht bewusst dafür, wegzugehen; meine Füße bewegen sich von selbst vorwärts. Überall um mich herum gibt es verwirrte Blicke und Gemurmel, und mein Name wird von allen Seiten gerufen. Der Organisator der Konferenz kommt zu mir und zischt: »Es ist fast acht. Wir brauchen dich jetzt da oben, Carelli«, aber ich gehe um ihn herum, um mein Tempo zu beschleunigen.

Die Menge wird durch die in letzter Minute eintreffenden Gäste immer dichter, und ich dränge mich durch sie hindurch und murmele links und rechts »Entschuldigung«. Sobald ich auf dem Gang bin, beginne ich zu laufen.

Emma geht bereits über die Straße, als ich mit dem Konferenzveranstalter auf den Fersen aus dem Hotel stürme.

»Emma, warte!«, rufe ich, aber sie hört mich nicht, als ihre kleine Gestalt sich im Verkehr windet, ohne die langsam fahrenden Autos zu beachten. Sie ist so verärgert, dass sie nicht merkt, dass die Ampel gerade rot geworden ist. Ich verstehe das mit einem Anflug von Angst und ignoriere den Versuch des Veranstalters, meinen Ärmel zu ergreifen, um hinter ihr auf die Kreuzung zu laufen.

Es ist Rush Hour, mit dem üblichen Wahnsinn auf der Fifth Avenue – was bedeutet, dass jeder Abstand zum Vordermann, der größer ist als der übliche Abstand von einem halben Meter, von den Fahrern begrüßt wird, die wie wahnsinnig nach vorne drängen und verzweifelt versuchen, die anderen zu schneiden. Und ich sehe genau das vor Emma passieren, als ein weißer Transporter viel langsamer beschleunigt als der flinke Sportwagen, dem er folgt.

»Emma!«, schreie ich aus vollem Halse, aber durch den Verkehrslärm kann sie mich nicht hören. Ihr Kopf ist nach unten gerichtet, als sie vor den Lieferwagen läuft und ihre Hände das Revers ihres alten Mantels um ihren Hals halten, um ihn vor dem eisigen Wind zu schützen. Sie sieht die Gefahr nicht, bemerkt nicht, dass der Motor des gelben Taxis neben dem Lieferwagen aufheult – und da der Lieferwagen die Sicht des Taxifahrers blockiert, bezweifele ich, dass er sie sieht.

Meine Herzfrequenz schießt in die Höhe, und ich beginne zu laufen, wobei ich das panische Hupen um mich herum ignoriere. Meine Lungen arbeiten, als wäre ich auf den letzten Metern eines Marathons, und meine Sicht verengt sich, bis ich nur noch die kleine, rothaarige Gestalt und das Taxi sehe, das kurz davor ist, in sie hineinzukrachen.

»Emma!«

Ich bin jetzt nahe genug, dass mein verzweifeltes Gebrüll sie erreichen kann. Sie dreht sich um, nur um an Ort und Stelle zu erstarren und ihre Augen sich weiten, als sie mich sieht – und das Taxi, das auf sie zufährt. Ich werfe einen schnellen Blick auf das entsetzte Gesicht des Fahrers, der sie bemerkt, höre das Quietschen der Bremsen und weiß, dass er nicht rechtzeitig anhalten wird.

Das ist physikalisch unmöglich.

Die Zeit scheint sich zu verlangsamen, jede Millisekunde ist erstaunlich lebhaft, während ich deutlich die Schläge meines Herzens aus dem ohrenbetäubenden Dröhnen meines Pulses heraushöre.

Poch-poch. Ich steigere meine Geschwindigkeit noch weiter.

Poch-poch. Ich werfe mich mit ausgestreckten Armen in die Luft.

Poch-poch. Emmas Gesicht ist kreidebleich wie das eines Geistes, und ihre Lippen formen meinen Namen, als meine Hände auf ihrer Brust landen und der Aufprall sie einen Meter weit zurückwirft – heraus aus der Gefahrenzone.

Bumm. Eine gewaltige Kraft schlägt mir in die Seite, und Dunkelheit verschlingt mich.

Emma

MEIN RÜCKEN SCHLÄGT SO HART AUF DEM ASPHALT AUF, dass ich für ein paar lange Sekunden nicht atmen kann, und meine Wahrnehmung kommt und geht. Dann, mit einem Keuchen, zieht meine Lunge Luft ein, und ich springe auf, getrieben von einer so schrecklichen Angst, dass ich jeden Schmerz vergesse.

»Marcus!« Ich ignoriere den Schwindel, der mich zu Fall bringen will, und eile auf die auf dem Boden liegende Gestalt in einem Geschäftsanzug zu, die ein paar Meter entfernt auf dem Asphalt liegt.

Alle Autos stehen jetzt, und die Fahrer springen schreiend heraus. Der gelbe Taxifahrer fängt an, mich zu verfluchen, aber ich schenke ihm keine Beachtung. Ich konzentriere mich nur auf den Mann, der mit teilweise weggedrehtem Gesicht auf dem Rücken vor dem Taxi liegt und dessen Arm in einem seltsamen Winkel absteht.

Ich falle vor Marcus auf die Knie, suche verzweifelt an seinem Hals nach dem Puls, und ein erleichtertes Schluchzen platzt aus mir heraus, als ich ihn fühle, stark und gleichmäßig. Aber dann bemerke ich, dass sich Blut um seinen Kopf ausbreitet, und die schreckliche Angst kehrt mit aller Macht zurück.

»Er braucht einen Krankenwagen!« Ich schaue mich um, während ich in meiner Tasche nach meinem Telefon krame. Ich kann es nicht finden, und meine Panik steigt. »Jemand soll den Notarzt rufen!«

»Der Krankenwagen ist schon unterwegs«, sagt ein Mann in einem grauen Anzug, der sich außer Atem neben mir hinkniet. »Ich kann nicht glauben, dass Carelli vor dieses Taxi gesprungen – heilige Scheiße, Sie werden gleich ohnmächtig.«

Ich merke nicht, dass er über mich spricht, bis mich jemand an meinen Armen nimmt und mich mit sanftem Druck neben Marcus legt, während er etwas über den Schock und mögliche Verletzungen sagt. In der Ferne heulen Sirenen, und mein Schwindelgefühl verstärkt sich und bringt eine Welle von Übelkeit mit sich.

Ich rolle mich auf die Seite, übergebe mich, und als mein Magen leer ist, sind wir von einem Schwarm Sanitäter umgeben.

Emma

»EMMA, KÄTZCHEN?«

Der raue Klang von Marcus' Stimme weckt mich plötzlich, und ich springe auf, wobei ich fast den Stuhl umwerfe, auf dem ich eingeschlafen war.

»Du bist wach! Gott sei Dank, endlich.« Ich nehme seine rechte Hand zwischen meine Handflächen und bin so unglaublich erleichtert, dass ich kaum noch die Schmerzen in meinem Rücken wahrnehme. »Wie fühlst du dich?«

Er blinzelt mir langsam zu, und ich weiß, dass er noch die Puzzleteile zusammensetzt und sich fragt, warum meine Augen feucht sind und ich trotzdem lächele. Aber diese Verwirrung ist normal und war zu erwarten. Wichtig ist, dass Marcus nach achtzehn

Stunden, in denen er bewusstlos war, wach ist und weiß, wer ich bin.

»Was …« Er befeuchtet seine trockenen Lippen, während ich mich auf die Bettkante setze. »Was ist passiert?« Sein Blick wird schärfer. »Moment. Das Taxi. Bist du …«

»Mir geht es gut. Hier, trink das.« Ich lasse seine Hand los, halte ihm eine Tasse Wasser mit einem Strohhalm an den Mund und beobachte, wie er einen großen Schluck nimmt, wobei die Muskeln seines kräftigen Halses arbeiten, als er schluckt. Meine Brust zieht sich bei diesem Anblick zusammen, und meine Freude ist so intensiv, dass sie beinahe schmerzt. Seine schlanken Wangen sind mit einem dichten Stoppelbart bedeckt, die rechte Seite seines Kiefers ist geschwollen, und ein riesiger Verband ist um seinen Kopf gewickelt. Er sieht so schrecklich aus, wie ein so magnetischer Mann eben aussehen kann, aber er ist wach und funktioniert.

Er wird wieder gesund werden.

»Was ist passiert?«, wiederholt er, als er genug Wasser getrunken hat. Seine Stimme klingt, als wäre seine Kehle mit Sandpapier abgerieben worden, aber seine blauen Augen sind klar und scharf, als er den Gips an seinem linken Arm und alle an ihn angeschlossenen Infusionen und Monitore wahrnimmt.

Ich stelle die Tasse Wasser auf den Nachttisch. »Sag mir zuerst, wie du dich fühlst.«

»Als wäre mein Schädel aufgesägt und mit

Glasscherben gefüllt worden.« Er berührt den Verband auf seinem Kopf mit der unverletzten Hand und zuckt zusammen, als seine Finger über seinen geschwollenen Kiefer fahren. »Auch, als wäre ich von einem Auto angefahren worden. Ist es das, was passiert ist?«

»Ja.« Ich atme durch, um mich zu beruhigen. »Du hast mich aus dem Weg des Taxis geschubst und die volle Wucht selbst abbekommen. Dabei hast du dir den Arm gebrochen und den Kopf auf dem Bürgersteig aufgeschlagen. Außerdem hast du überall blaue Flecken und Schrammen. Die Ärzte sagen ...« Meine Stimme beginnt zu zittern, und mein Hals verengt sich, also atme ich noch einmal ein. »Sie haben gesagt, es sei ein Wunder, dass es keine inneren Verletzungen oder andere Knochenbrüche gegeben hat, und dass sie glauben, dass du keinen Hirnschaden erlitten hast, obwohl sie nach den ersten Stunden anfingen, sich Sorgen zu machen, weil du nicht aufgewacht bist.« Ich kneife meine Augen zusammen, um die Tränen zurückzuhalten, aber es ist ein vergeblicher Versuch. Sie treten unter meinen geschlossenen Augenlidern hervor, und als ich die Augen öffne, sehe ich, dass Marcus mich zärtlich anblickt.

»Was ist mit dir, Kätzchen?« Er drückt einen Knopf, um das Bett in eine halb sitzende Position zu bringen, und legt sanft eine Hand auf mein Knie. »Wurdest du verletzt? Ich habe dich ziemlich hart geschubst.«

Ein Gemisch aus Schluchzen und Lachen sprudelt in meinem Mund. »Ja, du hast mich im Grunde genommen im Football-Stil umgerissen. Hast du das im College gespielt oder so?«

»Nein, nur in der Highschool. Erstes Studienjahr. Danach wechselte ich zu Lacrosse und Fußball. Ich dachte mir, dass all die Kopfstöße nicht allzu gut für das Gehirn sein könnten, und ich brauchte jedes Neuron für die Zukunft, die ich geplant hatte.« Er grinst, und dann kehrt die Sorge in seine Augen zurück. »Also, *wurdest* du verletzt?«

Ich schüttele den Kopf, und ein leichtes Lächeln breitet sich auf meinen Lippen aus. »Nein, nicht wirklich. Ich bin ziemlich hart auf den Boden aufgeschlagen, aber mein Rücken ist nur ein wenig verstaucht und geprellt. Der Schock war das Schlimmste; im Krankenwagen wurden mir ständig zuckerhaltige Flüssigkeiten eingeflößt, damit ich nicht ohnmächtig wurde oder mich wieder übergeben musste.« Mein Lächeln verschwindet, und ich schlucke, während mein Hals wieder zuschwillt. »Sie sagten, dass du mir das Leben gerettet haben könntest. So schnell, wie das Taxi fuhr, und der Winkel, aus dem es auf mich zukam …« Meine Stimme bricht. »Und *du* hättest auch getötet oder schwer verletzt werden können. Wenn du mit deinem Kopf härter aufgeschlagen oder auf eine andere Weise gefallen wärst …« Ein Schauder läuft mir über den Rücken. »Tu mir das nie wieder an, hörst du?« Ich ergreife seine Hand, da die Erinnerung an meine Angst mich innerlich frieren lässt. »Versprich es mir, Marcus.

Versprich mir, dass du nie wieder so etwas Verrücktes machst.«

Sein Kiefer spannt sich an. »Das kann ich nicht. Als ich das Auto auf dich zukommen sah und erkannte, dass es nicht rechtzeitig anhalten konnte ...« Er schließt fest die Augen, und seine Finger drücken meine stärker, während er noch einmal das erlebt, was für ihn eine schreckliche Erinnerung sein muss. Und ich weiß genau, wie er sich fühlt. Ich werde nie das Bild von ihm, wie er bewusstlos und blutend auf dem Boden liegt, aus meinem Kopf bekommen, ich werde nie vergessen, wie ich mich in diesen schrecklichen Momenten fühlte, bevor ich seinen Puls fand und wusste, dass er lebt. Wenn ich ihn verloren hätte, wenn er meinetwegen getötet worden wäre ... Gott, ich kann mir diese Qualen nicht einmal vorstellen; allein der Gedanke daran ist so schmerzhaft, dass es sich anfühlt, als ob meine Seele zerrissen würde.

»Marcus ...« Ich warte darauf, dass er die Augen öffnet, und frage dann mit angespannter Stimme: »Warum hast du deine Präsentation nicht gehalten? Der Mann, der dir hinterherrannte, sagte, du seist gegangen, hättest einfach ohne eine Erklärung den Saal verlassen.

Sein Blick verdunkelt sich. »Was denkst du? Kätzchen, wegen des Berichts des Privatdetektivs ...« Er zieht seine Hand weg und drückt den Knopf, um aufrechter zu sitzen. »Ich habe es nicht aus böser Absicht getan, das schwöre ich.«

Ich atme ein und langsam wieder aus. »Warum hast

du es dann getan?« Ich habe mir solche Sorgen um ihn gemacht, dass ich kaum über diese Berichte nachgedacht habe, aber jetzt, wo ich weiß, dass er wieder gesund wird, kehrt der Schmerz über den Verrat zurück, auch wenn er bei weitem nicht mehr so heftig ist wie früher.

Nach meiner schrecklichen Angst, ihn zu verlieren – ihn *wirklich* zu verlieren –, weiß ich, dass ich, egal was er mir sagt, nicht davonlaufen werde.

»Warum?« Marcus nimmt meine Hand wieder in Besitz, und seine Finger legen sich fest um meine. »Weil ich dich wollte, Emma. Denn als du mich nach diesem Abend mit der zerbrochenen Tür weggeschickt hast, konnte ich nicht aufhören, an dich zu denken, egal wie sehr ich es versuchte. Ich arbeitete, ich aß, ich schlief, ich trainierte, ich ging mit Freunden und Geschäftskollegen aus, aber all das geschah wie ferngesteuert, denn die ganze Zeit konnte ich nur an dich denken. Als du mir die SMS mit dem ›Hey‹ geschickt hast, war es, als ob meine Welt von Grautönen zu HD-Farben gewechselt hätte. Aber dann hast du gesagt, du wolltest mir keine SMS schreiben, was implizierte, dass du dich mit jemand anderem triffst, und ich …« Sein Kiefer knirscht. »Na ja, ich bin ein bisschen durchgedreht. «

»So wie bei Ian?«, frage ich ironisch, und er nickt, obwohl auf seinem Gesicht keine Spur von Belustigung zu sehen ist.

»Genau so«, sagt er grimmig. »Nur schlimmer, weil du noch nicht die meine warst – und ich wusste, dass ich, wenn ich nichts täte, vielleicht nie wissen würde, wie es wäre, wenn du es wärst.«

»Also hast du diesen Bericht in Auftrag gegeben?«

»Ja.« Sein Blick ist unerschütterlich. »Es gibt einen Privatdetektiv, den ich engagiere, um wichtige Führungskräfte in den Unternehmen, in die wir investieren, im Auge zu behalten. Ich hatte ihn noch nie gegen jemanden ermitteln lassen, mit dem ich vorher zusammen war, aber nach dieser Nachricht musste ich wissen, ob du dich tatsächlich mit jemandem triffst – und, was noch wichtiger ist, was ich tun könnte, um dich zurückzugewinnen.« Er atmet tief durch und sagt dann unverblümt: »Ich musste wissen, wie du tickst, Kätzchen, und außer Stalking war dies der einzige Weg.«

»Wow.« Ich ziehe meine Hand aus seinem Griff, stehe auf und beginne, hin und her zu gehen, während meine Gedanken durcheinanderwirbeln wie Kleidung im Trockner. Es gibt hier so viel zu entwirren, so viele Schichten von widersprüchlichen Emotionen, die es zu durchwühlen gilt. Was Marcus getan hat, ist schrecklich falsch, der Eingriff in meine Privatsphäre ist inakzeptabel. Es ist auch erschreckend, dass er das tun *konnte* – sowohl, dass er die Mittel hatte als auch dass er bereit war, so weit zu gehen, um das zu bekommen, was er wollte.

Mich.

Und das macht die Sache kompliziert ... weil ich nicht sagen kann, dass es mir leidtut, dass er seinen Willen durchgesetzt hat. Wenn er nicht mit all diesen perfekt ausgewählten Geschenken auf mich zugekommen wäre, wenn er nicht so rücksichtslos und hartnäckig gewesen wäre, hätte ich vielleicht die Kraft gefunden, mich von ihm fernzuhalten – und dann wären wir heute nicht hier.

Ich hätte nie das erschreckende, aufregende Hochgefühl erlebt, in diesen Mann verliebt zu sein.

Er beobachtet mich mit der Intensität einer Katze, die eine streunende Eidechse verfolgt, und ich weiß, dass er mir Zeit gibt, um diese Enthüllungen zu verarbeiten, weil er entschieden hat, dass dies der beste Ansatz ist. Selbst jetzt arbeitet sein durchtriebener Verstand an einer Möglichkeit, diese Situation zu drehen, sie zu seinem Vorteil zu nutzen, damit er bekommt, was er will.

Vermutlich immer noch mich.

»Was noch?«, frage ich und bleibe vor dem Bett stehen. »Gibt es mehr, was ich wissen sollte?« Er zögert einen langen Moment, und ein ungläubiges Lachen entweicht meinem Mund. »Es gibt noch mehr, oder? Was noch?«

Ein Muskel in seinem Kiefer spannt sich an. »Möglicherweise habe ich dein Flugzeug an dem Tag, an dem du nach Florida fliegen wolltest, verspätet starten lassen. Außerdem habe ich einen Makler gebeten, mit deiner Vermieterin über den Verkauf des Stadthauses zu sprechen, und vor kurzem habe ich den Kauf des Hauses durch Weston Long arrangiert.«

Ich bin so fassungslos, dass ich auf das Bett sinke,

weil meine Knie nachgeben. »Um Himmels willen, warum?«

Seine blauen Augen glitzern leidenschaftlich. »Das Flugzeug, weil ich im Verkehr feststeckte und dich sonst auf dem Flughafen nicht erwischt hätte. Und das Stadthaus, weil ...« Sein Brustkorb hebt und senkt sich in einem ungleichmäßigen Rhythmus. »Weil ich verrückt, wahnsinnig, wie besessen in dich verliebt bin, Kätzchen ... bis zu dem Punkt, dass ich den Gedanken nicht ertragen kann, eine Nacht getrennt von dir zu verbringen. Ich möchte, dass du jeden Augenblick eines jeden Tages bei mir bist. Ich möchte mit dir in meinen Armen einschlafen und mit dem Geruch deines Haares auf meinem Kissen aufwachen; ich möchte jeden Morgen beim Frühstück dein Lächeln sehen und mich jeden Abend beim Abendessen mit dir unterhalten. Du bist meine Sucht, meine Besessenheit, mein Grund, zu existieren – und es gibt nichts, was ich nicht tun würde, um mir deine Liebe zu verdienen. Emma, Kätzchen ...« Er greift wieder nach meiner Hand. »Ich liebe dich, und ich möchte, dass du mich heiratest. Ich möchte dich für immer in meinem Leben haben.«

Mein Mund bewegt sich, aber es kommen keine Worte heraus, und meine Brust fühlt sich an, als würde sie gleich platzen. Die starke Sehnsucht in seiner Stimme, die unverhohlene Verletzlichkeit in seinem Blick – sie zerstört mich, schneidet durch das Gewirr der widersprüchlichen Emotionen wie eine Schere durch einen Knoten.

Marcus will mich heiraten. Er liebt mich. Er liebt

mich wirklich, so sehr, dass er vor ein Auto sprang, um mich zu retten … und davor alle möglichen Grenzen überschritt, um uns dorthin zu bringen, wo wir sind. Und im Nachhinein, was habe ich erwartet? Würde ein so rücksichtsloser Mann wie er etwas so Wichtiges wie eine Herzenssache dem Zufall überlassen? Dachte ich ernsthaft, er würde sich in der Hoffnung zurückhalten, dass ich meine Unsicherheiten vor dem Ende des nächsten Jahrzehnts abbauen würde?

Nein, so arbeitet Marcus Carelli nicht. Er geht dem nach, was er will, und je mehr er es will, desto härter kämpft er dafür.

Ich hatte recht, ihn mir als modernen Piraten vorzustellen.

Er ist einer – und ich war die ganze Zeit seine begehrte Beute.

»Emma.« Seine Augen verengen sich, und sein Griff um meine Hand wird fester. »Kätzchen, sag etwas.«

Ich zwinge meine gelähmte Zunge, sich zu bewegen. »Was ist mit deinen Kriterien? Willst du nicht eine glamouröse, kultivierte Gesellschaftsdame heiraten? Jemand, der sich mit den neuesten Moden und der Politik auskennt und …«

»Nein.« In seiner Stimme liegt völlige Gewissheit. »Ich dachte, das wollte ich, aber ich habe mich geirrt. Es gab nur ein Kriterium, das für mich jemals wirklich wichtig war, nur eine Sache, die ich mir von meiner zukünftigen Frau wünschte.«

»Und was ist das?«

»Meine Familie. Jemand, auf den ich mich verlassen

kann.« Er hält inne und fügt dann leise hinzu: »Eine Frau, die das Gegenteil meiner Mutter ist.«

Mein Herz zieht sich ganz eng zusammen, und meine Lunge hört auf zu arbeiten, während meine Augen wieder zu brennen beginnen. Marcus hat nicht viel über seine Kindheit gesprochen, er hat nur hier und da Andeutungen gemacht, aber es braucht nicht viel Fantasie, um sich vorzustellen, wie sie war. Seine Mutter war Alkoholikerin gewesen, hat er mir erzählt, rund um die Uhr betrunken. Natürlich konnte er nicht auf sie zählen; welche Liebe sie auch immer für ihren Sohn gehabt hatte, war von ihrer Abhängigkeit von der Flasche überstiegen worden.

Kein Wunder, dass er meine Großeltern so offenherzig angenommen hat. Während ich immer ihre Liebe hatte, die mich unterstützte, hatte er nie so etwas wie eine wirkliche Familie gehabt, keine Menschen, auf die er sich verlassen und denen er vertrauen konnte.

Wenn ich ihn jetzt anschaue, diesen wunderschönen, mächtigen Mann, den ich immer als eine Nummer zu groß für mich angesehen habe, wird mir zum ersten Mal klar, dass ich das sein *kann*, was er braucht.

Ich kann ihm Liebe und Familie geben ... und mein ganzes Herz.

Er beobachtet mich eindringlich und wartet auf meine Antwort, also atme ich ein und sage: »Du weißt, dass ich mit Katzen komme, oder? Jetzt sind es drei, aber ich möchte vielleicht in Zukunft mehr davon adoptieren. Es gibt so viele in Notunterkünften, die ein gutes Zuhause gebrauchen könnten. Und vielleicht möchte ich mir eines Tages auch ein oder zwei Hunde anschaffen.«

In seinen Augen lodert Triumph auf, aber seine Stimme ist ruhig. »Je mehr, desto besser. Füll das gesamte Penthouse mit Haustieren, wenn du willst. Zur Hölle, ich kaufe dir ein größeres – ein Herrenhaus, ein Schloss, eine Insel … Wir werden einen ganzen Zoo haben, wenn du das möchtest.«

Ich beiße mir auf die Innenseite der Wange. Das mit den Haustieren war ein kleiner Witz, aber ich bin froh, dass er an Bord ist. »Was ist mit Kindern?«, frage ich. »Ich glaube, ich will drei.«

»Erledigt.« Sein Blick wird glühend heiß. »Fangen wir gleich mit dem ersten an.«

»Warte«, schreie ich auf, als er mich an sich zieht, ohne dass seine Kraft durch seine Verletzungen geschwächt ist. »Marcus, warte, du bist verletzt, und die Ärzte – sie werden jeden Moment hier sein. Außerdem«, ich lege meine Hand auf sein Kissen, damit unsere Lippen nicht zusammenkommen, »muss ich dir etwas sagen.«

Er hält inne, und Vorsicht erscheint in seinen Augen. »Was ist los?«

Ich drücke das Kissen herunter und zwinge ihn, mich aufrecht sitzen zu lassen. Ich lege meine Handfläche auf sein Knie und sage ruhig: »Ich liebe dich, Marcus. Das habe ich schon vor Florida getan. Als du mich an jenem Sonntag verlassen hast, war es, als hättest du mir ein Stück meines Herzens herausgerissen, und seitdem hatte ich Angst davor, verletzt zu werden. Aber jetzt nicht mehr. Das wollte ich dir sagen, sobald du nach deiner Präsentation nach Hause gekommen wärst – und es tut mir sehr, sehr leid, dass du sie meinetwegen nicht halten konntest.«

Auf seinem Gesicht erscheint ein schmerzhaft zartes Lächeln. »Kätzchen, ich …«

»Nein, warte, lass mich ausreden.« Ich atme durch. »Ich liebe dich, Marcus, und ich will mit dir zusammen sein – aber ich bin nicht einverstanden mit dem, was du getan hast. Wenn wir heiraten wollen, musst du mir versprechen, dass du mich nie wieder ausspionieren oder mein Leben in irgendeiner Weise manipulieren wirst. Kannst du das? Kannst du mir das versprechen?«

Seine Augen leuchten wie die eines Tigers. »Ja, meine Süße. Solange du mir versprichst, mich nie zu verlassen – und mich vor Ende des Jahres zu heiraten.«

»Was?« Mein Kiefer klappt nach unten. »Heute ist der 17. Dezember!«

»Ich weiß.« Er zieht mich unbarmherzig näher zu sich heran.

»Das Ende des Jahres ist in zwei Wochen!«

Seine Lippen streichen über meine. »Ich weiß.«

»Marcus, wir müssen wirklich darüber reden …«

Er beansprucht meine Lippen mit einem tiefen, bewusstseinsverändernden Kuss, und als er mir erlaubt, dass ich mich aufsetze, um Luft zu holen, piept sein Herzfrequenzmessgerät und ruft die Krankenschwestern herbei.

NACHWORT

EIN JAHR SPÄTER

Emma

Der Diamant im Prinzessinnenschliff an meinem Finger glitzert, als ich mit meinen Handflächen über die Vorderseite meines schwarzen Kleides streiche und bewundere, wie der seidige Stoff meinem After-Baby-Body schmeichelt. Ich habe immer noch ein klitzekleines Bäuchlein, aber in diesem perfekt geschneiderten Kleid ist das unmöglich zu erkennen.

»Du siehst wunderschön aus«, sagt Marcus heiser und tritt hinter mir vor den Spiegel. »Absolut umwerfend.« Er bedeckt meine Brüste, die jetzt dank der Milch, die unser gefräßiges kleines Monster verlangt, um zwei Größen größer sind, mit seinen Händen. Das Kleid zeigt nur einen Hauch von

Dekolleté, aber es reicht, um die Aufmerksamkeit meines Mannes zu erregen.

Was sage ich da? Meine Existenz reicht aus, um die Aufmerksamkeit meines Mannes zu erregen. Ich habe sie immer, egal wie ich aussehe oder was ich trage. Als ich schwanger war, verbrachte er jeden Tag Stunden damit, meinen sich verändernden Körper zu erforschen, mich zu streicheln und zu lieben und mir das Gefühl zu geben, die schönste Frau der Welt zu sein. Und in den sechs Wochen seit der Geburt geht er die Wände hoch und zählt die Minuten herunter, bis der Arzt mir die Erlaubnis erteilt, unser hochaktives Sexualleben wieder aufzunehmen – nicht, dass wir nicht Wege gefunden hätten, um die Einschränkungen zu umgehen.

Für einen Mann, in dessen Karriere sich alles um Zahlen und Fakten dreht, kann Marcus ziemlich kreativ sein.

Dies ist eine aufregende Woche für uns. Gestern hat die Anlageidee meines Mannes aus dem letzten Jahr – die Biotech-Aktie, die Gegenstand seiner verunglückten Hauptredner-Präsentation war – den Hauptpreis der diesjährigen Alpha-Zone gewonnen. Marcus konnte sie wegen des Unfalls nicht selbst halten, also ließ er seinen Chief Investment Officer, Jarrod Lee, dies zu einem späteren Zeitpunkt der Woche an seiner Stelle tun. Wie Marcus gehofft hatte, erhielt die Firma die Zulassung für ihr Blutdruckmittel, und der Aktienkurs hat sich im vergangenen Jahr mehr als vervierfacht, was für Marcus' Fonds und alle anderen, die die Weisheit hatten, die Aktie auf seine Empfehlung hin zu kaufen, enorme Erträge brachte.

Heute Abend ist ein weiterer großer Abend, und nicht nur, weil ich heute Nachmittag grünes Licht von meinem Frauenarzt bekommen habe – etwas, was ich Marcus nach der Buchsignierung sagen werde, damit wir nicht furchtbar zu spät dort erscheinen werden. Und ich darf nicht zu spät kommen, denn dies ist *meine* Signierstunde, die auf meine Bitte hin bei Smithson Books arrangiert wurde. Mein Publizist wollte, dass ich das bei Barnes & Noble mache, aber ich bestand darauf.

Ich habe zwar meinen Vollzeitjob aufgegeben, als mein romantischer Thriller – das zweite Buch, das ich selbst veröffentlicht habe – auf der Bestsellerliste der *New York Times* landete, aber Mr. Smithsons Buchhandlung fühlt sich immer noch wie meine zweite Heimat an.

»Wir gehen besser, bevor er aufwacht«, sage ich, und meine eigene Stimme ist heiserer als sonst, als ich Marcus' Blick im Spiegel begegne. Der Anblick seiner großen Hände, die besitzergreifend über meine Brüste gespreizt sind, ist mehr als erotisch, ebenso wie die Wärme, die von seinen Handflächen ausgeht. Ich kann sie sogar durch mein Kleid und meinen BH fühlen, und meine Unterwäsche wird feucht, als ich mir vorstelle, was in ein paar Stunden passieren wird, wenn ich ihm sage, dass ich das offizielle Okay bekommen habe.

Oh ja, es wird eine großartige Nacht werden – vorausgesetzt, unser kleines Milchmonster kooperiert. Joshua Reed Carelli mag es nicht, wenn man ihn warten lässt, und er zieht es vor, seine Nahrung direkt von der Brust zu bekommen. Wenn wir nicht bald gehen, wird er uns lautstark mitteilen, dass er Hunger hat, und wenn ich irgendwo im Penthouse bin, wird er nicht ruhen, bevor ich ihn selbst gestillt habe. Wenn ich aber weg bin, wird er sich mit dem Kindermädchen zufriedengeben, das ihn mit der Milch füttert, die ich für ihn abgepumpt habe.

Es ist erschreckend, wie manipulativ und geradezu psychisch unser sechs Wochen altes Baby sein kann.

Das muss es von seinem Daddy haben.

»Na gut«, sagt Marcus und gibt meine Brüste nur ungern frei. »Aber lass uns nochmal kurz nach ihm sehen, okay?«

»Okay. Aber wenn er aufwacht, ist es deine Schuld«, sage ich mit einem zärtlichen Grinsen, während ich ihm ins Kinderzimmer folge. Es gibt engagierte Väter, und dann gibt es noch Marcus. Mein Mann ist von unserem kleinen Sohn genauso besessen wie von mir, so sehr, dass sich unser Kindermädchen darüber beschwert, dass es nichts zu tun hat, wenn er zu Hause ist.

Mein ordnungsfanatischer Milliardär reinigt zwar keine Katzenklos, aber er wechselt die Windeln wie ein Profi.

Als wir das Kinderzimmer betreten, schläft der kleinen Reed – aus irgendeinem Grund haben wir

Schwierigkeiten, ihn Josh oder Joshua zu nennen – zu meiner Erleichterung tief und fest, umgeben von seinen üblichen Gefährten: unseren Katzen.

Mr. Puffs ist sein derzeitiger Favorit, und natürlich schläft unser Sohn mit dem flauschigen Schwanz der Katze fest in seiner winzigen Faust. Ich war beunruhigt, als er im Alter von zwei Wochen anfing, den Schwanz anzufassen; Puffs ist nicht gerade für seine Geduld bekannt. Aber aus welchem Grund auch immer hat mein größter, gemeinster Kater beschlossen, dass das Baby ihn quälen darf, wie es will, und anstatt wegzulaufen oder den Säugling mit der Pfote zu schlagen, bleibt er sitzen und leidet schweigend.

»Er hat sich selbst zum Aufpasser Ihres Sohnes ernannt«, sagte Geoffrey, und ich bin ziemlich sicher, dass der Butler recht hat. Dasselbe muss auch für meine anderen Katzen gelten, denn sie verbringen nun den größten Teil ihres Tages mit dem Baby. In diesem Moment wärmt Cottonball seine Füße, Queen Elizabeth bewacht seinen Kopf, und Mouse – das neun Monate alte Wollknäuel, das das neueste Mitglied unserer Familie ist – ist an seiner Seite zusammengerollt.

Marcus ist derjenige, der die Katze gefunden und nach Hause gebracht hat. Vor vier Monaten hatte er ein Geschäftstreffen in Greenwich, Connecticut, und als er auf den Zug zurück in die Stadt wartete, trabte Mouse auf ihn zu und miaute mit voller Lautstärke. Sie war schmerzhaft dünn, eindeutig unterernährt, also fütterte Marcus sie mit Thunfisch von seinem Sandwich, und das war der Anfang einer Liebesgeschichte.

»Sie folgte mir in den Zug«, erklärte er entschuldigend, als er das Kätzchen vom Tierarzt nach Hause brachte. »Ich konnte sie doch nicht wegjagen, oder? Und der Tierarzt sagte, die Unterkünfte seien voll ...«

»Du hast das Richtige getan«, sagte ich entschieden, obwohl ich etwas besorgt war, das Kätzchen meinen Katzen vorzustellen. Neben ihnen war sie winzig klein, wie eine Maus, und ich hatte Angst, sie würden sie wie eine behandeln. Aber nach ein paar Stunden wachsamer Blicke und gewölbter Rücken akzeptierte Queen Elizabeth den Neuankömmling, und ihre Geschwister folgten ihr und hießen das Kätzchen – das jetzt offiziell Mouse heißt – in unserem Haushalt willkommen, wo es seitdem gedeiht und Marcus liebt.

Ja, mein ehemaliger Anti-Haustier-Ehemann hat jetzt zwei Katzen – Cottonball und Mouse –, die wahnsinnig in ihn verliebt sind, und das stört ihn nicht im Geringsten.

»Schau dir das an. Ich glaube, mein Herz zerfließt«, flüstert Marcus, während er das Bild des Babys mit den Katzen aufnimmt, und ich nicke, weil ich zu erstickt bin, um zu sprechen. Ich fühle mich derzeit ständig so, und ich denke, es sind nur teilweise die Hormone nach der Geburt.

Wir haben im vergangenen Dezember nicht geheiratet – ein Sieg, den ich mit dem Argument errungen habe, dass ich nicht wollte, dass Marcus bei unserer Hochzeit einen Gips trägt. Stattdessen haben wir Ende Januar, etwa sechs Wochen nach seinem Krankenhausantrag, auf dem Pier in Flagler Beach unsere Gelübde abgelegt. Es war eine kleine, intime Zeremonie, nur mit meinen Großeltern und unseren engsten Freunden, die Marcus in seinem Privatflugzeug nach Florida flog. Danach verbrachten wir unsere Flitterwochen auf Fidschi, wo mein Mann alle Register zog und uns einen luxuriösen Überwasser-Bungalow auf einer Privatinsel mietete. Drei Wochen lang schwammen wir im kristallklaren Wasser, schlemmten tropische Früchte und faulenzten – oder unsere Version des Faulenzens, bei der wir mit unseren Laptops und einer Menge Arbeit beschäftigt waren. In diesen Wochen schrieb ich den größten Teil meines ersten Buches, ebenfalls ein romantischer Thriller, den ich zwei Monate später in aller Stille unter einem Pseudonym und ohne Erwartungen an einen kommerziellen Erfolg selbst veröffentlichte.

Zu meiner Überraschung hat er sich verkauft. Einige Dutzend Exemplare in der ersten Woche, einige hundert in der zweiten Woche, als bessere Verkaufsalgorithmen anliefen. Dann griffen einige prominente Blogger das Buch auf, und eine Woche später führte ich Marcus in sein Lieblingsrestaurant aus und gestand ihm mein geheimes Projekt und wie gut sich das Buch verkauft hat. Er war stolz auf mich, wenn auch mehr als ein wenig verletzt, dass ich es ihm nicht früher gesagt hatte, und ich versprach, nie wieder etwas vor ihm zu verheimlichen.

Jetzt ist er mein begeisterter Fan, er liest jede Szene, während ich sie schreibe, macht Verbesserungsvorschläge und spricht meine Bücher bei jedem an, den wir treffen. Er finanzierte auch die Werbekampagne für meinen zweiten Roman und trug dazu bei, dass er alle Bestsellerlisten erreichte. Oder besser gesagt, *wir* haben sie finanziert, da ich kurz nach unserer Heirat zugestimmt habe, unsere Konten zusammenzulegen.

Wir sind eine Familie, und es gibt nicht mehr *seines* oder *meines*, sondern nur noch *unseres*.

Also ja, ich bin jetzt eine Vollzeit-Autorin, obwohl ich immer noch für einige meiner alten Kunden nebenher lektoriere – vor allem, weil es mir Spaß macht. Die Flexibilität meiner neuen Laufbahn kommt mir entgegen, zumal Marcus und ich beschlossen haben, nicht mit Kindern zu warten, und unser kleiner Milchsäuger fast sofort gezeugt wurde.

Ich hatte recht mit Marcus' Schwimmern; sie *sind* so unnachgiebig und entschlossen wie der Mann selbst.

Jetzt neben ihm zu stehen und die Liebe und Zärtlichkeit auf seinem starken, gutaussehenden Gesicht zu sehen, lässt mich eine Welle des Glücks verspüren, die so intensiv ist, dass sich meine Brust zu klein dafür anfühlt. »Ich liebe dich«, flüstere ich und schiebe meine Finger durch seine. Als sein Blick zu mir wandert und seine kühlen blauen Augen mit diesem dunklen, wilden Hunger entflammen, weiß ich, dass ich für ihn immer ein Preis sein werde, für den es sich zu kämpfen lohnt – für den es sich lohnt, jede Grenze zu überschreiten.

Und ich würde es auch nicht anders haben wollen.

Vielen Dank, dass Sie dieses Buch gelesen haben! Ich wäre Ihnen sehr dankbar, wenn Sie eine Rezension hinterlassen würden.

Die Geschichte von Marcus und Emma mag zwar vorbei sein, aber es sind bereits weitere heiße Liebesromane auf dem Weg zu Ihnen! Um benachrichtigt zu werden, wann mein nächstes Buch erscheint, melden Sie sich bitte für meinen Newsletter auf https://www.annazaires.com/book-series/ deutsch/ an.

Lieben Sie die dunkle Seite von Liebesromanen? Dann werfen Sie einen Blick in die heißen Serien von Anna Zaires:

- *Verschleppt: Die komplette Trilogie* – ein

epischer Liebesroman über eine Entführung mit Nora und Julian

- *Ergreife Mich: Die komplette Trilogie* – Lucas und Yulias fesselnde Liebesgeschichte, in der aus Feinden Liebhaber werden
- *Mein Peiniger* – Peter und Saras Liebesgeschichte über Besessenheit und Rache
- *Dunkler als Liebe* – Yan und Minas verdrehter, gefühlvoller Liebesroman voller Rache und Gewalt

Bereit für meine anderen knisternden Geschichten? Dann stöbern Sie hier:

- *Mia & Korum: Die komplette Krinar Chroniken Trilogie* – Ein dunkler Science-Fiction-Liebesroman
- *Die Gefangene des Krinar* – Ein abgeschlossener dunkler Science-Fiction-Liebesroman
- *Das Krinar-Exposé* – meine glühend heiße Zusammenarbeit mit Hettie Ivers, über Amy und Vair – und ihre Sexklubspielchen.

Bevorzugen Sie Action, Fantasy und Science-Fiction? Schauen Sie sich diese Kooperationen mit meinem Ehemann Dima Zales an:

- *Das Mädchen, das sieht* – die spannende

Geschichte von Sasha Urban, einer Bühnenillusionistin, die unerwartete geheime Kräfte entdeckt.

- *Gedankendimensionen 0, 1 und 2* – die actiongeladenen Urban-Fantasy-Abenteuer von Darren, der die Zeit anhalten und Gedanken lesen kann.
- *Die letzten Menschen: Die komplette Trilogie* – die futuristische, dystopische Science-Fiction-Geschichte von Theo, der in einer Welt lebt, in der nichts so ist, wie es zu sein scheint.
- *Mensch++* – der atemberaubende Technothriller mit dem Risikokapitalgeber Mike Cohen, dessen Brainozytentechnologie die Welt für immer verändern wird.
- *Der Zaubercode* – die epischen Fantasy-Abenteuer des Zauberers Blaise und seiner Schöpfung, der schönen und mächtigen Gala.

Und jetzt blättern Sie bitte für einen kleinen Vorgeschmack auf *Dunkler als Liebe* und *Das Mädchen, das sieht* um.

In einer kalten, dunklen Nacht hat mich ein russischer
Mörder aus einer Gasse gestohlen.
Ich bin gefährlich, aber er ist tödlich.
Ich bin einmal geflohen.
Er wird mich nicht ein zweites Mal entwischen lassen.

Die Rache ist sein.
Der Verrat ist mein.
Aber die Lügen, um die zu schützen, die ich liebe, auch.

Wir sind aus dem gleichen Holz geschnitzt. Beide
gnadenlos. Beide beschädigt.
In seiner Umarmung finde ich Himmel und Hölle, und
seine grausam zarte Berührung zerstört und belebt
mich gleichzeitig.

Man sagt, eine Katze hat neun Leben, aber ein
Attentäter nur eins.

Und Yan Ivanov besitzt jetzt meins.

»Also, wie lange arbeitest du schon in der Bar?«, fragt der Typ mit den Schädeltattoos – der scheinbar freundlichere –, als ich meine Winterjacke ausziehe und wir uns im Wohnzimmer setzen. Mit seiner orangefarbenen Tapete im sowjetischen Stil und den braunen Vorhängen sieht dieser Ort so aus, als wäre er seit den 80er Jahren nicht mehr renoviert worden, aber die schäbige Couch, auf der wir sitzen, ist überraschend bequem. Vielleicht *werde* ich auf sein Angebot, hier zu schlafen, zurückkommen. Das heißt, wenn sie mich nicht töten und meinen Körper vor Sonnenaufgang in den Fluss werfen.

Ich denke, mein Entführer hat mit diesem Vorschlag nur meine Sprachkenntnisse getestet, aber ich kann mir nicht sicher sein.

»Mina?«, fragt der Mann, und ich merke, dass ich in Gedanken verloren war, anstatt seine Frage zu beantworten. Jetzt, da der Adrenalinspiegel sinkt, ist die extreme Erschöpfung wieder da, die meine Gedanken durcheinanderbringt und meine Reaktionen verlangsamt. Ich will nichts anderes, als mich auf dieser Couch auszustrecken und einzuschlafen, aber ich wache vielleicht nicht wieder auf, wenn ich das tue.

Die Russen könnten entscheiden, dass das, was ich gehört habe, es eher verdient, mich umzubringen, anstatt mich nur über Nacht gefangen zu halten.

»Ich arbeite seit ein paar Monaten dort«, antworte ich, und meine Stimme zittert. Es ist leicht, verängstigt zu klingen, denn ich bin es wirklich.

Ich bin mit zwei Männern zusammen, die mich vielleicht töten wollen, und ich bin nicht in der Lage, mich zu verteidigen.

Das Einzige, was mir Hoffnung gibt, ist, dass sie es noch nicht getan haben. Sie hätten mich leicht in der Gasse ermorden können; dafür hätten sie mich nicht hierherbringen müssen. Natürlich gibt es eine andere Möglichkeit, die jede Frau in Betracht ziehen muss.

Sie könnten planen, mich zu vergewaltigen, bevor sie mich töten, in diesem Fall ergibt es vollkommen Sinn, mich hierherzubringen.

Bei diesem Gedanken zieht sich mein Magen zusammen, und die alten Erinnerungen drohen über mich hereinzubrechen, aber unter der Angst und dem Ekel ist etwas Dunkleres, unendlich Abgefuckteres. Das kurze Aufflackern von Erregung, das ich an der Bar erlebt hatte, war nichts im Vergleich zu dem, was ich gefühlt habe, als der gefährliche Fremde mich gegen die Wand drückte und mein Gesicht mit dieser grausamen Sanftheit streichelte. Mein Körper – dieser schwache, ruinierte Körper, den ich das ganze letzte Jahr über gehasst habe – war mit solcher Kraft zum Leben erwacht, als ob sich unter meiner Haut ein Feuerwerk entzündet hätte, das meinen Unterleib verflüssigte und meine Hemmungen verbrannte.

Kann er es spüren?

Weiß er, wie sehr ich will, dass er mich immer wieder anfasst?

Ich glaube, das tut er. Und mehr als das, glaube ich, dass er es will. Seine Augen – in einem harten, edelsteinartigen Grün – beobachten mich mit der dunklen Intensität eines Raubtiers und nehmen jeden Schlag meiner Wimpern, jeden meiner Atemzüge auf. Wenn wir allein gewesen wären, hätte er mich vielleicht geküsst … oder mich auf der Stelle getötet.

Bei ihm ist es schwer zu sagen.

»Gefällt es dir? In der Bar zu arbeiten, meine ich?«, fragt der tätowierte Mann und lenkt meine Aufmerksamkeit wieder auf sich. *Er* dagegen ist leicht zu lesen. Es gibt ein unverkennbares männliches Interesse in der Art und Weise, wie er mich ansieht, ein offensichtliches Leuchten in seinen grünen Augen.

Moment mal. *Grüne Augen?*

»Seid ihr zwei Brüder?«, platze ich heraus und verfluche mich dann schweigend. Ich bin so müde, dass ich nicht mehr klar denke. Das Letzte, was ich brauche, ist, dass die beiden denken, dass ich Informationen über sie sammele, oder …

»Sind wir.« Ein Lächeln erhellt sein rundes Gesicht und lässt seine harten Gesichtszüge weicher werden. »Zwillinge sogar.«

Scheiße. Das musste ich *nicht* wissen. Als Nächstes wird er mir seinen Na …

»Ich bin übrigens Ilya«, sagt er und streckt mir eine große Pranke hin. »Und der Name meines Bruders ist Yan.«

Oh, verdammt. Ich bin so am Arsch. Sie *werden* mich umbringen. »Schön, dich kennenzulernen«, sage ich schwach und schüttelte ohne nachzudenken seine Hand. Mein Griff ist so kraftlos wie meine Stimme, aber das ist okay. Ich spiele ein hilfloses Mädchen in Not, und je überzeugender ich bin, desto besser.

Zu schade, dass ich es in letzter Zeit kaum noch spielen muss.

Ilya drückt behutsam meine Hand, als ob er Angst hätte, versehentlich meine Knochen zu zerquetschen, und ich schöpfe leichte Hoffnung. Er wäre nicht so vorsichtig mit mir, wenn sie planen würden, mich brutal zu vergewaltigen und zu töten, oder?

Als ob er meine Gedanken lesen könnte, schenkt er mir ein weiteres Lächeln, diesmal ein noch freundlicheres, und sagt schroff: »Es tut mir leid wegen meines Bruders. Er sieht immer an jeder Ecke Feinde. Du *wirst* unversehrt davonkommen, ich verspreche es dir, *Malyshka*. Wir müssen dich vorsorglich über Nacht dabehalten, das ist alles.«

Seltsamerweise glaube ich ihm. Oder zumindest glaube ich, dass *er* mir keinen Schaden zufügen will. Das Urteil wird letztendlich auch von seinem Bruder gefällt werden, der genau in diesem Moment hereinkommt und eine Tasse Tee in der einen Hand und zwei Bier in der anderen trägt.

Mein Atem stockt, als er die Getränke auf den Couchtisch vor uns stellt und sich zwischen mich und Ilya setzt, wobei er sich ungerührt in den zu kleinen Platz zwischen uns zwängt. Instinktiv rücke ich zur

Seite, so weit es die Couch erlaubt, aber das sind nur etwa sechs Zentimeter, und mein Bein drückt immer noch gegen seines, so dass die Hitze seines Körpers mich sogar durch die Schichten unserer Kleidung verbrennt.

Er hat die Winterjacke aus Wildleder, die er vorhin getragen hat, abgelegt und ist jetzt wie in der Bar angezogen, mit der schicken Anzughose und dem Button-up-Hemd. Nur, dass seine Ärmel hochgekrempelt sind und muskulöse Unterarme freilegen, die leicht mit dunklen Haaren übersät sind.

Er ist stark, mein skrupelloser Entführer. Sein Körper ist eine tödliche Waffe unter diesen perfekt maßgeschneiderten Kleidungsstücken.

»Tee«, sagt er in seiner sanften, tiefen Stimme, die so anders klingt als die rauere seines Bruders. »Wie die Prinzessin verlangt hat.«

»Danke«, murmele ich und greife nach dem Becher. Meine Hände zittern sichtbar, meine Atmung ist flach, und ich schwitze – und nichts davon ist gespielt. Ich kann den sauberen, maskulinen Duft seines Parfums riechen – etwas Sinnliches und Luftiges, wie Pfeffer und Sandelholz –, und seine Nähe beunruhigt mich und wühlt mein Inneres mit einer verwirrenden Mischung aus Angst und Verlangen auf. Selbst wenn er nicht die personifizierte Gefahr wäre, würde ich mich zu seinem magnetisch guten Aussehen hingezogen fühlen, aber da ich weiß, was ich über ihn weiß – was er tut und was er mir antun könnte –, kann ich meine hilflose Reaktion auf ihn nicht kontrollieren.

Sogar meine Müdigkeit nimmt ab und lässt mich nervös und high zurück, so als hätte ich zwei Liter Espresso getrunken.

Ich bin mir seines Blicks auf mir bewusst, als ich den Becher zu meinen Lippen bewege, einen Schluck nehme und ein Keuchen bei der kochend heißen Temperatur des Wassers unterdrücke. Ich versuche, ihn nicht anzusehen, mich nur auf meinen Tee zu konzentrieren, aber ich kann nicht anders, als auf seine Hände zu starren, als er herübergreift und sich ein Bier nimmt. Seine Finger sind lang und männlich, und obwohl seine Nägel ordentlich gepflegt sind, widersprechen die Schwielen an den Rändern seiner Daumen der Eleganz seines Aussehens.

Das ist ein Mann, der es gewohnt ist, Dinge mit den Händen zu tun.

Schreckliche, gewalttätige Dinge.

Eine normale Frau würde diesen Gedanken abstoßend finden, aber mein Herz schlägt schneller, und ein schmerzhaftes Pulsieren beginnt zwischen meinen Beinen, während sich meine Unterwäsche mit flüssiger Hitze vollsaugt. Die Dunkelheit in ihm ruft mich und lässt mich so lebendig fühlen, wie ich es noch nie zuvor erlebt habe.

Es ist, als würden sich Gleich und Gleich erkennen, das Dunkle in mir das Dunkle in ihm begehren.

Ilya nimmt die verbliebene Flasche mit seinen dicken und rauen Händen, deren Rückseiten mit einigen Tattoos verziert sind. Er versucht nicht, etwas vorzutäuschen, versucht nicht, das, was er ist, hinter einer eleganten Maske zu verbergen. »Auf neue Freunde«, sagt er und stößt seine Flasche gegen die seines Bruders und dann, sanfter, gegen meine Tasse Tee. Ich riskiere einen Blick auf ihn, aber begegne stattdessen Yans harten grünen Augen.

Ich schaue schnell weg, aber nicht, bevor mir eine verräterische Röte über den Hals kriecht und mein Gesicht überzieht. »Auf neue Freunde«, wiederhole ich und starre in meine Tasse, als ob ich mein Schicksal in den Teeblättern sehen könnte. Ich bin mir nicht sicher, dass ich will, dass Yan weiß, was für eine Wirkung er auf mich hat – obwohl er es wahrscheinlich bereits vermutet.

Ich bin heute Abend nicht gerade in Hochform.

»Ja, auf neue Freunde«, murmelt Yan, und seine große Hand landet auf meinem Knie, um es leicht zu drücken.

Erschrocken schaue ich zu ihm hinüber und sehe ihn das Bier hinunterkippen, wobei seine starke Kehle arbeitet, während er schluckt. Es ist ein seltsam sinnlicher Anblick, und alles in mir zieht sich zusammen, als er die Flasche senkt und meinem Blick begegnet. Seine Augen sind dunkel entschlossen, als sich die Hand auf meinem Knie ein paar Zentimeter über meinen Oberschenkel bewegt, näher an die Stelle, wo ich nass und voller Verlangen bin.

Oh Gott.

Er weiß es.

Er weiß es definitiv.

»Ilya«, sagt er leise und schaut mir immer noch in

die Augen. »Mach uns ein paar Sandwiches, ja? Ich glaube, Mina hat Hunger.«

»Hat sie?« Ilya klingt verwirrt, während er aufsteht, und als ich aufschaue, sehe ich, dass er uns mit gerunzelter Stirn ansieht – speziell meinen Oberschenkel, auf dem so besitzergreifend Yans Hand liegt. Langsam spannt sich sein großer Körper an, und seine Hände ballen sich an den Seiten zu Fäusten, während sein Blick sich auf das Gesicht seines Bruders richtet.

»Ich glaube nicht, dass sie Hunger hat«, knirscht er mit leiser und harter Stimme heraus. Seine Augen richten sich schneidend auf mich. »Oder, Mina?«

Ich schlucke belegt, unsicher, was die richtige Antwort wäre. Wenn ich das richtig interpretiere, hat Yan gerade eine Art exklusiven Anspruch auf mich erhoben, einen, den ich verstärken würde, wenn ich diesen erfundenen Hunger zugäbe.

Ist es das, was ich will?

Den Bruder wegschicken, der nett zu mir war, damit ich mit dem Mann allein sein kann, der vorgeschlagen hat, meinen Körper in den Fluss zu werfen?

»Ein … ein Sandwich wäre schön.« Die Worte scheinen nicht zu mir zu gehören, aber es ist meine Stimme, die sie sagt, während mein Gehirn sich bemüht, die Folgen abzuschätzen. »Das heißt, wenn es nicht zu viel Mühe macht.«

Ilyas Mund wird schmaler. »Schön. Ich werde sehen, was wir im Kühlschrank haben.«

Er dreht sich um, stampft davon und lässt mich mit seinem Bruder auf der Couch zurück.

Möchten Sie mehr erfahren? Falls Sie mehr darüber erfahren möchten, besuchen Sie bitte meine Homepage www.annazaires.com/book-series/deutsch/.

AUSZUG AUS DAS MÄDCHEN, DAS SIEHT

Ich bin eine Illusionistin, keine Hellseherin.

Im Fernsehen aufzutreten, soll meine Karriere
vorantreiben, aber die Dinge laufen schief.

Schief, wie Vampire und Zombies, die irgendwie fehl
am Platz sind.

Mein Name ist Sasha Urban, und so habe ich erfahren,
was ich bin.

»Ich bin keine Hellseherin«, sage ich zur Visagistin.
»Was ich tun werde, ist Mentalismus.«

»Wie dieser verträumte Typ in der Fernsehshow?«
Die Visagistin fügt meinen Wangenknochen noch eine
Prise Make-up hinzu. »Ich wollte schon immer sein

Make-up machen. Kannst du auch hypnotisieren und Menschen lesen?«

Ich atme tief und beruhigend ein. Es hilft nicht viel. Die kleine Garderobe riecht, als ob Haarspray einen Krieg gegen Nagellackentferner geführt, gewonnen und einige Dämpfe gefangen genommen hätte.

»Nicht ganz«, sage ich, als ich meine Angst und die damit verbundene Reizbarkeit unter Kontrolle habe. Sogar mit Valium im Blut treibt mich das Wissen um das, was kommen wird, an den Rand der Vernunft. »Ein Mentalist ist eine Art Bühnenmagier, dessen Illusionen sich mit dem Verstand beschäftigen. Wenn es nach mir ginge, würde ich mich einfach als ›mentale Illusionistin‹ bezeichnen.«

»Das ist kein sehr guter Name.« Sie blendet mich mit ihrer Lampe und betrachtet sorgfältig meine Augenbrauen.

Ich erschaudere innerlich; das letzte Mal, als sie mich so ansah, wurde ich danach mit einer Pinzette gefoltert.

Allerdings muss ihr jetzt gefallen, was sie sieht, denn sie wendet das Licht von meinem Gesicht ab. »›Mentale Illusionistin‹ klingt wie eine hellsehende Zauberin«, fährt sie fort.

»Deshalb nenne ich mich einfach ›Illusionistin‹.« Ich lächele und bereite mich darauf vor, dass das Make-up wie eine Maske abfällt, aber es bleibt an Ort und Stelle. »Bist du bald fertig?«

»Mal sehen«, sagt sie und winkt einem Kameramann zu.

Der Typ lässt mich aufstehen, und das Licht an seiner Kamera geht an.

»Das ist es.« Die Visagistin zeigt auf den nahegelegenen LCD-Bildschirm, auf den ich bisher extra nicht geschaut habe, weil er die laufende Show zeigt – die Quelle meiner Panik.

Der Kameramann tut, was er tun muss, und die Angst auslösende Show ist vom Bildschirm verschwunden und wird durch ein Bild unseres winzigen Zimmers ersetzt.

Das Mädchen auf dem Bildschirm ähnelt mir vage. Die Absätze lassen meine üblichen eins achtundsechzig viel größer erscheinen, ebenso wie das dunkle Lederoutfit, das ich trage. Ohne schweres Make-up ist mein Gesicht auch symmetrisch, aber durch meine prägnanten Wangenknochen sehe ich eher hübsch als schön aus – ein Effekt, der durch mein starkes Kinn verstärkt wird. Das Make-up jedoch macht meine Gesichtszüge weicher, hebt das Blau meiner Augen und den Kontrast zu meinen schwarzen Haaren hervor.

Die Visagistin hat es übertrieben – man könnte meinen, ich werde gleich in einer Shampoo-Werbung auftreten. Ich bin kein großer Fan von langen Haaren, aber ich habe sie trotzdem, da mich die Leute immer für einen Teenager gehalten haben, als ich sie kurz trug.

Das ist ein Fehler, den niemand heute Abend machen wird.

»Ich mag es«, sage ich. »Lassen wir es einfach so. Bitte.«

Der Kameramann schaltet den Bildschirm zurück auf die Live-Übertragung der Sendung. Ich kann es nicht verhindern, daraufzuschauen, und mein bereits hoher Blutdruck erreicht unbekannte Höhen.

Das Make-up-Mädchen schaut mich von oben bis unten an und rümpft ihre Nase. »Du bestehst auf dieses Outfit, oder?«

Das wirklich coole – meiner Meinung nach – Borderline-Domina-Outfit, das ich heute angezogen habe, ist ein Mittel, um meiner Bühnenpersönlichkeit Mystik hinzuzufügen. Jean Eugène Robert-Houdin, der berühmte französische Zauberer des 19. Jahrhunderts, der Houdini zu seinem Künstlernamen inspirierte, sagte einmal: »Ein Zauberer ist ein Schauspieler, der die Rolle eines Zauberers spielt.« Als ich Criss Angel in der Grundschule im Fernsehen gesehen habe, hat sich meine Meinung darüber gebildet, wie ein Magier aussehen sollte, und ich bin nicht allzu stolz, zugeben zu müssen, dass ich Einflüsse seines Gothic-Rockstars in meinem eigenen Outfit wiederfinde, besonders in der Lederjacke.

»Wie wundervoll«, sagt eine bekannte Stimme mit einem sexy britischen Akzent. »So haben Sie im Restaurant nicht ausgesehen.«

Ich drehe mich auf meinen hohen Absätzen um und stehe Darian gegenüber, dem Mann, den ich vor zwei Wochen in dem Restaurant kennengelernt habe, wo ich von Tisch zu Tisch zaubere – und wo ich ihn genug beeindruckt habe, um diese unvorstellbare Gelegenheit zu bekommen.

Darian Rutledge, Senior Producer der beliebten *Evening with Kacie Show*, ist ein schlanker, schick gekleideter Mann, der mich an eine Mischung aus einem Butler und James Bond erinnert. Obwohl er im Studio ein Senior ist und ausgeprägte Sorgenfalten auf der Stirn hat, würde ich sein Alter auf Ende zwanzig schätzen – auch wenn das Wunschdenken sein könnte, da ich erst vierundzwanzig bin. Nicht nur, dass er im traditionellen Sinn gut aussieht, er hat auch einen gewissen Reiz. Außerdem ist er mit seiner starken Nase der seltene Typ, der einen Spitzbart gut tragen kann.

»Im Restaurant trage ich Doc Martens«, entgegne ich ihm. Die zusätzlichen Zentimeter meiner Schuhe heben mich auf seine Augenhöhe, und ich kann nicht anders, als mich in diesen grünen Tiefen zu verlieren. »Und das Make-up wurde mir aufgezwungen«, füge ich ungeschickt hinzu.

Er lächelt und reicht mir ein Glas, das er die ganze Zeit über gehalten hat. »Und das Ergebnis ist wunderschön. Prost.« Dann schaut er auf die Visagistin und den Kameramann. »Ich möchte mit Sasha unter vier Augen sprechen.« Sein Ton ist höflich, aber unmissverständlich fordernd.

Das Personal schießt aus dem Raum. Darian muss noch viel mehr Einfluss haben, als ich dachte.

Wie ferngesteuert nehme ich einen Schluck von

dem Getränk, das er mir gegeben hat, und zucke wegen des bitteren Geschmacks zusammen.

»Das ist ein Sea Breeze.« Er schenkt mir ein strahlendes Lächeln. »Der Barkeeper muss zu viel Grapefruitsaft hineingetan haben.«

Ich nehme höflich einen zweiten Schluck und stelle den Drink auf den Schminktisch hinter mir, weil ich mir Sorgen mache, dass die Kombination von Wodka und Valium mich noch benebelter machen könnte, als ich es schon bin. Ich habe keine Ahnung, warum Darian mit mir allein sprechen will; die Angst hat mein Gehirn bereits in Brei verwandelt.

Darian betrachtet mich für einen Moment schweigend, dann zieht er ein Telefon aus seiner engen Jeanstasche. »Es gibt etwas Unangenehmes, was wir besprechen müssen«, sagt er und streicht über den Bildschirm des Telefons, bevor er es mir reicht.

Ich nehme ihm das Telefon ab und ergreife es fest, damit es nicht aus meinen verschwitzten Händen rutscht.

Auf dem Telefon ist ein Video zu sehen.

Ich betrachte es in verblüffender Stille, und eine Welle der Angst überrollt mich trotz des Medikaments.

Das Video enthüllt mein Geheimnis – die versteckte Methode hinter der unmöglichen Nummer, die ich bei *Evening with Kacie* aufführen werde.

Ich bin erledigt.

»Warum zeigen Sie mir das?«, schaffe ich zu sagen, nachdem ich die Kontrolle über meine gelähmten Stimmbänder wiedererlangt habe.

Darian nimmt das Telefon sanft aus meinen zitternden Händen. »Wissen Sie, was Sie im Restaurant gemacht haben? Wie Sie vorgeben, ein Hellseher zu sein und dass es alles nur Tricks sind?«

»Richtig.« Ich runzele vor Verwirrung die Stirn. »Ich habe nie gesagt, dass ich wirklich etwas tue. Wenn es darum geht, mich als Betrügerin bloßzustellen …«

»Sie verstehen das falsch.« Darian schnappt sich mein weggestelltes Getränk und nimmt einen großen, aber irgendwie eleganten Schluck. »Ich habe nicht die Absicht, dieses Video irgendjemandem zu zeigen. Ganz im Gegenteil.«

Ich blinzele ihn nur an, da mein Gehirn vom Adrenalin und Schlafmangel eindeutig überhitzt ist.

»Ich weiß, dass Sie als Zauberer es nicht mögen, wenn Ihre Methoden aufgedeckt werden.« Sein Lächeln erinnert mich jetzt an ein Raubtier.

»Richtig«, sage ich und frage mich, ob er im Begriff ist, mir einen als Erpressung getarnten unmoralischen Antrag zu machen. Wenn er es täte, würde ich es natürlich ablehnen, aber aus Prinzip, und nicht, weil es undenkbar ist, etwas Unmoralisches mit einem Kerl wie Darian zu tun.

Wenn man so lange nichts in dieser Richtung gemacht hat wie ich, wirbeln einem regelmäßig alle möglichen verrückten Szenarien durch den Kopf.

Darians grüner Blick wird distanziert, als wolle er durch die nahegelegene Wand bis zum Horizont blicken. »Ich weiß, was Sie nach der großen Enthüllung sagen wollen«, sagt er und konzentriert sich wieder auf mich. In einer unheimlichen Parodie meiner Stimme sagt er: »›Ich bin keine Hellseherin. Ich benutze meine fünf Sinne, die Täuschung und das Schauspiel, um die Illusion zu schaffen, eine zu sein.‹«

Ich ziehe meine Augenbrauen so sehr in die Höhe, dass mein kräftiges Make-up abzuplatzen droht. Er hat nicht ungefähr das ausgesprochen, was ich sagen wollte – er hat es Wort für Wort getroffen, einschließlich der Betonungen, die ich geübt hatte.

»Oh, schauen Sie nicht so überrascht.« Er stellt das jetzt leere Glas wieder auf die Kommode. »Sie haben genau das auch im Restaurant gesagt.«

Ich nicke, immer noch unter Schock. Habe ich ihm das wirklich schon einmal gesagt? Ich erinnere mich nicht daran, aber ich muss es getan haben. Woher sollte er es sonst wissen?

»Ich habe etwas genommen, was ein anderer Mentalist gesagt hat«, platze ich heraus. »Geht es darum, ihn zu erwähnen?«

»Überhaupt nicht«, sagt Darian. »Ich will nur, dass Sie diesen Unsinn weglassen.«

»Oh.« Ich starre ihn an. »Warum?«

Darian lehnt sich nach hinten gegen den Schminktisch und überkreuzt seine Beine an den Knöcheln. »Welchen Spaß macht es, einen falschen Hellseher in der Show zu haben? Niemand will einen Hochstapler sehen.«

»Sie wollen also, dass ich mich wie ein Betrüger verhalte? Ein Betrüger, der so tut, als sei er echt?« Zwischen dem Lampenfieber, dem Video und dieser unsinnigen Forderung bin ich fast bereit, den Schwanz einzuziehen und wegzulaufen, auch wenn ich das für den Rest meines Lebens bereuen würde.

Er muss spüren, dass ich dabei bin, durchzudrehen, weil der raubtierhafte Zug aus seinem Lächeln verschwindet. »Nein, Sasha.« Sein Ton ist übertrieben geduldig, als ob er mit einem kleinen Kind spricht. »Ich will einfach, dass Sie nichts dazu sagen. Behaupten Sie nicht, ein Hellseher zu sein, aber leugnen Sie es auch nicht. Vermeiden Sie dieses Thema einfach komplett. Sicher können Sie damit leben.«

»Und wenn nicht, werden Sie den Leuten das Video zeigen? Werden Sie meine Methode enthüllen?«

Schon allein der Gedanke macht mich wütend. Ich möchte vielleicht nicht, dass die Leute denken, ich sei eine Hellseherin, aber wie die meisten Magier arbeite ich hart an den geheimen Methoden für meine Illusionen, und ich beabsichtige, sie mit ins Grab zu nehmen – oder ein Buch nur für Magier zu schreiben, das posthum veröffentlicht wird.

»Ich bin sicher, dass es nicht dazu kommen wird.« Darian macht einen Schritt auf mich zu, und der Bergamottenduft seines Parfüms dringt in meine bebenden Nasenlöcher ein. »Wir wollen dasselbe, Sie und ich. Wir wollen, dass die Menschen von Ihnen begeistert sind. Aber nehmen Sie keine Stellung zu diesem Thema, das ist alles, worum ich Sie bitte.«

Ich gehe einen Schritt zurück, da seine Nähe zu viel für meinen ohnehin schon fragwürdigen Geisteszustand ist. »In Ordnung. Wir haben einen

Deal.« Ich schlucke belegt. »Sie zeigen das Video nicht, und ich nehme keine Stellung.«

»Es gibt da eigentlich noch eine Sache«, sagt er, und ich frage mich, ob das unmoralische Angebot bald stattfinden wird.

»Was?« Ich befeuchte nervös meine Lippen, als ich bemerke, dass er mich anschaut, und mir wird klar, dass ich einen unangebrachten Annäherungsversuch nur wahrscheinlicher mache.

»Woher wussten Sie, an welche Karte meine Begleitung gedacht hat?«, fragt er.

Ich lächele und bin endlich wieder in meinem Element. Er muss über mein Markenzeichen, meinen Herzkönigintrick, sprechen – denjenigen, der jeden an seinem Tisch umgeworfen hat. »Das wird Sie etwas mehr kosten.«

Er zieht als stumme Frage eine Augenbraue in die Höhe.

»Ich will das Video«, sage ich. »Schicken Sie es mir per E-Mail, und ich gebe Ihnen einen Tipp.«

Darian nickt und wischt einige Male über sein Handydisplay.

»Gesendet«, sagt er. »Haben Sie es?«

Ich nehme mein eigenes Telefon heraus und zucke zusammen. Es ist Sonntagnacht, kurz vor der größten Chance meines Lebens, und ich habe vier Nachrichten von meinem Chef.

Ich beschließe, später herauszufinden, was der manipulative Bastard will, gehe in meinen persönlichen E-Mail-Account und schaue nach, ob ich das Video von Darian bekommen habe.

»Ich hab's«, sage ich. »Nun zu der Sache mit der Herzdame ... Wenn Sie so aufmerksam und klug sind, wie ich denke, könnten Sie heute Abend mein Vorgehen erraten. Vor dem Hauptakt werde ich den gleichen Effekt für Kacie vorführen.«

»Sie hinterhältiges Biest.« In seinen grünen Augen leuchtet Belustigung auf. »Also werden Sie es mir nicht sagen?«

»Eine Magierin muss ihrem Publikum immer mindestens einen Schritt voraus sein.« Ich schenke ihm das unnahbare Lächeln, das ich über die Jahre perfektioniert habe. »Haben wir einen Deal oder nicht?«

»In Ordnung. Sie haben gewonnen.« Er sitzt anmutig auf dem Drehstuhl, auf dem ich meine Augenbrauenfolter durchlebt habe. »Und jetzt verraten Sie mir, warum Sie so erschrocken ausgesehen haben, als ich reinkam?«

Ich zögere, dann entscheide ich, dass es nicht schadet, die Wahrheit zuzugeben. »Es war deswegen.« Ich zeige auf den Bildschirm, auf dem die Live-Übertragung der Show noch läuft. In diesem Moment schwenkt die Kamera auf die vielen Menschen, die im Publikum sitzen, und die alle wegen irgendetwas klatschen, was die Gastgeberin gesagt hat.

Darian sieht amüsiert aus. »Kacie? Ich dachte nicht, dass dieser Muppet jemandem Angst machen könnte.«

»Nicht sie.« Ich wische meine feuchten

Handflächen an meiner Lederjacke ab, und mir fällt auf, dass das nicht die saugfähigste aller Oberflächen ist. »Ich habe Angst, vor Leuten zu sprechen.«

»Haben Sie wirklich? Aber Sie haben gesagt, dass Sie Fernsehzauberin werden wollen. und treten ständig im Restaurant auf.«

»Im Restaurant gibt es höchstens drei oder vier Personen an einem Tisch«, sage ich. »In dem Studio dort sind es etwa hundert. Die Angst kommt auf, wenn die Zahlen zweistellig werden.«

Darians Belustigung scheint sich zu vertiefen. »Was ist mit den Millionen von Menschen, die Sie von zu Hause aus sehen werden? Machen Sie Ihnen keine Angst?«

»Das Studio-Publikum flößt mir mehr Angst ein, und ja, ich verstehe die Ironie.« Ich gebe mein Bestes, um nicht defensiv zu klingen. »Für meine eigene TV-Show würde ich mit einem kleinen Kamerateam Straßenzauber machen – das würde mir nicht allzu viel Angst einflössen.«

Angst ist eigentlich eine Untertreibung. Mein Problem mit Reden in der Öffentlichkeit bestätigt die vielen Studien, die zeigen, dass diese spezielle Phobie tendenziell tiefgreifender ist als die Angst vor dem Tod. Natürlich würde ich lieber von einem Hai gefressen werden, als vor einer großen Menschenmenge aufzutreten.

Nachdem Darian mich wegen dieses Angebots angerufen hatte und ich erfuhr, wie groß das Studiopublikum der Show ist, konnte ich drei Tage lang nicht schlafen – deshalb fühle ich mich wie eine Gefangene in Guantanamo Bay auf dem Weg zu einem erweiterten Verhör. Es ist noch schlimmer als damals, als ich eine ganze Reihe von Nachtschwärmern für meinen dämlichen Tagesjob finden musste, und zu dieser Zeit dachte ich, das wäre das stressigste Ereignis meines Lebens gewesen.

Meine Mitbewohnerin Ariel hat mir ihr Valium nicht einfach so gegeben; ich musste meine ganze Überredungskunst aufbringen, und sie hat erst dann nachgegeben, als sie es nicht mehr ertragen konnte, mein elendes Gesicht anzusehen.

Darian lenkt mich von meinen Gedanken ab, indem er wieder an seinem Handy herumfummelt.

»Das sollte Sie inspirieren«, sagt er, als beruhigende Klavierakkorde aus dem blechernen Telefonlautsprecher erklingen. »Es ist ein Lied über einen Mann in einer ähnlichen Situation wie Sie.«

Ich brauche einen Moment, um die Melodie zu erkennen. Da ich es das letzte Mal gehört habe, als ich klein war, erhöhe ich Darians von mir geschätztes Alter um ein paar Jahre. Der Song ist *Lose Yourself* aus dem Film *8 Mile*, in dem Eminem eine Chance bekommt, Rapper zu werden. Ich schätze, meine Situation ist ähnlich, weil das meine große Chance auf das ist, was ich am meisten will.

Völlig unerwartet beginnt Darian, mit Eminem mitzurappen, und ich kämpfe gegen ein unwürdiges Kichern an, während ein Teil der Anspannung meinen

Körper verlässt. Sprechen alle britischen Rapper so reines Englisch wie die Queen?

»Endlich ein Lächeln«, sagt Darian, ohne zu wissen, dass mein Grinsen auf seine Kosten geht – oder es ist ihm egal. »Behalten Sie es bei.«

Er schnappt sich die Fernbedienung und dreht die Lautstärke rechtzeitig hoch, damit ich Kacie sagen hören kann: »Unsere Herzen sind bei den Opfern des Erdbebens in Mexiko. Um an das Rote Kreuz zu spenden, rufen Sie bitte die Nummer unten auf dem Bildschirm an. Und jetzt eine kurze Werbung …«

»Sasha?« Ein Mann steckt seinen Kopf in die Garderobe. »Wir brauchen dich auf der Bühne.«

»Hals- und Beinbruch«, sagt Darian und bläst mir einen Luftkuss zu.

»In diesen Schuhen könnte das passieren.« Ich fange den Kuss auf, werfe ihn auf den Boden und zerquetsche ihn mit meinem Stiletto.

Darians Lachen wird leiser, während mein Begleiter und ich den Raum verlassen und einen dunklen Korridor hinuntergehen. Als wir uns unserem Ziel nähern, scheinen unsere Schritte lauter zu werden, sind im Einklang mit meinem sich beschleunigenden Herzschlag. Schließlich sehe ich ein Licht und höre das Gebrüll der Menge.

So müssen sich die Leute vor einem Erschießungskommando fühlen. Wenn ich nichts genommen hätte, würde ich wahrscheinlich abhauen und auf meine Träume pfeifen. So wie es ist, muss meine Begleitung meinen Arm ergreifen und mich zum Licht ziehen.

Anscheinend ist die Werbepause gleich vorbei.

»Geh und setz dich auf die Couch neben Kacie«, flüstert mir jemand laut ins Ohr. »Und atmen nicht vergessen.«

Meine Beine scheinen schwerer zu werden, jeder Schritt ist eine monumentale Willensanstrengung. Hyperventilierend trete ich auf die Bühne, auf der sich die Couch befindet, und mache kleine Schritte, während ich versuche, das Studiopublikum zu ignorieren.

Meine Angst ist so extrem, dass die Zeit seltsam vergeht; in einem Moment laufe ich noch, im nächsten stehe ich an der Couch.

Ich bin froh, dass Kacie ihre Nase über dem Tablet hat. Ich bin nicht bereit, Höflichkeiten auszutauschen, wenn ich etwas so Schwieriges tun muss wie mich hinzusetzen.

Mit zitternden Knien lasse ich mich auf die Couch sinken wie ein Fakir auf ein Nagelbett – was übrigens nicht auf übernatürlicher Schmerzresistenz, sondern der Anwendung wissenschaftlicher Druckprinzipien beruht.

Die Zeitverzerrung muss wieder geschehen sein, denn die Musik, die die Werbepause kennzeichnet, geht abrupt zu Ende, und Kacie schaut von ihrem Tablet auf, wobei ihre übermäßig vollen Lippen sich zu einem Lächeln formen.

Mein Puls schlägt so laut in meinen Ohren, dass ich ihren Gruß nicht hören kann.

Jetzt kommt es.

Ich bin kurz davor, eine Panikattacke im nationalen Fernsehen zu bekommen.

Möchten Sie mehr erfahren? Falls Sie mehr darüber erfahren möchten, besuchen Sie bitte meine Homepage https://www.dimazales.com/book-series/deutsch/.

Anna Zaires ist eine *New York Times, USA Today* und Internationale Nr.1 Bestseller Autorin. Anna Zaires hat sich schon im zarten Alter von fünf Jahren in Bücher verliebt, in dem ihr ihre Großmutter das Lesen beibrachte. Kurz darauf schrieb sie auch schon ihre erste Geschichte. Seitdem lebt Anna neben der realen Welt auch ständig in einer Phantasiewelt, in der ihr nur ihre eigene Vorstellungskraft Grenzen setzen kann. Zurzeit lebt die verheiratete Autorin in Florida, zusammen mit ihrem Traummann, dem Sience-Fiction und Fantasy Romanautoren Dima Zales, der auch eng mit ihr zusammenarbeitet.

Bitte besuchen Sie www.annazaires.com/book-series/deutsch/ um mehr zu erfahren.

www.ingramcontent.com/pod-product-compliance
Lightning Source LLC
Chambersburg PA
CBHW060611100726
47907CB00006B/1582